dtv

Sie sind die besten und erfolgreichsten deutschsprachigen Ermittler. 21 bekannte Autoren präsentieren 21 hochkarätige Polizisten und (Hobby)Detektive in 21 Kurzkrimis und den dazugehörigen Steckbriefen.

Die Autoren:

Friedrich Ani, Oliver Bottini, Rita Falk, Lucie Flebbe, Doris Gercke, Georg Haderer, Jürgen Kehrer, Gisa Klönne, Ralf Kramp, Tatjana Kruse, Volker Kutscher, Inge Löhnig, Sandra Lüpkes, Susanne Mischke, Gisa Pauly, Jutta Profijt, Peter Probst, Thomas Raab, Silvia Roth, Michael Theurillat, Klaus-Peter Wolf.

Die Herausgeber:

Sandra Lüpkes, geboren 1971, lebt als Schriftstellerin und Sängerin in Münster. Sie hat zahlreiche Romane, Sachbücher und Kurzkrimisammlungen veröffentlicht und lässt mit Wencke Tydmers die erste deutsche Profilerin ermitteln.

Jürgen Kehrer, geboren 1956 in Essen, lebt in Münster. Er ist der geistige Vater des Buch- und Fernsehdetektivs Georg Wilsberg. Außerdem hat er einige historische Kriminalromane sowie Sachbücher veröffentlicht.

SIE KRIEGEN JEDEN

Die Liga der außergewöhnlichen Ermittler

Kurzkrimis

Herausgegeben von
Sandra Lüpkes und Jürgen Kehrer

Mit einem Vorwort von
Joe Bausch

Deutscher Taschenbuch Verlag

Ausführliche Informationen über unsere Autoren und Bücher finden Sie auf unserer Website
www.dtv.de

MIX
Papier aus verantwortungsvollen Quellen
FSC® C019821

Originalausgabe 2015

Umschlagkonzept: Balk & Brumshagen
Umschlaggestaltung: Katharina Netolitzky
Gesamtherstellung: Druckerei C.H.Beck, Nördlingen
Gedruckt auf säurefreiem, chlorfrei gebleichtem Papier
Printed in Germany · ISBN 978-3-423-21564-0

Inhalt

Joe Bausch

Anstelle eines Vorwortes: Ein Vorspiel

Er schaut auf die Zeiger der Uhr, die an der Bürowand hängt: 15.45 Uhr. In fünfzehn Minuten ist es soweit. Wie immer ruft er jetzt mit seinem Diensttelefon seinen Privatanschluss an und legt den Hörer zur Seite. Der Anrufbeantworter hat eine Speicherkapazität von sechzig Minuten. Das reicht. Als letzte Amtshandlung fährt er noch den Rechner runter. Jetzt bloß keine Mails mehr. Zufrieden blickt er auf seinen Schreibtisch, auf dem eine mit viel Bedacht inszenierte, geschäftige Unordnung herrscht. Die suggeriert jedem, das hier einer genug zu tun hat. Seit er im Innendienst ist, hat sich dieses System bestens bewährt. Und wenn er etwas im Lauf seiner Jahre bei der Polizei gelernt hat, dann das: Alle zulässigen Möglichkeiten auszuschöpfen, die das Büroleben so angenehm wie möglich machen. Dank Tinnitus, Bandscheibe und zuletzt noch Burnout, hat ihm der Polizeiarzt eine dauerhaft eingeschränkte Verwendungsfähigkeit attestiert. Seitdem versieht er seinen Dienst pünktlich von 8 bis 16 Uhr in der Mordkommission.

Seine Aufgabe besteht darin, die Ermittlungsakten von unaufgeklärten Fällen zusammenzutragen, abzuheften und zu archivieren. Ein unaufgeregter Job, dem er ohne jegliche Ambitionen nachgeht. In seinem Hobby allerdings, da geht er völlig auf. Da ist er ein anderer Mensch, da zeigt er Engagement, da hat er Gefühle, da spürt er das Leben. In seiner Freizeit züchtet er nämlich Bienen. Ja, er ist sogar ein recht erfolgreicher Imker.

Seine Frau Elfie lässt er in dem Glauben, dass er seine Bienen braucht, um die furchtbaren Bilder vom alltäglichen Mord und Totschlag in seinem aufreibenden Job zu verarbeiten. Über seinen Beruf redet er schon seit Jahren nicht mehr mit ihr, und nach fünfundzwanzig Ehejahren fragt sie ihn auch nicht mehr.

Elfie ist Sachbearbeiterin beim bischöflichen Vikariat und für die Organisation von Wallfahrten nach Lourdes zuständig. Ein Routinejob. Vielleicht liest sie deshalb so leidenschaftlich gerne Krimis. Spannende Geschichten mit heldenhaften Ermittlern, die jeden Fall lösen, jeden Täter zur Strecke bringen, bedingungslosen Einsatz zeigen, keinen Feierabend oder Urlaub kennen, kein Privatleben und schon gar keine Hobbys haben, die nie zum Arzt gehen, auch nicht, wenn sie angeschossen wurden. Geschichten von Helden, die mit dem wirklichen Leben nichts gemein haben. Vielmehr dienen sie der Legendenbildung und sind eine großartige Imagekampagne, die auch sein Ansehen bei Elfie und den Nachbarn stetig anwachsen lässt. Es ist schon seltsam: Je banaler die Wirklichkeit desto spektakulärer und großartiger die Fiktion. Und die Fiktion wiederum ist es, die die Wahrnehmung der Realität bestimmt. Nicht umgekehrt.

Neulich abends, sie lagen schon im Bett, blätterte er noch in der Bauanleitung für einen neuen Bienenstock, als Elfie ihre Bettlektüre, natürlich einen Thriller, zur Seite legte und ihn aus heiterem Himmel fragte: »Schatz, wie war denn eigentlich dein Tag?« Erstaunt sah er sie an. Er wusste, was sie jetzt gerne von ihm hören wollte. Sollte er ihr die Wahrheit sagen? Er zögerte kurz, doch dann setzte er einen kryptischen, vielsagenden Blick auf und antwortete leicht gequält: »Frag lieber nicht, Elfie! Frag nicht.«

Gisa Klönne Seemann

Wasser umgab sie. Wasser, so weit das Auge reichte. Wasser in schlammigen Schlieren, wenn sie sich einer Sandbank näherten. Wasser in Grün, Grau und Himmelblau, wo die Fahrrinnen tiefer waren. Der Geruch von Salz und Tang kitzelte sie in der Nase, angenehm frisch, ganz anders als die staubige Schwüle eines Kölner Sommers.

Ein Toter zu viel, hatte der Amtsarzt konstatiert. *Das führt in der Mordkommission leicht zum Burn-out, Frau Krieger. Noch ein paar Monate oder Wochen weiter so, und ihr Körper wird Sie dazu zwingen, kürzerzutreten. Auch der Innendienst bietet ja Perspektiven.*

Sie hatte ihn ausgelacht und sich überstürzt verabschiedet. Ein Schreibtischjob war nicht das, was sie wollte, außerdem besaß sie kein Talent für die Wichtigtuerei in den Konferenzen.

Judith wandte den Blick vom Wasser und musterte den Mann, der sie in seinem halb offenen Fischkutter hinaus ins Wattenmeer brachte. Er hieß Malte Leemster, war Krabbenfischer und Fährmann. Zweiundvierzig Jahre alt, alleinstehend, ohne Vorstrafen. *Der Hauptzeuge, kein Verdächtiger*, hatten die Kollegen der Vermisstenfahndung gesagt. Aber das war natürlich nur eine Hypothese, wie alles, was die Polizei bislang über das mysteriöse Verschwinden von Janina Nawroth wusste, einer sechsundzwanzigjährigen Vogelkundlerin auf einer einsamen Nordseeinsel.

»Bist du auch Biologin?«, fragte Leemster.

»Ja, klar.«

»Wie Janina.«

»Ja.«

Leemster nickte, zögernd, als überlege er, Judith hier und jetzt einem Test über Wattvögel zu unterziehen, wohl wissend, dass sie den nicht bestehen würde.

Judith zwang sich, seinen Blick noch ein paar Sekunden lang zu halten. Erst als Leemster wegsah, griff sie wieder zum Fernglas.

Die Distanz zum Festland wurde stetig größer, die Sonne stieg höher. Am Horizont flirrten die metallischen Türme der Ölbohrinsel Mittelplate im Frühmorgendunst wie eine Fata Morgana. Links davon glaubte Judith bereits Janinas Insel zu erahnen. Eine halbmondförmige Riesensandbank in der innersten Schutzzone des Nationalparks. Außer der Vogelwartin, die dort im Sommer lebte, durfte nur Malte Leemster die Insel betreten. Einmal pro Woche, wenn er die Beobachtungsstation mit Lebensmitteln, Post, Brennholz und Wasser belieferte. Doch vielleicht hatte er sich daran nicht gehalten.

Judith zog das Tabakpäckchen, das sie sich vor der Abreise gekauft hatte, aus der Anoraktasche. Sie hatte weggewollt nach dem Termin beim Amtsarzt, irgendwohin, wo sie ganz allein wäre. Auch mit Karl war es schwierig geworden, denn er wollte eine Antwort auf seine Frage und sie brauchte Bedenkzeit. Und dann war sie bei Mannis Geburtstagsumtrunk mit dem Leiter der Vermisstenfahndung ins Gespräch gekommen, der sich als Onkel der verschollenen Janina Nawroth entpuppte. *Seit einer Woche ist meine Nichte jetzt schon spurlos verschwunden*, hatte er gesagt. *Ich würde gern mehr tun, um die Kollegen in Friedrichskoog bei der Suche nach meiner Patentochter zu unterstützen, will nichts unversucht lassen, doch mir fehlen die Leute.*

Sie hatten dann noch eine Weile hin und her diskutiert, Judiths Idee beerdigt und wiederbelebt. Sie hatten das Risiko kleingeredet und schließlich die Nationalparkverwaltung überredet, Judith als Janinas Nachfolgerin auszugeben. Sie wusste natürlich rein gar nichts über Brandgänse, Silbermöwen, Regenpfeifer und Löffler. Die wenigen Vögel, die sie ohne Zögern bestimmen konnte, waren die Tauben, Elstern und Krähen auf den Kölner Dächern und Stadtplatanen – eine gefiederte Mafia, gegen die Singvögel wie Rotkehlchen kaum eine Chance hatten. Doch sie würde ja allein sein auf der Insel, und solange sie Leemster nicht in ein Fachgespräch verwickelte, mochte sie in ihrer Rolle als Vogelwartin einigermaßen überzeugen: eine Frau, die sich mehr für die Natur interessierte als für Menschen. Eine, die aufgrund ihres eher spröden Naturells nie wirklich von der Ersatzbank des Lebens heruntergekommen war und folglich zur Verfügung stand, als man unverhofft jemanden brauchte. Eine Frau, die es aufgegeben hatte, sich anzupassen, gefallen oder im Rahmen eines Systems auch nur funktionieren zu wollen. Ungeschminkt, wildlockig und praktisch gekleidet.

Sie fühlte Leemsters Blick auf sich, tat so, als ob sie ihn nicht beachtete, sondern sich auf ihr Fernglas konzentrierte. Er starrte sie jetzt unverhohlener an als am frühen Morgen, schien auf etwas zu warten. Vielleicht lag es an ihrem Schweigen, mit dem sie in Vernehmungen und Zeugenbefragungen ihr Gegenüber zum Reden brachte. Die wenigsten Menschen hielten die Stille gut aus. Doch als Fischer müsste Leemster eigentlich daran gewöhnt sein.

War er wirklich nur ein Zeuge? Entsprach das, was er in den Vernehmungen gebetsmühlenartig zu Protokoll gegeben hatte, der Wahrheit? Er habe Janina nicht näher gekannt, habe ihr nichts getan und auch nie irgendetwas Ungewöhnliches an ihr oder auf der Insel bemerkt. Es sei ein Schock gewesen, als er die Beobachtungsstation am 13. Juni leer und verwaist fand. Als sei Janina niemals dort gewesen. Einzig ein silberner Ring und ein zerrissenes Foto hätten in der Schutzhütte auf dem Tisch gelegen. Augenblicklich habe er die Polizei verständigt.

Judith ließ das Fernglas sinken, pulte Tabak, Filter und Zigarettenpapier aus dem blau-weißen Plastikpäckchen, drehte sich eine. *Nach einem Jahr – das ist doch Irrsinn,* hatte Karl protestiert, als sie den Tabak in ihrem Rucksack verstaute, und ihr nicht geglaubt, als sie schwor, dieser Rückfall würde nicht von Dauer sein.

Sie steckte die Zigarette an, inhalierte. Wandte sich zu Leemster und sah ihm in die himmelhellblauen Augen.

»Mochtest du Janina?«

»Mögen …« Er zerdehnte das Wort, sagte es, als wolle er jede der Silben schmecken. »Wir haben halt 'n bisschen gequatscht, wenn ich ihren Kram gebracht hab. Über das Wetter und die Vögel und so. 'n Kaffee getrunken.«

Und so, was genau sollte das heißen? Leemster zuckte die Achseln und gab es nicht preis. Obwohl er nicht lächelte, schien ihr auf einmal, als würde nicht sie mit ihm Katz und Maus spielen, sondern er mit ihr, und dass ihn das insgeheim amüsierte.

Der Ring, den er angeblich in der Beobachtungsstation gefunden hatte, war mit Perlmutt verziert. Zwei Hautpartikel an der Innenseite der Fassung bewiesen, dass Janina ihn tatsächlich getragen hatte. Auf dem zerrissenen Foto konnten die Kriminaltechniker Teilfingerabdrücke von Janina, Leemster und einem Unbekannten sichern. Es war vor dem Portal des Kölner Doms aufgenommen worden und zeigte eine sommersprossige, lachende Janina mit wallendem rotem Haar, Wange an Wange mit einem blonden jungen Mann, dessen Identität trotz aller Bemühungen bislang nicht geklärt war. Ein geheimer Freund? Eine Zufallsbegegnung? Die große Liebe? Waren die beiden auf Weltreise gegangen?

»'ne Vogelwartin, die raucht, hatten wir noch nie«, sagte Leemster und starrte.

»Ich selbst steh ja nicht unter Naturschutz, oder?«

Er nickte, grinste, manövrierte geschickt zwischen Sandbänken. Die Sonne gewann immer mehr an Kraft. Das Meeresblau schien sich aus irgendeinem Grund in Leemsters Augen zu fangen und dort zu verstärken. Vielleicht lag das daran, dass er vermutlich nur selten auf einen Computermonitor schaute, auf Straßen, Fassaden und beengende Wände. Vielleicht war diese Weite genau das, was sie brauchte, und Janina war lebendig und Leemster tatsächlich nur ein freundlicher Seemann.

»Kann ich auch eine?« Er zeigte auf Judiths Tabak.

Judith zögerte, sah etwas Aufblitzen in seinen Augen. Gier? Wut? Ein erstes Indiz dafür, dass es mit seiner Integrität doch nicht so weit her war? Sie warf ihm das Tabakpäckchen zu, er fing es mit der lässigen Präzision einer Beute erjagenden Möwe. Judith registrierte die Schwielen an seinen Fingern, die knubbeligen Kuppen, das Tattoo auf der Innenseite seines rechten Handgelenks, das unter dem Pulloverärmel hervorblitzte, als er den Tabak zurückwarf. Ein A in einem Kreis, unsauber gestochen. A. Anarchie. Das musste nichts heißen. Und doch bekam sie nun beinahe Lust, ihm zu eröffnen, wen er da transportierte: eine Staatsdienerin in Undercover-Mission. Eine Bullenbraut, die ihn womöglich schon bald dorthin schicken würde, wo man Tätowierungen in genau diesem Stil stach: mit einer unsauberen Nadel und der Tinte aus Kulis, weil der Weg in ein Profi-Tattoostudio durch Gitter versperrt war.

Leemster drosselte das Tempo, ihr Ziel kam in Reichweite. Das Boot schien auf einmal zu schweben, fast lautlos, sodass Judith hörte, wie die See an der Schiffswand leckte. Es klang unstet und hungrig.

Möwen kreischten und schossen im Sturzflug auf sie herunter und wieder empor, als Leemster den Kutter an der Anlegestelle vertäute.

»Aasgeier.« Er klemmte seine Kippe in den Mundwinkel, paffte.

Aasgeier. Aasfresser. Judith ließ ihren Blick schweifen, erst nach links, dann nach rechts. Vögel über Vögel glotzten sie an. Hockten am Strand, in den Dünen, in den gedrungenen Sträuchern. Stemmten sich in wabernden Trauben in den Wind und kreischten. Charlotte. Jetzt, da Judith im Begriff war, mitten in dieses Szenario einzutauchen, ließ sich die Erinnerung an Charlotte nicht mehr verdrängen. Charlotte, die andere Vogelforscherin, die Judith auch einmal gesucht und schließlich in Kanada gefunden hatte. Charlotte, mit der sie in einem früheren Leben einmal so etwas wie eine Schulfreundschaft verbunden und die sie dennoch verraten hatte. Charlotte, nach der sie viel zu spät gesucht hatte. Keine gute Geschichte.

Judith schnippte die Asche ins Wasser, sah, wie sie sich auflöste, von einem Moment auf den anderen nicht mehr da war. Sie drückte die Kippe aus, warf sie in den Eimer zu Leemsters Füßen. Sie hatte Karl angelogen und natürlich hatte er sie durchschaut. Es tat einfach gottverdammt gut, wieder zu rauchen. Es würde die Hölle sein, das wieder zu lassen.

Die Insel war ein drei Kilometer langer Streifen aus Sand und Seegras, der Witterung und Gezeiten aus unerklärlichen Gründen standhielt. Die Beobachtungsstation war die einzige Erhebung, so weit das Auge reichte, ein Holzbau auf Stelzen, geschaffen, um sich gegen Sturmfluten zu behaupten.

Leemster sprang an Land und schleuderte Judiths Rucksack und die Vorräte in einen hölzernen Karren, der offenbar zu diesem Zweck am Strand bereitstand. Vögel stoben auf, als er den Wagen durch den Sand zum Stelzenhaus zerrte. Er sei zwar etwas raubeinig, aber ein Kavalier, hatte Janina über dieses Prozedere in einer Mail an ihre Eltern geschrieben. War es bei solcherlei Gefälligkeiten geblieben? Viele Vermisstenfälle lösten sich binnen eines Tages, gut die Hälfte in der ersten Woche, denn im Digitalzeitalter ist es kaum möglich, spurlos zu verschwinden, und Mörder begehen Fehler. Doch man hatte keine Blutspuren auf der Insel gefunden und die Leichenspürhunde blieben stumm. Weder Janinas Mail-, noch ihr Facebook-Account oder ihre Bankkarten waren in den elf Tagen seit ihrem Verschwinden am 13. Juni benutzt worden, und ihr Handy ließ sich nicht orten.

Die Chancen auf einen glücklichen Ausgang sanken mit jedem Tag rapide. In ein paar Wochen oder Monaten würde sich die Hoffnung der Angehörigen, Janina heil und lebendig wiederzusehen, ganz allmählich in die Sehnsucht verwandeln, wenigstens irgendetwas über ihr Schicksal zu erfahren, und sei es, dass und wie Janina gestorben war. Die Ungewissheit würde sich als Dauergast einnisten in ihr Leben und alles, was zuvor selbstverständlich erschienen war, langsam und unerbittlich zerstören.

Im Stelzenhaus roch es nach Holz und nach Meer und es schien die ganze Zeit leise zu schwanken, wie ein Schiff auf hoher See, doch vielleicht war das eine Täuschung. Judith wartete mit dem Auspacken, bis Leemster in seinem Kutter davongefahren war. Sie suchte ein Versteck für ihre Walther, beschloss dann doch, sie zu tragen. Der Holztisch vor dem Fenster roch nach Bienenwachs. Judith strich mit der Hand über seine rund gefrästen Kanten, rief sich die Fotos der Kriminaltechnik vor Augen. Es schien absurd, dass ausgerechnet das zerrissene Foto und Janinas Perlmuttring hier zurückgeblieben waren, völlig irrational. Wenn Janina den Mann auf dem Bild liebte, hätte sie es nicht zerrissen, sondern mitgenommen. Wenn sie sich von ihm getrennt hatte und er derjenige war, der für ihr Verschwinden verantwortlich war, hätte er diesen Hinweis auf sich doch wohl kaum offen liegen gelassen. Vielleicht, nein wahrscheinlich war dieser letzte Gruß, den Leemster gefunden haben wollte, Teil eines perfiden Spiels, eine Finte. Nie, niemals würde Janina freiwillig ohne Abschied verschwinden, hatten ihre Familie und Freunde geschworen. Es war ihr Traum gewesen, nach dem Diplom einen Sommer lang ganz allein bei ihren geliebten Vögeln auf der Insel zu leben. Sie war Biologin mit Leib und Seele.

Oder hatten die Kollegen doch irgendetwas übersehen? Gab es in den Dünen oder in dem Stelzenhaus ein Versteck, noch einen weiteren Hinweis, womöglich ein Grab? Judith begann zu suchen, systematisch, zog immer größere Kreise um die Beobachtungsstation, gab erst auf, als sie jeden Zipfel der Insel erkundet hatte. Nichts, gar nichts, nur Vogelkolonien und Sand und die grün wallende Feuchte der Salzwiesen. Judith hatte tatsächlich noch nie so viele verschiedene Vögel so dicht beieinander gesehen. Und nie hätte sie auf diesem sandigen Streifen Nichts in der Nordsee sogar Rotkehlchen erwartet. Doch sie waren hier, weit über hundert, eine knopfäugige Schar, die ausgelassen herumtollte, zwischendurch Rast auf dem Treppengeländer des Stelzenhauses machte und Judith anstarrte, als ob sie etwas von ihr erwartete.

Der erste Tag verging. Der zweite. Der dritte. Die Zeit beschleunigte sich, als ob die Stunden auf der Insel einfach ineinander verschwammen. Boote glitten vorbei, größere, kleinere, ab und an fast zum Greifen nah. Einmal glaubte Judith bei der vorgelagerten Sandbank ein Kanu oder Kajak zu sehen. Aber vielleicht war es auch nur ein Baumstamm oder eine optische Täuschung, und bis sie ihr Fernglas geholt hatte, war, was auch immer sie gesehen hatte, wieder verschwunden.

Die Kollegen aus Köln meldeten keinen Fortschritt. Leemster brachte die nächste Wochenration, trank Kaffee, rauchte, gab nichts preis und verschwand wieder. Manchmal verblasste das Licht hinter einer undurchdringlichen Wand grauer Wolken. Dann wieder riss der Himmel auf und begann zu brennen und Judith setzte sich auf eine Düne, rauchte und überlegte, warum ausgerechnet die Farbe Rot als Inbegriff der Liebe galt. Ob sie Karl wirklich heiraten sollte oder zumindest mit ihm zusammenziehen? Doch sie konnte sich nicht entscheiden. War es Janina auch so gegangen? War sie untergetaucht? Oder lebte sie irgendwo anders bereits ein neues, glückliches Leben mit dem Mann auf dem Foto?

Manchmal senkte sich Nebel über die Insel und legte alles in Stille. Und obwohl an solchen Tagen kaum mit unerwünschtem Besuch zu rechnen war, kam es Judith gerade dann so vor, als ob sie nicht allein auf der Insel wäre. Unwillkürlich griff sie nach ihrer Walther und durchwachte die Nächte mit weit offenen Augen.

Seemann, deine Heimat ist das Meer. Leemsters Augen waren es, die Judith an diesen Uralt-Schlager erinnerten. Wer hatte den noch gleich gesungen? Paloma? Lolita? Vicky Leandros? Judith kam nicht darauf, mühte sich vergebens, die Melodie wieder zu verdrängen, aber selbst Manfred Mann und Patti Smith konnten sie nicht vertreiben.

Vogelgekreisch weckte Judith am nächsten Morgen. Sie taumelte hoch, entdeckte zwei Sperber, die Jagd auf die Rotkehlchen machten und alle fraßen, die sie erwischten. Die Starken gegen die Schwachen, Darwins Gesetz als 3-D-Spektakel. Judith rannte los, instinktiv, schrie und wedelte mit den Armen, versuchte, die Raubvögel zu verscheuchen. Sinnlos, völlig sinnlos, sie machte sich lächerlich, und die Rotkehlchen hatten ohnehin keine Chance, denn ein Sperber schlägt seine Beute im Flug, er tötet sie, indem er sie mit den Spitzen seiner Greifkrallen durchbohrt, und lässt sie nicht mehr los.

Warum gerade die Rotkehlchen? Weil sie die passende

Größe hatten? Einfach da waren? Wegen ihrer roten Lätzchen? Judith blieb stehen, sah, wie die wild flatternde Vogeltraube über das Meer zog, entdeckte im selben Moment wieder das Kajak. Und für Sekunden glaubte sie sogar, die Silhouette eines Mannes darin zu erkennen, die Bewegung eines Paddels, aufblitzendes Wasser.

Die Sperber verschwanden wieder, einfach so, von einer Minute auf die andere. Die überlebenden Rotkehlchen verfielen wieder in ihre Routinen, als hätte es das Gemetzel an ihren Artgenossen nie gegeben. Sich abfinden. Fügen. Das Unvermeidliche akzeptieren. Janina hatte das getan, scheinbar emotionslos hatte sie die Beutezüge der Sperber im Vogelwart-Blog der Insel protokolliert. Aber sie, Judith, war Polizistin. Sie würde erneut versuchen, die Sperber zu jagen, sollten sie zurückkehren.

Wusste Leemster davon? War das der Grund für dieses seltsame Lächeln, das seine Lippen niemals erreichte? Unmöglich, das zu entscheiden. Unmöglich auch herauszufinden, ob dieser Mann in dem Seekajak echt oder ein Hirngespinst gewesen war. Vielleicht schnappte sie über, weil sie dauernd allein war.

Die Zeit verlangsamte sich wieder, begann schließlich zu schleichen. Leemster kam zum zweiten Mal auf die Insel, trank Kaffee, rauchte und fuhr wieder, ohne die Rotkehlchen auch nur eines Blickes zu würdigen. Sie hatte sich geirrt. Sich verrannt. Sich in etwas hineingesteigert, wie die Kollegen in Köln das gern ausdrückten. Es war an der Zeit, ihren Fehler zu korrigieren und abzureisen. Judith schrie ihre Wut in den Wind, lange, laut, bis sie nicht mehr konnte.

Sonnenstrahlen weckten sie am nächsten Morgen. Der Himmel war makellos, die See wie ein Spiegel. Doch auf der obersten Stufe des Stelzenhauses lag etwas, das dort nicht sein sollte. Judith ging in die Knie und betrachtete das feine, graubraune Muster der Federn und die blutigen, sauber durchschnittenen Sehnen.

Der Flügel eines Sperbers. Eine Botschaft für sie. Eine Warnung. Sie atmete aus. Sie würde noch bleiben.

Steckbrief

Name: Judith Krieger, geb. Engel
Geboren am: 10. Juni 1966
Geboren in: Berlin-Wilmersdorf
Familienstand: Ledig
Größe: 1,71 m
Gewicht: ca. 65 kg
Augenfarbe: Grau
Haarfarbe: Mahagonirot
Besondere Kennzeichen: Blauer Rand um die Iris, Sommersprossen, Locken
Lieblingskleidung: Jeans, Boots, Ledermantel
Beruf: Kriminalhauptkommissarin im KK 11 in Köln
Berufswunsch als Kind: Hippie in Kalifornien
Beruflicher Werdegang: Jurastudium mit dem Ziel, als Anwältin für die Rechte von Frauen zu streiten. Jobs als Barkeeperin, Zeitungsausträgerin und Nachtwächterin in einem Frauenhaus. Durch ihren besten Freund Patrick kam Judith zur Polizeischule und in die Mordkommission, immer noch mit dem Plan, die Welt ein bisschen gerechter zu machen (wohl wissend, dass das nicht gelingen kann). Im KK 11 galt Judith zunächst als Shootingstar. Dann aber wurde Patrick bei einem Einsatz erschossen, in dem er Judith vertrat. Diesen Schock hat sie nie ganz verwunden. Ihre Vorgesetzten fürchten ihren Eigensinn und die Zähigkeit, mit der sie sich in einen Fall verbeißt, rühmen jedoch ihren Instinkt. Erst allmählich hat Judith ihren Ermittlungspartner, den zehn Jahre jüngeren Heißsporn Manni Korzilius, zu schätzen gelernt – und er sie.
Familie: Schwierig. Judiths leiblicher Vater, Thomas Engel, brach 1969 sein Jurastudium ab und trampte auf dem Hip-

pietrail gen Indien, um sich selbst und ein besseres Leben zu finden. Er kam nie zurück, ist in Kathmandu erfroren. Dies hat Judiths Mutter Eva, eine Arzthelferin, lange verschwiegen, weil sie das als Schande empfand. Sie heiratete erneut, den Wirtschaftsmanager Wolfgang Krieger, der Judith adoptierte und ihr so ihren Namen gab. Aus dieser zweiten Ehe der Mutter entstammen Judiths Halbbrüder, die Zwillinge Edgar und Artur. Judith hat sich immer fremd in ihrer Familie gefühlt. Ihre Kindheit war zudem wegen der häufigen Jobwechsel ihres Stiefvaters durch Umzüge und Abschiede geprägt.

Partner: Wechselnd, oft auch keinen. Aktuell Karl, einen freischaffenden Fotografen, der in der Wohnung unter ihr wohnt.

Kinder: Keine

Haustiere: Keine

Auto: Eine von Polizeigrün auf Nachtblau umgefärbte Ente (2 CV). Ein Nostalgiekauf, der nicht immer so funktioniert, wie er sollte, dafür aber eine hervorragende Stereoanlage besitzt.

Laster: Zu viele Zigaretten, zu viel Kaffee und nachts, wenn die Gedanken an die Toten sie nicht schlafen lassen, zu viel Kölsch.

Tugend: Intuition. Treue. Unbestechlichkeit.

Sie mag: 70er-Jahre-Rockmusik (Patti Smith. Manfred Mann. Crosby, Stills, Nash and Young …). Sommernächte. Boule im Park mit dem Rechtsmediziner Karl-Heinz Müller.

Sie hasst: Unterdrückung. Selbstgefälligkeit.

Zuhause: Seitdem Judith ein halbwegs anständiges Gehalt bezieht, lebt sie in ihrer Wahlheimat Köln in einer Dachwohnung am Rande des Szeneviertels Südstadt mit sehr großer Dachterrasse. Ihr Lieblingsplatz ist ebendiese Terrasse bzw. im Winter die Fensterbank des Wohnzimmers mit Blick in den Himmel.

Größtes Manko dieser Wohnung: Sie wird im Sommer zu heiß und die verlässlichste Komponente im Kühlschrank sind ein paar Flaschen Kölsch.
Größtes Plus: Die Dachterrasse. Die Stereoanlage. Keine störenden Nachbarn. Patti Smith. Manfred Mann. Crosby, Stills, Nash and Young.
Größtes Manko Kölns: Der Dreck, die verkorkste Nachkriegsarchitektur und der diesige, niemals ganz dunkle Himmel, der den Blick auf die Sterne erschwert.
Größtes Plus: Dies ist der einzige Ort, mit dem Judith so etwas wie Heimatgefühle verbindet.

Friedrich Ani

Jenseits des Tages, diesseits der Nacht

Gegen ein Uhr morgens verließ Tabor Süden die Katerschmiede, ein Lokal in der Tegernseer Landstraße, das eigentlich *Café Xeng* hieß. Süden nannte jede Kneipe, in der er öfter in einen bebierten Zustand geriet, Katerschmiede, sodass er am nächsten Tag immer wusste, wo er in der Nacht gewesen war.

Zu jener Zeit bestand sein Leben aus mit Selbstironie glasiertem Selbstbetrug, die Tage vergingen, und er bildete sich ein, die Kontrolle zu behalten. Vielleicht gelang ihm das auch, aber er wurde nicht glücklich damit.

In der Detektei, für die er arbeitete, gingen keine Aufträge ein, und seine Chefin, Edith Liebergesell, hatte angekündigt, ihm sein Monatsgehalt zu streichen, falls die Dinge sich nicht änderten. So stand er fast jeden Abend am Fenster des *Café Xeng* und schaute hinaus, wo die Straßenbahnen vorüberfuhren. Er überlegte, was er tun würde, wenn er den Job verlor. Jedes Mal hörte er nach einer Weile auf, darüber nachzudenken. Keine Antwort, in keinem Winkel seines Kopfes. Er hätte zum Waldfriedhof fahren und mit seinem Freund Martin Heuer darüber sprechen können, doch er brachte die Kraft nicht auf. Ihm war klar, wie erbärmlich er sich momentan benahm, und er fand kein Schlupfloch aus der Falle, in die er sich wachen Blickes geflüchtet hatte.

Also trank er weiter, sah aus dem Fenster, hörte Gespräche, mischte sich gelegentlich ein, mehr abwesend als interessiert, horchte auf die Musik, die etwas in ihm anrührte, das ihn schmerzte, und wandte sich wieder der Nacht mit ihren immer gleichen Gepflogenheiten und Spielereien zu.

Süden sah in die Nacht wie in einen Spiegel. Er erkannte die Maske wieder, hinter der er seit Monaten sein graues, von Ratlosigkeit, trostlosem Grübeln, Selbstmitleid und Erinnerungen aufgequollenes Gesicht versteckte, und sein Zorn darüber hätte ihn beinah dazu gebracht, mit beiden Fäusten gegen das Fenster zu schlagen, als er die alte Frau auf der anderen Straßenseite bemerkte. Sie stand vor der beleuchteten Apotheke, die Hände, in denen sie offensichtlich ein paar Zettel hielt, vor dem Bauch gefaltet, und blickte zum Himmel.

Schon vor zwei oder drei Tagen hatte Süden sie vor der Post stehen sehen, sie sprach Passanten an und drückte ihnen ein Blatt Papier in die Hand. Er hatte in der Tram gesessen und bloß an sich gedacht oder an nichts. Er hätte an der Haltestelle gegenüber der Post aussteigen können. Aus Mangel an Neugier war er weitergefahren, obwohl er kein Ziel hatte.

Auch jetzt, so schien ihm, bezahlte er nicht vorzeitig seine Zeche, weil die Neugier ihn über die Straße trieb. Sondern weil der Anblick der Frau im grünen Wollmantel ihn aus einem Grund erschütterte, den er sich nicht erklären konnte. Eine Nacht später erst sollte er begreifen, dass die Frau ihn an jemanden erinnerte, der ihn das Nahsein gelehrt hatte.

Die alte Frau sah ihn nicht an, als er sich neben sie stellte.

Hin und wieder huschte ein Passant an ihnen vorbei. Die Frau hatte den Kopf gesenkt. Es kam Süden so vor, als würde sie die Augen zusammenkneifen, um besser sehen zu können, und er fragte sich, was. Das Lokal auf der anderen Seite? Die Gestalten hinter dem Fenster, zu denen er soeben noch gehört hatte?

»Kennen wir uns?«, fragte die Frau unvermittelt und

ohne sich an ihn zu wenden. Er warf ihr einen Blick zu. Sie war kleiner als er und hatte graubraune, vom Wind zerzauste Haare. An den Füßen trug sie gelbe, ausgebleichte Turnschuhe und, wenn Süden sich nicht täuschte, keine Socken. Sie hob den Kopf, und er sah ihre Augen, die blau und groß waren.

»Flüchtig«, sagte er.

»Ach so.«

Er schwieg, und sie schien nichts dagegen zu haben. Eine Zeitlang hätten sie zwei Zeugen Jehovas sein können, die es mit ihrem Auftrag übertrieben und noch mitten in der Nacht ihre Botschaft samt ›Wachturm‹ unters Volk bringen wollten. Der Gedanke amüsierte Süden, und er hätte nicht gedacht, dass sie es bemerkte.

»Worüber schmunzeln Sie so?« Sie sah zu ihm hinauf und kniff wieder die Augen zusammen.

»Ich schmunzele nicht.«

»Sie schmunzeln.«

»Sie verteilen Zettel«, sagte er. »Geben Sie mir auch einen?« Erst jetzt fiel ihm auf, dass es nur noch zwei waren, die sie in ihren Händen hielt.

»Wenn Sie versprechen, dass Sie Ausschau halten«, sagte die Frau.

»Unbedingt.«

Nach einem Moment, während sie die Lippen aufeinanderpresste und anscheinend angestrengt über etwas nachdachte, gab sie ihm ein Blatt. Er sah ein kopiertes, verwaschenes Foto, er las die kargen Zeilen, er schüttelte den Kopf und lehnte sich mit dem Rücken an die Scheibe der Apotheke, als gäbe sie ihm Halt in seiner schlitternden Fassungslosigkeit, die ihn schwindlig machte.

Seit Wochen irrte er, arbeitslos, verschroben, von sich selbst verachtet, durch die Stadt, angeblich auf der Suche nach einem klaren Gedanken und einer wesentlichen Antwort. Und dann beobachtete er vor dem Postamt am Tegernseer Platz eine alte Frau, die unübersehbar um Hilfe rief, indem sie Zettel verteilte, und brachte es fertig, sitzen zu bleiben und seine Fahrt nach irgendwo fortzusetzen, weil er sich darin gefiel und seine Selbstgenügsamkeit wie einen treuen Hasen kraulte.

Währenddessen suchte eine Frau nach ihrer Tochter und ging dabei verloren.

»Wie alt ist Ihre Tochter?«, fragte Süden. Auf dem kopierten, zerknitterten Blatt wirkte das Gesicht schemenhaft und verzerrt.

»Sechsundvierzig.«

»Und wie alt sind Sie?«

»Müssen Sie das fragen?«

Süden schwieg. Er schätzte die Frau auf Anfang siebzig, also wäre sie bei Elenas Geburt etwa fünfundzwanzig gewesen.

Das war der Name, der in Handschrift unter dem Foto stand: *Elena Sell*, darunter die Telefonnummer 089/69374189. Über das Foto hatte ihre Mutter mit krakeliger Schrift geschrieben: *Wer hat meine Tochter gesehen?*

»Wie heißen Sie?«, fragte Süden.

»Sell, Heide.«

»Ich bin Tabor Süden.«

»Wohnen Sie in der Nähe?«

»Ja.«

»Wie ich.«

»Seit wann suchen Sie nach Ihrer Tochter?«

»Lang schon.«

»Sie waren nicht bei der Polizei.«

Heide Sell schüttelte den Kopf.

»Wohnt Ihre Tochter auch hier?«

Er erhielt keine Antwort. Aus dem *Café Xeng* kam ein Mann auf die Straße, den Süden flüchtig kannte. Der Mann winkte herüber, und Süden hob kurz den Arm. Umständlich, als habe er ein Pferd vor sich, kletterte der Mann auf sein Fahrrad, umklammerte die Lenkstange und verfehlte erst einmal die Pedale, bevor er in Schwung kam und zwischen den Trambahnschienen davonfuhr – mit einer Geschwindigkeit, der der Rausch, fürchtete Süden, im Notfall nicht gewachsen sein würde.

Süden sah wieder die Frau neben sich an. Sie zerknüllte das letzte Suchblatt abwechselnd in beiden Fäusten und steckte es in die Manteltasche. »Geben Sie die Suche auf, Frau Sell?«

»Nein.«

»Ich arbeite in einer Detektei, ich suche Verschwundene, vielleicht kann ich Ihnen helfen.«

»Sie schwindeln.«

»Ich schwindele nicht.«

»Sie schwindeln, wie Sie schmunzeln.«

»Weder das eine noch das andere.«

»Und woher kommen Sie dann so plötzlich in der Nacht?« Wie vorher schaute Heide Sell mit verzurrter Miene über die Straße. »Kommen daher als Detektiv und wollen Geld von mir.«

»Ich will kein Geld.«

»Was dann?«

»Ich versuche, Ihre Tochter zu finden, wenn Sie möchten. Sie brauchen nichts zu bezahlen.«

»Da steckt ein Trick dahinter.«

»Nein, Frau Sell.«

»Sie heißen Süden? Glaub ich nicht. So heißt niemand.«

»Das ist mein Name. Tabor Süden.«

»Wo kommen Sie denn her?«

»Aus dem Lokal gegenüber.«

Ihr blauer Blick streifte ihn nur.

»Geboren bin ich in Taging«, sagte Süden.

»Taging am See?«

»Erzählen Sie mir etwas von Ihrer Tochter.«

Sie schüttelte den Kopf, zog die Schultern hoch, gab einen leisen, summenden Laut von sich. Dann scharrte sie mit den Schuhen. Sie schien zu frieren, aber Süden wollte sie nicht darauf ansprechen. »Elena war schon oft verschwunden.« Ihre Stimme, dachte Süden, war von einer Art Melodie getragen, die vielleicht ihr Leben begleitete und ihr Alleinsein erträglich machte. »Sie ist schon vierzehn Mal umgezogen, in einer einzigen Stadt.«

»Aber den Kontakt zu Ihnen hat sie nie abgebrochen«, sagte Süden.

»Das stimmt.« Während sie still war, glaubte Süden ein leises, in ihrem Atem verstecktes Summen zu hören.

»Trotzdem machen Sie sich jetzt Sorgen«, sagte Süden.

»Ich mach mir immer Sorgen, mein ganzes Leben lang. Immer Sorgen, immer.«

»Sie leben allein.«

Heide Sell gab keine Antwort.

»Ohne Elenas Vater.«

Sie nickte.

»Sie haben keinen Kontakt zu ihm.«

»Er lebt nicht mehr. Seit ...« Sie zog die Stirn in Falten. Eine Minute verging, dann seufzte sie. »Ist lang her, zwölf, dreizehn Jahre. So lang schon.«

»Sie vermissen ihn.«

»Ich vermiss Elena. Wo könnt sie sein, Herr Süden?«

»Wo hat sie zuletzt gewohnt?«

»In der Herzogstraße 114.«

»In Schwabing.«

»Nah beim Park.«

»Ich werde hinfahren und die Nachbarn befragen.«

»Die wissen nichts.«

»Sie waren schon dort?«

Heide Sell schüttelte wieder den Kopf, kurz und abweisend.

»Ich rufe Sie an«, sagte Süden. »Morgen früh mache ich mich auf den Weg.«

»Woher wissen Sie meine Nummer?«

»Sie steht auf dem Zettel.«

»Ach so. Ach ja.« Heide Sell nahm die rechte Hand aus der Manteltasche und hielt sie Süden hin. »Dann auf Wiedersehen und vielen Dank.« Ihre Hand war kalt und klein.

Obwohl er nicht wusste, ob er das Recht dazu hatte, sagte Süden: »Sie sind sehr spät noch unterwegs.«

»Wie Sie.«

»Ja.«

»Haben Sie nicht Frau und Kind?«

»Nein.«

»Warum nicht?«

Nach einem Schweigen sagte Süden: »Soll ich Sie nach Hause begleiten, Frau Sell?«

»Ich schaff das schon.« Sie wandte sich um und ging los, bevor Süden etwas erwidern konnte, und als er überlegte, ob er ihr folgen sollte, war sie verschwunden. Er betrachtete das verwaschene Gesicht auf dem Zettel, die unbeholfene Schrift, und dachte, dass er die alte Frau unbedingt einholen musste, weil es viel zu spät war, um sie allein nach Hause gehen zu lassen. Doch als er um die Ecke bog, an der sich ein Matratzenladen und der Übergang zum Postamt befanden, sah er sie nirgends. Er lief zur U-Bahn hinunter, aber da war niemand außer einer Gruppe von drei Jugendlichen. Er kehrte auf die Straße zurück und hielt weiter Ausschau nach Heide Sell.

Eine Stunde später war er zu Hause und konnte nicht einschlafen.

In der Herzogstraße erzählte ihm eine Nachbarin am nächsten Tag, dass Elena Sell vor etwa fünf Jahren ausgezogen sei. »Ich hab sie recht gut gekannt«, sagte Luisa Horn. Sie lud Süden auf einen Espresso in ihre Wohnung ein, und er nahm auch den zweiten dankbar an. »Sie hat als Kostümbildnerin im Theater der Jugend gearbeitet, dann als Schauspielerin bei befreundeten Regisseuren, die Low-Budget-Filme gedreht haben. In der Zeit, als sie hier gewohnt hat, hatte sie drei oder vier verschiedene Jobs. Und ständig wechselnde Männer.«

Süden trank den heißen, starken, duftenden Kaffee. Er stand auf dem Balkon an der Südseite des vierstöckigen Hauses, die Sonne schien ihm ins Gesicht, und die Bilder der Nacht lösten sich in seinem Kopf allmählich auf.

»Ein unsteter Mensch«, sagte er.

»Unstet und unnahbar.«

»Kennen Sie Elenas Mutter?«

»Wenn ich mich richtig erinnere, hatte sie keinen Kontakt zu ihrer Mutter.« Luisa Horn drehte sich eine Zigarette und zündete sie mit einem Feuerzeug an. Sie trug ein einfaches, dunkelblaues Hauskleid und wirkte müde. Sie war erst kurz vorher vom Nachtdienst aus dem Schwabinger Krankenhaus nach Hause gekommen, als Süden an der Tür klingelte. Anstatt ihn zu bitten, ein andermal wiederzukommen, hatte sie trotz ihres erschöpften Zustands angeboten, Kaffee für sie beide zu kochen. Vielleicht, hatte Süden gedacht, zählte auch Luisa zu den Menschen, in deren Träumen die Geister des Tages ihr Unwesen trieben – ähnlich wie bei ihm, seit seine Gegenwart sich in eine Art Unterwelt verwandelt hatte.

»Möchten Sie auch eine Zigarette?«

»Nein«, sagte Süden. »Sie haben mich noch gar nicht gefragt, warum ich nach Elena suche.«

»Sie haben gesagt, Sie sind Detektiv. Hat sie was angestellt?«

»Sie ist verschwunden.«

»Weil sie was angestellt hat.«

»Ihre Mutter sucht nach ihr.« Süden sog den Tabakrauch ein und verließ für Sekunden seine Anwesenheit auf dem Balkon. Vor ihm stand sein ältester Freund und ehemaliger Kollege bei der Kripo. Martin Heuer rauchte eine filterlose

Zigarette und hielt sein von den Krallen der Nacht gezeichnetes Gesicht in die Morgensonne, die ihm keinen neuen Tag bescherte, sondern nur eine andere, irritierende, verletzende Form der Nacht. In einer zeitlosen Stunde jenseits des Tages und diesseits der Nacht war Heuer mit seinem alten Auto in den Osten der Stadt gefahren, hatte hinter einem billigen Bordell geparkt, war in einen Müllcontainer geklettert, hatte den Deckel zugeklappt und sich mit seiner Dienstwaffe in den Kopf geschossen. Und niemand war rechtzeitig zur Stelle, keine Hure, kein Hund, kein Süden.

Als Süden die Augen wieder öffnete, stand Luisa Horn nah vor ihm, strich ihm mit der Hand über die Wange und sagte: »Sind Sie sicher, dass Sie nach Elena suchen und nicht nach jemand anderem?«

»Nach wem?«, fragte Süden tatsächlich.

Luisa wandte sich zur Brüstung und sah hinunter auf die Straße. Zwei Frauen führten eine Gruppe von vier- oder fünfjährigen Buben und Mädchen, von denen sich jeweils zwei an den Händen hielten, über die Kreuzung, begleitet von einem Tanz aus Stimmen.

»Und Elena hatte bestimmt keinen Kontakt zu ihrer Mutter«, sagte Süden. Eigentlich hätte er gern zu den Kindern hinuntergesehen, aber er traute sich nicht. Er wäre ihnen möglicherweise im Gehege seiner Erinnerungen gefolgt.

»Ganz bestimmt«, sagte Luisa.

»Bitte?«

»Woran denken Sie?«

»Sehen Sie sich das hier an, Frau Horn.«

»Sagen Sie Luisa, bitte.« Sie nahm den Zettel, betrachtete ihn und gab ihn Süden zurück. »Das soll Elena sein? War wohl ein uraltes Foto, das die Dame als Vorlage genommen hat. Seit wann ist sie verschwunden?«

»Das weiß ich nicht. Frau Sell sagt, sie suche seit langem nach ihr. Wissen Sie, wohin Elena gezogen ist?«

Luisa begann, sich eine neue Zigarette zu drehen. »Damals hatte sie einen Freund, ich glaube, sie wollte vorübergehend zu ihm ziehen. Ich hab seine Nummer.«

Von Luisas Telefon rief Süden den Mann auf seinem Handy an und erfuhr, dass Elena und er sich vor mehr als zwei Jahren getrennt hatten. Angeblich habe sie einen neuen Job angeboten bekommen, als Hauswirtschafterin in Solln. Genaueres wisse er nicht, allerdings habe er noch die Telefonnummer einer Freundin von Elena, die ihr den Job vermittelt habe. Diese Freundin habe früher bei ihm als Putzfrau gearbeitet. Ihre Nummer stehe in einem alten Notizbuch bei ihm zu Hause, aber er komme heute Abend nicht vor acht Uhr zurück.

»Hauswirtschafterin?«, fragte Luisa Horn. »Was soll das? Sie ist gelernte Augenoptikerin.«

»Trotzdem arbeitete sie beim Theater und als Schauspielerin.«

»Sie hat alles Mögliche gemacht, sag ich doch. Aber Hauswirtschafterin? Was macht sie da? Putzen? Und wo? In Solln? Im Grunde sind wir alle nie richtig schlau aus ihr geworden. Aber ich hab sie sehr gemocht, sie war immer gut drauf, jedenfalls hat sie so getan. Ja, vielleicht hat sie nur so getan. Macht nichts. Sie ist ein guter Mensch. Muss ich mir jetzt Sorgen um sie machen?«

Kurz nach zwölf Uhr mittags rief Süden wie versprochen unter der Nummer an, die Heide Sell auf ihr Suchblatt geschrieben hatte. *Kein Anschluss unter dieser Nummer*, sagte eine Stimme. Nach einem zweiten Versuch erkundigte Süden sich im Dezernat 11 bei einer Kommissarin, die er vor einiger Zeit im Zusammenhang mit einem Vermisstenfall kennengelernt hatte, nach der Nummer. Bis vor elf Monaten war der Anschluss auf Heide Sell in der Warngauerstraße 9 gemeldet.

Die Straße lag nicht weit von der Kreuzung entfernt, an

der Süden letzte Nacht der alten Frau begegnet war. Entgegen seiner Gewohnheit – er nutzte am liebsten die Straßenbahn oder ging zu Fuß oder nahm ein Taxi – fuhr er vom Schwabinger Hohenzollernplatz mit der U-Bahn bis zur Haltestelle Silberhornstraße, von wo aus er fünf Minuten bis zur Warngauerstraße brauchte.

»Ja, die Heide«, sagte eine etwa achtzigjährige Frau in einem pinkfarbenen Anorak, die mit einem Reisigbesen den Bürgersteig fegte. Süden fragte sich, wozu, aber er schwieg. »Die wohnt doch schon seit fast einem Jahr nicht mehr hier.«

»Wo ist sie hingezogen?«

»Weg.«

»Wohin?«

»Weit weg. Zu ihrem Bruder.«

»Wo wohnt der.«

»Das geht Sie nichts an.«

»Sie kannten Heide gut.«

»Wir haben zusammen gekartelt. Jeden Mittwoch und jeden Samstag.«

»Was haben Sie gespielt?«

»Mau-Mau. Machen Sie mal Platz.«

Süden trat einen Schritt zur Seite, und die Frau fegte trockene Blätter vom Asphalt in den Grünstreifen. »Die Radler sind gefährlich«, sagte sie. »Die sind unberechenbar. Aber seit ich meine Leuchtjacke anhab, bin ich gewappnet. Die sehen mich auf zweihundert Meter, die Radler.«

»Kennen Sie die Tochter von Heide Sell?«

»Die Elena? Nein. Die Heide hat oft von ihr gesprochen, eigentlich dauernd, aber besucht hat die Elena ihre Mutter nie.«

»Heide hat lange in diesem Haus gewohnt.«

»Dreißig Jahre, wenn's langt.«

»Und Sie haben Elena nie kennengelernt.«

»Nie. Ich glaub, die Heide hat auch nur ein einziges Foto

von ihr. Ist schon traurig. Woher wissen Sie, dass die Elena verschwunden ist?«

»Haben Sie keinen Zettel bekommen?« Süden zeigte ihr das Blatt mit dem kopierten Foto. Die alte Frau warf einen flüchtigen Blick darauf.

»Werbung schmeiß ich immer gleich weg, ich kauf nix mehr.«

»Das ist keine Werbung. Frau Sell hofft auf Hinweise aus der Bevölkerung.«

»Ach was. Die ist doch bei ihrem Bruder da oben an der Nordsee. Oder Ostsee?« Sie hielt beim Fegen inne, trommelte mit den Fingern auf den Stiel des Besens, gab sich einen Ruck. »Nordsee! Sie hat Nordsee gesagt. Die Heide verteilt doch keine Zettel. Das haben Sie sich ausgedacht. Machen Sie mal Platz da.«

Süden blieb stehen. »Wo an der Nordsee ist sie?«

»Hab ich vergessen. Büsum. Oder Husum. Oder Hüsüm. Nein, das liegt in der Türkei, glaub ich. Jetzt machen Sie schon Platz, Herr ...«

»Wie heißt der Bruder von Frau Sell?«

»Herr Sell, Herr ...«

Süden versuchte es über die Auskunft, ohne Erfolg. Dann bat er noch einmal seine Bekannte bei der Kripo um Hilfe, und sie fand weder in Büsum, in Husum noch in einer anderen Stadt in Schleswig-Holstein oder im Kreis Nordfriesland einen Herrn oder eine Frau Sell. Aus einem unbestimmten Grund hatte Süden auch nicht damit gerechnet, obwohl die Nachbarin, die er anschließend noch einmal aufsuchte, beteuerte, Heides Bruder habe seine Schwester im Juni oder Juli letzten Jahres mit einem alten, schmutzigen, weißen Mercedes abgeholt. Einen Tag zuvor habe eine Entrümpelungsfirma das gesamte Hab und Gut aus der Wohnung geschafft, »und zwar bis auf den letzten Nachttopf«. Die Nacht habe Heide Sell dann bei ihr, der Nachbarin, auf der Couch verbracht, »ohne was zu erzählen, sie hatte nicht mal Lust, noch eine letzte Runde zu karteln«. Der Abschied am nächsten Morgen sei »kurz und fast beleidigend« gewesen, Heide Sell habe weder einen Kaffee trinken noch ihre neue Anschrift hinterlassen wollen. Sie sei in den Mercedes gestiegen und mit ihrem Bruder weggefahren, »als wär sie in der Warngauerstraße nur zu Besuch gewesen, und zwar höchstens zwei Tage«. An das Autokennzeichen konnte sich die Nachbarin nicht erinnern, sie glaube aber, NF auf dem Schild erkannt zu haben.

Nordfriesland, dachte Süden, und Husum war die Kreisstadt.

Er wusste nicht, was er tun sollte. Er hätte seine Chefin, Edith Liebergesell, anrufen und sie bitten können, übers Internet eigene Recherchen anzustellen, vielleicht hätte sie mehr Glück mit dem Namen als die Kommissarin.

Warum, fragte er sich, hatte die alte Frau eine abgemeldete Telefonnummer auf den Zettel geschrieben? Was bezweckte sie mit der Suchaktion in Wirklichkeit? Und warum war sie überhaupt noch in der Stadt und hielt sich sogar in ihrem ehemaligen Stadtteil auf? Musste sie nicht befürchten, erkannt zu werden oder einer ihrer Nachbarinnen zu begegnen?

Und wohin war sie in der Nacht so spurlos verschwunden?

Süden beschloss, an den Ausgangspunkt zurückzukehren.

Später an diesem 15. Mai stand er erneut gegenüber dem *Café Xeng* vor dem Schaufenster der Apotheke und dachte darüber nach, was er übersehen haben könnte. Dann kam eine der Apothekerinnen zu ihm und wollte wissen, was er hier treibe, und er antwortete, er stehe nur da. Daraufhin bat sie ihn, sich woanders hinzustellen, und er bat sie, stehen bleiben zu dürfen. Schließlich erklärte er, er sei mit jemandem verabredet, genau an dieser Stelle, und zwar mit einer Dame, die eine Suchaktion gestartet habe. Süden zeigte der Apothekerin den Zettel und fragte sie, ob sie die Frau auf dem Foto wiedererkenne. Sie verneinte, und das Gespräch setzte sich noch eine Zeitlang fort, bis die Apothekerin wieder reinging und nicht wiederkam.

Vermutlich, dachte Süden und machte sich nach einer halben Stunde auf den Weg, habe er das Naheliegende übersehen. Er bog beim Matratzenladen um die Ecke und ging durch die Einfahrt nebenan in den Hinterhof. Er roch den süßen Duft von Flieder.

Und da stand er: ein heruntergekommener weißer Mercedes mit dem Kennzeichen NF-PA 3112. Das Auto parkte neben zwei anderen Fahrzeugen vor der Pension, die sich an den Hinterhof anschloss. Süden überlegte, so lange aufs Dach des Wagens zu trommeln, bis der Besitzer wütend am Fenster auftauchen würde. Dann unternahm Süden einen Versuch mit dem Autokennzeichen.

Auf dem Klingelschild an der Tür zum Rückgebäude fand er zwar keinen Namen mit dem Anfangsbuchstaben P. Ein Mieter allerdings hieß Anneke. Süden klingelte.

Im ersten Stock wurde ein Fenster geöffnet und ein glatzköpfiger Mann um die siebzig streckte den Kopf nach draußen.

»Ich suche Heide Sell«, sagte Süden.

»Warum?«, erwiderte der Mann.

»Sie heißen Anneke.«

»Ja.«

»Der Mercedes gehört Ihnen.«

»Was wollen Sie?«

»Ich möchte mit Frau Sell sprechen, wegen ihrer Tochter Elena.«

Anneke senkte den Blick, unterdrückte ein Husten. »Wer sind Sie?«

»Tabor Süden. Ich habe Frau Sell versprochen, nach Elena zu suchen, ich bin Detektiv.«

Mit einem traurigen Lächeln sagte Anneke: »Kommen Sie rauf.«

Fünf Minuten später hatte Süden in der engen Küche der Wohnung eine Flasche Bier in der Hand und stieß mit dem alten Mann an, der Rotwein trank. Auf dem Weg durch den nach frischen Pfannkuchen riechenden Flur hatte Anneke kurz die Tür zum Schlafzimmer geöffnet, damit Süden einen Blick auf die schlafende alte Frau werfen konnte. Sie war bis zum Kinn mit einer weißen, geblümten Bettdecke zugedeckt, und ihr graues Gesicht sah ruhig und friedvoll aus.

»Sie will keinen Arzt«, sagte Anneke, der sich mit einer Hand an der Spüle abstützte. Auf dem Herd stand eine zugedeckte Pfanne, daneben ein großes Glas Apfelmus. »Sie hat mir verboten, einen Arzt zu rufen. Obwohl es immer schlimmer mit ihr wird. Oft läuft sie die halbe Nacht draußen herum, und ich darf nicht mitkommen. Sie will das so.« Er stellte das Glas ab und knöpfte seine braune Strickjacke auf. Darunter trug er einen grauen Rollkragenpullover, der Süden an die Standardkleidung seines Freundes Martin Heuer erinnerte, der sommers wie winters in solchen Pullovern herumgelaufen war und lieber geschwitzt hatte, als sich umzuziehen.

»Sie stammen aus Husum«, sagte Süden.

»Hatte eine Autovermietung dort. Hab sie verpachtet und bin nach Bayern gezogen, vor zehn Jahren schon. Nächsten Monat werd ich siebzig. Ich wollt noch mal ein paar Berge sehen in meinem Leben.«

»Warum?«

»Bitte?«

»Was fasziniert Sie an Bergen?«

»Der Ausblick, die Möglichkeiten zum Wandern, das Naturschauspiel.«

Süden wollte nicht weiter darüber reden. Für ihn waren Berge seit jeher nichts als stumpfsinnige Bauklötze eines verwirrten Gottes. »Und Sie sind nicht Heides Bruder.«

»Hätt Sie rumerzählen sollen, sie hat sich in einen Mann verguckt? In ihrem Alter?« Anneke nahm das Glas und trank einen Schluck, zögerte und trank noch einen. »Das wollt sie auf keinen Fall. So hat sie sich die Geschichte mit dem Bruder ausgedacht. Ich hab mitgespielt. Die Heide hatte doch nie eine richtige Familie, ihre Tochter hat sie allein großgezogen, aber seit Ewigkeiten nicht mehr gesehen. Wir haben uns in der Post kennengelernt. Sie stand in der Schlange vor mir. Wissen Sie ... Die Heide ... Sie hat sich gern wo angestellt, einfach so, in einer Schlange, und bevor sie drankam, ist sie weggegangen. Sie wollt eben dazugehören. Wo die sich schon überall angestellt hat! An der Kasse vom Karstadt am Samstag mit hundert anderen Leuten. Am Gemüsestand vorn am Platz. Auf sämtlichen Ämtern, wo man Nummern ziehen muss, bis man drankommt. Das war ihr Hobby. Das war ihr Spiel, ihr Vergnügen, ihr Zeitvertreib. Ich hab sie angesprochen, da in der Post, weil ewig nichts voranging, wir standen da und standen, und so sind wir ins Gespräch gekommen. Dann hat sie gesagt, sie geht jetzt, und da bin ich mitgegangen. Obwohl ich dringend meinen Brief an die Versicherung abschicken musste. Hab ich irgendwie vergessen. Wir sind aus dem Postamt raus, und ich hab gefragt, ob sie einen Kaffee will, und sie hat ja gesagt. Dann sind wir rüber ins Café, und so kam's.«

»So kam's, dass Sie ein Liebespaar wurden«, sagte Süden.

»Wenn Sie das so ausdrücken wollen.«

»Und dann hatte sie die Idee mit dem Bruder.«

»Und ist bei mir eingezogen, ein paar hundert Meter von ihrer alten Wohnung entfernt. Und jetzt liegt sie da, und ihr Herz macht nicht mehr mit, und sie will keinen Arzt.«

»Rufen Sie einen«, sagte Süden. »Warten Sie nicht länger.«

»Ich darf nicht, sie hat's verboten.«

Süden schwieg und trank Bier aus der Flasche und roch den Duft nach frischen Pfannkuchen und dachte an die alte Frau, deren Zeitvertreib das Schlangestehen war, und wusste genau, was sie dabei empfunden hatte.

Minuten vergingen. Und weil sein eigenes Schweigen ihm zu schwer wurde, sagte Süden: »Wussten Sie von der Suchaktion?«

»Ja.«

Süden nickte. Vor dem schmalen Fenster war es immer noch Tag.

»Sie war immer so gern draußen und unter Leuten«, sagte Anneke. »Aber in den letzten Wochen nur noch in der Nacht.« Sein Glas war leer und er hielt es weiter in der Hand.

»Rufen Sie einen Arzt«, sagte Süden noch einmal.

An der offenen Wohnungstür nahm Anneke Südens Hand. »Schulden wir Ihnen etwas, ein Honorar?«

»Rufen Sie einen Arzt«, sagte Süden zum dritten Mal. Als er aus dem Hinterhof auf die Straße trat, wandte er sich nach rechts, lehnte sich an die Hausmauer, legte den Kopf in den Nacken und schloss die Augen.

Das Klingeln seines Handys endete von selbst.

»Herder hier, Sie haben mich heut angerufen, wegen der Putzfrau, der Katharina, die die Dings kennt, die Elena, ich geb Ihnen mal die Nummer, keine Ahnung, ob die noch stimmt ...«

Von Katharina erfuhr Süden die Adresse einer Familie Rossfeld in Solln, zu der sie Elena vor einigen Jahren als Aushilfe vermittelt hatte. Sie habe, sagte Katharina am Telefon, damals dringend in ihre Heimatstadt Warschau zurückmüssen, weil ihr Vater im Sterben lag. Elena sei dann von der Familie Rossfeld als Hauswirtschafterin übernommen worden, und auch wenn sie seit längerem keinen Kontakt mehr mit ihr habe, sei sie überzeugt, Elena würde nach wie vor dort wohnen und arbeiten.

Ein Mann Anfang vierzig, in einem dunkelblauen Hausmantel, öffnete Süden die Haustür. Das einstöckige Haus lag zurückversetzt in einem gepflegten Garten mit Nadelbäumen und einem Swimmingpool und wirkte in einer von Villen und schlossartigen Anwesen geprägten Gegend schlicht und unauffällig. Die Einrichtung, wie Süden schnell feststellte, war auf ein Minimum reduziert und bot genügend Platz für Wettrennen und sonstige Kinderspiele. Überall lagen Spielsachen und Kinderbücher herum, auf den ersten Blick sah es so aus, als spielten Erwachsene in dem Haus keine Rolle.

»Ich bin Claus Rossfeld, und Sie sind der Detektiv.«

»Eigentlich bin ich nicht dienstlich hier«, sagte Süden etwas unbeholfen. Am liebsten hätte er sich auf den Boden gesetzt und sich kindisch benommen. Er war in einer Stimmung, die er gewöhnlich mit Bier und Schweigen bekämpfte.

»Möchten Sie was trinken, Herr Süden?«

»Ich möchte nur mit Elena Sell sprechen.«

»Sie wartet im Wohnzimmer auf Sie. Ich lass Sie dann allein, muss noch was wegarbeiten.«

»Was sind Sie von Beruf?«

»Ich entwickele Computerspiele für Kinder und Jugendliche. Kennen Sie sich mit solchen Spielen aus?«

»Nein«, sagte Süden.

»Möchten Sie wirklich nichts trinken?«

»Nein.« Süden betrat das Wohnzimmer, über dessen Parkettboden vier rechteckige Teppiche in bunten Farben verteilt waren. In einer Ecke, vor einer bis zur Decke reichenden Grünpflanze, war eine Eisenbahn mit alten, schönen Waggons und Lokomotiven aufgebaut, umgeben von Plastikbäumen und Häusern aus Legosteinen. An der Wand hing ein Flachbildfernseher. In einem antiken Glasschrank füllten Gläser und Geschirr aus vergangenen Jahrhunderten die Regale.

Auf der schwarzen Ledercouch gegenüber dem Fernseher saß eine Frau in einem roten Kimono, aufrecht, mit auf dem Polster gekreuzten Beinen, die Hände im Schoß, wie bei einer Meditation. Schräg vor der Couch stand ein Korbstuhl mit hoher Lehne.

»Nehmen Sie doch Platz«, sagte die Frau.

»Ich stehe lieber.« Süden ging zu ihr. »Sie sind Elena Sell.«

»Und Sie suchen nach mir.«

Süden holte das zusammengefaltete Blatt aus der Innentasche seiner Lederjacke, strich es glatt und hielt es Elena hin. Sie zögerte einen Moment, dann beugte sie sich vor, nahm ihm das Papier aus der Hand, betrachtete es lange und legte es unter ihre Hände im Schoß.

»Warum tut sie das?«, fragte sie.

»Das weiß ich nicht.«

»Haben Sie sie nicht gefragt?«

»Nein.«

»Warum nicht?«

»Sie schläft. Sie wird vielleicht sterben.«

»Ist sie im Krankenhaus?«

»Sie ist bei einem Freund.«

»Bei einem Freund. Meine Mutter? Von mir aus. Und was wollen Sie jetzt von mir?«

»Sie leben hier, Frau Sell.«

»Ich betreue die Kinder, Luca ist acht, Leander zehn, ich wasch die Wäsche, ich sorge mich um den Haushalt, ich mach alles, was anfällt. Ja, ich leb hier. Und ich werde hier bleiben, bis die Kinder aus dem Haus sind. Ich gehör zur Familie.«

»Sie hatten nie eine eigene Familie«, sagte Süden.

»Meine Mutter hat meinen Vater verscheucht und später alle meine Freundinnen und Liebhaber. Ich werf ihr nichts vor, ich hätt mich wehren können, aber ich war zu feig. Oder zu müd. Oder zu blöd. Im Lauf der Zeit haben wir uns immer mal getroffen, nicht in ihrer Wohnung, das wollt ich nicht, ich wollt nicht wissen, wie sie lebt. Wir haben uns im Café verabredet, auf eine Stunde, mehr nicht. Seit dreizehn Jahren hab ich sie nicht mehr gesehen, hab sie nicht mehr angerufen.«

»Und von Ihnen hatte Ihre Mutter keine Telefonnummer.«

»Genau. Und jetzt läuft sie rum und verteilt solche Zettel. Ist schon rührend. Richten Sie ihr einen schönen Gruß von mir aus, ich hab mein Leben, ich hab eine Zukunft, alles ist gut.«

»Sie könnten sie besuchen.«

»Nein.«

Süden streckte den Arm aus, und sie gab ihm den Zettel zurück.

»Claus, Herr Rossfeld, hat mir gesagt, Sie hätten ihm erzählt, Sie wären Detektiv«, sagte Elena. »Hat meine Mutter Sie beauftragt, mich zu suchen?«

»Nein.«

»Nicht? Aber wieso ...«

»Auf Wiedersehen, Frau Sell«, sagte Süden und verließ das Zimmer.

Claus Rossfeld begleitete ihn zum Gartentor. »Anfang August ziehen wir nach Los Angeles, meine Frau, meine Kinder und ich. Ich fang drüben in einer namhaften Firma an und geb hier alles auf. Elena weiß noch nichts davon, wir werden sie nicht mitnehmen. Freunde haben mir schon eine neue Nanny empfohlen. Elena wird schon was finden, ich schreib ihr ein gutes Zeugnis, das ist ja logisch.«

Süden ging bis zur S-Bahn-Station und fuhr zurück in die Stadt. Am Rosenheimer Platz stieg er in die Straßenbahn um, die ihn nach Giesing brachte, nur wenige Meter vom *Café Xeng* entfernt. Im Lokal stellte er sich ans Fenster, sah hinüber zur beleuchteten Apotheke, trank mehrere Biere und redete mit niemandem. Siehst du mich?, dachte er wieder und wieder, siehst du mich manchmal hier stehen, Bibiana?

Die alte, verlorene Frau im grünen Wollmantel, das begriff er jetzt, hatte ihn an seine erste Freundin erinnert, die er verlassen hatte, als er neunzehn Jahre alt war, weil er in der Stadt leben wollte und nicht länger in Taging. Weil er allein sein wollte und ein Fremder. Ich muss hier weg, hatte er zu Bibiana gesagt, und sie hatte erwidert, das würde sie verstehen, aber warum so plötzlich. Und warum er ihr nichts gesagt habe, als er vorgestern bei ihr war, die ganze Nacht. Die ganze Nacht. Und er hatte geschwiegen.

Siehst du mich?, dachte er wieder und wieder und war schon der letzte Gast. Siehst du mich manchmal, Bibiana?

Zu diesem Zeitpunkt, halb zwei in der Nacht, war Heide Sell schon tot, und ihr Freund, der Autovermieter Paul Anneke aus Husum an der Nordsee, hielt sie fest in seinen Armen. Denn das war es, was Heide an ihm so unendlich gemocht hatte: dass er ein Meister im Umarmen war.

Engel und Einsame

Versuch eines Interviews mit dem Vermisstensucher Tabor Süden

Darf ich Sie was fragen?

Eher nicht.

Sie sind Tabor Süden.

(Süden schweigt)

Ich würde gern wissen, wie Sie zur Polizei kamen und später in die Detektei Liebergesell.

Ein Weg wie jeder andere. Mein Freund Martin Heuer brachte mich auf die Idee, und wir hatten nach dem Abitur nichts Besseres vor. Also heuerten wir bei der Polizei an.

Herr Heuer und Sie.

Ich möchte gern in Ruhe mein Bier trinken und aus dem Fenster schauen.

Sind Sie oft in dem Lokal?

Unbedingt.

Sie waren in verschiedenen Abteilungen bei der Kripo, bis Sie in der Vermisstenstelle landeten.

Ich bin kein Flugzeug, ich lande nicht. Die Suche nach Vermissten erschien mir als die beste Möglichkeit, meinen Beruf auszuüben.

Warum?

(Süden schweigt)

Sie blieben zwölf Jahre im Dezernat 11.

(Süden schweigt)

Dann brachte sich Ihr bester Freund und Kollege Martin Heuer um und Sie quittierten den Dienst. Stimmt es, dass

Sie damals gesagt haben, Sie hätten »das bezahlte Scheitern so satt«?

(Süden schweigt)

Sie waren dann verschwunden.

Ich war nicht verschwunden, ich war in Köln.

Aber niemand wusste, wo Sie steckten. Einige Jahre später kehrten Sie nach München zurück.

Mein Vater rief an.

Ihr Vater war seit fast vierzig Jahren spurlos verschwunden.

Ja.

Sie kamen zurück, aber Sie fanden ihn nicht.

Nein.

Er ist gestorben, bevor Sie sich noch einmal begegnen konnten.

Ja.

Vermissen Sie ihn?

Manchmal.

Ihre Mutter starb, da waren Sie dreizehn. Sie verbrachten Ihre Jugend bei einem Onkel und einer Tante. Haben Sie noch Kontakt zu den beiden?

Kaum.

Sie sind kein Familienmensch.

(Süden bestellt ein weiteres Bier)

Sie reden nicht gern.

(Süden schweigt)

Sehr kommunikativ sind Sie auch nicht.

Ich bin ein geselliger Einzelgänger.

Aha.

(Süden bekommt sein Bier und trinkt)

Gefällt Ihnen die Arbeit als Detektiv?

Ich verdiene Geld damit.

Wenn Sie das Geld nicht bräuchten, was würden Sie dann tun?

Lesen, durch die Stadt gehen, Musik hören.

Lesen Sie Krimis?

Manchmal.

Erinnern Sie sich an einen, den Sie gelesen haben?

»Engel und Einsame« von ... von diesem Spanier.

Eterovic. Er ist Chilene.

(Süden trinkt)

Sie leben allein.

(Süden schweigt)

Gab es je einen Engel in Ihrem Leben?

Unbedingt.

Bestimmt wollen Sie nicht darüber sprechen.

(Süden lächelt)

Viel Glück für alles.

Möge es nützen!

(Sie stoßen mit den Gläsern an, und Süden schaut weiter aus dem Fenster)

Georg Haderer Der Priester im See

Schäfer beugte sich über die Leiche und ... Nein ... *Schon beim Betreten der Wohnung war Schäfer klar, dass ...* Nein ... *In seinen zwanzig Jahren bei der Kriminalpolizei hatte Schäfer wahrlich schon viel gesehen, aber das hier ...* Nein, nein, nein!

»Was schreibst du da?!«

»Wah!«, schrie ich auf, Puls schlagartig auf 180. »Spinnst du!?«, fuhr ich ihn an. »Soll ich einen Herzinfarkt kriegen?«

»Gibt schlimmere Arten zu sterben, glaub mir«, murrte Schäfer, schob rüde meinen Bürostuhl beiseite und beugte sich über den Laptop. »Ts-ts-ts, das nennt man wohl Ladehemmung ...«

»Werd nicht frech, sonst hast du demnächst selber eine.« Ich schlug ihm den Laptop vor der Nase zu, stand auf und ging in die Küche, um uns eine Flasche Wein, Schnaps ... einen Liter Cocktail aus Tonic, Preiselbeersaft und Leitungswasser zu mischen.

»dtv-Kurzkrimi?«, hörte ich ihn nebenan höhnen. »Das ist nicht dein Ernst, oder?«

»Muss ich mir jetzt schon von dir vorschreiben lassen, was ich schreibe?« Ich stellte den Krug auf den Beistelltisch, füllte mein Glas und ließ ihn selbst entscheiden, ob er Durst hatte. Kunstvoll seufzend ließ ich mich in meinen Chesterfield-Sessel sinken.

»Hm«, Schäfer baute sich vor mir auf, stemmte die Hände in die Hüften und nickte mitleidig, »und was kommt als Nächstes: der Ratekrimi in der *Neuen Post*?«

»Deine Arroganz ist zeitweise echt zum Kotzen.«

»Ach, wirklich?«, säuselte er, ging vor mir in die Hocke und tätschelte mir das linke Knie. »Und wem hab ich das zu verdanken?«

»Ja, eh«, gab ich kleinlaut bei, »aber jetzt sind wir unter uns und können das Machogehabe auch einmal sein lassen, oder?«

»Pff, Weichei.« Er stand auf, setzte sich an den Schreibtisch, zog seine Glock aus dem Achselholster und legte sie neben den Laptop.

»Wieso trägst du hier eine Waffe?«, fuhr ich ihn entgeistert an.

»Wieso trag ich hier eine Waffe?«, äffte er mich nach, schimpfte unverständlich vor sich hin und klappte den Laptop auf. »Also, was wird das hier für eine Scheiße?«

»Diese ›Scheiße‹ ist ein vielversprechendes Projekt zur Steigerung unseres Ruhms.«

»Hä!?«

»Schau, lieber Major«, ich holte mir einen Holzstuhl aus der Küche und setzte mich neben ihn, »du bist natürlich der absolute Herrscher auf dem Thron der Kriminalarbeit …«

»Richtig.« Schäfer verschränkte zufrieden die Hände über dem Bauch. »So wie du der Gottgleiche der deutschsprachigen Kriminalliteratur bist.«

»Genau«, ich genoss diesen seltenen Moment der Eintracht für ein paar Sekunden, »aber um diese unumstößliche Wahrheit breitenwirksamer publik zu machen …«

»Was ist los mit dir?« Er gab mir einen Klaps auf den Hinterkopf. »Du schwafelst schon wie Oberst Kamp.«

»Lass das!« Ich stieß ihm meinen Ellbogen gegen das Brustbein. »Dir muss man ja alles durch die Blume sagen, wenn man keinen Tobsuchtsanfall provozieren will.«

»Okay, Autor, dann sprich Tacheles: Was soll ich in so einem Kurzkrimi?«

»Weil wir dann eben in einem Umfeld wären von ... Also, es gibt ja auch noch andere Ermittler, die ...«

»Konkurrenz? Für mich?«

»Na ja«, ich rückte ein Stück weg von ihm, nur für den Fall eines plötzlichen Zornausbruchs, »wenn wir uns da auf einen gemeinsamen Auftritt einigen, wäre das weniger Konkurrenz als mehr eine Form von ... Teamwork«, sagte ich und bedauerte dieses Wort, sobald es meine Lippen verlassen hatte.

»Interessiert mich nicht.«

»Sei nicht so voreingenommen. Schau dir doch erst einmal an, mit wem ...«

»Ja, ja«, Schäfer stand auf und stellte sich ans Fenster, »da haben wir dann die üblichen Verdächtigen bei den Hobbyermittlern, diese bornierten Brunzer, die irgendwo in der Provinz über ihre eigenen Füße stolpern und dann auf einer Leiche landen ...«

»Na ja, das ist deine Meinung, aber es gibt eben auch gewisse ... Leserpräferenzen, um die ...«

»Und danach sollen wir uns jetzt richten?« Schäfer klopfte sich mit dem Zeigefinger spechtartig an die Schläfe. »Muss ich jetzt kochen lernen und Rezepte austauschen? Krieg ich ein fettes Haustier, das mir bei den Ermittlungen hilft? Hängst du mir ein besserwisserisches Weib mit komischem Akzent an, das mich zur Lachnummer macht? Verpasst du mir Bluthochdruck, Haarausfall, eine Blasenschwäche?!«

»Ruhig, Major, gaaaanz ruuuuhig.« Ich stand auf, holte eine Flasche Roten aus dem Küchenschrank und drückte ihm ein randvolles Viertelglas in die Hand.

»Wir hatten Visionen! Ideale!«, sprudelte es nach dem ersten gehörigen Schluck aus ihm hervor.

»Ich und Bergmann: Don Quichotte und Sancho Pansa,

der Schelmenroman als postpostmodernes Epos … die Rolle des Ordnungshüters als moderner Sisyphos, die *conditio humana* als Kampf gegen die soziale Entropie!«

»Woher hast du das?«, fragte ich ihn misstrauisch.

»Was?«, kam es scheinheilig zurück.

»Woher du diese ganzen Phrasen hast.« Ich trat näher an ihn heran, worauf er seinen Blick dem Fenster zuwandte. »Du hast bei mir herumgeschnüffelt, in meinem Computer, meinen Aufzeichnungen, oder?«

»Bin ich Ermittler oder nicht?«, kam es patzig zurück. »Außerdem: Wenn du in meinem Kopf sein darfst, nehme ich mir dieses Recht auch heraus.«

»Gut«, meinte ich nach einer kurzen Atemübung. Mich mit dem Sturschädel auf eine Diskussion einzulassen, würde nur Zeit und Energie kosten. Und am Ende wäre ich ein Häuflein Elend, welches ihm in allem Recht gab. Hatte ich oft genug im Verhörraum erlebt. »Also, wie machen wir weiter?«

»Wir? Ha!«, warf er in den Raum, als spielte er Hamlet. »Als ob ich in deinem Für-Bekanntheit-mach-ich-alles-Getippse noch irgendeine Rolle spiele!«

»Aber«, gab ich mich verzweifelt, »wo soll ich denn sonst diesen einzigartigen Esprit hernehmen, mit dem du deine Fälle aufklärst? Diese unnachahmliche Mischung aus … ähm …«

»Woraus?« Er sah mich herausfordernd an.

»Aus … einem Gerechtigkeitssinn hart wie Titan, einer Kombinationsgabe, die selbst mich jedes Mal aufs Neue verblüfft, einem Einfühlungsvermögen, das dir Therapeuten neiden, einer Coolness, wie sie Sunny Crocket eigen ist …«

»Keine Vergleiche bitte! Das hab ich nicht nötig.«

»'tschuldigung, du weißt schon, was ich meine.«

»Nun gut«, er trank das Glas leer und hielt es mir hin,

»wo du recht hast, hast du recht … Dann will ich mal nicht so sein und helfe dir bei deinem … Dings. Aber diesmal schreibe ich!«, tönte er und setzte sich an den Schreibtisch.

»Dienst ist Dienst und Dichtung ist Dichtung.« Ich schenkte ihm den restlichen Wein ein und nahm neben ihm Platz. »Außerdem gibt es meines Wissens nichts, was ich von dir nicht weiß.«

»Arroganter Arsch … hast du bei meinem ersten Fall in Kitzbühel schon gewusst, dass ich zwei Jahre später in Salzburg ermitteln werde?«

»Nein, aber …«

»Eben.« Er riss den Laptop heran, erstellte ein neues Dokument und rieb sich die Hände. »Also, was brauchen wir?«

»Ein Verbrechen.«

»Ja, eh klar.« Schäfer zögerte. »Was ist denn gerade, also wie …«

»Was gerade en vogue ist, willst du wissen? Was bei den Lesern so richtig zieht?«

»Leck mich … nehm ich halt nur eine leichte Körperverletzung, wenn dir nach Anti-Krimi ist, du Snob.«

»Mir? Du wolltest mich gerade noch verprügeln, weil ich ein Mal einen Standard-Kurzkrimi …«

»Wollte ich nicht«, murrte er, »okay, vielleicht, ein wenig … kann ja nicht zulassen, dass du dich völlig aufgibst und demnächst Drehbücher für ›SOKO Kitzbühel‹ schreibst.«

»Wieso hackst du immer auf Kitzbühel herum? Da komme ich her, da kommst du her, das war einfach praktisch, weil ich mich da auskenne … Wäre dir Wuppertal lieber gewesen?«

»Kenn ich nicht … also, Tatort, Leiche, Modus Operandi!«

»Keine Ahnung«, erwiderte ich müde. »Wo willst du sein?«

»San Francisco!« Er sah mich begeistert an, las in meinem Gesicht und wandte mürrisch den Blick ab. »Okay, Provinzei, wie wär's mit Graz?«

»Kommt uns sicher diese eine Nervensäge da in die Quere«, murrte ich und holte mir nun selbst ein Glas Wein. »Wien haken wir ab, St. Pölten ist mir zu trostlos, Salzburg haben wir schon, Innsbruck ...«

»Da ginge sicher was mit ÖVP, Bauernbund, alte Naziseilschaften, Korruption, Sex mit Kühen ...«, legte Schäfer los.

»Ja ... und die Raiffeisenbank wird die Lesungen ganz sicher wieder sponsern.«

»Daher pfeift der Wind«, meinte Schäfer und murmelte etwas von Verrat an der Kunst, korrumpieren und Selbstaufgabe. »Bodensee!«, rief er schließlich triumphierend aus.

»Bodensee ...«

»Ja, Wasser ist immer gut für Leichen, dazu drei Länder, übergreifende Ermittlungen, kann ich mir gleich eine geile Schweizerin andichten ...«

»Warum nicht.« Ich streckte meine Arme durch und rückte näher an den Schreibtisch. »Fischer macht grausigen Fund, Zuständigkeiten vorerst unklar, gemeinsame Ermittlungen gegen anfängliche Widerstände, erotisches Prickeln ... Notier die Seefestspiele, da können wir der Kulturschickeria eins überbraten, ist gut für Lokalkolorit und Humor ...«

»Seefestspiele«, tippte Schäfer konzentriert mit vier Fingern. »Die Leichen? Wie viele?«

»Hm ... fangen wir mit einer an. Junge Frau ... nein, nicht ganz so klischeelastig ... Mann mittleren Alters ...«

»Priester?« In Schäfers Augen flackerte es.

»Priester ist super! Geht ein Ermittlungsstrang zu Kirche, Kloster, bigotte Katholen, Missbrauchsverdacht, da haben wir die Aufgeklärten und die Sozialkritik auch gleich im Sack, sehr gut!«

»Also: In den frühen Morgenstunden macht der Fischer

Ignaz Hecht eine grausige Entdeckung ... Du machst das dann auf Atmosphäre, literarischen Anspruch und das ganze Pipapo ...«

»Morgendämmerung, die Einsamkeit des Fischers, Nebel über der Seeoberfläche, grau in grau, als einziger Farbpunkt der Blinker, der plötzlich anschlägt, schwarzer Fetzen, den er zuerst für einen Müllsack hält, dann: Soutane, goldenes Kreuz um den Hals, Leiche bleich wie Kirchenkerze et cetera.«

»Das volle Programm!« Schäfer sprang auf, packte mich bei den Wangen und knuddelte mich wie einen Hund. »Wer ist mein Lieblingsschriftsteller? Wer ist mein Lieblingsschriftsteller?«

»Krieg jetzt keinen manischen Schub«, wehrte ich ihn ab. »*Bene*, Wasserpolizei, Bergungsteam, Streifenwagen ... jetzt brauchen wir noch einen Ermittler.«

»Was?« Schäfer sah mich entgeistert an und setzte sich wieder.

»Na ja, du willst doch nicht selbst durch diesen Klischeesumpf waten, oder?«

»Pff«, machte er und zuckte mit den Achseln, »als Polizist kann ich mir die Fälle ja nicht aussuchen ...«

»Soso ... na dann: Auftritt Major Schäfer ... verkatert? Im Trainingsanzug, verschwitzt vom Morgensport?«

»Hm ... wie wär's mit irgendeinem Hinweis, dass ich gerade mit einer ...«

»Parfumgeruch, weiblich?«

»Bingo!«

»Partner?«

»Brauch ich vorerst nicht, kommt ja eh die geile Schweizerin ... da kannst du dich austoben mit Schenkelklopfern, mein Lieber!«

»Vergiss es, es kommen keine Inner- oder Ausserhoden-Witze rein und schon gar keine mit Glocken oder Euter, das ist unter meinem Niveau.«

»Piefke verarschen?«

»Ganz schlecht ... dtv ist ein deutscher Verlag, die sehen das sicher nicht ganz so lustig.«

»Ts-ts-ts ... jetzt hab ich's! Schweiz, Liechtenstein, da packen wir den österreichischen Exfinanzminister rein, der mit Schmiergeld im Koffer durch die Gegend fährt.«

»Und wie passt das mit dem Priester zusammen?«

»Klarer Fall: Der Exminister ist eigentlich schwul, hatte was mit dem Pfaffen, der wollte ihn outen, was die reiche Gattin natürlich sofort zur Scheidung bewogen hätte ... zack: erstes Motiv.«

»Das muss ich aber als inneren Monolog von dir verpacken, sonst verklagt mich das Würschtl.«

»Du bist der Künstler.« Schäfer stand auf und rotierte im Zimmer. »Ah! Zweiter Verdächtiger: ein Mitglied vom Opus Angelorum.«

»Und warum?«

»Da fällt dir schon was ein ... Fundamentalisten gegen Franziskaner, altes Manuskript aus einem Kloster, das belegt, dass Gabriele Bitterer mit dem Teufel im Bunde stand, et cetera ... kannst mich auch in die Archive des Vatikans schicken, wenn du willst.«

»Nein, wir bleiben lokal, sonst wird das unglaubwürdig.«

»Okay ... brauchen wir noch einen Verdächtigen?«

»Nicht schlecht wäre ein Einheimischer, ein alter Schulfreund, eine enttäuschte Liebe oder was in der Richtung.«

»Der Ehemann, der draufkommt, dass sein Sohn eigentlich das Kind ...«

»Eben war der Priester noch schwul ...«

»Stimmt.« Schäfer setzte sich wieder, nahm seine Waffe und zielte damit im Raum herum. »Wie wär's mit einem Schwenk hin zu alten Sagen? Das Ungeheuer aus dem See?«

»Hm«, ich nahm einen Bleistift und kritzelte ein paar

Riesenfischfratzen auf einen Block, »keine schlechte Idee … aber das behalten wir uns besser für den nächsten Teil auf, sonst wird das zu dicht.«

»Auch wieder wahr … irgendwas mit der ehemaligen jüdischen Gemeinde in Hohenems?«

»Nein, sorry, aber bei solchen Dingen wirst du hundertprozentig wieder depressiv, und noch einmal will ich da nicht durch.«

»Stimmt, danke.« Schäfer legte seine Hand auf meine Schulter und knetete sie.

»Und wenn wir Geld als weiteres Motiv nehmen?«, brachte ich ein. »Ein Restaurator, der wertvolle Kirchenschätze gefälscht und die echten verkauft hat …«

»Passt! Genau richtig für diese gierige und geizige Bagage dort … denen räume ich das Heu vom Dach!«

»Ich fasse zusammen: der bisexuelle Exfinanzminister, ein alter Knacker vom Opus Angelorum, ein hinterhältiger Kunstfälscher.«

»Drei Verdächtige sind optimal … die Themenstreuung passt auch, jetzt brauchen wir noch ein paar zünftige Nebenfiguren.«

»Personal«, klopfte ich in die Tastatur, die ich mittlerweile wieder in Beschlag genommen hatte, »die Schweizerin, durchtrainiert, schwarzer Gürtel … blond, brünett, rothaarig?«

»Rote Haare sind super, da können wir gleich für die Historiker ein paar Verweise auf die Hexenverfolgung einbauen.«

»Übertreib's nicht … dann natürlich ein deutscher Kollege …«

»Vom anderen Ufer!«, bellte Schäfer und hieb sich mit der flachen Hand auf den Oberschenkel.

»Ja, ja, schon gut, merk ich mir, wenn gar nichts mehr geht. Dumpfbacken auf der Inspektion?«

»Zwei reichen. Ein alter Saufkopf, dazu ein grenzdebiler

Sohn von irgendeinem Lokalpolitiker für die Slapstick-Einlagen.«

»Hab ich ... Dann nehmen wir noch ein altes Kräuterweib, das am Waldrand wohnt und mit den Elfen spricht, von der kriegst du kryptische Tipps.«

»Hammer, Meister! Ein ganzes Kapitel für die Esoterikerinnen, da mache ich Punkte.«

»Geht uns noch ein gar nicht so unwesentlicher Punkt ab.« Ich rieb mir die Augen. Halb drei und sicher über ein Promille.

»Was denn?«

»Wer es war? Wen verknackst du am Schluss?«

»Hä?« Schäfer sah mich enttäuscht an. »Das weißt du noch nicht?«

»Na, von den drei Verdächtigen oben nehme ich sicher keinen.«

»Also? ... Also?«

»Sag's einfach, ich will mich hinlegen.«

»Die Frau des Fischers!«, rief er und klatschte in die Hände.

»Die Frau des Fischers«, murmelte ich und nickte dämlich wie ein Wackeldackel. »Und warum?«

»Warum, warum, warum«, meckerte er. »Bist du überrascht oder nicht?«

»Ja, eh, aber ... wie und was für ein Motiv?«

»Verrat ich dir später«, winkte er ab, stand auf, streckte sich durch und legte sich auf die Couch. »Davor müssen wir noch ein paar Dinge klären.«

»Was für Dinge denn?«, fragte ich verdattert.

»Meinen nächsten Fall«, meinte er, schloss die Augen und faltete die Hände über seinem Bauch, »meinen nächsten großen Fall!«

»Okay«, ich trank den letzten Schluck Wein und ließ mich in den Chesterfield-Sessel fallen, »was schwebt dir vor?«

Zwei Stunden später schnarchte Schäfer wie ein Sammellager betrunkener Bergsteiger. Ich fand keinen Schlaf. Die Bedingungen, die er mir für den nächsten Roman gestellt hatte: Gut, darüber würden wir noch ausführlich diskutieren. Aber ... ich stand auf, tapste zum Sofa und rüttelte ihn.

»Schäfer! Wach auf!«

»Lass mich schlafen.«

»Warum?! Nur einen Hinweis, bitte!«, flehte ich ihn an.

»Matthäus, Kapitel 14«, murrte Schäfer, worauf ich zum Bücherregal hastete und das Neue Testament herausriss.

»Das Ende Johannes des Täufers?«

»Schwachsinn.«

»Der sinkende Petrus auf dem See?«

»Nein.«

»Die Speisung der Fünftausend?«

»Schon besser«, murmelte er, schlug die Augen halb auf und ließ ein Grinsen erkennen.

»Aber was, aber wie ...«

»Ich schlaf jetzt.«

»Du bist ein Arsch!«

»Selber schuld.«

Steckbrief Polizeimajor Johannes Schäfer

So weit kommt's noch. Lest die Bücher, da steht alles drin!

Jutta Profijt Nie wieder Alkohol!

Schon als ich sie zum ersten Mal sah, wusste ich, dass dieses Perlhuhn den Tod im Schlepptau hatte. Trotzdem hätte ich mich als Prophet folgender Ereignisse bis auf die Schwellkörper blamiert, denn der Typ mit der Sense schlich zwar um die Braut rum wie Nachbars Dackel um eine toupierte Pudeltussi, aber ... Halt, stopp, ich gehe am besten zurück auf Start, damit Sie mir auch folgen können.

Ich heiße Pascha, bin sechsundzwanzig oder so, genau weiß ich es nicht mehr, denn seit meinem Tod habe ich aufgehört, die Jahre zu zählen. Ich feiere regelmäßig Geburtstag, aber der wievielte es gerade ist, belastet mich ebenso wenig wie Diskussionen über Haarausfall, Leberschäden oder Plattfüße, weil mein Körper die Ermordung nicht überlebt hat und zwei Meter unter den Grablichtern vor sich hin modert. Schade eigentlich, denn zumindest die Schwellkörper vermisse ich gelegentlich. Ebenso wie die Sehdeckel oder die Fähigkeit zu schlafen. Aber dafür habe ich andere Fähigkeiten hinzugewonnen, nämlich die Möglichkeit, mich unbemerkt an jedem beliebigen Ort aufzuhalten – außer in der Mikrowelle. Da gerade dort jedoch wenig Spannendes passiert, reizt mich ein Aufenthalt im Breibeamer sowieso nicht.

Ganz anders im Institut für Rechtsmedizin der Uni Köln. Dort arbeitet Dr. Martin Gänsewein als Schlitzer. Er ist der einzige Irdische, zu dem ich Kontakt aufnehmen kann, und zwar zu beiderseitigem Bedauern, denn natürlich würde ich lieber mit seiner Kollegin Katrin quatschen, die so eine Art rechtsmedizinischer Ferrari ist, während Martin Ente fährt. ENTE!

Um also auf die Sensentante zurückzukommen, so sah ich sie zum ersten Mal in der Gewaltambulanz. Sie war übel zusammengeschlagen und von der Unfallchirurgin im Krankenhaus zum Besuch in der Rechtsmedizin überredet worden. Diese Besuche sind freiwillig und dienen der Beweisaufnahme für spätere Prozesse, die dann meist doch nicht stattfinden.

Zur Beweisaufnahme an lebenden Opfern ziehen die Schlitzer ihre blutigen Schürzen aus, ein sauberes Kittelchen an und stellen fest, ob der Bruch der linken Elle eine typische Abwehrverletzung ist, ob die Rippen durch einen Treppensturz oder von einem Schuh mit Stahlkappe gebrochen wurden und ob das Veilchen mit Jochbeinfraktur von einer beschlagringten Faust stammt oder von der Türkante. Überhaupt sind Türkanten viel weniger gewalttätig, als man gemeinhin annimmt.

Elfie, denn so hieß das Gipsveilchen, Elfie also sagte nicht viel, aber das wenige war schon bescheuert genug. Ihr Mann sei ein ganz ein Netter, nur mit Alkohol raste er eben aus. Ein genetischer Defekt sei das und deshalb würden schon kleinste Mengen ihn zum Tier machen, dafür könne er ja nichts. Würg.

Martin tat seine Arbeit, weil Katrin Urlaub hatte und Elfie bereit war, sich von einem Mann untersuchen zu lassen. Wobei die Bezeichnung Mann für Martin schon zu viel der Ehre ist, denn Martin ist ein Weichei. Vegetarier, Dufflecoatträger, Festnetztelefonanierer.

»Schenk ihr zum Abschied einen Baseballschläger«, schlug ich Martin vor, während Elfie sich hinter dem Vorhang wieder anzog und Martin seine Notizen vervollständigte.

»Eskalation ist das Letzte, was Frau Sonnenberg braucht«, rügte er mich.

»Wenn sie sich nicht wehrt, liegt sie beim nächsten Besuch nackt auf dem Tisch mit dem Ablauf am Fußende, während du ihr die Denkschüssel aufsägst, um im Gehirn nach Hinweisen für freiwilligen, heimischen Prügelsuizid zu suchen«, unkte ich.

Es tat mir echt leid um Elfie. Sie war nämlich insgesamt ein erfreulicher Anblick. Rassiges Fahrgestell, elegante Kurven, vernünftig dimensionierte Hupen. Augen und Haare hatten eine einheitliche Farbe, die irgendwas mit Braun zu tun hatte, und ihre Lippen leuchteten in einem natürlichen Rot. Zumindest dort, wo sie nicht aufgeplatzt und verschorft waren.

»Frau Sonnenberg hat immerhin den Mut besessen, hierherzukommen. Indem sie sich eingesteht, dass es ein Gewaltproblem gibt, ist sie auf dem richtigen Weg.«

»Sie ist auf dem Weg in eins deiner Kühlfächer«, maulte ich. »Wenn sie kommt, gib ihr die Nummer vier.«

Das Kühlfach mit der Nummer vier war mal meins gewesen, und das bot ich längst nicht jedem an.

»Lass dich überraschen«, murmelte Martin.

Und ich wurde überrascht.

Ich folgte Elfie nach Hause in ein Viertel, in dem die Häuser siebenstellige Preise und die Weiber allesamt Silikonhupen hatten. Elfie nicht, das hätte ich gemerkt. Sicherheitshalber fragte ich Martin abends nach seiner Einschätzung. Er hat ja einen professionell geschulten Blick und bestätigte meine Meinung: alles echt. Hätte sie Glibberkissen im BH gehabt, hätte ich sie vermutlich nie wieder besucht und wäre somit auch nicht Zeuge der tödlichen Entwicklung geworden. Manchmal wünschte ich, es wäre so gewesen.

Elfie also fuhr in ihrem schicken, kleinen Sportwagen nach Hause, was sie trotz der Gipsschale am linken Unterarm souverän meisterte, duschte mit Plastiktüte über der Knochenstütze, zog eine weiße Jeans und ein blaues Hemd an und drapierte Blumen, die sie unterwegs gekauft hatte, bis der Hausherr eintraf.

Geländewagen aus der Achtzigtausend-Euro-Klasse, Anzug von einem dieser schwulen Modefuzzis im Gegenwert eines Kleinkraftrades und Sonnenbankbräune bis in die Arschritze. Ein Typ, der von den Kolleginnen vermutlich vergöttert, von den Kollegen beneidet und von seiner Frau gefürchtet wird. Zumindest zitterten Elfies Hände, als sie ihrem Gruselgatten den Aktenkoffer abnahm.

Küsschen, Küsschen, »Wie geht es meinem geliebten Engel?« und »Elfie, mein Schatz, was ist denn mit dir passiert?«.

Hallo? War ich hier im falschen Film?

Elfie faselte etwas von einem Sturz auf der Treppe, und der Hausherr namens Stefan bedauerte sie, half ihr im Haushalt und entpuppte sich als echt netter Typ. Aber das sollte er ja auch sein, solange er sich nicht die Birne zugelötet hatte.

Nett und nüchtern blieb er auch die nächsten acht Tage, und so langsam verlor ich das Interesse daran, Elfie beim Shoppen, beim Kaffeeklatsch mit ihren Freundinnen und beim Sonnenbaden zuzusehen. Meine Besuche wurden seltener und hörten dann ganz auf.

Zehn Tage später erschien Elfie wieder bei Martin. Der Gips war ab, dafür hatte sie schwere Prellungen an der Hüfte. Die gleiche Story: Stefan hatte auf einer Party nicht schnell genug Nein sagen können und einen satten Schluck Cola mit Rum genommen. Wenn er erst mal Alkohol intus habe, wolle er mehr, am Ende raste er jedes Mal aus und hinterher habe er keinerlei Erinnerung. Martin riet Elfie, ihren Mann zu einer Therapie zu schicken, aber ich wusste gleich, dass es dazu nicht kommen würde. Trotzdem überwachte ich sie nicht permanent, deshalb verpasste ich den entscheidenden Moment.

Der Leichenwagen stand vor dem Haus, als ich ankam. Mir blieb das Herz stehen. Nur so eine Redewendung natürlich, denn ich habe ja kein Herz mehr. Ich raste hinein und erwartete, Elfie am Fuß der Treppe oder in den Scherben der zentnerschweren Bodenvase oder mit einem Messer im Rücken in der Küche zu finden. Alles falsch. Elfie saß in einem hellgelben Sommerkleid auf dem Sofa und weinte mit dem rechten Auge. Das linke war hinter einem Kühlkissen nicht zu sehen.

Stefan lag am Fuß der Treppe – offensichtlich und nach Martins Untersuchung auch offiziell tot. Kriminalhauptkommissar Gregor Kreidler saß Elfie gegenüber und lauschte ihrem gestammelten Bericht vom Verlauf des Tages. Bis zu dem Punkt, als sie vom Einkaufen nach Hause kam und Stefan sie betrunken an der Tür empfing.

»Hatte es vorher Hinweise darauf gegeben, dass Ihr Mann trinken würde? Gab es Streit oder hatte er Stress bei der Arbeit?«, fragte Gregor.

Elfie schüttelte den Kopf.

»Hat Ihr Mann häufiger getrunken, obwohl er wusste, dass er keinen Alkohol verträgt?«

»Bis vor ein paar Monaten hat er keinen Tropfen angerührt«, flüsterte Elfie. »Keine Ahnung, warum sich das plötzlich geändert hat.«

»Warum hast du mich nicht gerufen?«, fragte ich Martin. »Du weißt doch, dass ich Elfie mag.«

»Und du weißt, dass ich deine Einmischung *nicht* mag.«

Martin arbeitete emsig vor sich hin, während sein Kommissarkumpel Elfie weiter befragte.

»Er war also betrunken, als Sie nach Hause kamen. Was geschah dann?«

»Ich ging hoch, um mich frisch zu machen, er folgte mir. Im Schlafzimmer drängte er mich aufs Bett, aber ich stieß ihn weg und rannte zur Treppe, um das Haus zu verlassen. Er kam mir nach, erwischte mich oben an der Treppe und schlug zu. Ich wich aus, er hatte zu viel Schwung geholt und stürzte die Stufen hinunter.«

Ein Weinkrampf schüttelte sie so sehr, dass sie nicht weitersprechen konnte. Gregor ging also zu Martin, fragte nach seiner ersten Einschätzung und bekam eine verdammt ähnliche Schilderung zu hören.

Die Ermittlung nahm ihren Lauf ebenso wie die Obduktion, und danach trafen sich Gregor und Martin in Gregors Büro.

»Alkohol im Blut des Opfers, Abwehrspuren bei seiner Frau, es entspricht alles ihrer Schilderung.«

»Hinweise auf Vorsatz?«, fragte Gregor.

Als Martin den Kopf schüttelte, schlug Gregor die gerade erst angelegte Akte zu und verabschiedete sich ins Wochenende.

Ich schaltete mich zurück zu Elfie und stand der trauernden Witwe zur Seite. Natürlich wusste sie nichts davon, aber an Kleinigkeiten wie dieser sollte Loyalität nicht scheitern. Elfie wälzte sich eine schlaflose Nacht lang im halb leeren Ehebett, verbrachte den Sonntagvormittag mit den Vorbereitungen für die Beerdigung, legte sich nachmittags im schattigen Teil des Gartens in einen Liegestuhl und schlief ein.

Ich bemerkte den Nachbarn zuerst, aber natürlich konnte ich Elfie nicht warnen. So stand also der fette Sack plötzlich neben der Liege und setzte sich auf die Kante. Die Liege knackte bedenklich und Elfie erwachte mit einem Schreck.

»Na, Mäuschen?«, säuselte der Sack mit einem fiesen, klebrigen Unterton in der Stimme. »Zufrieden?«

Elfie floh von der Liege, baute sich in drei Metern Entfernung wie eine wütende Maus vor einem steinzeitlichen Mammut auf und wies auf die Gartenpforte, durch die der Sack gekommen war.

»Raus!«

»Aber wieso denn so unfreundlich, Liebelein?«, säuselte der Sack. Seine Augen glänzten und über das, was sich hinter dem Reißverschluss seiner Hose abspielte, mochte ich gar nicht nachdenken.

»Wie sind Sie hier hereingekommen?«, quetschte Elfie zwischen zusammengebissenen Zähnen hervor.

»Glaubst du wirklich, dass es auch nur einen Türcode in der Straße gibt, den ich nicht kenne?«

Elfie war wunderschön, wie sie mit blitzenden Augen und vor der Brust verschränkten Armen in ihrem Garten stand und den Kerl betrachtete, als wäre er eine Kakerlake in ihrer Kloschüssel.

»Verschwinden Sie!«

»Ich verschwinde hier gar nicht mehr, Mäuschen, oder du verschwindest auch. Und zwar im Knast.«

Was faselte der Kerl für einen Schwachsinn?

Elfie wurde blass.

Ich sah rot, konnte aber nicht eingreifen.

»Ich habe euch auf Video«, sabbelte der Sack.

»Wovon reden Sie?«, fragte Elfie mit überschnappender Stimme.

»Den Drink, den du ihm gemixt hast, und den Tritt, der ihn zu Fall brachte, also tu nicht so unschuldig.«

Elfie drehte sich um und rannte los, der fette Sack hetzte erstaunlich schnell auf seinen haarigen Beinen hinter ihr her. Elfie verlor Zeit an der Garagentür, der Sack bekam ihr Kleid zu fassen und brachte sie zu Fall. Er warf sich auf sie.

»Ich will dich doch nicht verpfeifen, Kleines.«

Er sabberte förmlich.

»Wir warten ein paar Wochen und dann zieh ich hier

ein. Ist doch nur logisch, dass wir uns näherkommen. Meine Frau abgehauen, dein Mann tot, nichts wäre natürlicher …«

Elfie wand sich unter seinem Gewicht, während seine feuchten Griffel den Saum ihres Kleides hochschoben.

Ich war hin- und hergerissen. Holte ich Hilfe, würde der Kerl Gregor seine Lügen auftischen und Elfie müsste sich gegen einen Mordverdacht wehren. Holte ich aber keine Hilfe, würde der Kerl Elfie auf der Stelle vergewaltigen.

Ich holte Hilfe, genauer gesagt: Martin. Ich brauchte nicht einmal fünf Minuten, um mich zu ihm zu schalten, von der Bedrohung der armen Witwe durch einen ausgetickten Nachbarn zu berichten und ihn zu bitten, den Notruf zu wählen. Trotzdem hatte sich die Situation grundlegend verändert, als ich zu Elfie zurückkam.

Elfie lag reglos auf dem Boden. Sie hatte Würgemale am Hals und Kratzspuren im Gesicht.

Der fette Sack war tot.

Ich ließ die Nummerngirls ihre Kärtchen an jeden geknickten Grashalm und jede noch so kleine Spur pinnen und begleitete Elfie und den Sack zu Martin in die Rechtsmedizin. Zuerst war Elfie dran – die Toten haben ja keine Eile mehr. Sie hatte die Fingerabdrücke des geilen Bocks am Hals und punktförmige Einblutungen an den Augen. Ein Stempel mit dem Wort Notwehr auf ihrer Stirn hätte die Sachlage nicht schöner dokumentieren können.

Die Obduktion des geilen Nachbarn ergab, neben eimerweise gelbem Unterhautfettgewebe und ähnlich unappetitlichen Details, die ich Ihnen hier erspare, eine Kehlkopfquetschung.

»Handkante?«, fragte ich, ganz unter dem Einfluss einschlägiger Actionfilme.

»Wohl eher Fußsohle«, konterte Martin.

»Schneller Tod?«, fragte ich.
»Langsam und qualvoll.«
»Gut.«

Ich schaute nun wieder regelmäßig nach Elfie und beobachtete, wie sie die Beerdigung durchstand, Stefans Kleidung an irgendwelche Gutmenschengruppen spendete und seine Papiere und Dokumente ordnete. Die Tötung aus Notwehr wurde offiziell als solche anerkannt und Elfie wuchs in ihre Rolle als sehr schöne und, wie ich während der Regelung der Erbschaftsangelegenheiten erfuhr, sehr reiche Witwe hinein.

Mein Interesse an ihr ließ im Laufe der Zeit nach, aber es erlosch nicht ganz. Jede Nacht flog ich kurz bei ihr vorbei und fand sie meist in sachtem Schlummer. Bis ich eines Nachts eine Gestalt bemerkte, die leise und geschmeidig an der Mauer entlang zur Terrasse schlich. Schon wieder ein Kerl, der sich Zugang verschaffte. Ich sah nach Elfie und fand sie vor ihrem Schminktisch. Aufgerüscht und mit Gold und Brillis behängt, mit denen man eine verschuldete, mittelamerikanische Bananenrepublik hätte kaufen können. Kalifornien, zum Beispiel.

Wieder war ich verdammt angepisst, weil ich sie nicht warnen konnte, und wieder zögerte ich, Hilfe zu rufen. Offenbar erwartete sie jemanden, wobei ich mich fragte, warum ein erwarteter Besucher nicht durch die Haustür kommen sollte. Aber dann wurde es mir schlagartig klar: Die Witwe wollte ihren Ruf als Trauerblümchen nicht aufs Spiel setzen, während sie hinter verschlossenen Fenstern zipfelte.

Der Kerl hatte inzwischen die Hintertür durch das Eintippen des korrekten Türcodes geöffnet und schlich die Treppe hoch. Sekunden später lehnte er malerisch am Türrahmen, dann zog er Elfie an sich und küsste sie lang und filmreif. Sie lachte ihn an.

»Endlich frei«, hauchte sie. »Der arme Idiot hat wirklich nichts gemerkt.«

»Natürlich nicht«, murmelte der Typ, wozu er kurz die Zunge aus ihrem Ohr nahm. »Und der Nachbar?«

»Ein Stalker. Zum Glück habe ich die Kamera gefunden, mit der er die Bilder von unserem Grundstück gemacht hat. Sogar dich hat er einmal erwischt. Und durch die Glasfront hat er ein erstklassiges Video von dem Moment aufgenommen, in dem ich Stefan die Treppe hinunterstoße.«

»Die Idee, dich bei der Rechtsmedizin als Opfer einzuführen und die Geschichte von seinem Alkoholproblem zu erfinden, war genial«, freute sich der Lover.

»Wenn auch schmerzhaft«, gab Elfie zu. »Ich bin schon froh, dass du mich ab jetzt nicht mehr schlagen musst.«

»Aber wie kommst du denn darauf?«, fragte der Lover, griff in ihre Haare und bog ihren Kopf brutal nach hinten.

Elfies Schrei verfolgte mich noch eine Zeit, ging aber bald im Lärm des Martinshorns unter. Ich hängte mich an den Rettungswagen auf der Suche nach einer Seele, die mir zwischen Leben und Tod vielleicht eine Zeit lang Gesellschaft leisten wollte. Von den Lebenden jedenfalls hatte ich für diesen Abend die Schnauze voll.

Bewerbung als verdeckter Ermittler bei der Kripo Köln

Persönliche Daten

Name:	Sascha (genannt Pascha) Lerchenberg
Geburtstag:	12. Juli 1987
Todestag:	22. Februar 2012
Letzte bekannte Adresse:	Kühlfach 4, Rechtsmedizinisches Institut, Köln
Familienstand:	Single – aber so was von!
Besondere Kennzeichen:	Unsichtbar

Berufliches

Berufsausbildung:	Autoknackerdiplom von Olli
Beruflicher Werdegang:	(Sorry, Jungs, der ist vertraulich)
Berufliches Ziel:	Partner von Kriminalhauptkommissar Gregor Kreidler

Sonstiges

Stärken:	Kein Schlafbedürfnis, kein Nahrungsbedürfnis, keine sonstigen körperlichen Bedürfnisse
Schwächen:	Kommunikation nur schriftlich/digital möglich (Liste der nutzbaren Hard- und Software siehe Anlagen), persönliche Kommunikation nur mit Dr. med. Martin Gänsewein
Interessen:	(Action-)Filme, Auflösung von Kriminalfällen

Sehr geehrter Herr Polizeipräsident,

wie Sie meinem obigen Lebenslauf entnehmen können, bin ich für Sie der ideale Ermittler: Ich kann Verdächtige rund um die Uhr beschatten, ohne dass sie es merken (oder haben Sie mich gestern in der Mittagspause bei Alexa bemerkt? Na, bitte, was sag ich! Übrigens: Keine Sorge, ich kann schweigen wie ein Grab!).

Ich verlange weder Geld noch Pensionsansprüche, keinen Dienstwagen und keine Knarre (leider). Ich bin nie krank und erspare Ihnen den Einsatz von Polizeihubschraubern oder Drohnen (logo weiß ich, dass die Kripo die Dinger bereits testet. Und ich teste mit: Der kleine Steuerungsausfall letzte Woche war ich ;-)).

Im Gegenzug für meine unbezahlbare Hilfe bei der Aufklärung von Mord und Totschlag erwarte ich Zugang zu allen Infos, die ihr Jungs zusammentragt, und den offiziellen Status als Gregors Partner.

See you (ich seh Sie auf jeden Fall ;-))
Pascha

Oliver Bottini Sieben Uhr

Ein Morgen wie jeder andere in diesem kümmerlichen Abschnitt des Lebens von Louise Bonì, alles eine Last: das Aufstehen um sechs, der Blick in den Badezimmerspiegel und noch immer wie eine Explosion in ihrem Kopf der Gedanke, dass keine Antwort kommen würde, wenn sie, Zahnpasta im Mund, riefe: Kannst du bitte die Butter rausstellen, danke.

Nun, meistens hatte ihr die Antwort ohnehin nicht gepasst.

Ich schlafe noch.

Ich muss los, keine Zeit.

Das war das Schwierigste am Alleinsein nach der Trennung von Mick: Wenn sie nichts sagte oder tat, herrschte Stille. Eine lähmende Erstarrung der Welt, die ihr jegliche Energie raubte. Manchmal konnte sie nicht anders, als sich um Viertel vor sieben in Straßenkleidung aufs Sofa zu setzen, Telefon auf dem Schoß, und zu warten. Meistens rief Bermann an, gegen halb acht, manchmal Lederle, der voller Mitgefühl war, aber zu sanftmütig, Bermann war ihr lieber. Reiß dich zusammen, knurrte er, ich brauch keine Weicheier in meinem Dezernat, sondern harte Jungs, also schwing deinen Arsch rüber.

So ging es. So kam das lahmgelegte Getriebe in die Gänge.

An diesem Morgen im frühen Mai des Jahres 2000 brauchte sie weder Bermann noch Lederle. Als sie die Schuhe anzog, klingelte es an der Wohnungstür.

Vor dem Spion eine noch junge Frau, Maghreb, dachte Louise, schön, elegant, fremd.

Sie öffnete.

»*Excusez-moi. Georges dit que vous êtes policier?*«

»Georges wer?«, fragte Louise auf Französisch.

»Leblanc.«

Sie nickte. Der Weinhändler vom Ende der Straße. War ihr bester Freund geworden in den letzten Wochen, sein Herz so groß wie seine Weine gut.

»Ich brauche Ihre Hilfe«, sagte die Frau, ein fast unwirklich schönes Wesen, überraschend heller Teint, hohe Wangen, schmale, lange Nase, die Pupillen durchscheinend schwarz wie Onyx.

»Kommen Sie in mein Büro, Polizeidirektion, zehn Minuten mit der Straßenbahn, einmal umsteigen.«

»Ich wollte erst privat mit Ihnen sprechen.«

Louise seufzte, hielt die Tür auf.

Die Wohnung hatte sich in dem Moment verwandelt, als die Frau, Zahia Touraine, eingetreten war, lebte plötzlich wieder, blühte auf nach Monaten der Leere. Der Duft eines exklusiven Parfums durchzog den Raum, die Aura von zerbrechlicher Schönheit, das sanfte Rascheln ihrer Kleidung. Sie barg ein geheimnisvolles Licht in ihrem Inneren, das die Möbel, Vorhänge, Teppiche auf unbestimmte Weise zum Leuchten brachte. Mick aus den Räumen verdrängte. Vielleicht, dachte Louise, war sie auch einfach noch nicht ausreichend wach für so viel Schönheit und Geheimnis.

Sie saßen am Esstisch, auf dem Sofa und den Sesseln war kein Platz, dort lag zu viel Krempel, Spuren der Lethargie.

»Tunesierin?«, fragte Louise. »Algerierin?«

»Algerierin.«

»Mit einem Franzosen verheiratet.«

»Geschieden. Aber das ist alles nicht wichtig.«

»So? Was *ist* wichtig?«

Zahia atmete tief ein, in den Augen plötzlich Härte. Sie schien zu überlegen. Louise spürte die Ungeduld kommen, bemühte sich, nicht allzu harsch zu klingen. »Es ist noch nicht mal sieben Uhr morgens, ich bin müde, schlecht gelaunt, und ich muss ins Büro. Also: Worum geht's?«

»Um einen ... Mord.«

Louise hob die Brauen. Keine ungeklärten Tötungsdelikte zurzeit, jedenfalls was den Raum Freiburg betraf. Sie fragte nach. Ja, in Freiburg.

»Ich werde«, sagte Zahia, »einen Mann töten, wenn Sie mich nicht daran hindern.«

»*Votre* ... Scheiße«, sagte Bermann.

Louise half. »*Ex-mari.*«

»*Votre ex-mari?*«

Sie saßen in seinem Büro, Louise, Zahia, Bermann. Auch dieser Raum hatte sich durch Zahias Anwesenheit urplötzlich verändert, aus einer nüchternen Arbeitszelle war ein heimeliger Ort des Wohlgefühls geworden, zumindest in der Wahrnehmung von Louise.

»Nein, nicht den Exmann«, sagte sie, als Zahia nicht antwortete, die Bermanns Männerblick und Schroffheit sichtlich irritierten. So war er nun einmal, dachte Louise entschuldigend, ein Relikt aus dem Paläozän der Zivilisation, aber seine Energie im Kampf gegen Verbrecher phänomenal.

»Sondern?«, fragte Bermann auf Deutsch.

»Einen Mann, den es nicht gibt.«

»Lass sie selbst antworten, Luis.«

Louise übersetzte.

»Natürlich gibt es ihn«, sagte Zahia, plötzlich erschöpft.

»Bloß finden wir ihn nicht«, erklärte Louise.

»Wir?«, fragte Bermann.

»Die 43er.«

Zahia rieb sich die Schläfe. »43er?«

»Die Kollegen vom Dezernat 43. Unsere Datenstation«, sagte Louise.

Bermann fuhr sich mit den Händen übers Gesicht. »Also, wen wollen Sie töten?« Seine Stimme klang dumpf, er sprach langsam, sein Französisch war wenig elegant.

»Jerome Bigot.«

»Ein Franzose?«

»Ja, aber er lebt in Freiburg.«

»Verdammt«, sagte Bermann. »Und wer *ist* das?«

»Längere Geschichte«, sagte Louise.

»Dann warten wir, bis ihr Anwalt da ist.«

»Sie will keinen.«

»Sie wollen keinen Anwalt?«

Zahia schüttelte den Kopf. »Nein.« Ein Anwalt werde vielleicht erreichen, dass sie vorerst nach Hause könne. Dann jedoch werde sie Bigot bei der ersten sich bietenden Gelegenheit töten.

Sie hatten Zahia über die Konsequenzen ihrer Drohung informiert. Störung des öffentlichen Friedens durch Ankündigung einer Straftat, Freiheitsstrafe bis zu drei Jahren oder Geldstrafe. In jedem Fall würden sie ein psychiatrisches Gutachten erwirken, eventuell werde sie in eine Klinik eingewiesen. Zahia hatte mit den Achseln gezuckt, als wäre ihr dies alles gleichgültig.

Das war der Moment, in dem Louise misstrauisch geworden war. Doch sie konnte das Misstrauen nicht erklären. Nicht in Worte fassen.

Zahia Touraine entstammte einer sogenannten Harki-Familie, der Vater einer von etwa zweihunderttausend algerischen Kollaborateuren der Franzosen vor und während des Algerienkrieges 1954 bis 1962. Für ein paar Algerische Francs hatten die Harkis als Staatsangestellte oder im Militär für die Besatzer gearbeitet, manchmal auch für sie gekämpft, gegen die eigenen Landsleute, die für den Front de Libération Nationale in den Untergrund gegangen waren.

Nach der Unabhängigkeit 1962 ließen die Franzosen ihre algerischen Verbündeten fallen, zahllose Harkis wurden von FLN-Sympathisanten aus Rache gefoltert oder ermordet. Zehntausende flohen nach Frankreich, das sie nur widerwillig aufnahm und überwiegend in Lagern aus dem Zweiten Weltkrieg oder in Waldcamps unterbrachte, darunter Zahias Eltern und ihren ältesten Bruder. Ihr zweiter Bruder, Faruk, und sie selbst wurden in einem Waldcamp geboren. Erst 1974, als Zahia sechs Jahre alt war, erhielt die Familie eine Wohnung in Rouen. Sie studierte Kunstgeschichte in Paris, heiratete einen ihrer Professoren, ließ sich scheiden, zog vor einigen Wochen nach Freiburg.

»Und wer ist jetzt dieser Bigot?«, fragte Bermann.

»Der Mann, der an Faruks Tod schuld ist.« Faruk habe sich im März das Leben genommen. Zahia presste die Lippen aufeinander, blinzelte Tränen weg. »Bigot war der Verwalter des Waldcamps, in dem wir lebten. Er hat ... schlimme Dinge mit Faruk gemacht.«

»Schlimme Dinge«, brummte Bermann auf Deutsch.

»Pädophilie«, sagte Louise.

»Schon kapiert.«

»Pédophilie«, flüsterte Zahia, bemüht, die Fassung nicht zu verlieren. »Was für ein schönes, harmloses Wort.« Sie zuckte mit den Achseln. Bigot hatte Faruk vergewaltigt, immer wieder, sechs Jahre lang.

»Und ihre Familie ... ihr Vater ...«, begann Bermann.

»Wir wussten es nicht. Bigot hat Faruk eingeschüchtert. Wenn du was erzählst, bekommt ihr kein Geld mehr. Verliert ihr eure Arbeit. Müsst ihr das Camp verlassen. Erst vor ein paar Jahren hat er es mir erzählt.«

Sekundenlang herrschte Stille.

»Und jetzt wollen Sie sich an Bigot rächen«, sagte Louise.

»Nicht mich. Faruk.«

»Hat Bigot Sie auch vergewaltigt?«, fragte Bermann.

»So kann man es nicht nennen. Er hat … mit mir gespielt. Mit meinen Händen. Seinen Händen. Aber das ist … dafür verdient er nicht den Tod. Für Faruk schon.«

Louise griff nach der Kaffeetasse, spürte einem undefinierbaren Gefühl nach. Es wollte sich nicht konkretisieren lassen. »Und Ihr zweiter Bruder?«

»Said? War damals zu alt. Bigot interessierte sich nicht für Jugendliche. Nur für Kinder.« Said sei Ende der achtziger Jahre nach Algerien gegangen. Sie hätten keinen Kontakt mehr. Seine Art, das Waldcamp, die Armut, die Tristesse des Harki-Lebens in Frankreich zu vergessen. Kommuniziere man nicht mit Menschen aus der eigenen Vergangenheit, hörten sie irgendwann auf zu existieren, und dann existiere auch die Vergangenheit nicht mehr.

»Und warum finden wir diesen Päderasten nicht?«, fragte Bermann.

»Weil es weder in Freiburg noch in Deutschland einen Jerome Bigot gibt«, erwiderte Louise.

»Und warum fragen wir nicht Madame Touraine, wo er ist?«

Sie warf einen Blick auf Zahia, sah wieder Bermann an. »Weil sie ihn nicht retten will, Rolf. Sie will ihn töten.«

Bermanns Urteil war eindeutig. *Die ist irre. Die tickt nicht richtig. Hat sich was zusammenfantasiert und hält uns zum Narren.*

Louise war nicht seiner Meinung. Sie spürte, dass es Zahia mit ihrer Drohung ernst war.

Später Vormittag, sie war auf dem Weg zu dem ehemaligen Waldcamp nahe Roussillon-en-Morvan zwischen Paris und Lyon, etwa einhundert Kilometer südwestlich von Dijon gelegen. In Mulhouse stellte sie den Wagen auf dem Parkplatz der Polizeipräfektur ab und meldete sich an der Pforte. Wenige Minuten später kam Hugo Chervel, einer der französischen Ermittler, mit denen sie gelegentlich zu tun hatte. Drei Küsschen, sie spürte den Fünftagebart an ihrer Wange, eine Hand an ihrer Taille, in der anderen hielt er die obligatorische Zigarette. Chervels Augen waren hellblau, die Pupillen klein, ein Husky-Mann, hatte Bermann einmal gespottet. Louise kam er wie ein Wolf vor, ein lauerndes, sanftes Alphatier, umgeben von einer Aura der Einsamkeit. Er trug im Dienst Anzug und gestärkte Hemden. Wenn die französischen Pressefotografen Vorzeigepolizisten brauchten, schickte man Hugo Chervel.

»Was hört man da, *chérie?*«

»Was hört man?«

»Du hast den Ehemann entlassen.«

»Ach das«, sagte Louise.

»Schmerzhaft?«

»Überstanden.«

»Sind sowieso überflüssig, Ehemänner.«

»Zumindest überschätzt.«

Sie stiegen in seinen Wagen, fuhren los. Chervel sagte, sie hätten einige Männer namens Jerome Bigot gefunden, doch kämen alle aus unterschiedlichen Gründen nicht in Frage.

»Was sagt euer Psychologe über die Harki-Frau?«

»Du meinst Bermann?«

Sie lachten.

»Psychologin. Sie spricht noch mit ihr.«

Chervel erzählte von dem einstigen Untergebenen Bigots, den sie aufgetan hatten, Hervé Marche, ein Mann aus Roussillon-en-Morvan, dort geboren, dort geblieben, würde dort sterben und wiederauferstehen. Marche hatte von 1965 bis 1976 in dem Lager gearbeitet, ein unauffälliger, einfacher Angestellter.

»Erinnert er sich an Bigot?«

»Ja«, sagte Chervel. »Und an einen Anruf vor ein, zwei Monaten, bei dem es um dieselbe Frage ging.«

»Welche Frage?«

»Wo Bigot ist.«

Sie trafen Marche im Wald vor dem einzigen Wohnhaus des Camps, das noch stand – das Steinhaus, in dem der jeweilige Lagerverwalter gewohnt hatte, also auch Bigot in den Jahren, in denen er das Camp geführt hatte. Die anderen Gebäude, die der fünfunddreißig algerischen Familien, waren eingestürzt oder von Holzdieben zerlegt worden. Marche war um die sechzig, ein träger, fülliger Mann in Hosenträgern, den das Leben schwer und grau gemacht hatte. Halb geschlossene Lider, die Augen wässrig, er nuschelte, manches Wort kaum zu verstehen. Die Stirn glänzte vor Schweiß, gelegentlich fuhr er sich mit einem Taschentuch darüber.

Sie standen vor dem Haus, blickten auf das wuchernde Gras, ein Wellblechdach, das zwischen den Bäumen lag.

»Wer hat nach Bigot gefragt?«, erkundigte sich Louise.

»Weiß nicht. Hat ihren Namen nicht genannt. Hab sie nie ...«

»Eine Frau?«

»... gesehen. Ja, eine Frau, klang nach einer Araberin aus den ehemaligen Kolonien.«

»Was haben Sie zu ihr gesagt?«

»Sie soll Monsieur Blix in Dijon fragen. War damals von der Regierung zuständig für die Harkis hier in der Gegend. Für das Camp und alles. Raymond heißt er, Raymond Blix.«

Chervel griff nach seinem Mobiltelefon, entfernte sich.

»Und dann hat noch jemand gefragt nach Bigot. Ist schon ein paar Jahre her. Sagte, er wurde im Camp geboren.«

»Faruk Merhal?«

»Kann sein. Den hab ich auch zu Monsieur Blix geschickt.« Marche hängte die Daumen in die Hosenträger. »Der Bigot, jeden Morgen um halb sechs ist der durchs Camp gegangen und hat mit einem Stock gegen die Türen geschlagen. Aufstehen, hat er gerufen, hier ist Frankreich, nicht Afrika.« Er lachte. »War lustig gemeint, aber die mochten ihn nicht, die Harkis. Wenn er wütend war ...« Er zuckte mit den Achseln. »War oft wütend, der Bigot.«

»Was hat er dann getan?«

»Manchmal hat er drei, vier von den Arabern antreten lassen. Hat sie vor eine Mauer gestellt, mit dem Gewehr auf sie gezielt, als würde er sie hinrichten. So was hat er getan, wenn er wütend war.«

Louise sah, dass er ein Schmunzeln unterdrückte. »Und Sie haben zugeschaut.«

»War ja nur Spaß«, brummelte Marche.

Chervel kam zurück. »Louise.«

Sie wandten sich ab, gingen ein paar Meter.

Raymond Blix war tot, vor sechs Wochen ertrunken im Lac Kir, in den er wohl nicht freiwillig gestiegen war, die Hände und Füße gefesselt.

Im Auto hektische Telefonate, Chervel sprach mit den Kollegen aus Dijon, wollte abklären, ob es Hinweise auf eine Frau als Täterin gebe, Louise informierte Bermann, der Zahias Alibi für den Abend des Mordes an Blix prüfen sollte. Sie waren einige Kilometer gefahren, als Louise den Kopf schüttelte. Marche ging ihr nicht aus dem Sinn. »Dreh um, Hugo«, sagte sie.

Marche war noch im ehemaligen Camp, stand rauchend dort, wo sie ihn verlassen hatten.

»Raus damit«, sagte Louise.

»Womit?«

»Sie verschweigen uns was.«

»Nicht die Bohne«, sagte Marche.

»Haben Sie ein paar Jungs von Bigot abgekriegt?«

Marche erblasste.

»Nein, keine Jungs, keine Kinder«, sagte Louise. »Sie stehen auf Frauen. Bigot hat Ihnen die Frauen überlassen, richtig? Die Araberinnen.«

»Darf die das?«, fragte Marche mit hysterischer Stimme. Der Schweiß lief ihm jetzt in Strömen von der Stirn, den Wangen.

»Und noch viel mehr«, erwiderte Chervel.

Zehn Minuten später hatten sie ihn weichgekocht.

Jerome Bigot hatte eine Schwester, die in Roussillon-en-Morvan gelebt hatte, später nach Dijon gezogen war, Paulette Cramm.

Als sie wieder im Auto saßen, sagte Chervel tonlos: »Ich lasse eine Liste zusammenstellen.«

»Ja«, sagte Louise. Alle algerischen Frauen, die je im Waldcamp Roussillon-en-Morvan gewohnt hatten und noch am Leben waren. Vielleicht würde die eine oder andere reden. Erzählen, was Hervé Marche ihr angetan hatte.

Paulette Cramm, Klavierlehrerin, an der Grenze zur Magersucht, Rüschenbluse, Faltenrock, der Teint wächsern, eine verbitterte Alte, die nur noch ein Ziel im Leben zu kennen schien: einen sanften Tod. Eine Auster, die sich vor Jahren für immer verschlossen hatte. Louise hätte sie auf Mitte achtzig geschätzt, dabei war sie erst fünfundsechzig. Sie standen im winzigen Flur, durch eine geschlossene Tür drang Klaviermusik, ein Schüler, der zu wenig übte.

»Jerome«, flüsterte Paulette Cramm, ließ die Luft ausströmen, die Schulter kamen nach vorn. Sie sank auf einen Stuhl neben dem Telefontischchen, die angespannten Fäuste im Schoß, der Blick auf die Wand gerichtet. Stocksteif saß sie da, zeigte keine Regung, keine Bewegung außer dem Blinzeln der Lider. Und doch spürte Louise, dass Paulette Cramm in größtem Aufruhr war.

»Ein Mann hat sich das Leben genommen«, sagte sie. »Ein Mann, den Jerome Bigot als Kind in dem Harki-Camp bei Roussillon-en-Morvan vergewaltigt hat.«

Chervel verschwand in der Küche, kam mit einem Glas Wasser zurück, reichte es Cramm. Sie nippte daran, umklammerte es mit den Händen. Über ihre Wangen strömten plötzlich Tränen, tropften auf ihre Bluse, ein steter, nicht versiegender Fluss, ohne dass ein Laut aus ihrer Kehle gekommen wäre. Aber da waren, dachte Louise, nicht nur Trauer, Verzweiflung, vielleicht Erinnerungen an die Schrecken der Vergangenheit – Paulette Cramm wirkte auf eine merkwürdige Art auch erleichtert. Eine Last schien von ihr abzufallen, während sie, begleitet von dilettantischem Klaviergeklimper, die Albträume eines anderen, früheren Lebens durchlitt.

Hugo Chervel hatte ratlos die Lippen geschürzt. Louise berührte seinen Arm, signalisierte: warten, einfach warten.

Dann, nach zehn, fünfzehn Minuten, sprach Paulette Cramm.

Sie hieß Paula, stammte aus Deutschland.

Wie ihr Bruder.

»Philip Cramm«, sagte Louise und buchstabierte.

»Und Jerome Bigot ist Philip Cramm?«, fragte Bermann.

»Eher umgekehrt.«

Sie standen noch im Flur von Paula Cramm, die irgendwann aufgestanden war, sich die Wangen getrocknet hatte und zu ihrem Schüler zurückgekehrt war. Sie warteten auf Chervels Kollegen, die auf sie aufpassen würden – Blix' Tod war Warnung genug. Louise hatte Lederle informiert, Minuten später weitere Daten erhalten. Philip Cramm, geboren 1926, 1944 in die Waffen-SS eingetreten, nach dem Krieg als Jerome Bigot in Frankreich untergetaucht und Ende der siebziger Jahre unter seinem echten Namen plötzlich in Freiburg aufgetaucht.

»Habt ihr ihn?«, fragte Chervel.

»Ja«, erwiderte Louise. »Er wohnt in Littenweiler.«

»Und was denkst du?«

»Irgendwas stimmt nicht.«

»Die Sache mit dem zweiten Bruder.«

Sie nickte. Said Merhal, der Älteste. Der Staatsanwalt bemühte sich gerade um einen Durchsuchungsbescheid und die richterliche Erlaubnis, Zahias Telefonate und E-Mail-Verkehr zu überprüfen. In Paris und Berlin waren Kollegen auf dem Weg zu den algerischen Botschaften. Andere ermittelten bei den Fluggesellschaften, die Algier anflogen. Sie mussten klären, ob Said eine Rolle spielte. Ob er vielleicht aus Algerien zurückgekommen war.

»Ich frage mich die ganze Zeit, warum Faruk so lange gewartet hat«, sagte sie. »Warum er es nicht schon vor Jahren getan hat.«

»Wie alt war er?«

»Gerade achtunddreißig geworden.«

Chervel nickte, die Augen schmal und traurig. »Was immer Bigot ihm angetan hat, ist mit Faruks achtunddreißigstem Geburtstag verjährt, zwanzig Jahre nach der Volljährigkeit. Er hat sich umgebracht, weil Bigot nicht mehr belangt werden kann.«

Zwei Stunden später, als Louise in Mulhouse eben in ihren Wagen gestiegen war, rief Lederle an. Eine erste Auswertung der Telefondaten Zahias hatte nichts gebracht. Keine Telefonate mit Algerien, keine Gespräche, die nicht zugeordnet werden konnten. Zahias Behauptung, sie habe seit Jahren nicht mit Said gesprochen, schien der Wahrheit zu entsprechen. Louise ließ den Motor an, winkte Chervel zu, der rauchend vor dem Eingang der Polizeipräfektur stand. Ja, die Sache mit dem zweiten Bruder. Aber da war noch etwas. Nichts Greifbares. Nur ein dumpfes, unangenehmes Pochen in ihrem Kopf.

Kein Alibi, jedenfalls kein bestätigtes. Am Abend des Mordes an Raymond Blix war Zahia in Freiburg im Kino gewesen, allein.

»Welcher Film?«, fragte Bermann.

»›American Beauty‹.«

»Erzählen Sie.«

Sie erzählte.

Bermann nickte. Er ging oft ins Kino, auch diesen Film hatte er gesehen.

Sie schickten zwei Ermittler mit einem Foto von Zahia los.

»Sie haben ihn gefunden, richtig?«, sagte Zahia. »Bigot.«

»Ja«, erwiderte Louise.

Zahia lächelte, schloss die Augen für einen Moment. Sie atmete tief ein, ließ die Luft lange ausströmen. Schließlich sagte sie: »Dann werde ich ihn jetzt töten.«

Chervel rief an. Über irgendwelche Kanäle hatte er Informationen vom algerischen Geheimdienst bekommen. Said, 1955 geboren, 1988 nach Algerien zurückgekehrt, dort zum Militär und später zu den Fallschirmjägern gegangen. Die algerischen *parachutistes*, sagte Chervel, hätten im Krieg gegen islamistische Terrorgruppen während der Neunziger eine wichtige Rolle gespielt. Sie hätten Zellen infiltriert, es heiße sogar, manche hätten sich als Islamisten verkleidet und Massaker an der eigenen Zivilbevölkerung begangen, um gegen die Radikalen aufzuhetzen. Said habe einer besonders berüchtigten Einheit angehört. »Keine Frau, keine Kinder. Ein Einzelgänger.«

»Na toll«, sagte Louise.

Sie stand im Hof der Polizeidirektion, wartete auf Bermann. Es war dunkel geworden, ging gegen neun. Sie gähnte, aber sie war nicht wirklich müde. Adrenalin schoss durch ihre Blutbahnen und immer wieder Ärger über sich selbst, weil sie diesen einen Gedankenschatten nicht greifen konnte. »Wissen die, wo er jetzt ist?«

»In Tunesien, er macht Urlaub. Er hat ein Hotel gebucht, für zwei Wochen, sie haben's überprüft.«

»Kannst du da anrufen?«

»Ich habe keine Ahnung, in welchem Hotel er ist.«

»Finde es raus, Hugo. Ruf da an.«

»Morgen, ich muss heim, spätes Dinner mit einer Unverheirateten. Habt ihr schon mit Bigot gesprochen?«

»Wir fahren jetzt hin.«

Bermann kam, schweigend, mit kraftvollen Schritten, warf ihr einen Blick zu, ging weiter. Sie folgte ihm langsam.

»Ruf im Hotel an, Hugo.« Sie hörte Chervel seufzen, dann war die Verbindung unterbrochen. Bermann raste in seinem Dienstwagen heran. Während sie einstieg, setzte er das Blaulicht aufs Dach. Wieder ein kurzer Blick, das Gesicht düster, kantig. Sie wusste, was in ihm vorging. Bermann hatte Kinder, konnte den Gedanken an Pädophilie nicht ertragen. Wenn er jemanden inbrünstig hasste, dann Kinderschänder.

»Du hast dich im Griff, Rolf, ja?«

»So würde ich es nicht bezeichnen«, erwiderte er.

Littenweiler im Osten Freiburgs, ein einzelnes Haus in Hanglage am Waldrand, der Schein der Straßenlaterne reichte nur bis zum Zaun. Vorn ein vernachlässigtes Gärtchen, hinten rückten die Bäume nah an die Mauern heran. Das Haus gehörte Cramm, er wohnte im Erdgeschoss, hatte die drei übrigen Wohnungen vermietet. Seit sie Jerome Bigots echten Namen erfahren hatten, stand ein Streifenwagen vor dem Haus, zwei weitere fuhren die nahen Straßen ab. Lederle hatte mit Cramm telefoniert und ihn gewarnt, ohne ins Detail zu gehen.

»Reiß dich zusammen«, sagte Louise.

»Ja, ja«, sagte Bermann.

Sie stiegen aus. Das Gartentor rostig, quietschte schrill in den Angeln. Sie durchquerten den Vorgarten. Louise bemerkte Cramm hinter einem Fenster, die Scheibengardine verbarg ihn weitgehend, nur Augen und Stirn waren zu sehen. Dann verschwand er, öffnete die Tür. Er war groß und hager, der Oberkörper leicht nach vorn geneigt, die Fingergelenke knotig. Das Gesicht bedeckten Altersflecken, der Schädel war kahl bis auf ein paar wirre Strähnen weißen Haars.

»Na endlich«, sagte er mit vor Aggressivität berstender Stimme. »Was soll das heißen, ich bin vielleicht in Gefahr?«

»Lassen Sie uns erst mal rein«, knurrte Bermann.

Sie folgten Cramm durch eine muffige Diele, betraten ein kleines Wohnzimmer. Die Blumentapeten, die weißen Stores, die Siebzigerjahre-Einrichtung, alles kam Louise vergilbt vor, leblos, Relikte aus einer längst vergangenen Zeit, denen man wie Cramm das Alter ansah.

»Reden Sie endlich«, sagte Cramm.

»Ein Mann, den Sie vor vielen Jahren in Roussillon-en-Morvan misshandelt haben sollen, hat sich das Leben genommen«, erwiderte Louise. »Die Schwester dieses Mannes hat angekündigt, Sie zu töten.«

»Was faseln Sie da?«

»Besorgen Sie sich einen Anwalt«, sagte Bermann.

»Lächerlich. *Wo* soll ich gewesen sein?«

»Roussillon-en-Morvan«, antwortete Louise. »Unter dem Namen Jerome Bigot.«

Cramm zuckte zurück, sein Mund stand für einen Moment offen, ohne dass ein Wort herauskam. »Lächerlich«, wiederholte er, aber die Stimme zitterte.

»Sie waren nie in Roussillon-en-Morvan?«, fragte Bermann.

»Nein.«

»Sie haben sich nie Jerome Bigot genannt?«

»Natürlich nicht.«

»Sie sind kein Kinderschänder?«

»Ich verbitte mir das!«

»Dann haben wir uns geirrt«, sagte Bermann. »Wir ziehen die Kollegen ab und verschwinden.«

»Sagten Sie nicht, ich wäre in Gefahr?«

»Nicht Sie«, erwiderte Bermann. »Jerome Bigot.«

Sie kehrten zur Tür zurück.

»Wie kommen Sie überhaupt auf mich?«, fragte Cramm.

»Über Ihre Schwester«, sagte Louise, ohne sich umzudrehen. »Paula.«

»Aber die kennen Sie auch nicht«, ergänzte Bermann. Er öffnete die Tür, milde, frische Luft strömte herein.

Louise warf einen Blick ins Wohnzimmer. Cramm saß jetzt auf einem Stuhl, starrte sie an: »Warten Sie!«, krächzte er.

Bermanns Faust knallte gegen die Tür, mit einem dumpfen Krachen fiel sie ins Schloss.

Im selben Moment klingelte Louises Telefon.

»Ich glaube, ihr habt ein Problem«, sagte Hugo Chervel.

Said Merhal hatte das Hotelzimmer in Tunesien tatsächlich gebucht und vollständig bezahlt, und er hatte vor drei Tagen auch eingecheckt. Doch er hatte keine einzige Nacht dort verbracht.

Seit dem Tag seiner Ankunft hatte ihn niemand mehr gesehen.

Gegen zehn verließen sie Cramm, die Streifenpolizisten blieben. Er hatte mit seinem Anwalt telefoniert, schwieg seitdem, ein Gespräch war für den nächsten Tag in der Polizeidirektion vereinbart worden. Louise schlief schlecht in dieser Nacht, wachte immer wieder auf und blickte aufs Telefon. Kein verpasster Anruf. Am Morgen taumelte sie erschlagen ins Bad, hielt für einen Moment den Atem an, als die Stille und Leblosigkeit der Wohnung zu bedrückend wurden. Um halb acht saß sie im Präsidium am Schreibtisch, am Vormittag erschien Cramm mit seinem Anwalt. Da gegen ihn bislang nichts vorlag, folgte er dessen Empfehlung und sagte nichts, äußerte sich auch nicht dazu, ob er tatsächlich Bigot war. Hugo Chervel hatte in Mulhouse eine Ermittlungsgruppe gebildet, Bermann tat dasselbe in Freiburg. Alles, was Bigot im Waldcamp von Roussillon-en-Morvan getan haben mochte, war höchstwahrscheinlich verjährt, doch wer wusste schon, ob er nicht später weitere Straftaten begangen hatte, vielleicht sogar in Freiburg.

Cramm informierte sie, dass er noch am selben Tag für einige Wochen zu einer »Bekannten« ziehen werde, er brauche Erholung von dem Schreck. Er hinterlegte eine Kirchzartener Adresse. Als er Bermanns Büro schwerfällig und leicht gebeugt verließ, empfand Louise wieder dieses merkwürdige Unbehagen, dem sie keinen Namen geben konnte.

Erst am übernächsten Abend begriff sie, was da unterhalb ihres Bewusstseins trieb. Sie saß in der dämmrigen Weinhandlung von Georges Leblanc, hielt das vierte oder fünfte Glas von dessen neuem Favoriten in der Hand und ließ sich von der langwierigen und komplizierten Suche nach französischen Kleinwinzern erzählen. Man folge einem Gerücht, dem Klang eines Namens, flüsterte Leblanc mit leuchtenden Augen, einem Bouquet, vielleicht auch nur der vagen Ahnung, dass an diesem oder jenem Hang eines mäandernden Tals doch wunderbare Trauben wachsen müssten.

Und Louise verstand.

Zahia hatte zwar gewusst, dass Bigot in Freiburg lebte – möglicherweise von Blix –, aber nicht, unter welchem Namen. Instinktiv hatte Louise darauf geachtet, dass er in ihrer Gegenwart nicht erwähnt wurde. Doch so, wie der alte Leblanc der Fährte eines Weines folgte, war ihr, Louise, vielleicht jemand nach Roussillon-en-Morvan gefolgt und später zu Philip Cramm.

Said.

Um zehn vor sieben am folgenden Morgen klingelte es. Vor der Wohnungstür stand Zahia, ein wenig unruhig und verunsichert. Diesmal blieb die Wohnung düster und einsam, als sie eingetreten war. Sie setzten sich an den Esstisch, wie vor ein paar Tagen.

»Ihr Chef hat mich gestern Abend entlassen. Gegen meinen Willen. Er hat gesagt, ich solle ihm nichts vormachen, ich sei gesund und Herrin meiner Sinne.«

»Kontrolliert und diszipliniert«, sagte Louise. »Steht im Gutachten.«

»Was spielt das für eine Rolle? Ich werde Bigot töten.«

»Werden Sie nicht, Zahia. Nicht Sie. Vielleicht Said. Er ist mir gefolgt, richtig? Nach Roussillon-en-Morvan, nach Dijon. Zu Bigot.«

»Said? Ich weiß nicht, wo er ist. Wir haben seit Jahren keinen Kontakt.«

»Das ist gelogen, Zahia.«

Sie schwiegen. Kirchenglocken schlugen sieben Uhr, der Klang klar und deutlich, eines der Fenster war gekippt.

»Was wollen Sie von mir?«, fragte Louise.

Zahia lächelte. »Nichts. Nur ein paar Minuten. Kann ich vielleicht ... einen Kaffee bekommen?«

»Ich muss ins Büro.«

»Bitte. Einen Kaffee, dann gehe ich.«

Unwillig erhob sich Louise. An der Wohnzimmertür blieb sie abrupt stehen und wandte sich um. Ihr Blick folgte dem Klang der Glockenschläge zum Fenster, glitt zu Zahia. Aber sie sah Cramms von Altersflecken übersätes Gesicht vor sich, den fast kahlen Kopf. Die Augen, geweitet vor Angst.

Die Glocken verstummten, der Klang verebbte.

»Sieben Uhr«, flüsterte Zahia. Tränen liefen ihr über die Wangen, mit einem Mal wirkte sie alt und unendlich erschöpft. Langsam ließ sie sich vom Stuhl auf den Teppich gleiten. Sie blieb für einen Moment knien, dann legte sie sich hin und rollte sich zusammen wie ein Fötus.

Louise kehrte zum Tisch zurück. Schauer liefen ihr über den Rücken, als sie sich setzte. Sie fand keine Worte, war hin- und hergerissen zwischen Mitgefühl und Entsetzen. Das Entsetzen überwog. Sie dachte, dass keine zehn Kilometer entfernt in diesem Moment Philip Cramm alias Jerome Bigot die letzten Atemzüge tat. In ein paar Sekunden würde sein Mörder wieder unsichtbar werden, sich unerkannt auf die Rückreise nach Nordafrika machen, ohne befürchten zu müssen, dass seine Schwester für die Tat belangt werden würde – sie hatte sich das beste Alibi besorgt, das man sich vorstellen konnte.

Irgendwann stand Zahia auf. »Verzeihen Sie«, flüsterte sie, berührte Louise an der Schulter und ging.

Louise blieb sitzen, unfähig, sich zu bewegen, wartete darauf, dass Bermann anrief, wie so oft in diesem Abschnitt ihres Lebens, und sie aus der Erstarrung riss.

Louise Bonì, das Wesentliche:

Geboren: 1960
Sternzeichen: Löwe
In den Polizeidienst eingetreten: 1982
Dienstgrad: Hauptkommissarin, Kriminalpolizei (Dezernat 11/Kapitalverbrechen)
Eltern: Getrennt, Mutter Deutsche (lebt allein in der Provence), Vater Franzose (lebt wiederverheiratet in Kehl)
Zwei Brüder: Germain, 1983 bei einem Autounfall ums Leben gekommen; Germain, 1996 geboren
Verheiratet: Von 1996 bis 2000 mit Mick von Kyburg, einem Lügner vor dem Herrn
Verliebt seitdem: In den verheirateten Richard Landen und (seit 2004) den zweimal geschiedenen Ben Liebermann
Kinder: Zum Glück leider nicht
Lieblingslektüre: Romane von Clavell, Mankell, Pilcher
Lieblingsmusik: Pink Floyd, Barclay James Harvest, Wham, Wagner, Beethoven
Vermeintlich in Notwehr erschossen: Den Entführer und Vergewaltiger René Calambert (2001)
Süchte: Alkohol, von 2000 bis 2003, seitdem konsequent trocken, abgesehen von einem Mon Chérie (Sommer 2003)
Größte Verluste: Germain Nr. 1 (1983) und Rolf Bermann, langjähriger Chef (2005)

Gisa Pauly Rache auf Friesisch

»*Madonna!*« Mamma Carlotta staunte ihren Schwiegersohn an. »Ein echter Fernsehstar? In unserem Haus?«

Erik fühlte sich bewogen, ihre Begeisterung zu dämpfen. »Er ist Koch und hat eine eigene Kochshow! Das ist alles! Von der Berühmtheit eines George Clooney ist er genauso weit entfernt wie du und ich.«

Aber Mamma Carlotta blieb dabei: Ein Mensch, der im Fernsehen auftrat, war berühmt, wichtig sowieso. »Und so einer übernachtet bei uns!« Aus ihrer Ehrfurcht wurde prompt tiefe Sorge. »Wird so ein Fernsehkoch mit meiner Küche zufrieden sein? *Madonna*, der ist bestimmt Besseres gewöhnt.«

Jetzt wuchs Erik geradezu über sein friesisches Temperament hinaus und versicherte seiner Schwiegermutter lebhaft und mit ungewöhnlich vielen Worten, dass es ihm nirgendwo so gut schmecke wie bei ihr. »Im Fernsehen wird auch nur mit Wasser gekocht.«

Das war endlich überzeugend genug. Als Claas Kuhnert, Eriks ehemaliger Klassenkamerad, vor der Tür stand, fühlte Mamma Carlotta sich imstande, ihn zu begrüßen, ohne in einen Hofknicks zu versinken oder ihn mit wortreicher italienischer Herzlichkeit zu überschütten, die ihn womöglich aus dem Haus getrieben hätte.

Erik und Claas begrüßten sich wie echte Friesen. Einer klopfte dem anderen auf die Schulter, und jeder murmelte ein freundliches »Moin!«.

Zum Glück war Mamma Carlotta bereit, das Reden für die beiden zu übernehmen. Sie pries ihre Antipasti an und verriet dem Gast, dass er ihr den Ablauf seiner Kochshow gar erst nicht erklären müsse, weil sie diese längst kenne und keine Folge von »Kuhnert kocht« im Fernsehen auslasse. »Es ist ein Wettbewerb, *è vero*? Wer die höchste Punktzahl bekommt, gewinnt.«

Claas Kuhnert bestätigte: »Vier Hobbyköche bereiten ein Essen mit Lebensmitteln zu, deren Zusammenstellung sie vorher nicht kennen. Ein Expertenteam bewertet dann die Kochkunst jedes Einzelnen.«

Er war ein gut aussehender Mann von Mitte vierzig, mittelgroß, kräftig, mit einem Zwinkern in den Augen, das seinen Erfolg bei Frauen verriet.

»Sie sind nicht verheiratet?« Mamma Carlotta konnte es nicht fassen. »Ein Fernsehstar hat doch an jedem Finger zehn!«

»Aber warum soll ich eine davon heiraten?« Grinsend erzählte Claas von einer Kamerafrau, die zu seinem Team gehörte und mit der er zuletzt eine längere Affäre gehabt hatte. »Jetzt habe ich Schluss gemacht. Und ganz ehrlich … mir wäre es lieb, sie würde kündigen. Täglich macht sie mir eine Szene. Ich hätte sie ausgenutzt, und sie würde sich noch an mir rächen …« Er stöhnte theatralisch. »Schrecklich.«

Mamma Carlotta stand auf der Seite der Frau. »Sie will einen Ehemann und Kinder! Wie alle Frauen! Das ist verständlich.«

Claas Kuhnert lachte. »Aber nicht mit mir!«

Damit hatte er sich einen großen Teil der Sympathie verscherzt, mit der Mamma Carlotta ihn erwartet hatte. Männer, die nicht heiraten wollten, waren ihr ein Dorn im Auge. Aber leider kam sie nicht dazu, Claas Kuhnert den Kopf zu waschen, denn in diesem Augenblick klingelte dessen Handy. Er wirkte derart bestürzt, während er telefonierte, dass Mamma Carlotta schon an einen Todesfall in seiner Familie glaubte.

»Schlimmer«, stöhnte Kuhnert. »Einer der Kandidaten ist ausgefallen. Wo soll ich jetzt auf die Schnelle Ersatz hernehmen?« Sein Blick fiel auf Mamma Carlotta, deren Augen groß wurden, weil ihr schwante, was auf sie zukam. »Ich hab's. Sie sind meine Rettung, Signora!«

Natürlich sträubte sie sich zunächst, weil ihr die Aussicht, vor einer Fernsehkamera zu agieren, Angst machte. Doch nicht nur Claas Kuhnert, auch Erik versicherte, dass sie das, was sie tagtäglich in der Küche vollbrachte, genauso gut vor einer Fernsehkamera tun könne. Allmählich verwandelte sich ihre Angst in positive Aufregung, und als sie sich vorstellte, wie sie demnächst auf der Piazza ihres Heimatdorfes davon berichten würde, stand ihr Entschluss fest. Carlotta Capella im Fernsehen! Vermutlich würde ihr niemand glauben!

So kam es, dass die Schwiegermutter von Kriminalhauptkommissar Erik Wolf zwei Stunden später in der Küche vom *Hotel Stadt Hamburg* stand, die für die Fernsehaufnahmen an diesem Samstagabend zur Verfügung gestellt worden war. Vorher war sie in der Maske gewesen, hatte zugesehen, wie die Maskenbildnerin sie mit Pinseln, Stiften, Puder, Rouge, Lipgloss und Lidstrich verwandelte, und hatte alle bestaunt, die sich auf ähnliche Weise veränderten. Diejenigen, die sie bisher nur vom Bildschirm kannte, waren gar nicht von Natur aus hübsch, sondern erst von den Maskenbildnerinnen zu Schönheiten gemacht worden! »*Madonna!*« Mit wem konnte sie diese ungeheuerlichen Erlebnisse auf der Stelle besprechen, damit sie nicht platzte?

Ihre zwei männlichen Konkurrenten waren so aufgeregt, dass mit ihnen kein vernünftiges Wort zu reden war, nur ihre Geschlechtsgenossin war gelassen genug, ihr zuzuflüstern: »Claas Kuhnert ist ein schnuckeliges Kerlchen, finden Sie nicht? Den würde ich nicht von meiner Bettkante schubsen.«

Mamma Carlotta betrachtete sie mitleidig, dann beschloss sie, die junge Frau aufzuklären, damit diese sich keine falschen Hoffnungen machte: »Er ist gegen die Ehe«, raunte sie ihr zu. »Und Kinder will er auch keine. Ich habe selbst gehört, wie er es gestanden hat.«

Aber sie erntete nur ein Lachen. »Ich auch nicht! Passt also!«

Mamma Carlotta war fassungslos. Eine Frau, die weder Ehefrau noch Mutter werden wollte? Das war ihr suspekt. Da fühlte sie sich eher zu der Kamerafrau hingezogen, die Claas Kuhnert nicht aus den Augen ließ und jedes Mal die Lippen zusammenkniff, wenn er mit einer anderen Frau scherzte und lachte. Ob das seine frühere Geliebte war, von der er gesprochen hatte? Mamma Carlotta brauchte keine Viertelstunde, bis sie ihren Verdacht bestätigt fand. Pia Halbermann war dankbar, jemandem ihr Herz ausschütten zu können, und erzählte Mamma Carlotta ausführlich, wie Claas Kuhnert sie immer wieder betrogen hatte. Schließlich erschien der Aufnahmeleiter und bat Pia Halbermann an ihren Platz hinter der Kamera und die vier Kochkandidaten in Position davor.

Pia suchte ein Taschentuch aus ihrem Rucksack und putzte sich die Nase, als hätte sie mit den Tränen zu kämpfen. »Sorry! Nun sind Sie gar nicht dazugekommen, sich auf Ihren Auftritt vorzubereiten.«

Mamma Carlotta versicherte ihr, dass sie ihr Lampenfieber über die dramatische Liebesgeschichte beinahe vergessen hätte. »*Amore* ist die beste Ablenkung«, verkündete sie und machte einen langen Hals, bevor Pia ihren Rucksack wieder schloss. »Was haben Sie da für ein Öl, Signorina? Olivenöl, Trüffel- oder Sesamöl? Sind Sie auch Hobbyköchin?«

Pia wirkte irritiert, so als hätte sie mit dieser Frage nicht gerechnet. »Kaltgepresstes Leinöl aus dem Spreewald«, antwortete sie dann und schloss ihren Rucksack hastig. »Das Beste für Salate.«

»Würden Sie mir eine Kostprobe zur Verfügung stellen?«, fragte Mamma Carlotta. »Nur ein bisschen, damit ich es mal probieren kann?«

»Klar«, gab Pia zurück. »Nach der Sendung.«

Was dann geschah, war viel aufregender, als Mamma Carlotta es sich jemals hätte träumen lassen. Eine große Küche mit vier Arbeitstischen, darauf die besten Lebensmittel, frisch, erlesen, teuer. Thunfisch, Paprikaschoten, Tomaten, schwarze Oliven, Rosmarinzweige, Peperoncino, eine Flasche trockener Marsala und eine Kanne mit Öl. Die Ideen rasten durch ihren Kopf, wo sich prompt ein Rezept formierte, das sie Tonno alla Siciliana nennen würde. Thunfisch, wie ihre Cousine Theodora ihn zubereitete, die mit einem Sizilianer verheiratet war.

Der Regisseur gab letzte Anweisungen, die Maskenbildnerin fuhr noch einmal mit der Puderquaste über jedes Gesicht, dann hieß es: »Achtung, Aufnahme!«

Carlottas Hände waren schweißnass, ihre Finger zitterten, in ihrem Kopf drehte sich alles. Aber nicht lange! Dann hatte sie sich gefasst und war prompt in ihrem Element. Sie vergaß die Kameras, vergaß auch die Konkurrenten, manchmal sogar den humorig moderierenden Fernsehkoch Claas Kuhnert – und am Ende selbst die vier Preisrichter, die aufmerksam an einem langen Tisch saßen und alle Handgriffe genau verfolgten. Als Mamma Carlotta ihnen das Essen servierte, fühlte sie sich wie vor der Hochzeitsfeier ihrer Nichte Francesca, für die sie das Festmahl gekocht hatte. Nur dass es damals keine Konkurrenz gab, die sich genauso angestrengt hatte wie sie …

Die Preisrichter probierten, schmeckten und berieten sich, flankiert von Claas Kuhnert, der ebenfalls von den Speisen kostete und den Fernsehzuschauern die Wartezeit bis zur Bekanntgabe des Siegers mit munterem Geplauder zu verkürzen suchte … bis ihm plötzlich eine Frage ins Gesicht geschrieben stand. Sein Blick ging nach innen, er schien sich auf etwas zu konzentrieren, das sich in seinem Körper abspielte. Dann stürzte er mit einem Mal aus dem Bild. Mamma Carlotta starrte ihm nach, sah, dass er in die Kulissen rannte, und vernahm ein erschreckendes Geräusch, wie es nur ein verzweifelter Magen-Darm-Trakt hervorbringt. Dann fiel irgendwo eine Tür ins Schloss.

Die Kamerafrau war die Einzige, die Ruhe bewahrte. Sie hielt voll auf Claas Kuhnert, bis der entgeisterte Regisseur sich so weit im Griff hatte, dass er Pia Halbermann zuzischen konnte: »Auf die Preisrichter! Los!«

Sie schien die Aufforderung jedoch erst zu verstehen, als von Claas Kuhnert nichts mehr zu sehen war. Dann schwenkte die Kamera auf die Preisrichter.

Das Fernsehteam stand da wie gelähmt. So lange, bis wieder Leben in den Aufnahmeleiter kam, der nun mit einem großen Schritt vor die Kamera stolperte und sich dort erst einmal des Kabels entledigte, in das sich seine Füße verheddert hatten. Die Maskenbildnerin raufte sich die Haare, während er mit schweißnassem Gesicht etwas in die Kamera stotterte und dem Fernsehpublikum noch einmal erzählte, was Claas Kuhnert längst zum Besten gegeben hatte. Dann hatte der Aufnahmeleiter die mäßige Idee, sein eigenes Leibgericht zu verraten und schließlich die Küche seiner Mutter zu preisen. Endlich kam er auf die Gerichte zu sprechen, die während dieser Livesendung entstanden waren. Im Hintergrund griff sich der Regisseur erst ans Herz und dann nach einem Stativ, das ihm Halt gab. Er sah aus, als wäre er einem Herzinfarkt nah.

Der erste Preisrichter, der die Gerichte der Kandidaten bereits alle verkostet hatte, wollte gerade zu der Beurteilung ansetzen ... da lief er puterrot an, biss die Zähne zusammen, starrte auf einen Punkt unterhalb der Kamera und fing an, auf dem Stuhl herumzurutschen. Jemand aus der Regie gab der Kamerafrau einen Wink, den sie erneut nicht zu verstehen schien, denn sie hielt die Kamera stur auf den bedauernswerten Mann, der schließlich aufsprang und in die Kulissen flüchtete, wie zuvor der Fernsehkoch.

Mamma Carlotta wusste, dass er in die richtige Richtung rannte, aber das klagende Wimmern, das kurz darauf zu ihr herüberdrang, verriet, dass Claas Kuhnert den Ort – oder eher das Örtchen –, für den der Preisrichter vermutlich seine gesamte Gage hergegeben hätte, erfolgreich verteidigt hatte.

Der zweite Preisrichter wollte zeigen, dass er ein Fernsehprofi und »The show must go on« für ihn oberstes Gebot war. Während er sprach, starrten seine beiden Sitznachbarn auf den Tisch und schienen dem Drang zu widerstehen, sich die Nase zuzuhalten. Seine Kollegin zur Rechten, die nach ihm an der Reihe war, rückte ein wenig von ihm ab, ehe sie besonders ausführlich über das Gericht zu referieren begann, das vor ihr stand und dessen fantasievolle Umsetzung ihr zu imponieren schien. Währenddessen begann ihr Vorredner zu schielen, lüftete mal die rechte, mal die linke Körperhälfte und wirkte bemüht, sein professionelles Lächeln nicht zu verlieren.

Als die Preisrichterin ihre langatmige Rede mit einem Mal drastisch verkürzte, ihr pulsierender Hals eine übermenschliche Anstrengung verriet, die linke Augenbraue sich hob und in ihrem Blick eine Verzweiflung erkennbar wurde, die Mamma Carlotta zum letzten Mal in Signora Liornis Miene gesehen hatte, als deren Tochter vor dem Traualtar das Ja nicht von sich geben wollte, da nahm der vierte Preisrichter seiner Kollegin die Worte aus dem Mund. Die Kamerafrau folgte auch diesmal nicht der hektischen Anweisung des Regisseurs. Statt in Großaufnahme auf das einzige gesund wirkende Jurymitglied zu gehen, fing sie den überforderten Aufnahmeleiter und die zwei Preisrichter ein, von denen der eine sich in sein Schicksal gefügt hatte und die andere noch volles Vertrauen in die Kraft ihres Schließmuskels setzte. So kam es, dass Pia Halbermann den

Augenblick dokumentierte, in dem die Preisrichterin auf- und sich dem allzu Menschlichen hingab. Ihr Vorredner machte dagegen den Eindruck, als säße er selbst am tiefsten in dem, was er um nichts in der Welt ausgesprochen hätte.

Nun war es auch um den kräftigen, dickbäuchigen Kerl geschehen, der vor einer Sekunde noch das überhebliche Grinsen eines Mannes gezeigt hatte, dem man so schnell nichts anhaben konnte. Seinem Versuch, sich durch Flucht zu entziehen, stand seine Leibesfülle entgegen. Wirklich lähmend war dann aber das Geräusch, das er zwar selbst produziert hatte, vor dem er sich aber noch mehr erschreckte als alle anderen.

Das war der Moment, in dem endlich jemand »Kamera aus!« rief und über die Bildschirme in den Wohnzimmern Tausender von Zuschauern die Meldung erschien: *Wir bedauern eine technische Störung*.

Mamma Carlotta war tief enttäuscht. Zu der Ermittlung des besten Gerichts war es nicht mehr gekommen. Dabei hatte sie sich gute Chancen ausgerechnet, als Siegerin aus dem Kochwettbewerb hervorzugehen. Ihr Thunfischgericht war hervorragend gewesen, die Preisrichter hätten sicherlich allesamt für sie gestimmt. Aber jetzt ging es nur noch darum, den Fernsehzuschauern glaubhaft zu machen, dass tatsächlich eine Bild- und Tonstörung die Ausstrahlung der Kochshow verhindert hatte, während man im Chefbüro der TV-Produktionsgesellschaft nach Schuldigen suchte. Die ersten Namen wurden bereits genannt.

Hinter verschlossener WC-Tür schrie Claas Kuhnert nach dem Fischhändler, den er verdächtigte, verdorbenen Thunfisch geliefert zu haben, während der Regisseur »Sabotage!« brüllte und sich auf die Suche nach denen machte, die von ihrer Qual an Orte getrieben worden waren, die zwar nicht geeignet für ihr dringendes Bedürfnis, aber immerhin weit genug entfernt waren.

Mamma Carlotta wanderte durch die Küche des *Hotel*

Stadt Hamburg und durch sämtliche Nebenräume, die für diese Fernsehsendung zur Maske, zu Umkleideräumen und Tonstudios geworden waren. Sie hoffte darauf, ihre neue Bekannte Pia Halbermann zu finden, um mit ihr gemeinsam die möglichen Gründe für dieses Fiasko zu erörtern. Aber Pia war verschwunden. Nur ihr Rucksack war zurückgeblieben. Mit offenem Reißverschluss stand er neben der Tür, die in den Hof führte.

Mamma Carlotta sah das Ölfläschchen zwischen T-Shirts und einer Haarbürste herausragen. Kaltgepresstes Leinöl aus dem Spreewald! Damit hatte sie noch nie gekocht. Wenn sie schon auf die Prämierung ihrer Kochkunst verzichten musste, so wollte sie sich wenigstens an diesem Öl schadlos halten. Pia würde sicherlich nichts dagegen haben, wenn Carlotta Capella es entlieh. Sie hatte ihr ja ohnehin eine Kostprobe versprochen.

Der Regisseur der Kochshow hatte das Essen nicht probiert und war deshalb am ehesten fähig, vernünftige Entscheidungen zu treffen. Er alarmierte die Polizei, und Hauptkommissar Erik Wolf erschien auf der Bildfläche. »Sabotage!«, brüllte der Regisseur erneut, als Erik ihn begrüßen wollte, während Kuhnerts Stimme hinter der Toilettentür kreischte: »Den Fischhändler verhaften! Todesstrafe!«

Erik war nicht der Ansicht, dass die Polizei für diese Angelegenheit zuständig war, aber da der Fernsehkoch ein alter Schulfreund und seine Schwiegermutter in das Geschehen verwickelt war, ließ er sich erweichen. »Also gut, ich lasse die Zutaten und auch die fertigen Gerichte von der Kriminaltechnischen Untersuchungsstelle prüfen.«

»Der Fischhändler muss hängen!«, brüllte Claas Kuhnert hinter der Toilettentür. Was er sonst noch von sich gab, wurde von der Spülung übertönt.

Der Regisseur warf einen vielsagenden Blick zu der Aufschrift »00«. »Vielleicht eine von den Weibergeschichten unseres Fernsehkochs. Rache wurde ihm schon oft geschworen.«

Der schöne Sonntag war völlig verdorben. Mamma Carlotta, die sich bereits als neuer Fernsehstar gesehen hatte und der schon sämtliche Übertreibungen, mit denen sie ihre Nachbarn in Umbrien beeindrucken wollte, auf der Zunge zergangen waren, stand nun wieder in der Küche am *Süder Wung*, ohne von einer einzigen Fernsehkamera beobachtet zu werden. Enttäuscht richtete sie den Salat an, den sie als *primo piatto* servieren wollte. »Vielleicht wird die Sendung wiederholt?«, hoffte sie. »Oder sie wird nächste Woche fortgesetzt?«

Ihre Enkel waren skeptisch. »Aber auf jeden Fall werden morgen alle Zeitungen darüber berichten. Vielleicht wird auch ein Foto von dir irgendwo erscheinen, Nonna.«

Doch Carlotta machte sich keine Hoffnungen. Das Hauptaugenmerk würde Claas Kuhnert und seinen Leidensgenossen gelten. Und natürlich der Frage, wie es zu diesem Eklat hatte kommen können.

Sie wollte gerade das Olivenöl aus dem Schrank holen, das sie von ihrem Nachbarn – einem umbrischen Weinbauern – geschenkt bekommen und mit nach Sylt gebracht hatte, da fiel ihr das Öl ein, das sie aus Pia Halbermanns Rucksack genommen hatte. Während sie es über den Salat träufelte, nahm sie sich vor, von Claas Kuhnert die Telefonnummer der Kamerafrau zu erfragen. Sie wollte ihr unbedingt erklären, warum sie das Öl aus dem Spreewald einfach an sich genommen hatte. Aus Gründen, die niemand verstand, war Pia Halbermann bislang unauffindbar gewesen. Vielleicht hatte auch sie von dem Essen probiert und sich irgendwohin zurückgezogen, wo sie mit den Folgen allein sein konnte?

Claas Kuhnert fühlte sich noch nicht imstande, am sonntäglichen Essen teilzunehmen. Er lag mit einer Wärmflasche auf dem Bauch im Bett und jammerte, weil er das Ende seiner Karriere befürchtete, gleichzeitig wünschte er dem Schuldigen die Pest an den Hals. Erik und die Kinder aber lobten den Salat, fanden den Geschmack des kaltgepressten Leinöls ungewöhnlich, aßen jedoch alles auf, während Carlotta sich mit dem *secondo* beschäftigte.

Bevor sie die gebratene Kaninchenleber auf den Tisch bringen konnte, klingelte Eriks Diensthandy. Kommissar Vetterich, der Leiter der KTU, war am anderen Ende. Eriks Unterkiefer sackte herab, während er zuhörte, dann begann er zu grinsen. »Rizinusöl? Dann war es also tatsächlich ein Racheakt! Ich möchte wissen, wer so wütend auf Claas ist, dass er ihn vor der ganzen Fernsehnation lächerlich machen wollte.«

Dass er das Gespräch Sekunden später abrupt beendete, bemerkte seine Schwiegermutter als Erste. Und sie wunderte sich im Gegensatz zu ihren Enkelkindern kaum, als Erik aufsprang und in dem Bemühen, so schnell wie möglich die Küche zu verlassen, gegen die halb offene Tür prallte, zurücktaumelte … und damit exakt die zwei bis drei Sekunden verlor, die er gebraucht hätte, um den Anschlag auf sein Verdauungssystem ohne peinliche Folgen zu überstehen.

Steckbrief

Il mio nome? Ich heiße Carlotta Capella. Aber alle nennen mich nur Mamma Carlotta.
Wie alt ich bin? Nun, sagen wir ... so Mitte fünfzig. Das muss reichen.
Verheiratet? *Sì*! Oder vielmehr ... ich war es. Nun bin ich Witwe. Mein armer Dino! Jahrelang war er ein Pflegefall, bis *il Dio* ein Einsehen hatte und ihn zu sich nahm.
Bambini? *Naturalmente.* Sieben Kinder habe ich bekommen, mit siebzehn das erste. Und das letzte war noch nicht aus den Windeln heraus, als Dino zum Pflegefall wurde. Niemand außer mir durfte an seinem Bett sitzen und sich um ihn kümmern. Jahrelang bin ich nicht aus dem Haus gekommen. Als meine Lucia nach Sylt ging, um auf dieser schrecklich kalten Insel mit dem Kriminalhauptkommissar Erik Wolf – ich nenne ihn lieber *Enrico* – eine Familie zu gründen, konnte ich sie kein einziges Mal besuchen, um zu sehen, wie es ihr ging. Und als sie starb, konnte ich nicht einmal zu ihrer Beerdigung fahren. Es war ... *terribile.*
Sì, è vero! Zum Glück sind da noch die anderen sechs Kinder und meine Schwiegerkinder und die Enkel ... Mein Leben ist trotz der Trauer um Dino und Lucia ausgefüllt. Erst recht, seit ich häufig nach Sylt reise, um dem armen Enrico – also Erik – zu helfen. Als alleinerziehender Vater hat er es nicht leicht. Madonna, gut, dass Dino nicht mehr miterlebt, dass ich meine Witwenrente für meine Reisen nach Sylt ver... *come si dice*? *Ah, sì*! Verpulvere!«
Was ich für einen Beruf habe? *Dio mio*! Ich habe mit sechzehn geheiratet! Wie sollte ich da noch einen Beruf erlernen? Und sind sieben Kinder, ein großer Haushalt, ein riesiger Garten vielleicht kein Beruf?

Wo ich wohne? In Italien, in Umbrien. Mein Dorf heißt *Panidomino*! Sie werden es nicht kennen, so klein, wie es ist. Aber *Città di castello*? Das ist die nächste größere Stadt. Den Berg runter, viele Serpentinen ... mein Dorf liegt ganz oben, sehr einsam.
Wie es kommt, dass immer gerade dann auf Sylt was passiert, wenn ich in Wenningstedt zu Besuch bin? *Allora* ... das weiß ich auch nicht. Aber gut, dass ich Enrico dann den Haushalt und die Sorge um die Kinder abnehmen kann. *Il poverino*! Er schafft das ja nicht alles.
Was sagen Sie? Manchmal nehme ich ihm auch die berufliche Arbeit ab? Nur, wenn es nicht anders geht. Und nur, wenn er es nicht merkt. *No, no*, Enrico ist der Kriminalhauptkommissar, er klärt die Fälle, und das macht er *benissimo*. Dass ich manchmal ein bisschen schneller bin ... *allora*, dafür kann er nichts. Er ist eben Friese, da ist man von Natur aus langsamer.
Hobbys? Für so was habe ich keine Zeit. Oder sagen wir ... das Kochen ist mir nicht nur Pflicht, sondern auch Hobby. Eine gute Mahlzeit muss für mich aus *antipasto*, *primo piatto*, *secondo* und *dolce* bestehen. *D'accordo*, Kochen ist mein Hobby.

Nun habe ich keine Zeit mehr. Enricos Kollegen warten auf selbst eingelegte *antipasti*. Die bekommen sie immer, wenn ich auf Sylt bin. Und meine Nachbarin möchte die selbst gebackenen *biscotti* von mir haben. Für den Postboten muss auch immer ein *nocino* im Haus sein, ein Nusslikör! Sie sehen, ich habe zu tun. *Arrivederci*!

Klaus-Peter Wolf Klarer Fall

Rupert war zufrieden mit sich. Er hatte den Fall problemlos gelöst und sogar noch die Witwe getröstet. Er wischte sich den Lippenstift vom Kinn, griff sich in den Schritt und biss dann in sein Mettbrötchen.

Es passte Rupert nicht, dass Ann Kathrin Klaasen sich einmischte. Sie galt als Galionsfigur der ostfriesischen Kriminalpolizei, und wenn etwas an einem Schiff überflüssig war, dann ja wohl die Galionsfigur, dachte er.

Ann Kathrin Klaasen blätterte in der Akte. Seiner Meinung nach reine Zeitverschwendung.

Er grinste. Sie sollte, statt Akten zu wälzen, lieber öfter mal ins Fitnessstudio gehen. Ein paar Trainingsrunden könnten ihr guttun. Ihr Hintern geriet aus der Form und nahm langsam, aber sicher die Form einer großen Birne an.

Weller stand an die Wand gelehnt und sah den beiden zu wie beim Pingpong. Er sprach kein Wort, stand nur da, lauschte und amüsierte sich.

»Warum guckst du so mies gelaunt? Läuft es nicht zwischen dir und Weller?«

Ohne ihn eines Blickes zu würdigen, antwortete Ann Kathrin: »Meine Ehe macht mir keine Sorgen …«

»Und warum machst du dann so einen unbefriedigten Eindruck?«

Weller hatte Lust, ihm eine reinzuhauen, blieb aber ganz ruhig stehen.

Sie knallte die Akte zu.

Ein Zwiebelring segelte von Ruperts Mettbrötchen auf seine Computertastatur.

»Aber diese Akte hier stimmt mich nachdenklich.«

Rupert lächelte süffisant: »Warum? Der Fall ist gelöst.«

»Selbstmord?«

»Ja, ganz eindeutig. Er war allein im Haus. Keine Einbruchsspuren. Er lag im Wohnzimmer, die Waffe neben sich. Es war eine SIG Sauer, eine wunderbare Pistole. Schweizer Fabrikat. Neun Millimeter Parabellum. Stangenmagazin. Selbstlader. Wenn du mich fragst, du kannst unsere Dienstwaffen dagegen vergessen. Heckler & Koch, herrje!«

Rupert fasste sich an den Kopf, als könne nur ein Idiot eine Heckler & Koch benutzen. Dann fischte er den Zwiebelring von der Tastatur und verspeiste ihn.

»Und du bist ganz sicher, dass es ein Selbstmord war?«

Rupert nickte, schob sich den Brötchenrest in den Mund und sprach kauend weiter: »Ich habe mir vor Ort selbst ein Bild von der Sache gemacht. Es geht nichts über den ersten Eindruck am Tatort, da kann man alle Akten vergessen.« Er lutschte seine Fingerkuppen ab. »Ihr hättet das sehen sollen, wie er da lag, in seinem Blut. Der Abschiedsbrief auf dem Schreibtisch. Handgeschrieben!«

Ann Kathrin stöhnte: »Rupert, wie darf ich mir das vorstellen? Er hat einen Abschiedsbrief geschrieben …« Sie suchte die Kopie in der Akte. »*Ich bereue alles, was ich getan habe … Blablabla*. Dann hat er sich mit seiner Pistole zweimal in den Kopf geschossen …«

»Zweimal? Wieso zweimal?«

Weller klatschte sich mit der flachen Hand gegen die Stirn. »Au Mann!«

Ann Kathrin klopfte sauer auf die Akte. »Steht alles hier drin, Rupert. Er hatte zwei Kugeln im Kopf. Zwei Einschusslöcher …«

Rupert setzte sich anders hin und wischte sich die Fingerkuppen an den Hosenbeinen ab. »Er lag so blöd, da konnte ich das nicht sehen.«

»Deshalb gibt es eine Obduktion. Und deshalb lesen wir diese Berichte – auch wenn sie manchmal schwer verständlich sind.«

Sie deutete mit dem Finger auf ihre Unterlippe, um Rupert darauf aufmerksam zu machen, dass er dort Mettkrümel kleben hatte.

»Dann ist das eben dumm gelaufen. Die erste Kugel saß vielleicht nicht so richtig und da hat er dann vorsichtshalber …«

Sie sah ihn nur an und ließ ihn noch eine Weile zappeln, bevor sie fortfuhr: »Und wenn ich deiner Theorie folge, hat er anschließend die Waffe abgewischt, alle Fingerabdrücke beseitigt und ist dann nach getaner Arbeit zusammengebrochen.«

Rupert sah ein, dass seine Lage ausweglos war. Er stieß sich am Schreibtisch ab. Sein frisch geölter, ergonomischer Drehstuhl rollte ihn bis zur Kaffeemaschine. Er hob die Arme hoch über den Kopf. »Du hast leicht lachen. Du warst mit Weller auf den Kapverden!«

»Wir waren auf Fuerteventura, das gehört zu den Kanaren, nicht zu den Kapverden.«

»Ja, sag ich doch. Jedenfalls hatte ich das alleine an den Hacken und dann wurde auch noch meine Schwiegermutter siebzig … das war ein Tanz!«

Ann Kathrin sprach betont verständnisvoll, mit diesem Kindergärtnerinnenton, den er so hasste: »Na klar, und da hattest du natürlich keine Zeit, diese langweilige Akte zu lesen.«

»Herrgott, ich sag es doch, die Lage war eindeutig!«

»Jedenfalls müssen wir jetzt noch mal ran.«

Er goss sich nachdenklich Kaffee ein. »Die Ehefrau«, sagte er plötzlich, »war es jedenfalls nicht!«

Ann Kathrin klatschte in die Hände. »Du hast mit ihr geschlafen!«

»Nein! Wie kommst du denn darauf?«

Sie zählte es an den Fingern auf: »Du weißt wie aus der Pistole geschossen, dass sie es nicht war. Du hattest keine Zeit, dich um den Tatort zu kümmern. Der Geburtstag deiner Schwiegermutter …«, ihr Blick fiel auf den Kalender an der Wand, »ist zwei Wochen her. Du hattest Lippenstift am Hals und im Gesicht. Und du riechst nach einem Parfüm, davon würde deine Frau höchstens Ausschlag bekommen.«

Rupert zuckte mit den Schultern und gab sich geschlagen. »Auch 'n Kaffee?«, fragte er.

Wieder benutzte Ann Kathrin ihre Finger für die Aufzählung: »*Ich* kaufe die Filtertüten. *Ich* kaufe den Kaffee. *Ich* mache die Maschine sauber. *Ich* habe den Kaffee aufgesetzt. Was denkst du? Will ich auch einen?«

Erleichtert sah er, dass noch genug in der Kanne war, und sagte: »Also, ich folgere jetzt mal haarscharf … du liebäugelst durchaus mit dem Gedanken.«

Er goss ihr ein, ohne etwas zu verschütten, ignorierte aber Wellers Wunsch nach einer Tasse.

»Ich kann sie ja mal zur Sache befragen«, bot er kleinlaut an.

Ann Kathrin konnte ihm ansehen, wie unwohl er sich bei diesem Gedanken fühlte. »Nein«, sagte sie, »das mache ich mit Weller. Du bist befangen.«

Sie schob ihm die Akte rüber. »Dir empfehle ich in der Zwischenzeit gründliches Aktenstudium.«

Weller löste sich von der Wand wie ein Besenstiel, der umfällt. »Vamos«, sagte er, um zu zeigen, wie rasch er auf den Kanaren Spanisch gelernt hatte.

Im Auto wurde Weller von einem Lachkrampf geschüttelt. »Zwei Kugeln im Kopf! Ich glaub es nicht! Wie kann einer nur so blöd sein?«

»Er denkt mit dem Schwanz, das ist das ganze Problem«, sagte Ann Kathrin.

Marion Jansen hielt sich aus verständlichen Gründen nicht in ihrem Haus in Marienhafe auf, sondern bei ihrer Schwester in Norden, der ältesten Stadt Ostfrieslands. Dort hatte sich die Schwester eine Dachgeschosswohnung auf Studentenniveau eingerichtet, in der Westerstraße, nicht weit vom Teemuseum entfernt.

Frau Jansen war Mitte vierzig und von dieser betörenden Schönheit, die sich ihrer selbst nicht bewusst ist und deshalb ihr Gegenüber umso mehr verwirrt. Die Jahre waren nicht spurlos an ihr vorübergegangen. Die Falten gaben ihrem Gesicht eine Ahnung von gelebtem Leben, die wahre Schönheit braucht, um nicht kindlich oder künstlich zu wirken.

An ihrer rechten Wange, beinahe vollständig unter einer Schicht Puder verborgen, war eine alte, gut verheilte Narbe zu sehen. Sie erinnerte Ann Kathrin an den Schmiss ihres Lateinlehrers, den er stolz trug, als Zeichen dafür, dass er einer schlagenden Verbindung angehörte.

Nach Wellers Einschätzung hatte Ann Kathrin sofort erkannt, dass Männer einer Frau wie dieser verfallen konnten. Das minderte in ihren Augen aber keineswegs Ruperts Versagen. Außerdem brachte sie diese unwiderstehliche Ausstrahlung ein bisschen gegen Frau Jansen auf.

In Ann Kathrin lebte eine Fantasie auf: Diese Frau hatte ihre Wirkung auf Männer voll ausgespielt und sich Joachim Jansen geangelt, den Selfmademan, Besitzer von zahlreichen Ferienwohnungen in Norden, Norddeich, auf Norderney und Wangerooge. Aus Habgier hatte sie versucht, einen Selbstmord vorzutäuschen. Die Sache war aus dem Ruder gelaufen, und um Schadensbegrenzung zu betreiben, hatte sie den ermittelnden Kommissar verführt. Fast wäre ihr Plan aufgegangen. Fast …

Marion Jansen nahm energetisch so viel Raum ein, dass ihre Schwester Daggi Wendt neben ihr fast verschwand. Diese war gut zehn Jahre jünger und bot Tee und Sanddornkekse an. Weller und Ann Kathrin wollten nur Wasser. Daggi Wendt füllte zwei Gläser aus dem Wasserhahn.

Weller nahm auf dem Sofa unter der Dachschräge Platz. Ann Kathrin betrachtete eine Yuccapalme, die kurz vor dem Verdursten war. Ähnlich ging es den kleinen Kakteen auf dem Fensterbrett. Die Orchidee existierte nur noch als blütenloser Stiel.

»Ein bisschen Wasser würde den Pflanzen guttun«, sagte Ann Kathrin, die nur mit Mühe den Impuls unterdrücken konnte, die Kakteen und die Yuccapalme mit Wasser aus ihrem Glas zu gießen.

»Haben Sie die Leiche schon zur Beerdigung freigegeben?«, fragte Daggi Wendt.

Weller trank von dem Wasser. Es schmeckte abgestanden.

»Nein«, sagte Ann Kathrin. »Es gibt da noch ein paar Unstimmigkeiten.« Sie sprach Frau Jansen direkt an. »Ihr Mann wurde ermordet.«

Die Stimmung im Raum, die Ann Kathrin von Anfang an als feindselig empfunden hatte, wurde eisig.

»Und jetzt wollen Sie wissen, wo ich zur Tatzeit war, stimmt's?«, entgegnete Frau Jansen patzig.

Ihre Schwester sprudelte sofort los: »Bei mir. Wir waren den ganzen Abend zusammen. Sie hat hier geschlafen, bei mir, auf diesem Sofa.«

Weller betastete die Sitzfläche, als könne er so die Wahrheit nachträglich erspüren.

»Wie hoch ist die Lebensversicherung Ihres Mannes?«, fragte Ann Kathrin.

Die Schwestern warfen sich kurze Blicke zu. Dann sagte Frau Jansen: »Zweihunderttausend, glaube ich. Aber vermutlich ist die auch verpfändet oder sicherheitsübereignet oder wie das heißt. Ich habe noch keine Übersicht über meine Vermögensverhältnisse. Mein Mann hat aus geschäftlichen Dingen immer ein Staatsgeheimnis gemacht. Ich fürchte nur, er ist lange nicht so reich, wie alle glauben.

Immer musste alles der Bank gegenüber als Sicherheit herhalten. Sogar das Haus in Marienhafe. Ich bin mir nicht sicher, ob mir überhaupt etwas gehört.«

»Er stand darauf, Frauen dumm zu halten«, blaffte die Schwester dazwischen. »Er hätte einen guten Taliban abgegeben. Auch das mit der Vielweiberei hätte ihm in den Kram gepasst. Nur, dass die keinen Alkohol trinken, war ein unüberbrückbarer Gegensatz zwischen ihm und denen.«

Marion Jansen starrte ihre Schwester beschwörend an. Die schwieg jetzt verbissen, schien aber innerlich zu brodeln.

»Sie hatten, wie ich Ihren Worten entnehme, kein besonders gutes Verhältnis zu Ihrem Schwager?«

Die Schwestern sahen sich intensiv an. Ann Kathrin spürte, dass sie ganz kurz davor war, die Wahrheit zu erfahren. Sie durfte jetzt nur keinen Fehler machen.

Sie entschied sich dafür, die Dinge laufen zu lassen. Sie galt als Verhörspezialistin, dabei gab sie den Menschen häufig einfach nur Zeit und Raum zum Reden. Die meisten Verdächtigen, so hatte die Erfahrung sie gelehrt, wollten nur zu gern reden. Was ihnen fehlte, war die Initialzündung und die Atmosphäre, die eine Aussprache möglich machte. Polizeiinspektionen waren da nur sehr bedingt geeignet.

Ann Kathrin sagte sachlich: »Ihr Schwager war kein ganz armer Mann, wie wir vermuten dürfen. Ich sehe, dass Sie aber in eher bescheidenen Verhältnissen leben …«

Treffer, versenkt, dachte Weller, noch bevor Daggi Wendt loslegte.

»Ich würde lieber auf der Müllkippe schlafen, als von dem Geld zu nehmen! Der hält immer alle in Abhängigkeit. Finanziell. Seelisch. Hauptsache, abhängig! Mich hat er nicht gekriegt, mich nicht!«

Ann Kathrin wollte aus ihrem Wasserglas trinken, doch Weller bedeutete ihr, es lieber bleiben zu lassen.

In Ann Kathrins Handtasche heulte ein Seehund. Sie fischte ihr Handy heraus und sah auf dem Display, dass Rupert versuchte, sie zu erreichen. Aber sie hatte keine Lust, jetzt mit ihm zu reden. Sie wollte die geständnishafte Atmosphäre hier nicht zerstören. Sie drückte das Gespräch weg.

»Daggi, bitte!«, wies Frau Jansen ihre Schwester energisch zurecht.

»Was soll's! Die wissen das doch sowieso längst alles! Jeder weiß es!«

»Was?«, fragte Ann Kathrin.

Daggi ging zum Schrank und öffnete die Schublade.

»Nicht!«, bat Marion Jansen, klang dabei aber so resigniert, als hätte sie sich bereits mit allem abgefunden.

Daggi warf Fotos auf den Tisch. Auf jedem Bild war Frau Jansen zu erkennen. Sie sah schlimm aus. Ein blaues Auge, eine geschwollene Wange, ein Unterarm, auf dem Zigaretten ausgedrückt worden waren.

Marion Jansen blickte demonstrativ weg und biss auf ihre Unterlippe.

»Das«, sagte ihre Schwester, »war mein toller Herr Schwager. Das größte, saufende, sadistische Ekelpaket Ostfrieslands.«

Ann Kathrin sah den Aufnahmen an, dass mindestens die Hälfte davon zu einer polizeilich durchgeführten Beweissicherung gehörte. Der Rest hatte eher privaten Charakter.

»Es gibt«, stellte Ann Kathrin fest, »in Deutschland Scheidungsanwälte.«

Daggi zeigte auf ihre Schwester, die jetzt Tränen in den Augen hatte. »Nicht für sie«, sagte Daggi, »und erst recht nicht für unseren seligen Joachim. Der nahm das wörtlich: Bis dass der Tod euch scheidet. *Ich finde dich überall*, hat er gesagt. *Du gehörst mir.* Er hat Filme von seinen Prügelorgien gedreht. Wollen Sie sie mal sehen?«

»Daggi, nicht!«, rief Frau Jansen.

»Das sind doch Fotos, die wurden in der Polizeiinspektion gemacht«, sagte Ann Kathrin. »Ist es nie zu einer Anzeige gekommen?«

»Oh, doch«, spottete Daggi. »Ist es. Der Rechtsstaat wurde sofort aktiv, schützte wie immer den Täter und brachte das Opfer in demütigende Situationen.«

Ann Kathrin wandte sich an Frau Jansen. »Sie haben die Anzeige jedes Mal wieder zurückgezogen und behauptet, Sie seien vom Fahrrad gestürzt oder irgend so einen Mist?«

»Das kennen wir wie Ebbe und Flut«, grummelte Weller. Am liebsten hätte er die Frauen alleine gelassen. Er empfand sich als Störfaktor und solche Gespräche schlugen ihm immer auf den Magen. Manchmal schämte er sich dann für seine Geschlechtsgenossen.

Ann Kathrin ärgerte sich, nichts darüber in den Akten gelesen zu haben. Sie hatten in Ostfriesland aus gutem Grund nicht einfach nur eine Mordkommission. Das K 1 war vielmehr zuständig für alle Delikte gegen den Körper von Menschen. So konnten Taten rasch zugeordnet werden. Wer fünfmal wegen Körperverletzung angeklagt worden war, galt als tatverdächtig, wenn sein Nachbar beim Grillfest erschlagen wurde.

Sie schwor sich, sich Rupert noch einmal gründlich vorzuknöpfen. Sie hoffte für ihn, dass er nur geschludert und nicht etwa die Akte gesäubert hatte, im Austausch gegen sexuelle Dienstleistungen.

»Im Grunde«, sagte Daggi Wendt vorwurfsvoll, »sind Sie an allem schuld.«

»Ich?«, fragten Ann Kathrin und Weller gleichzeitig.

Daggi drehte jetzt voll auf. »Jeder wusste doch Bescheid! Jeder! Und keiner hat ihr geholfen. Keiner! Kein Richter und keine Polizei! Der wurde nur verwarnt. Einmal musste er eine Nacht in der Ausnüchterungszelle schlafen. Herrje, der arme Kerl! Das war, nachdem er sich an mir vergriffen hatte. Ich hätte ihn drankriegen können, wegen Vergewaltigung, Körperverletzung und ...«

»Daggi, hör auf!«, schrie Marion Jansen.

»Sie haben die Anzeige dann aber auch zurückgezogen ...«, sagte Ann Kathrin.

Daggi nickte. »Hm. Wegen ihr! Sie hatte ja darunter zu leiden. An ihr hat er seinen Frust ausgelassen. Aber sie hat es nicht geschafft, ihn zu verlassen. Wahrscheinlich liebt sie ihn immer noch, die blöde Kuh.«

»Ich kann doch nichts dafür«, weinte Frau Jansen und Weller musste sich schwer beherrschen, seinen Arm nicht liebevoll um sie zu legen.

»Ich wollte ihn ja verlassen, ich wollte es! Aber dann ...« Sie griff sich an den Hals. »Es ist dann, als würde ich keine Luft mehr bekommen. Ich kriege Herzrasen und ... Und außerdem kann er ja auch ganz lieb sein ...«

»Und dann haben Sie ihn erschossen?«, fragte Ann Kathrin.

Frau Jansen stoppte mitten in der Bewegung wie schockgefroren.

»Nein«, sagte Daggi, »ich habe ihn mit seiner Waffe gezwungen, ein Geständnis aufzuschreiben. Ich wollte verhindern, dass seine Rechtsverdreher wiederkommen und aus Schwarz Weiß machen und aus Böse Gut.«

»Ach, das war kein Abschiedsbrief oder Testament?«

»Nein, das sollte ein Geständnis werden. Er hat dann aber versucht, mich zu attackieren. Er hat meine Hand mit der Waffe gegen seinen Kopf gedrückt und dabei geschrien und gelacht: *Dann schieß doch, du feige, kleine Schlampe! Schieß doch! Du traust dich sowieso nicht!*«

Marion Jansens Froststarre löste sich. »Bitte, Daggi!«

»Waren Sie dabei?«, fragte Ann Kathrin.

»Nein«, antwortete Daggi für ihre Schwester. »Sie war Ferienwohnungen putzen. Sie hat sich die Finger wundgeputzt in seinen scheiß Ferienwohnungen. Dazu brauchte er Frauen: zum Vögeln und zum Putzen.«

»Warum haben Sie zweimal geschossen?«

»Keine Ahnung. Das ging so schnell. Ich wollte das gar nicht. Ich hatte ihn plötzlich tot im Arm und dann habe ich ihn von mir weggestoßen. Ich hatte die Waffe aber noch in der Hand und dann habe ich ihn einfach in seinem Blut liegen lassen, die Pistole abgewischt und dann bin ich zu ihr nach Norddeich gefahren.«

»Ich war da noch am Putzen, ich war noch gar nicht fertig.«

»Und dann haben wir uns zum ersten Mal im Leben wieder richtig frei gefühlt.«

Als Ann Kathrin und Weller zur Polizeiinspektion zurückfuhren, waren sie sich, wie so oft, wortlos einig.

Rupert empfing sie und legte fast prahlerisch die Fotos samt zugehöriger Akte auf den Tisch: »Es war kein Selbstmord«, sagte er. »Die Aktenlage ist ganz klar. Es war die Ehefrau. Er hat sie jahrelang misshandelt und gequält. Dann hat sie garantiert die Nerven verloren und ... Man kann der Frau im Grunde nicht böse sein.«

»Irrtum«, sagte Ann Kathrin. »Ich glaube, Rupert, ich habe dir unrecht getan.«

»Du? Mir? Unrecht?«

»Ja. Es war Selbstmord.« Sie zählte es an den Fingern auf. »Es war seine Waffe. Es gibt keine Einbruchsspuren. Dann dieser Abschiedsbrief.«

»A... a... aber ...«, stammelte Rupert, »ich denke, er hatte zwei Kugeln im Kopf?«

»Och«, sagte Weller, »das würde ich nicht überbewerten. Wenn wir diesen Bericht absegnen, wird kein Hahn danach krähen und wir können die Akten schließen. Wir haben doch genug zu tun.«

Rupert zuckte mit den Schultern. »Na, meinetwegen.«

Weller klopfte ihm auf die Schultern. »Geiles Gefühl, auch mal recht zu haben, was Rupert?«

Steckbrief Ann Kathrin Klaasen

Ich bin keine gebürtige Ostfriesin, aber ich fühle mich hier wohl und habe an der Küste meine Heimat gefunden. Geboren wurde ich in Gelsenkirchen. Dort bin ich aufs Grillo Gymnasium gegangen. Eine Weile habe ich im Westerwald und in Köln gelebt.

Jetzt wohne ich in der ältesten ostfriesischen Stadt, in Norden. Bis vor kurzem hätte ich bei Familienstand eingetragen: geschieden, aber verliebt.

Neuerdings schreibe ich wieder »verheiratet«, aber es kommt mir immer noch komisch vor, so als würde ich meinen Ex betrügen, dabei war das doch seine Domäne.

Ich habe einen Sohn, Eike, der bei seinem Vater lebt und viel erwachsener ist, als ich wahrhaben will. Mein neuer Mann, der gute Frank Weller, ist bei der Kripo wie ich. Er hat zwei pubertierende Töchter aus seiner letzten Ehe und einen Berg Schulden.

Finanziell geht es mir gut. Das Haus im Distelkamp gehört mir und ich führe mein Konto bei der Sparkasse Aurich Norden im Plus. Das beruhigt mich ungemein.

Ich sammle Kinderbücher. Auf Flohmärkten kaufe ich vergriffene Ausgaben. Beim Lesen habe ich das Gefühl, Kontakt zum Kind in mir zu bekommen.

Meine Kindheit war glücklich, sofern Kindheiten überhaupt glücklich sein können, denn die anderen sind groß und wissend und man selber fühlt sich klein und unwissend.

Mein Vater war auch bei der Kriminalpolizei. Er wurde bei einem Banküberfall in Gelsenkirchen erschossen. Er war ein guter Vater. Ich war ein Papakind, stolz darauf, seine Tochter zu sein. Manchmal rede ich mit ihm und habe das

Gefühl, er würde mir antworten. Ein Teil von mir ist wie er. Vermutlich der bessere Teil.

Man sagt, ich sei eine Verhörspezialistin und brächte Leute zum Reden, aber vielleicht kann ich einfach nur gut zuhören.

Mein größter Fehler ist wahrscheinlich, dass ich nicht wirklich teamfähig bin. Ich traue nicht vielen Menschen und arbeite am liebsten nur mit denen zusammen, die ich gut kenne. Bei größeren Fällen ist das praktisch unmöglich und es gibt regelmäßig Schwierigkeiten.

Sollte ich mal suspendiert werden – was ich in den nächsten Jahren durchaus für realistisch halte –, werde ich mit Frank Weller gemeinsam eine Fischbude in Norddeich aufmachen. Da gibt es dann die besten Krabben- und Matjesbrötchen. Natürlich selbst gemacht. Mit weichem Brötchen und frischen Zwiebelringen.

Manchmal, wenn mir eine grausame Tat einen Schatten auf die Seele legt und die Welt um mich herum droht, düster zu werden, dann fahre ich an den Deich und lasse mir vom Wind den Kopf freipusten. Ich sehe vor mir Juist und Norderney, und die Hoffnung wächst, dass alles doch noch gut ausgehen könnte …

Rita Falk Ein Bayer in Gelsenkirchen

Geschlagene zwei Stunden und vierzig Minuten bin ich mit der Susi jetzt schon beim Einkaufen. Genauer gesagt, beim Shoppen, wie sie es nennt. Ein Partykleid muss her, koste es, was es wolle. Weil morgen Silvester ist, und da muss man ja schließlich gut ausschauen, sagt die Susi. Dabei gehen wir sowieso bloß auf ein oder zwei Bier zum Wolfi rüber. Aber meine Susi, die will halt trotzdem gut ausschauen.

Wir sind nach Landshut gefahren, weil's bei uns daheim in Niederkaltenkirchen nur ein einziges Bekleidungsgeschäft gibt und die haben alles nur in XXL. Da passt die Susi freilich nicht rein. Drum eben Landshut.

Aber jetzt wird's mir wirklich langsam zu blöd, muss ich schon sagen. Weil, nachdem sich die Susi zuerst in aller Ausführlichkeit mit der rothaarigen Verkäuferin über die Problemzone Bauch unterhalten hat, reden sie anschließend und genauso ausführlich über die Problemzone Arsch. Ich kann's wirklich kaum glauben. Hocke in einem pinkfarbenen Designersessel und spiel mit meinem Telefon rum und irgendwie hoffe ich inständig, es möge läuten und mich aus diesem Delirium retten. Tatsächlich läutet es kurz darauf, aber es ist leider nicht meines, sondern das von der Susi. Das merke ich gleich am Klingelton. Kein AC/DC, sondern Shakira tönt uns entgegen.

»Andrea?«, sagt sie und klingt ein bisschen verwirrt. Ich muss überlegen und komme als erfahrener Polizist ziemlich rasch zu einem Ergebnis. Der Einzige, den ich diesem Namen zuordnen kann, ist der Exlover von meiner Susi. Jetzt beginnt sie, Italienisch zu sprechen, und bestätigt somit meinen Verdacht.

Wie sie endlich auflegt, ist sie ziemlich aufgewühlt.

»Ich muss sofort nach München, Franz«, sagt sie. »Der Andrea, der liegt in Schwabing im Krankenhaus. Er ist verletzt und braucht meine Hilfe.«

»Was ist denn so alles verletzt?«, frag ich und hoffe auf irgendwas echt Gefährliches.

»Er hat sich das Handgelenk gebrochen.«

»Das Handgelenk also. Da ist die Überlebensrate ja relativ hoch, Susi.«

»Das musst du verstehen, Franz«, sagt sie und hat ganz rote Wangen. Natürlich versteht das der Franz. Ich hol mein Telefon hervor.

»Was hast du jetzt vor?«, fragt die Susi, während ich in die Tasten klopfe.

»Ich ruf den Birkenberger Rudi an«, sag ich.

»Das ist nicht dein Ernst, oder?«

»Wenn du zu deinem Don Giovanni fährst, fahr ich zum Birkenberger. Nur dass das klar ist.«

»Wie du willst«, sagt sie, dreht sich ab, wirft ihre Mähne durch die Luft und verschwindet.

»Servus, Rudi«, sag ich, wie er endlich rangeht. Freilich freut er sich, meine Stimme zu hören, und fängt auch gleich an, aus seinem wahnsinnig aufregenden Leben als Privatdetektiv zu berichten.

»Ja, wo bist du denn grade?«, frag ich, wie er endlich fertig ist.

»In Gelsenkirchen. Aber warum fragst du?«

Ich erzähle ihm kurz von den Schandtaten meiner Susi und prompt überredet mich der Rudi, zu ihm nach Gelsenkirchen zu kommen. Da soll es absolut klasse sein, lauter voll nette Typen und Superweiber, und überhaupt mit Schalke und diesen hammermäßigen Currywürsten, die es da überall gibt. Und schon hat er mich irgendwie überredet.

Es ist noch stockmauernfinster, wie ich am nächsten Morgen losfahr. Aber das ist gut so, weil kein Verkehr, kein Stau, einfach nur Guns N'Roses und rein ins Pedal und ab durch die Mitte. Fünf Stunden später bin ich auch schon in diesem Hotel, das mir der Rudi genannt hat. *Schloss Berge,* da schau einer an. Der Rudi weiß sich standesgemäß einzuquartieren.

»Eberhofer, endlich! Ich hab mir schon Sorgen gemacht«, tönt es durch den Empfang, da bin ich kaum zur Tür rein. Der Rudi kommt mir mit ausgestreckten Armen entgegen und er trägt einen dunkelblauen Anzug.

»Wie schaust du denn aus?«, frag ich zuerst mal.

»Wie ich aussehe? Wie ein Gentleman würde ich sagen. Ich hoffe, du hast noch andere Klamotten dabei als diese zerfetzte Jeans. Schließlich ist heute Silvester«, sagt er und grinst. Ich geh mich lieber erst mal einchecken und bring danach meine Reisetasche aufs Zimmer. Der Rudi steht im Türrahmen und wartet, bis ich vom Klo zurück bin.

»Was meinst du, Franz, sollen wir vielleicht zum Mittagessen zum *Schloss Horst* rüberfahren?«, will er schließlich wissen.

»*Schloss Berge, Schloss Horst,* noble Gegend hier, wie mir scheint«, sag ich und merke, dass meine Vorstellungen von Silvester dann vielleicht doch ein bisschen anders aussehen. »Du, Rudi«, sag ich deshalb. »Ich hab eigentlich mehr so gedacht, wir lassen hier die Sau raus, verstehst? Currywurst, Jeans und Bier bis zum Abwinken. Dass du jetzt hier den Spießer abgibst, hättest du mir vorher sagen müssen. Dann hätt ich natürlich meinen Frack eingepackt.«

»Du bist und bleibst ein Prolet, Eberhofer«, sagt der Rudi und schnauft dabei ganz theatralisch durch. »Na gut, dann gondeln wir erst mal ein bisschen durch die Gegend und hinterher essen wir eine hammermäßige Currywurst. Was meinst du?«

Da muss er mich gar nicht lang bitten, der Rudi, und Augenblicke später sind wir schon unterwegs. Ich persönlich war zuvor ja noch niemals im Ruhrpott und bin ziemlich überrascht, dass dort irgendwie alles aneinanderklebt. Also nicht so wie bei uns daheim, raus aus der Stadt, zwanzig Minuten Autobahn und rein in die nächste. Nein, hier ist es so: Wenn du in Dortmund stehst, kannst du problemlos nach Bochum spucken. Natürlich nur bildlich gesehen, aber egal.

Der Rudi ist ein prima Reiseleiter und zeigt mir sogar die berühmte *Veltins-Arena*. Ja, ganz nett. Wenn auch nicht mit der *Allianz Arena* zu vergleichen. Auf gar keinen Fall.

Irgendwann ist dann aber auch wieder gut mit Sightseeing, weil uns der Magen knurrt. Und so steuert der Rudi auch gleich zielorientiert auf Abhilfe.

Park-Grill steht auf dem winzigen Laden und schon wie ich aussteig, findet die Wurstgeruchswolke direkt den Weg in meinen Riechkolben.

»Der Pommes-Dieter macht die besten Currywürste der Welt, das wirst du gleich sehen«, sagt der Rudi. Leider kann ich nicht antworten, weil mir schon die Zunge am Gaumen klebt. Ich nicke.

»Mensch Rudi, was los? Heute schon fertig mit Maloche?«, dröhnt es hinterm Tresen vor und ich bin einigermaßen verwundert, dass der Birkenberger hier schon bekannt ist wie ein bunter Hund.

»Ja, fertig, Dieter. Seit gestern. Das hier ist übrigens mein Freund, der Franz.«

»Servus«, sag ich.

»Tach, Franz«, sagt der Dieter und wendet sich dann wieder dem Rudi zu. Und ich geh an einen der Tische, hock mich nieder und schau mich erst einmal um. Scheint eine Art Schalke-Mekka hier zu sein. Überall Fotos, Schals, Autogramme und lauter so Zeug. Auf einem Plakat an der Wand steht: *Lieber 4 Minuten Deutscher Meister als 1 Sekunde Bayern-Fan.* Ich leg mal meinen Schlüsselbund mit dem Bayern-Anhänger auf den Tisch. Nur, um die Fronten zu klären.

»Is was?«, fragt mich ein Fremder, vis-à-vis über sein Schaschlik gebeugt, und starrt auf den Schlüsselbund.

»Gerne, was würden Sie denn empfehlen«, frag ich zurück. Der Typ legt seine Gabel beiseite. Dann aber kommt auch schon der Dieter hinterm Tresen hervor.

»Lass mich mal raten, Franz«, sagt er und schaut mir ins Gesicht. »Ne Currywurst extra scharf mit Pommes rotweiß und dazu ein lecker Bierchen vielleicht?«

Besser hätte ich das nicht hingekriegt.

»Exakt«, sag ich.

»Bayern-Fan? Ist nicht dein Ernst, oder?«, fragt mich das Schaschlik und ich könnte schwören, einen abfälligen Tonfall rauszuhören.

»Was dagegen?«

»Na, was willste dann hier, Mann? Fahr nach Hause und lutsch an deinen Weißwürsten.«

»Kümmer dich um dein Schaschlik und halt einfach dein Maul«, sag ich und zieh dabei mal meine Augenbraue hoch. Das hab ich vorm Spiegel geübt. Und es sieht echt gefährlich aus.

»Mensch, tolles Wetter heute«, sagt der Rudi in einer verkrampften Lockerheit und stellt sich jetzt so an den Tisch, dass Schaschlik und ich uns nicht mehr sehen können.

»Ich hab den Laden jetzt seit über dreißig Jahren und hier war noch nie ne Rauferei oder so was«, sagt der Pommes-Dieter, während er meine Currywurst durch den Häcksler jagt.

»Das kann sich jederzeit ändern«, sagt das Schaschlik.

»Jederzeit«, nicke ich und da schiebt mir der Pommes-Dieter auch schon mein Essen hin. Es schmeckt hammermäßig, wirklich. Vielleicht die beste Currywurst, die ich je gegessen habe. Nein, die vom Seppi aus Ismaning, die ist noch besser. Aber nur ein ganz kleines bisschen.

Auf einmal fliegt die Tür auf und eine Frau kommt herein. Sie schaut sich kurz um und steuert dann schnurstracks auf das Schaschlik zu.

»Sag mal, Jürgen, bist du bescheuert, oder was? Wo warst du heute Nacht?«, fährt sie ihn an. Ihr Tonfall ist, ja wie soll ich sagen, ziemlich gewöhnlich vielleicht. Überhaupt ist sie mehr so der Typ Frau, mit der man eine Nacht verbringt und hinterher kein schlechtes Gewissen hat, wenn man sich nicht noch mal meldet.

»Komm, zieh Leine, Gabi«, sagt Schaschlik-Jürgen irgendwie genervt. Da kann man jetzt schon fast wieder Verständnis dafür aufbringen, dass er ein so unfreundlicher Zeitgenosse ist. Wenn er so ein Weibsstück an der Backe hat. Nein, wirklich. Ich geb ihm ein Bier aus.

Ein paar Bierchen später sind wir dann schon fast so was wie richtige Freunde, der Jürgen und ich. Zuerst reden wir kurz über Weiber, widmen uns dann aber schnell den interessanteren Seiten des Lebens. Und zwar Fußball. Bayern und Schalke natürlich und irgendwann kommen wir auf den Assauer. Auf den Assauer und seine Demenz. Tragische Sache, wirklich. Den hab ich immer echt gut gefunden. Obwohl er beim falschen Verein war.

»Willst du noch ewig hier rumhängen?«, fragt der Rudi plötzlich in einer leicht beleidigten Tonart. »Mir ist schon richtig schlecht von diesem ganzen Fettgestank hier«, sagt er weiter und riecht am Ärmel seines blauen Anoraks, der perfekt zum Blau seines Anzugs passt. Ja, ein Jammer, wenn diese edle Blaukombination jetzt so tierisch nach Pommes stinkt. Der Jürgen sagt, mit sonnem noblen Fetzen sollte man auch nicht zum Pommes-Dieter gehen, sondern auf 'nem Samtsofa sitzen und Austern schlürfen. Jetzt ist er aber echt beleidigt, der Rudi. Um des lieben Friedens willen und weil er wahrscheinlich irgendwie nicht recht von uns lassen kann, schlägt der Jürgen schließlich vor, die Lokalität zu verlassen und auf 'nen Sprung bei der Silvesterfete im alten Vereinsheim von Schalke vorbeizuschauen. Schließlich ist das *die* Kultstätte von Blau-Weiß und als echter Fußballfan muss man die gesehen haben.

Also nix wie hin. Mit dem Jürgen und seiner Gabi sind wir zu viert und wir kriegen mit Ach und Krach noch 'nen Stehplatz am Tresen. Der Jürgen ist hier bekannt und stellt uns erst mal Lydia und Ronny, das Wirtspaar, vor. Ein Hund namens Ratte jagt mit einem Ball zwischen unseren Beinen rum. Unglaublich, hier spielen sogar die Hunde Fußball. Wir trinken ein Bier und eigentlich sind alle ganz nett, wenn man mal davon absieht, dass sie Schalke-Fans sind. Da der Rudi und ich aber schwer in der Unterzahl sind, halten wir uns lieber etwas zurück. Und als der Rudi hinterher einmal aufs Klo geht, sag ich lieber überhaupt nichts mehr. Ein paar Bierchen später aber bricht es plötzlich und unerwartet aus dem Rudi heraus.

»Das Beste an eurer blöden *Veltins-Arena* ist sowieso, dass der Oliver Kahn einmal mit dem Ball an den Videowürfel geschossen hat«, sagt er und ruiniert damit die entspannte Stimmung irgendwie total. Und so beschließen wir zwei, dann doch lieber den Rückzug einzuläuten, ehe es hier noch eskaliert. Draußen auf dem Bürgersteig atmen wir erst einmal tief durch.

»Prima«, sag ich mit Blick auf die Uhr. »In einer Stunde ist Mitternacht. Was machen wir jetzt?« Der Rudi schlüpft in seinen Anorak und schnuppert erneut ein bisschen angewidert am Ärmel. Ich verdreh die Augen.

»Gut«, sagt der Rudi und hört auf zu schnüffeln. »Wir fahren auf die Halde. Auf die Rheinelbe-Halde, zur Himmelsleiter da oben drauf. Da ist es eh viel besser. Um Mitternacht fahren da alle hin. Hammermäßige Aussicht, sag ich dir.«

»Na, wenn da alle hinfahren, warum nicht«, sag ich und so machen wir uns auf den Weg.

Nach zig Serpentinen durch einen dunklen Birkenwald erreichen wir schließlich die vielstufige Treppe, die on the top führt. Die Himmelsleiter macht ihrem Namen alle Ehre. Oben erwarten uns dicke Betonstücke, die wie eine Mayapyramide aufgestapelt sind. Irgendwie schön.

Es sind wirklich Menschenmengen auf der Halde und alle sind ausgelassen, fröhlich und besoffen. Da passen wir ausgezeichnet dazu. Dass kurze Zeit später ausgerechnet der Jürgen mitsamt seiner Tussi nun ebenfalls hier erscheint, ist zwar ärgerlich, aber nicht zu ändern. Weil es aber, wie gesagt, nur so wimmelt von Menschen, kann man sich auch ganz prima aus dem Weg gehen. Wie ich kurz darauf merke, kann sogar der Jürgen seiner Gabi ganz prima aus dem Weg gehen. Er macht sich nämlich urplötzlich mit einem ganz anderen Weibsbild aus dem Staub. Zustände sind das hier ja, wie bei Schweins hinterm Haus. Erst kurz vor Mitternacht kommt er wieder zurück und hat sein Hosentürl offen und 'ne Sektflasche in der Hand. Die schüttelt er ein paar Mal ganz kräftig und lässt schließlich den Korken knallen. Und du liebe Scheiße, die ganze Fontäne spritzt ausgerechnet auf den nagelneuen Anorak vom Rudi. Der kriegt auch gleich Zuckungen, das kann man gar nicht erzählen. Reißt sich das nasse Teil vom Leib, wirft es theatralisch auf den Boden und nimmt sich dann wutentbrannt den armen Jürgen vor. Und in null Komma nix ist hier die schönste Prügelei im Gange. Die beiden treten und schlagen und brüllen sich Morddrohungen zu und reißen sich sogar an den Haaren. Sofort ist eine Menschentraube um die beiden versammelt und feuert sie frenetisch an. Das hat schon was, dass wir darüber fast den Jahreswechsel verschwitzen. Erst als die ersten Raketen den Himmel zerschießen und rings um uns herum das Geböllere losgeht, löst sich der Pulk wieder auf und auch die zwei Streithähne lassen voneinander ab. Der Rudi hockt sich erst mal auf einen der Bierkästen und ringt nach Luft.

»Schön, gell?«, sag ich mit Blick in den Himmel.

»Geht so«, sagt der Rudi und fummelt an seinem Anzug herum. Ich lass ihn mal lieber und geh ein paar Schritte abseits, damit er sich beruhigen kann. Das Feuerwerk ist klasse, die Stimmung der Hammer und an Lautstärke kaum zu überbieten. Am Ende fallen sich wildfremde Menschen in die Arme und das eine oder andere Pärchen knutscht sich inbrünstig ab. Was wohl meine Susi jetzt grad macht? Ob sie dem blöden Italiener sein lädiertes Händchen hält? Aber was geht mich das an? Schließlich amüsiere ich mich hier mit dem Birkenberger großartig. Wirklich. Die Stimmung ist kaum noch zu toppen.

Nach dem ganzen Feuerwerkspektakel löst sich die Menschenmenge auf der Halde ziemlich schnell wieder auf und alle machen sich auf den Heimweg. Der Rudi Birkenberger hockt noch immer drüben auf seinem Bierkasten.

Ich geh zu ihm hin. »Jetzt hab dich doch nicht so«, sag ich und hau ihm auf die Schulter. »War doch alles halb so wild.«

»Der ganze Abend ist versaut«, sagt er in seinem typisch weibischen Tonfall. Schließlich aber steht er auf, geht ein paar Schritte und schnappt sich den Anorak vom Boden. Wir gehen gerade Richtung Auto und da seh ich den Schaschlik-Jürgen, der noch immer wie angenagelt in seiner alten Position dasitzt.

»Mensch, Jürgen, das war doch echt wie aufm Kindergeburtstag. Jetzt hab dich doch nicht so«, ruf ich ihm zu. Aber nix. Keinerlei Reaktion. Anscheinend ist der tatsächlich noch mädchenhafter als der Rudi.

Ich geh mal hin und leg den Arm um ihn. Dann schau ich ihn an. Sein Kopf hängt leicht vornüber und er hat die Augen offen.

»Du, Rudi«, ruf ich. »Wenn ich's nicht besser wüsste, dann tät ich meinen, der ist tot.«

»Wie tot?«

»Ja, tot halt. Tilt. Game over, quasi.«

»So ein Quatsch. Fühl mal den Puls.«

Und ich tu, wie mir geheißen.

»Nicht vorhanden«, sag ich.

»Red keinen Schmarrn. Ich hab den doch nicht umgebracht, verdammte Scheiße«, brüllt der Rudi jetzt.

Ich lege den Jürgen ganz langsam zu Boden und betrachte ihn genau. Er hat ein Einschussloch auf Höhe der Brust. Unglaublich.

»Er hat ein Einschussloch«, sag ich zum Rudi. Der kommt näher, um es mit eigenen Augen zu betrachten.

»Verdammt«, knurrt er dann und tastet in den Innentaschen seines Anoraks.

»Was ist los, Mann?«, frag ich.

»Meine Waffe, verdammt!«, schreit er.

»Du hast deine Waffe dabei? Auf einer privaten Silvesterfeier?«, frag ich und kann ein gewisses Entsetzen nicht ganz verbergen.

»Natürlich hab ich meine Waffe dabei. Die hab ich immer dabei. Als Privatdetektiv kann das Private ganz schnell ins Geschäftliche abdriften«, plärrt er mich an.

»Und was ist jetzt mit der Waffe? Ist sie weg, oder was?«

Der Rudi schüttelt den Kopf. »Nein, weg ist sie nicht. Aber sie ist auch nicht da, wo sie hingehört. Innentasche links unten, das ist ihr Platz. Jetzt ist sie Innentasche oben, verstehst du? Da muss jemand dran gewesen sein.«

Scheiße! Ich muss nachdenken.

»Wer wusste davon? Ich meine, wer hat mitbekommen, dass du 'ne Waffe mit dir rumschleppst?«

Jetzt muss der Rudi nachdenken. Und er fängt an, auf und ab zu laufen.

»Was ist jetzt, Mensch?«, frag ich nach.

»Die Tussi von ihm, diese Gabi, die hab ich vorher auf dem Weg zum Klo getroffen.«

»Weiter!«

»Ja, keine Ahnung, da hat sie mir halt ein bisschen vorgejammert. Von ihrer Beziehung und so. Dass er ein echtes Schwein ist, dieser Jürgen. Dass er sie ständig bescheißt und ihr Geld durchbringt und wenn sie ihn verlassen will, dann schlägt er sie grün und blau. Lauter so Zeug halt.«

»Weiter!«

»Ja, Scheiße, Mann! Und da hab ich sie halt in den Arm genommen und ein bisschen getröstet. Und da hat sie mich dann eben gefragt, was da so Hartes in meiner Jacke ist«, fährt er fort, dieser Vollidiot.

Ich muss nachdenken. Tausend Gedanken schwirren durchs Hirn. Vom Alkohol mag ich gar nicht erst reden.

»Ich glaub mal, dass du ziemlich im Dreck steckst, Birkenberger. Der Typ ist aller Wahrscheinlichkeit nach mit deiner Waffe erschossen worden. Hunderte von Menschen haben zuvor euren Streit mitbekommen. Ziemlich miese Aussichten, mein Freund.«

»Und was sollen wir jetzt machen?«, fragt er kaum hörbar.

»Ich fürchte, wir müssen erst mal die Kollegen rufen«, sag ich.

Das Hosentürl vom Jürgen ist noch immer offen. Das ist würdelos, darum mach ich es zu. Danach schau ich noch nach seinem Ausweis. Schließlich will man ja wissen, wen man da als Toten so vor sich hat.

Wie schließlich die Kollegen aus Gelsenkirchen kommen, ist es genau so, wie wir befürchtet haben. Sie sind erst mal zu zweit, einer mit Brille, der andere mit Ohrring, und sie haben ihren Mörder schnell gefunden. Der Rudi und ich, wir waren ganz ehrlich und haben ihnen die Geschichte so erzählt, wie sie sich eben zugetragen hat. Und kurz darauf klicken auch schon die Handschellen und der Rudi wird auf die Rückbank des Streifenwagens verfrachtet. Anschließend rollt die Spurensicherung an. Und zuletzt ein älterer Herr auf einem Rennrad. Er fährt stehend und tritt wie wild in die Pedale, um den steilen Berg hochzukommen. Alle Achtung.

»Aha, dann sehen wir mal«, sagt er, nachdem er sein Rad abgestellt hat und in Richtung Leiche geht. Der Polizist mit dem Ohrring informiert den rüstigen Radler kurz über den aktuellen Tatbestand. Danach geht er zum Streifenwagen zurück und steigt ein. Als sie losfahren, wirft mir der Birkenberger die sehnlichsten Blicke zu, die ich Zeit meines Lebens erhalten habe. Dass sie mich nicht auch noch eingepackt haben, verdanke ich einzig und allein der Tatsache, selber Polizist zu sein. Und das ist in solchen Situationen durchaus von Vorteil. Ich muss die Sache regeln, sonst kann der Rudi die nächsten zehn Jahre wohl in Gelsenkirchen im Knast verbringen. Ich mach mich auf den Weg zum Wagen. Und ich überlege.

Wenn wir einmal davon ausgehen, dass der Jürgen mit dieser Gabi nicht nur Bett, sondern auch Tisch geteilt hat, müsste es ja wohl auch ihre Adresse sein, die auf seinem Ausweis stand.

Also mach ich mich erst auf den Weg zu Flöz Sonnenschein. So ein schöner Name für so einen hässlichen Anlass. Ich finde die Hausnummer sofort, steig aus dem Wagen und läute.

»Was willst du hier?«, fragt die Gabi ganz mürrisch durch den Türspalt hindurch.

»Ich muss mit dir reden«, sag ich.

»Ich wüsste nicht worüber«, sagt sie und ist im Begriff die Haustür zu schließen.

»Ich bin nur deinetwegen hier, Gabi. Ich persönlich hab überhaupt nichts davon, verstehst du? Wenn es dich also nicht interessiert …«, sag ich und tu so, als ob ich wieder zum Auto zurückwill.

»Meinetwegen, komm rein«, sagt sie und linst über meine Schulter hinweg den Flöz Sonnenschein runter. Ich betrete den winzigen Flur, von dem eine winzige Treppe nach oben führt, und irgendwie hab ich das Gefühl, hier kämen gleich die sieben Zwerge runter.

»Na, dann komm schon«, sagt sie und geht vor mir her in ein winziges Zimmer. Es ist wohl das Wohnzimmer, jedenfalls steht eine Couch drin. Auf die setz ich mich nieder, lehn mich breitbeinig zurück und schau Gabi an. Sie fuchtelt nervös an einer Zigarettenschachtel, kramt ein Feuerzeug hervor und beginnt zu rauchen. Ich schau sie immer noch an. Sagen tu ich nix. Gar nix.

»Also, was ist jetzt?«, fragt sie, nimmt einen hastigen Zug und drückt die Kippe aus.

»Der Jürgen liegt verletzt auf der Halde«, sag ich ganz langsam.

»Wie verletzt? Was meinst du damit? Und was hab ich damit zu tun?«, sagt sie und zündet eine neue Zigarette an.

»Der Alkohol, die Wut, die anderen Weiber. Wieder eine Nacht lang nicht heimgekommen. Die Tussi auf der Halde. Da kommt wohl einiges zusammen, oder?«

»Du sprichst in Rätseln, Alter.«

»Wahrscheinlich wäre deine Rechnung sogar aufgegangen, Gabi. Ein Schuss aus der Waffe vom Rudi, noch dazu, wo der grade noch vor hundert Augen einen handfesten Streit mit dem armen Jürgen gehabt hat. Ein einziger tödlicher Schuss und der Kerl war endlich Geschichte, gell? Aber leider, liebe Gabi, verwendet der Rudi eine spezielle Polizeimunition. Mannstopper heißt die im Jargon. Die dringen nicht so weit in den Körper ein«, sag ich und verschränke meine Arme.

Sie schaut mich kurz an, danach aber gleich wieder weg, und geht schließlich rüber zum Fenster. Sie schaut in die Nacht hinaus und zerrt am Vorhang umeinander.

»Ich schlag dir ein Geschäft vor, Gabi«, sag ich. Sie bleibt noch kurz unschlüssig stehen, wendet sich dann aber zu mir um und schaut mich auffordernd an.

»Sagen wir einmal, du hättest gewusst, dass der Rudi nur

diese Mannstopper geladen hat. Dann wär das ja fast schon als Scherz durchgegangen. Du nimmst die Waffe, rein aus einer Silvesterlaune heraus, und drückst ab, so als wenn du eine Wasserpistole in der Hand halten würdest, kapiert? Der Jürgen kriegt kurz einen Schreck und 'nen Kratzer und sonst ist eigentlich gar nichts passiert.«

»Warum sagst du mir das alles?«

»Weil sie dich sonst wegen versuchtem Mord kriegen, Kleine«, sag ich und steh auf. »Die Nummer mit dem Birkenberger, die durchschauen die doch im Handumdrehen. Und dann bist du fällig. Drum rate ich dir, geh lieber gleich zur Polizei und erzähl ihnen, dass es ein Jux war. Ein Spaß und sonst nix.«

Sie starrt auf den Boden.

»Abgesehen davon«, red ich weiter, »dass der Jürgen, ist er erst mal aus dem Krankenhaus raus, wahrscheinlich böse ist mit dir. Richtig böse sogar. Und er kann sich sicherlich erinnern, wie du abgedrückt hast. Aber wenn du ihm sagst, dass du ihm nur einen Schreck einjagen wolltest, dann ist es vielleicht nicht gar so schlimm.«

Jetzt beginnt sie zu weinen.

»Aber wenn die mich fragen, warum ich erst jetzt komme?«, schluchzt sie.

»Dann sagst du einfach, du wolltest zuerst deinen Rausch ausschlafen«, sag ich und steh auf.

Sie starrt wieder auf den Boden.

»Lass dir das durch den Kopf gehen«, sag ich auf dem Weg in die Diele und hoffe inständig, dass sie mir diese Story abkauft. Und dass sie einfach ihren Arsch in Bewegung setzt und in die verdammte Polizeiinspektion fährt, um ein Geständnis abzulegen. Gut, fair war das jetzt nicht. Aber war sie vielleicht fair?

»Warte«, hör ich sie grad noch. Dann schnappt sie ihre Jacke und Tasche vom Haken und folgt mir zum Wagen hinaus.

Gut, besonders glücklich ist sie nicht, als sie auf der Polizeiinspektion nach ihrem ausführlichen Geständnis die reine Wahrheit erfährt. Die Wahrheit, dass ihr Jürgen nun doch übern Jordan ist. Doch richtig unglücklich sieht sie eigentlich auch nicht aus, die Gabi. Mehr erleichtert vielleicht. Aber das gibt es ja häufig. Nein, wirklich, so ein Mörder ist durchaus froh, wenn er seine Taten endlich zugeben kann. Der eine oder andere hat mich nach seinem Geständnis sogar schon umarmt. Das tut die Gabi nicht. Dafür umarmt mich der Birkenberger, wie ich ihn endlich abholen kann. Er umarmt mich so dermaßen, dass es eigentlich schon fast peinlich ist. Außerdem küsst er mich auf jede meiner Wangen. Einige Male sogar. Und er weint ziemlich laut. Anschließend holen wir noch unser Zeug aus *Schloss Berge* und machen uns dann sofort auf den Heimweg. Nichts wie weg von hier. Der Rudi ist froh, dass er nicht mit dem Zug zurück muss. Fahren kann er allerdings nicht, weil er so verheulte Augen hat. Also fahr ich selber. Und ich ruf die Susi an. Silvester war scheiße, sagt sie. So ganz alleine. Und ob wir vielleicht ein bisschen nachfeiern wollen. Nur wir beide. Sie und ich. Und ob wir das wollen!

Steckbrief Franz Eberhofer

So an Steckbrief hamma leider ned. Schaut's doch bittschön auf meiner Homepage vorbei:
www.franz-eberhofer.de
Die is echt schee, find i.
Es grüßt
der Franz

Inge Löhnig Einfach alles!

Der Anblick des toten Mädchens ging ihm nicht aus dem Kopf. Ihr deformierter Brustkorb. Der von Hämatomen übersäte Oberkörper. Die Rissquetsch- und Platzwunden oberhalb des Stirnbeins. Die freigelegte Schädeldecke. Die Nacktschnecke, die über das eine, das offene Auge kroch. Das zugeschwollene andere. Diese Bilder sickerten in seinen Schlaf und trieben ihn am Sonntagmorgen um sechs aus dem Bett. In der Küche schaltete Dühnfort die Espressomaschine an und trat auf den Balkon. Als roter Ball stieg die Sonne über Münchens Dächer. Sie versprach einen weiteren heißen Sommertag, ließ drei Etagen tiefer Bäume und Grabsteine auf dem Alten Südfriedhof noch unscharfe Schatten werfen und malte dem zerbröselnden Marmorengel am Grab des vor hundert Jahren verstorbenen Musikers ein entrücktes Lächeln ins Gesicht. Ein Anblick, der Dühnfort meist mit der Endlichkeit allen Seins versöhnte. Heute nicht.

Sie hatten einen guten Job gemacht. Sechsundzwanzig Stunden waren seit dem Fund der Leiche im Gestrüpp an der Marienklausenbrücke vergangen und sie hatten den Täter. Zeugenaussagen und Spurenlage hatten bald auf ihn hingewiesen. Vor fünf Stunden war es Dühnfort gelungen, ihm ein Geständnis zu entlocken. Sowohl Tatortsituation als auch Spurenlage stimmten mit seiner Aussage überein. Alles war klar. Nur eines nicht: Womit hatte Noemi Sebelsky diesen vernichtenden Hass auf sich gezogen? Warum, um Himmels willen, hatte Sebastian Langen das getan? *So halt,* hatte er achselzuckend gesagt. *Ich hatte Frust, war schlecht drauf. Sie wollte nichts von mir.*

Für Lügner hatte Dühnfort einen Blick. Etwas anderes steckte dahinter. Doch was?

Noch ein Bild ließ sich nicht länger ausblenden. Noemis Vater, den vor Dühnforts Augen Kraft und Selbstkontrolle verließen, der in die Knie ging, seinen Kopf in den Händen barg und schrie, bis er nicht mehr konnte und ihn lautloses Schluchzen schüttelte. Peter Sebelsky hatte seine Tochter gefunden. Nachts um vier. Im Unterholz auf der Kiesbank am Isarufer, ganz in der Nähe der Stelle, an der eine Clique Jugendlicher in dieser Nacht Party gemacht hatte. Kein Mann sollte seine Tochter so finden müssen. Niemand sein zu Tode geprügeltes Kind.

Die Espressomaschine war aufgeheizt. Dühnfort ging wieder hinein, machte sich einen Cappuccino und schob die Croissants zum Auftauen in die Mikrowelle. Als er sich an den Tisch setzte, wurde die Küchentür geöffnet. Gina kam herein. Die dunklen Haare waren verstrubbelt, doch ihr Blick war wach. Sie gab ihm einen Kuss. Er sog den satten Duft nach Schlaf ein, der aus ihrer Halsbeuge stieg. »Gute Idee, zeitig an den See zu fahren«, meinte sie. »Spätestens ab zehn wird die Starnberger Autobahn dicht sein.«

Dass sie segeln wollten, hatte er ganz vergessen. Die Sissi lag schon zu lange ungenutzt am Steg und das Wetter war ideal. Der Fall war geklärt. Alles andere konnte bis Montag warten. Während er für Gina einen Milchkaffee machte, begann die vertraute Unruhe durch seinen Köper zu fließen wie eine kühle Tiefenströmung in einem sommerwarmen See. Warum? Gestern hatte er aus Sebastian nur herausbekommen, dass er betrunken gewesen und Noemi nachgegangen sei, als diese sich um zwei von der Clique verabschiedete. Nachdem sie zwei Wochen zuvor auf einer Feier geknutscht hatten, wollte er mehr. Sie nicht. Da sei er ausgerastet. So war das. Mehr gab es nicht zu sagen. Auch das Zureden des Anwalts, den seine Pflegeeltern besorgt hatten, half nicht. Basti hatte sich verschlossen. Ende Gelände.

Gähnend schlürfte Gina heißen Kaffee und sah ihn dabei an, als erwarte sie eine Antwort auf eine nicht gestellte Frage. Schließlich schüttelte sie den Kopf. »Das tote Mädchen lässt dich nicht los. Wir fahren also nicht.« Kein Vorwurf, sondern eine Feststellung. Auch sie arbeitete bei der Mordkommission und wusste, wie quälend es sein konnte, wenn wichtige Details in einem Fall unklar waren. Ihre Fähigkeit, seine Mimik zu dechiffrieren, als lägen seine Gedanken offen zutage, rührte ihn wie schon oft. War er so durchschaubar? Offenbar.

»Für diesen Gewaltexzess muss es einen Grund geben. Da steckt mehr dahinter als verletzte Gefühle. Mit etwas Glück gelingt es Meo, die SMS von Bastis Handy wiederherzustellen. Dann erfahren wir hoffentlich mehr.«

Gina schob eine Haarsträhne hinters Ohr. »Wieso soll die Abfuhr nicht der Auslöser gewesen sein? Niedrige Frustrationstoleranz. Das kommt bei Jugendlichen immer häufiger vor. Schlechte Kinderstube und hohe Erwartungen, gepaart mit wenig Selbstwertgefühl und großem Ego. Die Früchte dieser Nichterziehung werden wir in den kommenden Jahren erst noch ernten. Was ist das für ein Junge?«

»Das ist es ja. Er ist höflich, gebildet, ein guter Schüler. In einem Jahr hätte er Abitur machen können. Es sah so aus, als hätte er es geschafft.« Dühnfort verstand es nicht. Basti hatte so viel erreicht und alles zunichtegemacht. »Seine Startvoraussetzungen ins Leben waren denkbar schlecht. Nach der Geburt wurde er in einer Babyklappe abgegeben. Mit einem Jahr kam er zu Adoptiveltern. Die kamen ums Leben, als ihr Auto bei einem Auffahrunfall in Flammen aufging. Da war er sechs. Danach wuchs er bei der Oma auf, bis auch sie starb. Seither lebt er bei einer Pflegefamilie.«

»Das ist ja ein Albtraum.«

»Und trotzdem ist es Basti gelungen, das Beste daraus zu machen. Und nun das. Ich verstehe es nicht. Vielleicht kann seine Freundin mir einen Hinweis geben, was da wirklich passiert ist.«

Basti war seit drei Jahren mit Liz Weigelt zusammen. Dühnfort hatte sich gestern nur kurz mit ihr unterhalten, denn auf der Party an der Isar war sie nicht gewesen. Während des Gesprächs hatte er den Eindruck gewonnen, dass sie ein vom Wohlstand verwahrlostes Mädchen war, dem es an nichts fehlte, außer an der Liebe der Eltern. Sie betrieben einen Cateringservice für Münchens Bussigesellschaft und brachten kaum Interesse für ihre Tochter auf.

»Du meinst, seine Freundin tunkt ihn rein?« Skeptisch zog Gina die Brauen hoch.

»Ich will mir ein Bild machen. Bastis Pflegeeltern sagen, er und Liz würden wie die Kletten zusammenhängen. Seit drei Jahren. Ihnen ist das zu eng. Sie wünschen sich schon lange, dass er einen Ausbruchversuch unternimmt. Aber eigentlich ist es verständlich. Bei Liz hat Basti gefunden, wonach wir alle suchen, er aber ganz besonders: Liebe und das Gefühl, zu jemandem zu gehören. Auch an ihrer Schule gelten die beiden als das Traumpaar schlechthin. Große Liebe. Ewige Treue.«

»Und dieser strahlende Märchenprinz will was von Noemi, die auf der Party ist, während Liz nicht da ist? Klingt nach Beziehungskrise, nicht nach Traumpaar, und passt eigentlich zu Bastis Aussage. Er wollte. Sie nicht.«

»Sie wollte eigentlich auch. Basti und Noemi sind Mitglieder desselben Klettervereins. Bei einem Vereinsfest vor zwei Wochen hat er sie geküsst. Das hat er mir erzählt und sie ihrer Freundin Kathi. Noemi hat es gefallen. Sie war offenbar in Basti verliebt. Warum hätte sie ihn zurückweisen sollen? Ich muss mit Liz reden.«

»Dann mach das. Ich suche inzwischen die Segelsachen zusammen. Mittags ist die Autobahn sicher wieder leer.«

Kurz vor neun saß Dühnfort im Wintergarten der Familie Weigelt und wartete auf Liz. Jenseits der Fenster funkelte das Wasser im Pool türkisblau. Diesseits vermittelten Loommöbel Loungeflair. Eine SMS seiner Kollegin Kirsten ging ein. *Bin auf was gestoßen. Nehme mir jetzt Bastis Kumpel Tom vor.*

In Begleitung ihrer Mutter kam Liz herein. Sie trug einen Schlafanzug mit Shorts, nahm schlaftrunken im Sessel Platz und streifte Dühnfort mit einem flüchtigen Blick. In der einen Hand ein iPhone, mit dem sie ihre Nachrichten checkte – offenbar gab es keine neuen, denn ein verärgerter Zug grub sich in ihre Mundwinkel –, in der anderen einen Becher Latte macchiato. Sie war hübsch. Schlank und groß. Sonnengebräunte Haut. Ein ebenmäßiges Gesicht. Die blonden Haare hatte sie zu einem Pferdeschwanz zusammengefasst. Ohne Make-up sah sie so alt aus, wie sie war. Siebzehn. »Ich muss los«, sagte Liz' Mutter. »Das Catering für die Geburtstagsfeier von Mani Meister steht an. Sie wissen schon, der Fernsehmoderator. Mein Mann wartet in der Firma. Wochenende ist ein Fremdwort für uns.«

Liz war minderjährig und hatte Anspruch darauf, dass ihre Eltern bei der Zeugenbefragung anwesend waren oder einen Vertreter bestimmten. Dühnfort wies darauf hin. Doch Liz' Mutter wiegelte ab. »Nicht nötig. Liz war nicht auf der Party.« Ein Blick auf die Uhr. »Du machst das schon, Schatz. Ich vertraue dir.« Weg war sie. Für einen Moment entglitten Liz die Gesichtszüge. Fassungslosigkeit, Trotz, Wut wechselten sich in rasender Folge ab, bis sie zum Handy griff, wie nach einem Anker. Dühnfort sah ihr an, was sie dachte. *Der gehe ich völlig am Arsch vorbei.*

»Du wartest auf eine Nachricht von Basti, oder?«

Ein Schulterzucken war die Antwort.

»Er kann dir keine SMS schicken. Er hat derzeit kein Handy.« Dühnfort begann, sich an die Wahrheit heranzutasten, und kam schließlich zum entscheidenden Punkt. »Basti hat den Mord an Noemi gestanden. Er befindet sich in U-Haft.«

»Quatsch. Basti doch nicht.« Ihrem Widerspruch fehlte es an Kraft. Er kam halbherzig. Ihr Blick hielt nicht stand. Interessant.

»Wir haben sein Geständnis. Was glaubst du, warum er das getan hat?«

»Keine Ahnung, warum er solche Geschichten erzählt.«

»Zeugenaussagen und Spurenlage untermauern sein Geständnis«, entgegnete Dühnfort. Es fehlte noch die vollständige Auswertung aller DNA-Spuren. Bisher hatten sie nur die tatrelevanten untersucht, und die stammten von Basti. »Ihr seid seit drei Jahren zusammen. Eine lange Zeit. Gibt es da nicht manchmal Unstimmigkeiten?«

»Unstimmigkeiten?« Ihr Mund verzog sich, als habe Dühnfort ein unflätiges Wort benutzt.

»Streit? Eifersucht? Etwas in der Art.«

»Wir lieben uns.«

Dafür reagierst du aber ganz schön gelassen auf seine Verhaftung, dachte Dühnfort. War dieses Mädchen überhaupt zu tief gehenden Gefühlen fähig? Oder war diese Coolness nur gespielt?

»Kennst du Noemi?«

Liz' Hand schloss sich fester um das iPhone. »Ich weiß, wer sie ist, aber ich habe sie nie gesehen.«

»Wollte Basti sich ihretwegen von dir trennen? Hatte er sich in sie verliebt?«

Fasziniert beobachtete Dühnfort, wie sich das eben noch weiche, beinahe kindliche Gesicht verwandelte und einen harten Zug bekam. »Basti liebt nur mich. Und ich liebe nur ihn. Wir gehören zusammen wie Ying und Yang. Zwei Teile eines Ganzen.«

»Ihr seid also Seelenverwandte, unzertrennlich gewissermaßen?«

»So ist es.« Sie entspannte sich wieder und lehnte sich zurück. Zeit, sie aus der Reserve zu locken. »Warum knutscht er dann mit Noemi rum?«

»Tut er nicht. Das hat Noemi sich wohl gewünscht.«

»Hat er doch getan. Hat er mir selbst gesagt.«

»Er hat sie nicht geküsst und er hat sie nicht umgebracht. Und wenn doch, dann hat sie ihn provoziert. Dann ist sie selbst schuld. Vielleicht war er auf Speed oder hat sonst was eingeworfen.« Liz griff nach ihrem Pferdeschwanz und unterzog die Haarspitzen einer eingehenden Prüfung.

Selbst schuld! In Dühnfort stieg Ärger auf. Dieses verzogene Gör besaß so viel Empathie wie ihr Smartphone. Er unternahm einen weiteren Versuch. Sie gab sich weiter cool und schien völlig ungerührt von Noemis Tod. Hier kam er nicht weiter. Er brauchte eine Idee. Sein Handy klingelte. Kirstens Name erschien im Display.

»Hallo Tino. Hast du eine Minute für mich?«

»Ich unterhalte mich gerade mit Liz.«

»Wie passend. Die Kleine hat es in sich. Bastis Kumpel Tom hat mir gerade ein Handyvideo gezeigt ... diese Kids. Ich frage mich, was mit denen los ist. Gucken zu und halten das Handy drauf, anstatt einzugreifen. Rate mal, wie Liz darauf reagiert hat, als sie erfuhr, dass Basti fremdknutscht.«

Dühnfort beobachtete Liz. Sie trank Kaffee und blickte dabei aus dem Fenster. »Anscheinend ungewöhnlich.«

»Kann man so sagen. Sie hat ihn verprügelt. Also richtig verprügelt. Wir reden hier nicht von einer Ohrfeige, sondern von Tritten und Schlägen. Offenbar fühlte sie sich von ihm tief gedemütigt. Ein narzisstisches Persönchen, wenn du mich fragst. Die kennt nur sich und ihre Gefühle und kann mit Kränkungen nicht angemessen umgehen. Ich schicke dir die Datei.«

»Danke.« Dühnfort legte auf. Man sollte sich ihr Alibi

mal genau ansehen, dachte er. Sie spürte seinen Blick und sah ihn an.

Keine Frage, der Grund für Noemis Tod lag in dieser Beziehung: Basti, der seit seiner Geburt ein schweres Päckchen namens *Verlust* mit sich herumschleppte und sich nach nichts mehr sehnte als nach Liebe, und Liz, die ebenfalls nicht geliebt wurde. Außer von Basti und sich selbst.

Hier kam er nicht weiter. Die Atmosphäre im Präsidium würde hoffentlich mehr Eindruck auf Liz machen. Dühnfort steckte das Handy ein. »Ich würde unsere Unterhaltung gerne in meinem Büro fortsetzen. In einer Stunde. Und bitte bringe deine Mutter oder deinen Vater mit. Das ist dein Recht und ich möchte, dass du es wahrnimmst.«

*

Über der Stadt lag eine träge Sonntagmorgenruhe. Kaum Verkehr, vereinzelt Touristen, die durch die Straßen schlenderten. Sein Handy signalisierte den Eingang einer SMS. Dühnfort stoppte am Straßenrand und klickte den Link zum Video an, den Kirsten gesendet hatte. Basti wehrte sich nicht. Schützend hielt er die Arme über den Kopf, während Liz' Fäuste auf ihn niedergingen, ihre Tritte ihn trafen. Weshalb erduldete er das? Warum log Liz?

War Noemi in einem Hagel von Schlägen und Tritten gestorben, weil sie sich von Basti auf der Vereinsfeier hatte küssen lassen? War sie in seiner Wahrnehmung schuld daran, dass Liz auf ihn wütend war, vielleicht sogar mit Trennung drohte? Hatte er an Noemi weitergegeben, was er von Liz bekommen hatte, nur tausendfach mehr? War das denkbar?

Nur wenn Bastis Angst vor Verlust so groß war, dass er glaubte, ohne Liz nicht sein zu können. Dann könnte er versucht haben, auf diese Weise den Verrat an ihr zu tilgen.

Im Büro angekommen, fuhr Dühnfort den PC hoch und

entdeckte dabei neue Unterlagen im Eingangskorb. Es waren Ausdrucke sämtlicher SMS von Bastis Handy. Meo war es gelungen, sie wiederherzustellen. Er las sie, bis Liz erschien. Sie kam ohne ihre Eltern. »Zu beschäftigt. Ich kriege das allein hin, meinen Mom und Dad.« Das sagte sie scheinbar leichthin. Doch er hörte den bitteren Unterton. *Ich bin total unwichtig für sie. Sie lieben mich nicht. Ich bin nichts wert.* Basti und Liz. Ying und Yang. Zwei verletzte Kinderseelen, die sich aneinanderklammerten und zu einer schrecklichen Symbiose gefunden hatten. *Beweis mir deine Liebe.*

Zorn kroch in ihm hoch. Er griff zum Telefon und wählte die Nummer von Theresa Weigelt. »Dühnfort. Sie oder Ihr Mann bewegen jetzt Ihren Arsch hierher. Ich werde Ihre Tochter als Beschuldigte vernehmen. Und bringen Sie einen Anwalt mit.«

»Das ist ja lächerlich. Liz war mit uns in Regensburg auf der Hochzeit ihrer Cousine.«

»Anstiftung zum Mord. Darum geht es.« Dühnfort legte auf und griff nach dem Ausdruck einer SMS von Liz. *Beweis mir deine Liebe. Bring sie um! Sonst trenne ich mich für immer von dir.* Es war die letzte von einem knappen Dutzend Kurznachrichten.

Liz' Teint wurde fahl, ihre Augen weiteten sich vor Schreck. Offensichtlich hatte sie nicht damit gerechnet, dass sich gelöschte SMS wiederherstellen ließen.

»Ich habe das doch nicht ernst gemeint«, stotterte sie. »Ein Spaß. Ich habe doch nicht gedacht, dass er das tut. Ich habe ihm das gar nicht zugetraut. Ich wollte doch nur, dass er mich nicht mehr mag und Schluss macht. Doch das hat er nicht, obwohl ich ihn beleidigt und geschlagen habe.«

Ich. Ich. Ich. Dühnfort zog einen Ausdruck hervor. »*Love you so! For ever!* Deine Antwort auf seine SMS: *Alles ist wieder gut!* Diese SMS hat Basti dir Samstagnacht kurz nach halb drei geschickt. Zu diesem Zeitpunkt verblutete Noemi keine dreihundert Meter entfernt im Unterholz.«

Dühnfort wollte keine Ausflüchte hören, keine Rechtfertigungen, keine Lügen. Entnervt schnitt er Liz das Wort ab, als sie damit anfing. »Du hältst jetzt den Mund, bis deine Eltern mit einem Anwalt hier sind.« Er ließ sie von zwei Schutzpolizisten in den Vernehmungsraum bringen.

Fünf Stunden später verließ er ihn wieder, räumte seinen Schreibtisch auf und ging. Als er vor das Eingangsportal trat, war es später Nachmittag. Gina wartete mit ihrem roten Golf auf dem Parkplatz. Er stieg ein und gab ihr einen Kuss.

»Besser spät als gar nicht«, meinte sie. »Antizyklisches Verhalten hat was für sich. Jetzt werden wir sicher nicht im Stau stehen. Die meisten fahren schon wieder zurück.«

Während der Fahrt wollten ihm die Bilder nicht aus dem Kopf gehen. Noemis deformierter Brustkorb. Der von Hämatomen übersäte Oberkörper. Die Nacktschnecke, die über das offene Auge kroch. *Ich würde alles für dich tun*, hatte Basti an Liz geschrieben. *Einfach alles!* Dühnfort fragte sich, ob die Tat zu verhindern gewesen wäre, wenn jemand die destruktiven Zeichen dieser fatalen Beziehung erkannt hätte. Wenn Liz' Eltern in der Lage gewesen wären, ihre Tochter zu lieben. Wenn es Basti gelungen wäre, von ihr loszukommen.

»Du grübelst wieder«, sagte Gina.

Ja, das tat er. Eine Eigenart von ihm. Die Sonne stand schon tief über dem Horizont. Einen Moment brauchte er noch, um umzuschalten. »Gib mir noch ein paar Minuten. Dann bin ich ganz bei dir.«

Steckbrief

Name: Konstantin »Tino« Dühnfort
Alter: 43 Jahre. Geboren in Hamburg
Größe: Unbekannt
Gewicht: Auf alle Fälle ein wenig zu viel. Tino hat ein kleines Bäuchlein, das eine Exfreundin gerne als Gourmet-Sixpack bezeichnete.
Augenfarbe: Graugrün
Eltern: Alexander Dühnfort, prominenter Strafverteidiger in Hamburg. Inzwischen im Ruhestand. Rita Dühnfort, erfolgreiche Malerin, lebt seit der Scheidung vor achtundzwanzig Jahren mit ihrem neuen Partner im Elsass.
Geschwister: Julius Dühnfort. Hat mittlerweile die Kanzlei des Vaters übernommen.
Familienstand: In einer Beziehung mit seiner ehemaligen Kollegin Gina Angelucci
Beruf: Kriminalhauptkommissar und Leiter einer Mordkommission in München
Unverzichtbar: Die tägliche Überdosis Espresso, am liebsten mit Dark Muscovado Sugar gesüßt und dazu eine Rippe schwarze Schokolade mit mindestens achtzig Prozent Kakaoanteil. Der kleine Abstecher auf dem Weg zur oder von der Arbeit über den Alten Südfriedhof, auf den Tino von seinem Küchenbalkon aus blicken kann. Das Wort »Merde« anstelle von »Scheiße«. Das liegt an der noch immer nachwirkenden guten Erziehung. Und abends ein Glas trockener Weißwein. Manchmal auch zwei oder drei.
Träume: Noch unerfüllt, doch in greifbare Nähe gerückt: Dühnfort wünscht sich nichts sehnlicher, als Vater zu werden, und hat mit Gina endlich die Frau gefunden, die diesen Wunsch teilt. Außerdem: Einmal mit der Sissi – seinem

Folckeboot, das er umtaufen will, seit er es vor Jahren gebraucht gekauft hat – durch den Ärmelkanal bis zu den Ile d'Ouessant segeln.

Hobbys: Segeln und Fast Food. Wobei Dühnfort unter Fast Food etwas anderes versteht, als allgemein angenommen. Er kocht gerne und gut. Nur schnell muss es gehen.

Naturell: Dühnfort ist ein Grübler mit einer durchaus melancholischen Seite, die er gelegentlich hegt und pflegt. Er glaubt an Recht und Gerechtigkeit und hält sich an die Regeln, was zu gelegentlichen Zusammenstößen mit seinem Kollegen Alois führt, der es damit nicht so genau nimmt, und auch mit seiner Partnerin Gina, die im neuesten Fall Gesetze sehr großzügig auslegt. An ihr liebt er die unkomplizierte Art, die Leichtigkeit, mit der sie das Leben nimmt, die Ernsthaftigkeit, mit der sie ihren Beruf ausfüllt, und den Apfelduft, der manchmal aus ihrer Halsbeuge aufsteigt und von dem er noch immer nicht weiß, woher er stammt. Jedenfalls nicht vom Shampoo oder Duschgel.

Als Ermittler ist Dühnfort gründlich und beharrlich. Gelegentlich räumt er seinen Bauchgefühlen ebenso viel Raum ein wie den Fakten, was häufiger zu Irritationen im Team führt. Eigentlich ist er ein Teamplayer, doch es kommt vor, dass er sich absondert und seinem eigenen Weg folgt.

Musikgeschmack: Querbeet. Allerlei zwischen Bob Dylan und Brahms, Henryk Gorecki und Norah Jones

Auto: Ein uralter Volvo Kombi

Sport: Na ja. Die guten Vorsätze sind da, werden aber zu selten in die Tat umgesetzt.

Wichtigster Charakterzug: Beharrlichkeit

Thomas Raab Des Metzgers Triebe

Manche Wahrheit ist so schwerwiegend, so bitter und kann an die Oberfläche gebracht dermaßen viel Schaden anrichten, da gleicht ein Lügner allein des Lügens wegen einem Ehrenmann. Willibald Adrian Metzger hat es ja mit der Aufrichtigkeit ansonsten eher wie mit einem schweren Magen-Darm-Infekt: Zurückhaltung unmöglich. Diesmal aber wird er sich um des Märchens willen in Schweigen hüllen bis ans Ende seiner Tage.

Es war ein herrlicher Nachmittag, inmitten der im Prinzip thematisch gar nicht so herrlichen Karwoche. Ein althochdeutsches »Kara«, sprich Klagen, Trauern und nicht zu vergessen Fasten, stand mit einer gar heimtückischen Unterschwelligkeit auf dem Programm. Unterschwellig, weil derartige Rituale heute beinah so verbreitet sind wie die Keuschheit bis zur Eheschließung, wie die Aufbahrung der Toten in belebten Wohnzimmern. Heimtückisch, weil sich spätestens in Anbetracht des Fernsehprogramms und der völlig überraschenden Wiederholung des Schinkens *Ben Hur* zumindest kurz so ein besinnliches: »Schinken? Eigentlich sollte ich den doch weglassen, samt der Schoko und dem Schnaps?«, hochwürgt. Natürlich vorausgesetzt man hockt auch vor der Glotze.

Knallt allerdings die Sonne herunter, als wär es Mitte Juni, kann selbst ein Flachbildschirm samt hochaufgelöstem, eingeölt knackigem Charlton Heston baden gehen, vom Minimalbesinnungsanflug ganz zu schweigen.

Nur kurz war er auf die Straße gegangen, der Metzger,

um auf dem Bauernmarkt, der wöchentlich den kleinen Platz zwei Ecken hinter seiner Werkstatt sowohl kulinarisch als auch floristisch in Beschlag nimmt, ein schnelles Abendbrot zu erstehen, sprich ein Stück kalten Schweinsbraten mit frisch geriebenem Kren, dazu ein Stück Kümmelbraten mit Senf, alles mit Schwarzbrot und klarerweise einem Viertel Rot. Zugegeben keine leichte Kost. Andererseits: Wenn der hierzulande vielleicht noch am ehesten der katholischen Tradition verbundene Bauernstand – Stand nicht im Sinne von Marktstand, sondern sozialer Gruppierung – justament in der Karwoche Braten, Geselchtes, Blunzen und Speck feilbietet, kann selbiges wohl auch ruhigen Gewissens konsumiert werden.

Jedenfalls schien es dem Metzger, wie er da so an einem Schwartel kaute, als hätte er in seiner Werkstatt vor lauter Arbeit ein paar Monate verschlafen. Leichte Schweißesnässe beglückte das Innenfutter seines warmen Wintersakkos, während sich der Großteil der anwesenden Menschen offenbar längst ihrer hormonellen Winterstarre samt der entsprechenden Vollwärmeschutz-Außenfassade entledigt hatte und demzufolge ganz im Sinne der aktuellen Mode über den Marktplatz lustwandelte, sprich kurzärmelig, eng anliegend, tailliert, weit ausgeschnitten. Folglich herrschte eine Stimmung wie beim Maibaum-Aufstellen. Und aufgestellt hat sich da wohl jede Menge, was von den Tulpenköpfen der Blumenhändlerin des gegenüberliegenden Standes nicht behauptet werden konnte. Traurig äugten sie anstatt gen blauen Himmel auf den grauen Asphalt. Das hängende Haupt der Blumenhändlerin dahinter schien aus Solidaritätsgründen diese Haltung kopieren zu wollen, oder war es umgekehrt? Egal. Jedenfalls musste der Metzger da nicht lange hinsehen, um den Verdacht zu hegen, im Vergleich zu dieser Dame könnte in den Blumen zumindest doch ein Funken an Leben stecken.

Dahinter, noch hüllenloser als die Menschen rundum,

abgestorbene blattlose Zweige eines Weidenbaumes. Herrlich geschwungen, schön anzusehen, wenn auch mit deprimierender Botschaft. Nein, sich dürres Geäst aus Dekorationsgründen in die Wohnung zu stellen, käme dem Restaurator Willibald Adrian Metzger nicht in den Sinn. Wenn schon totes Holz, dann bitte als anständige Kommode.

Unanständig wurde in gewisser Weise nur der Metzger selbst, wenn auch unbeabsichtigt, denn keine drei Minuten benötigte er, um sich seines Verdachtes anzunehmen und die scheinbar leblose Blumenfrau aus der Nähe zu begutachten. Ohne eine Regung saß sie in ihrem Klappstuhl, einen Plastikbecher in der Hand, einen Pappteller mit Senfresten auf ihrem Schoß.

Ein leises Wort: »Hallo, alles in Ordnung?«, ein besorgtes zartes Anstupsen, ein bestimmtes Über-den-Rücken-Streicheln, dann ein durchaus rohes Durchschütteln, schließlich die gelungene Reanimation: »Was is mit Ihnen, was betaschen S' mich im Schlaf, sind S' gamsig vor lauter Frühling. Oder wollen S' was kaufen?«

»Etwas kaufen!«, eilte das Mundwerk des Metzgers dem dazugehörigen Hirn voraus.

»Und?«, war die Frage, auf die der Metzger in Anbetracht der Steppenlandschaft vor seinen Augen keine Antwort zusammenbrachte. Alles, was hier tatsächlich einem Grün entsprach, war das Grün des gerade ablaufenden Gründonnerstages.

Ein wenig so, als stünde die Verbildlichung geistiger Umnachtung vor ihr, starrte die Dame ihre Kundschaft an. »Also, für wenn soll's denn sein?«, wurde Hilfe angeboten.

»Für, für …!« Nichts, aber auch nichts in diesem Blumenladen eignete sich dazu, an lieb gewonnene Menschen verschenkt zu werden.

»Na, nach Blumenflüsterer sehn Sie mir ja nicht grad aus! Nehmen S' am besten die Weidenäste, die sind schon tot!«, wurde der Metzger nicht weiter gefragt, mit einem fast zwei Meter hohen Geäst beglückt, um fünfzehn Euro erleichtert und von dannen geschickt – was in seinem Fall Biobauer gegenüber und ein weiteres Viertel Rot bedeutete.

Wie kann ein Mensch trotz sperrangelweit geöffnetem Marktstand nur so tief wegdösen, wunderte er sich noch durchaus beruhigt über die Unversehrtheit der Dame.

Mit zwei Viertel Rot im Blut, einem halben Baum im Schlepptau und reichlich Schwein im Magen mühte er sich wenig später auf ziemlich wackeligen Beinen zurück in seine Werkstatt, sperrte die Tür auf, öffnete diese, des Gestrüpps in seinen Händen wegen, mit dem Ellbogen, steckte die Äste in einen zufällig mit Wasser gefüllten Kübel, betrachtete das von ihm seit langem bearbeitete Werkstück, ein Holzkreuz samt herrlich geschnitztem, erfrischend freundlich dreinblickendem Gekreuzigtem, betrachtete die Chaiselongue im hinteren Teil des so hitzigen Gewölbekellers und wusste auf Anhieb, was zu tun sei. Irgendwie selig fühlte er sich. Da kannte er allerdings den Kurti Weirich und die liebe Frau Ursula Stassni noch nicht.

Das war vor exakt sechs Stunden. Jetzt ist es kurz vor Mitternacht.

Kurti Weirich ist zwar erst acht Jahre alt und weiß trotzdem: Das gehört sich nicht.

Nur meine Güte, was wäre dieses Leben für ein Leben, wenn jeder immer nur genau das triebe, was sich gehört.

Die Triebe betreffend wäre das in Kurtis Fall genau gar kein Leben, denn Kurtis Mama Gudrun und Kurtis Papa Herbert waren zum Zeitpunkt seiner Zeugung nicht verheiratet, und Kurtis Lehrerin, die zarte Frau Stassni Ursula, hatte in einer der vergangenen Unterrichtsstunden erklärt, Mann und Frau dürften sich vor der Ehe maximal ein Bussi geben – wobei sie sich da selbst natürlich als Ausnahme sah.

»Dann bin ich durch Küssen entstanden!«, gab Kurti

Weirich vor versammelter Klasse zum Besten und löste Gelächter aus. Jetzt allerdings muss er aufgeregt und alles andere als belustigt an Hannah Leitner denken, die es sich trotz seiner unbeteiligten Erstarrung nicht hatte nehmen lassen, ihm gestern genau hier, unter dem Dach der Busstation, einen feuchten Kuss auf die Lippen zu drücken. Irgendwie grauslich und schön gleichzeitig war das, und was wäre erst passiert, hätte sich Kurti bewegt? Nicht auszudenken. Dennoch, aufgeregt ist Kurti nicht aus Angst, nun mit Hannah, still und heimlich wie das stumme zweite »h« in ihrem Namen, ein Kind zu bekommen, sondern weil er normalerweise untertags bei der Busstation steht, und nicht, so wie jetzt, kurz vor Mitternacht.

Heute aber ist alles anderes, denn heute vor zwei Tagen ist Kurtis Großvater, der Werner-Opa, gestorben, und gestern schon ist dank Kurtis Papa Herbert der liebe Werner-Opa beerdigt worden, denn Kurtis Papa ist Bestatter.

»Nein, bei uns Katholiken kann das natürlich nicht genauso selbstverständlich in vierundzwanzig Stunden über die Bühne gehen wie in anderen Religionen!«, hat er erklärt: »Bei uns warten die mit dem Eingraben, bis selbst die gepflegteste Leich zum Stinken anfängt, wie hundert Paar Wandersocken auf einmal. Aber das passiert dem Vater nicht, nein, das passiert dem garantiert nicht!«

So also musste der Werner-Opa dank der persönlichen Kontakte innerhalb seiner Familie keine vierundzwanzig Stunden warten, um ihn endlich endgültig haben zu dürfen, den ewigen Frieden. Und genau darum steht Kurti Weirich nun auch auf dem Dach des Busstationshäuschens, von dem aus man so wunderbar über die Friedhofsmauer springen kann.

Die zarte Frau Stassni nämlich ließ es sich in einem Anfall von Mitgefühl am Tag der Beerdigung nicht nehmen, vor der ganze Klasse dem in der hintersten Bankreihe niedergeschlagen sitzenden Kurti zu erläutern, es werde alles wieder gut und er müsse sich keine Sorgen machen, denn immerhin wäre doch gerade die Karwoche, an deren Ende die Frohbotschaft des Christentums schlechthin stünde, nämlich die Geschichte mit der Auferstehung.

»Und warum hängt dann überall nur so ein schiaches Kreuz herum, wenn da eigentlich noch was kommen soll und hinten raus eh alles wieder gut wird? Da muss man sich ja mehr fürchten als freuen!«, konnte sich Kurti Weirich nicht verkneifen, worauf die Frau Stassni keine Antwort wusste und sich, wie das eben immer ist, wenn einer keine Antwort weiß, wiederholte: »Und am dritten Tag nach seinem Tod ist Jesus Christus auferstanden, am dritten Tag.«

»Und der Opa ersteht auch auf, oder was? Na, das schau ich mir aber an!«, schoss es aus Kurti heraus, was nichts an der Ratlosigkeit der Frau Stassni änderte, ganz im Gegenteil. Also Wiederholung der Wiederholung: »Am dritten Tag!«, flüsterte sie.

Das hat er sich gemerkt, der Kurti Weirich.

Heute also, haargenau um Mitternacht, beginnt dieser dritte, dem Tod seines Großvaters folgende Tag, folglich will der kleine Bengel auch mit dem Glockenschlag der Turmuhr vor dem Grab seines Großvaters stehen und so lange warten, bis der Werner-Opa endlich herauskommt und er ihm endgültig Lebwohl sagen kann. Das mit dem Sterben und dem Lebwohlsagen ist nämlich eine jener Geschichten, die sich genauso rechtzeitig ausgehen wie die Deckelung eines Fremdwährungskredites oder die Kochdauer eines weichen Eies. Furchtbar hart und unerledigt wird das meistens.

Ziemlich erledigt hingegen fühlt sich der von seiner Chaiselongue gerollte Metzger, denn hart war der Aufschlag, mit dem ihm, von einem Rumpeln in der Werkstatt geweckt, der Steinboden in Empfang nahm. Wenigstens weiß er, wem vorhin die Blumenhändlerin zum Opfer gefallen war: Nie wieder den Hauswein eines Biobauern im Dienst, schwört er sich, dagegen ist jedes Schlafmittel ähnlich effektiv wie das Placebo namens Baldrian. Ja und Schwein gehabt hat der Restaurator nur in Bratenform, denn das Poltern in der Werkstatt kam nicht von ungefähr. Offen steht die Tür, wahrscheinlich schon die ganze Zeit, und wer für das Öffnen zuständig war, ist ihm bekannt, denn zugesperrt hat er seinen Gewölbekeller mit all dem Buschwerk in seinen Armen vorhin nicht mehr. Und genau dieses Buschwerk liegt nun inmitten seiner Werkstatt.

Der hölzerne Jesus hingegen liegt nirgendwo, weder auf der Werkbank noch dem dazugehörigen Kreuz. Leer sind die beiden Balken des Todes, verschwunden, von seiner Marter befreit, ist Jesus Christus. Eines steht jedenfalls fest: Davongelaufen wird er nicht sein, zumindest nicht alleine. Lange bleibt der Metzger folglich vor seinem Sofa nicht liegen. Schwer fällt ihm das Aufsteigen mit noch lahmem Kreislauf, das Übersteigen der vor ihm ausgebreiteten Weidenzweige, das Besteigen der paar Stufen hinauf zur Straße. Mit Blick auf die Parkanlage gegenüber seiner Werkstatt aber durchflutet ihn schlagartig eine fast gedankenlose Leichtigkeit, alles nur auf ein Ziel fokussiert: die in einem schwarzen Anzug steckende, zierliche und vor allem wieselflink über die Wiese huschende Person, in der Hand der geschnitzte Gottessohn. In höchst sportlicher Manier wird sich da durch die Nacht bewegt, der gemäß Körpermasseindex adipöse Metzger bräuchte erst gar nicht auf den Gedanken kommen, die Verfolgung aufnehmen zu wollen. Nur, wie gesagt, der Metzger denkt nicht, sondern folgt seinem Instinkt. Somit folgt er auch dem Dieb, der sukzessive den Abstand zu ihm vergrößert, nicht wissentlich, versteht sich. Entspannt setzt dieser einen Fuß vor den anderen. Davonlaufen sieht anders aus, keine Spur von: Ich habe gestohlen und sollte mich schleunigst aus dem Staub machen. Gemütlich gejoggt wird da, Willibald Adrian Metzger hingegen ringt dieses Tempo einen Dauersprint ab. Es geht hinaus aus dem Park, dann nach rechts. So weit nach rechts, dem Metzger wird selbst aus Distanz ein Einblick in das Profil seines Räubers gewährt, was gewiss auch an der erheblichen Auswölbung im Brustbereich liegen mag. Und jetzt rumort es in seinem Hirn: eine Frau? Eine Frau in schwarzem Hosenanzug? Da gleicht der Frauenanteil in der Riege überführter Verbrecher ohnedies der Besetzungsliste aller Führungsposten im Lande, und dann verirrt sich justament ein weibliches Wesen mit krimineller Absicht in seine Werkstatt, um einen hölzernen Gottessohn ohne Kreuz zu stehlen? Wie absurd ist das denn? Nur, das weiß der Metzger, ist ja der Mensch, so wie er mit großer Beharrlichkeit den eigenen Untergang vorantreibt, schon an sich absurd, um nicht zu sagen völlig vertrottelt.

Beharrlich jedenfalls ist der Restaurator, vor allem, wenn sich erst einmal etwas in dem dazugehörigen Dickschädel festgesetzt hat. Also läuft er, so gut seine mittlerweile brennenden Fußsohlen ihn tragen. Schweinslederschuhe sind eben keine Spikes. Ja, und auch in puncto Untergang findet er ganz seiner eigenen Spezies entsprechend Erfüllung, denn nach fünfminütigem, schweißtreibendem Lauf erklimmt die Dame mit einer Leichtigkeit das Gemäuer eines Friedhofes, als wär sie das Mitglied eines Einsatz-Sonderkommandos.

Jetzt, wo er da mit dem Wissen, nur noch über die vor ihm ein kurzes Stück emporragende Friedhofsmauer springen zu müssen, auf dem Blechdach der Busstation steht, bekommt Kurti Weirich doch ein wenig weiche Knie. Hoch sieht das alles aus von da heroben, höher noch als das Einmeterbrett draußen am Baggersee. Aber hier, hier sieht er gar nichts, der Kurti Weirich, nur die Mauer, die Finsternis und das Wissen: Es wird auf der anderen Seite garantiert abwärtsgehen, und zwar mehr als einen Meter. Zwei Meter fünfzig genau.

Nichts hat sich geändert. Genauso kläglich, wie der Metzger während seiner Schulzeit an der Aufgabenstellung Kastenturnen gescheitert war, scheitert er nun an den zwei Meter fünfzig. Sinnlos, es erneut zu versuchen, wenn bereits beim ersten Mal aufgrund des Winkels der Armbeuge nicht einmal ansatzweise zu erkennen ist, dass dies ein Klimmzug werden soll. Also was tun? Weiterlaufen, die Mauer entlang, bis endlich das doppelflügelige schmiedeeiserne Tor erscheint, mit seinen beiden im Boden steckenden Verankerungsbolzen. Nur ein simpler Handgriff, ein Hochziehen dieser Bolzen, ein etwas stärkerer Druck und spielend öffnet sich das Tor ganz ohne Schlüssel.

»Wird mich der Werner-Opi überhaupt erkennen können, wenn er sich da erst herausgegraben hat, das Gesicht, die Hände, den ganzen Anzug voll Erde, und sich auf den Weg macht, auferstehen zu wollen?«, geht es dem von großen Zweifeln geplagten Kurti durchs Gemüt.

Ein Weilchen fühlt er sich, als wäre er festgewachsen, dann läuten die Kirchenglocken. Mitternacht. Zwölf Glockenschläge und mit einem Mal scheint es dem kleinen Kurti, neben seiner Angst säßen ihm jetzt auch noch Unholde, Vampire oder Werwölfe im Nacken.

»Werner-Opi, hilf mir!«, flüstert er und tut, was zu tun ist.

Extra seine besten Sportschuhe mit der dicksten Gummisohle hat er sich also angezogen, damit die Landung auf der anderen Seite der Mauer nicht zu sehr auf den Fußsohlen brennt. Ein kleiner Anlauf wie beim Kastenturnen, ein seitliches Aufgreifen, ein kurzes Anhocken, Hockwende eben, und ruck, zuck ist er drüben, über der steinernen

Friedhofsmauer. Gar nicht lang dauert die Flugphase und überraschend weich wird die Landung, fast so, als würde er wie immer vor dem Schlafengehen auf seiner Federkernmatratze auf und ab hüpfen. Nur eben mit dem Unterschied: Das Weiche unter ihm gibt kein Quietschen und Knistern, sondern ein lang gezogenes Ächzen von sich. Dann rollt es zur Seite.

Kurti Weirich braucht ein Weilchen, bis sich seine Augen an die Dunkelheit gewöhnen, bis er erkennen kann, nicht auf einem Grab oder Komposthaufen gelandet zu sein, sondern, sondern ... Jetzt muss er gewaltig schlucken, der kleine Kurti, und sich die Augen reiben, um es glauben zu können:

»W-, W-, Werner-Opi?«

Vor ihm ausgebreitet liegt in Bauchlage, umgeben von frischen Kränzen, die Hände, das Gesicht in der Erde, sein Großvater. Schmächtig wie eh und je steckt er in dem extra für die Beerdigung besorgten schwarzen Anzug.

»Opi.« Kurti weiß nicht so recht, was er sagen soll: »Ich, ich wollt mich noch schnell verabschieden, bevor du auferstehst! Opi, hörst du mich?«

Ein Röcheln dringt zu Kurtis Ohren.

»Opi, musst du zum Auferstehen nicht vorher aufstehen, soll ich dir helfen?«

Schwerfällig hebt sich eine Faust aus der Erde, in deren Fingern ein hölzerner Jesus steckt. Ein Jesus ohne Kreuz, stattdessen mit freundlichem Blick.

»Nimm das und freu dich des Lebens, mein Junge. Und hab keine Angst mehr. Mir geht es gut. Und jetzt geh!«, plagen sich ein paar Worte von unten zu Kurti Weirich herauf, dann wandert das Schnitzwerk von der einen in die andere Hand. Und immer noch liegt er da auf seinem Bauch im Erdhaufen, der Großvater.

»Aber Opi ...«

»Geh, hörst du: Geh! Das muss ich jetzt auch: So lieb ich

dich hab, auferstehen klappt nur allein. Aber ich bin bei dir!«

Und dann läuft er, der kleine Kurti Weirich, erfüllt von Schauer und Beglückung zugleich. Er läuft den Schotterweg entlang, in Richtung Tor, den Blick anstatt auf die Kieselsteine auf das sanfte Lächeln im Gesicht des hölzernen Herrgotts gerichtet, was laufenderweise natürlich ins Auge gehen kann beziehungsweise in den Unterleib. Weich ist auch der nächste Aufprall, deutlich weicher noch als gerade eben auf dem Werner-Opi.

»Nonono, wo willst Du denn hin, mitten in der Nacht?«

Willibald Adrian Metzger traut seinen Augen nicht. Vor ihm ein Junge und vor allem: vor ihm sein hölzerner Jesus. Was bitte geschieht hier? Ist er Zeuge einer kriminellen Übergabe, einer von Frau zu Kind. »Wo hast du das Kreuz her?«

»Das ist kein Kreuz, das ist der auferstandene Gottessohn, und den hab ich von meinem Opi bekommen, der dort hinten liegt und selber grad aufersteht und deshalb seine Ruhe braucht.«

»Genau, und die Erde ist eine Scheibe und wenn man bis ans Ende geht, fällt man runter.« Jetzt traut der Metzger zusätzlich zu seinen Augen auch noch seinen Ohren nicht. »Also, wo hast du das Kreuz her?«

Verdutzt sieht ihn der Junge an: »Aber die Erde ist keine Scheibe!«

»Wo du das Kreuz herhast?«

»Von dort hinten bei der Mauer.«

»Wie bei der Mauer?«

»Na, dort, wo der Werner-Opa ist.«

»Sag, willst du mich hier für blöd verkaufen, oder was?«, kann sich der Metzger jetzt nicht verkneifen, reißt dem frechen Burschen das Schnitzwerk aus der Hand und erklärt: »Du marschierst jetzt dort rüber zum Tor, wartest und rührst dich so lange nicht vom Fleck, bis ich wiederkomm, hast du verstanden?«

Wo einbrechen gehen und dann solche Märchen erzählen, da bleibt dann auch dem an sich so friedliebenden Willibald Adrian Metzger nichts anderes mehr übrig, als Strenge walten zu lassen. »Aber mein Jesus, mein Jesus!«, werden dem Jungen die Augen feucht.

Und weg ist er, der Metzger, entzieht sich diesen aus seiner Sicht so gekonnt eingesetzten Krokodilstränen, auf dass er sich etwas anhören kann, der sogenannte Werner-Opa – vorausgesetzt, selbiger hat sich nicht längst weniger vertikal als horizontal verdrückt, von wegen Auferstehung.

Lange muss Willibald Adrian Metzger nicht suchen: An den frischen Kränzen gelehnt sitzt, mit ähnlich hängendem Kopf wie nachmittags zuvor die Blumenhändlerin, sein Kunsträuber.

»Hallo Sie! Warum um Herrgotts willen stehlen Sie mir aus meiner Werkstatt dieses wertvolle Arbeitsstück …?«

»Sie haben es dem Jungen weggenommen?«

Langsam hebt sich der Kopf und der Metzger erstarrt.

»Frau Stassni! Alles in Ordnung? Was treiben Sie hier? Sie holen mitten in der Nacht still und heimlich ihren Holzjesus ab, wo er doch noch gar nicht fertig ist, und bringen ihn auf den Friedhof? Warum? Und dann sind Sie auch noch angezogen wie jemand, der frisch beerdigt wurde!«

»Ich war in der Oper!« Verzweifelte Augen blicken ihm aus dem ermattet wirkenden Gesicht einer seiner Stammkundschaften entgegen. Müde der Ton, kaum wahrnehmbar die Mundbewegungen, mit denen Frau Ursula Stassni nun in leisen, kurzen Sätzen, keine zwei Minuten dauert das, erzählt:

- von ihrem Schüler Kurti Weirich, der seinen Werner-Opa verloren hat und gestern so traurig in der Klasse saß,

- von ihrem Versuch, den Burschen mit der Auferstehungsgeschichte zu trösten,
- von den gar nicht so falschen Dingen, die der Junge daraufhin über das Symbol des Kreuzes und die daran hängenden, so leidend, ja angsteinflößend dreinblickenden Holzfiguren gesagt hätte, und dass da von der Botschaft der Auferstehung aber rein gar nix zu entdecken sei, und dass das eher danach aussehe, als wolle die Kirche ihre Schäfchen lieber zitternd anstatt frohlockend sehen,
- von ihrem Gefühl, der Junge könne womöglich am dritten Tage zum Grab seines Großvaters laufen wollen, um auf ihn zu warten,
- und von ihrer Eingebung: Denn wie sie vorhin in der Verdi-Oper saß und an den Werner-Opa denken musste, war ihr plötzlich der ausnahmsweise so selig dreinblickende Jesus eingefallen, den sie zwecks einer Generalüberholung dem Restaurator Willibald Adrian Metzger überantwortet hatte. Da wusste Sie, wo das alte Familienerbstück in Zukunft hingehört, und zwar ohne Kreuz: nämlich als Trostspender, Hoffnungsbringer und liebevoller Gruß des Werner-Opas zuerst auf dessen Grab und somit in Kurtis Hände, um dem Jungen einen Lichtfunken zu schenken, vielleicht sein ganzes Leben lang.

Schwer geht ihr Atem, immer leiser wird ihre Stimme.

»Ist alles in Ordnung mit Ihnen, Frau Stassni?«

»Ich denk schon! Kann ja keiner wissen, dass der Kurti tatsächlich hier auftaucht, schon um Mitternacht, und auf mich draufhüpft! Jedenfalls darf er nie erfahren, dass ich das war, versprochen? Und jetzt bringen Sie ihm den Jesus, ich besuch noch schnell das Grab meiner Mutter dort bei der Weide!«

»Aber natürlich!«

Ein Lächeln legt sich auf die Lippen der Frau Stassni:

»Bitte gehen Sie, Herr Metzger, bevor der Bursche weg ist! Ich warte so lange dort drüben.«

Und während der Metzger mit dem hölzernen, sozusagen auferstandenen Gottessohn in seiner Hand zurück zu Kurti Weirich läuft, um ihm mitzuteilen, alles wäre gut, flimmert zwischen den Kränzen und Ursula Stassni das für den Werner-Opa gedachte Grablichtlein im rötlichen Schein seiner Plastikumhüllung.

Und auch in Ursula Stassni selbst flimmert etwas. Gewiss, ein Funken Freude darüber, von Kurti Weirich nicht erkannt worden zu sein, wird es schon sein, und auch die Tatsache, durch diesen blöden Zufall genau das getan haben zu können, was eigentlich ihr Wunsch war. Vor allem aber flimmert es in Ursula Stassnis Herzen. Ein an sich gesundes, sportliches Herz, eines, dem noch keine Belastung etwas anhaben konnte. Der wuchtige dumpfe Aufprall eines Turnschuhes aus zwei Meter fünfzig Höhe war da bisher allerdings nicht dabei.

Rührend sind die Worte, die Kurti Weirich mit Willibald Adrian Metzger wechselt, rührend und vor allem wie ein Sturzbach nicht enden wollend. Da erfährt der Restaurator so gut wie die ganze weirichsche Familiengeschichte, bis er endlich sein erlösendes »Die wird sich ganz schön Sorgen machen, deine Familie, wenn sie ins Kinderzimmer spaziert und das Bettchen ist leer. Ab mit dir jetzt, nach Hause!« anbringen kann. Ausgestattet mit zwanzig Euro wird Kurti Weirich ein gutes Stück vom Friedhof entfernt schließlich in ein Taxi gesetzt.

Zügig marschiert der Restaurator, beinah eine halbe Stunde nachdem er von Ursula Stassni aufgebrochen war, zurück, gleich in Richtung Weide. Nur, da steht niemand, am Grab der Stassni-Mutter. Also zurück zur letzten Ruhestätte des Werner-Opas, einer Ruhestätte, die noch jemand anderem zur Ruhe dient.

»Frau Stassni, Sie sind ja immer noch hier! Frau Stassni?«

Dann versteht er, der Metzger, und alles, wirklich alles an Kummer und Schmerz, den er aus welchen Gründen auch immer in sich trägt, bricht aus ihm heraus. Unübersehbar und unabänderlich ist auch die Ruhe der Ursula Stassni eine letzte. Schneeweiß ist ihr Gesicht, erkaltet ihre Hände, jeder Funken Leben aus ihrem Körper gewichen. Sie muss, kaum allein gelassen, verstorben sein, sinnlos jeder Gedanke an Reanimation, an Rettung. Auf die Knie gesunken, braucht der Metzger eine Weile, um zu Sinnen zu kommen und diese Ruhe, diese endgültige Ruhe vor und um sich wahrnehmen zu können. Nur das Rascheln der Weidenäste ist zu hören, als wollten sie ihn an Ursula Stassnis letzten Wunsch erinnern, als wollten sie ihn mahnen, nicht zu vergessen, den kleinen Kurti Weirich vor der Wirklichkeit und den Auswirkungen seines Sprunges über die Friedhofsmauer zu bewahren. So lässt diese Karwoche den Metzger doch noch gewaltig etwas spüren von ihrem »Kara«, denn der in wenigen Stunden anbrechende Tag ist ein Freitag.

Wenn der Tod sich anschickt, den Menschen sein Bein stellen zu wollen, reicht ein Blitzschlag ebenso wie ein dumpfer Schlag auf die Brust.

Friedlich, beinah so freundlich wie das Gesicht ihres hölzernen Gottessohnes, wirken die Züge der verstorbenen Ursula Stassni, wie sie der Metzger da in seine Arme nimmt und unter die Äste der Weide trägt, um für den Rest seines Lebens die Geschichte jener Frau erzählen zu können, die er bei einem seiner nächtlichen Spaziergänge in der Finsternis durch das geöffnete Tor des Friedhofs am Grab ihrer Mutter hat liegen sehen, tot.

Wie gesagt, manche Wahrheit ist so schwerwiegend, so bitter, und kann, an die Oberfläche gebracht, dermaßen viel Schaden anrichten, da wird aus einem Lügner allein dieser Lüge wegen ein Ehrenmann.

Den kleinen Kurti Weirich wird Willibald Adrian Metzger niemals wiedersehen, wird also nie erfahren von dem kreuzlosen, so viel Liebe ausstrahlenden Jesus mit seinen ausgebreiteten Armen, von Kurtis Großwerden, seinem Lebensweg bis hin zum Priestertum, von seinem Kahlschlag in der ihm zugeteilten Pfarre. Kein Kreuz wird dort mehr zu sehen sein, kein Marterinstrument, kein Schaubild des Todes und des Leides, sondern nur noch dieses Strahlen.

Und auch dem Metzger bleibt in seiner Werkstatt neben dem leer gewordenen Erbstück der Ursula Stassni in gewisser Weise ein Strahlen, sozusagen als irdischer Stassni-Gruß: der am Bauernmarkt erstandene Bund Weidenzweige.

Von wegen totes Holz. Keine vier Wochen dauert es, dann tut sich was in Willibalds Plastikkübel. Weitaus zögerlicher als bei den von dem Lockruf des Frühlings erfassten Menschen, zeigt auch das Buschwerk des Metzgers seine Triebe. Grüne Spitzen ragen oberhalb des Wasserspiegels aus den Ästen, weiße unterhalb. Bald hat das ganze Treiben keinen Platz mehr in dem kleinen Eimer, dem Eck des Gewölbekellers, will heraus, findet Gehör und schließlich eingepflanzt ein kleines Plätzchen im Innenhof der Werkstatt.

Vielleicht wird ein Baum draus, Frühling eben.

Oder doch Auferstehung – irgendwie.

Steckbrief W. A. Metzger

Name: Willibald Adrian Metzger
Geburtstag: 23. Jänner 1963
Sternzeichen: Wassermann
Chinesisches: Tiger mit Hund, sprich: Einsatzfreude und Opferbereitschaft bis zur Selbstaufgabe, zwar starrköpfig, aber treu und zuverlässig. Neigt zur Zurückgezogenheit.
Geburtsort: mein Schreibtisch in Wien
Lebensraum: Ulme. Zähes Holz. Starke, pflichtbewusste Persönlichkeit. Schwimmt nicht mit dem Strom. Erhabener Baum, vermittelt Sicherheit.
Status: unverheiratet, aber schwer vergeben an seine Danjela Djurkovic
Kinder: wissentlich bis jetzt noch keine, ach ja, und einen Hund namens Edgar hat seine Danjela in die Beziehung mitgebracht …
Geschwister: eine Halbschwester namens Sophie Widhalm
Eltern: beide tot
Beruf: selbstständiger Möbel-Restaurator. Einmannbetrieb.
Einsatzort: Die Gedanken sind zwar frei, aber der Ösi in ihm (in mir) lässt sich einfach nicht verleugnen.
Heimat: seine in einem Gewölbekeller gelegene Werkstatt, dann noch seine Mansardenwohnung, in Wirklichkeit aber seine Danjela
Bester Freund: Hausmeister Petar Wollnar und natürlich ich
Hobbys: sein Beruf, klassische Musik, sein Beruf, ein guter Rotwein und natürlich sein Beruf
Zukunft: hat er auch nach sechs Fällen noch eine …

Sandra Lüpkes Attrappenmörder

»Wencke, du musst sofort kommen, in meinem Briefkasten liegt ein Ohr!«

Vor Verwunderung wäre Wencke beinahe vom Stuhl gefallen. Noch nie hatte Isa Tydmers ihre Tochter bei der Arbeit angerufen und um Hilfe gebeten. Sie war keine Mutter, die so etwas tat. Denn erstens war sie stolz, trotz ihrer reifen Jahre immer noch flippig und unabhängig zu wirken. Zweitens hasste sie Behörden, ganz besonders solche, die dafür zuständig waren, für Recht und Ordnung zu sorgen. Und drittens verschaffte ihr die Tatsache, dass sie als Oma immer mal wieder einspringen musste, wenn Wencke nicht wusste, wie Job und Sohn Emil unter einen Hut zu bekommen waren, einen gefühlten Vorteil im mittlerweile vier Jahrzehnte währenden Mutter-Tochter-Konflikt.

Heute war also Premiere. Weil ein Ohr in Isa Tydmers rostigem, klapprigem, vor Jahren aus Autoteilen zusammengeschweißtem Briefkasten lag.

»Ein echtes Ohr?«, fragte Wencke. »Abgeschnitten?«

»Glaubst du, ich fasse das Ding an?«, schrie Isa in den Hörer, sodass Wencke das Telefon vorsichtshalber auf den Schreibtisch legte und auf Mithören stellte. Apropos Ohr, einen Tinnitus wollte sie wirklich nicht riskieren. Im LKA Hannover war derzeit die Hölle los, da konnte sie unmöglich wegen eines Hörschadens ausfallen. Im Maschsee waren Teile einer unbekannten Frauenleiche aufgetaucht – Torso, Oberschenkel, handloser Arm. Natürlich hatte die Bevölkerung der Landeshauptstadt sofort ihr dank Fernsehserien erworbenes kriminalistisches Know-how aktiviert und fürchtete sich nun vor einem perversen Serienkiller. Die hiesige Presse schwankte zwischen hysterischen Schlagzeilen à la *Der Schlächter von Hannover* und sachlicher Berichterstattung. Auch Wencke war zum Thema interviewt worden. *»Wir gehen davon aus, dass der Tat durchaus ein sexuelles Motiv zugrunde liegt«, so Wencke Tydmers, Profilerin des Landeskriminalamtes.*

Profilerin – wieder so ein Wort, das die deutschen Fernsehzuschauer wissend nicken ließ: Ja, kenne ich, das sind die Polizeiexperten, die es mit der Psychologie haben. Die schauen sich eine Leiche an und wissen Bescheid: Beruf, Leibspeise, sexuelle Orientierung – kein Problem für einen Profiler! Von wegen …

»Wencke, komm bitte nach Hause und schau dir das Ohr an, vielleicht kannst du dann Rückschlüsse darauf ziehen, wer mir so was unterjubeln will!« Na also, auch ihre Mutter hatte dieses verquere Bild von Wenckes Arbeitsmethoden.

»Vielleicht van Gogh?«

»Sehr witzig!«

»Eine besonders kreative Anfrage, ob er in eure Künstler-WG einziehen darf …?«

»Warum machst du dich darüber lustig?«, fauchte Isa.

Ja, warum eigentlich? »Du könntest auch einfach die Polizeidienststelle in Worpswede anrufen.«

»Das geht nicht.«

»Weil du mit der Polizei nichts zu tun haben willst?« Wencke lachte kurz. »Wäre mal an der Zeit, dein 68er-Gehabe zu vergessen und …«

»Ich hab meine Gründe. Kennst du unseren Dorfsheriff noch? Manni? Manfred Gäuler?«

Ja, den kannte Wencke, seine Tochter – wie hieß die noch gleich? – war mit ihr in dieselbe Grundschulklasse gegangen. Ein gemütlicher Zweimetermann mit Vollbart und Engelsgeduld, damals noch in der durchfallgrünen Uniform. »Bestimmt ein fähiger Kollege!«

»Kann sein. Aber ich hatte mal was mit ihm. Vor knapp einem Jahr.«

»Wie bitte?« Obwohl, so richtig schocken konnte sie diese Information nicht. Wencke wusste, dass ihre Mutter sehr experimentierfreudig war. Halb Worpswede hatte ihr wahrscheinlich schon mal Aktmodell gestanden, zumindest der männliche Anteil.

»Manni hat beziehungsmäßig wohl mehr erwartet. Frisch verwitwet und emotional ausgehungert. Aber es passte nicht, Künstlerin und Beamter, da war bei mir nach drei Wochen die Luft raus.«

In diesem Moment öffnete sich Wenckes Bürotür. Tilda Kosian klopfte nie an. Sie meinte wohl, das nicht nötig zu haben als Abteilungsleiterin. Hastig stellte Wencke ihr Telefon wieder auf lautlos. »Was gibt's?«

»Ich hätte da ein paar Akten aus den letzten dreißig Jahren über Delikte aus Hannover und Umland, in denen die Opfer ganz oder teilweise zerstückelt wurden.« Jetzt schob sie einen Wagen herein, den sie bislang geschickt hinter sich versteckt hatte. Die »paar Akten« entpuppten sich als ein ganzer Stapel, der zu schwer war, um ihn durch die Gänge zu tragen, deswegen der fahrbare Untersatz. »Bis Montag muss das durchgeackert sein. Latschinsky, der die Mordkommission Maschsee leitet, will Statistiken zu vergleichbaren Verbrechen.«

Heute war Freitag, alles klar, die Kosian war dabei, jemandem eine Wochenendschicht aufzubrummen. »Tut mir leid, ich schaffe das nicht!«

»Wieder mal Probleme mit dem Kind?« Typisch, die Kosian stichelte mit Vorliebe genau an diesem Punkt.

»Nein, ich habe gerade eine interessante Meldung aus Worpswede bekommen. Ein Ohr in einem Briefkasten …«

Die Kosian fasste sich wohl eher unbewusst an ihre eigenen Lauscher, die von langweiligen weißen Perlen geschmückt wurden. »Worpswede? Ist das nicht Ihr Geburtsort?«

»Genau. Ich vermute, deswegen hat man sich auch direkt an mich gewandt.«

»Und das Ohr könnte im Zusammenhang mit unserem Fall hier in Hannover stehen?«

Wencke hatte da so ihre Zweifel, aber alles war besser, als im Amt die Aschenputtelaufgaben zu übernehmen. »Es gibt gewisse Hinweise …« Eine glatte Lüge, doch die Kosian schob im selben Augenblick den Aktenwagen zurück in den Flur.

*

Wenckes wichtigtuerisches Gehabe wurde jäh ausgebremst, als sie gemeinsam mit Sohn Emil nach anderthalb Stunden Fahrt den backsteinroten Künstlerhof erreichte, ihre Mutter den quietschenden Briefkasten öffnete und sich darin zwar ein Ohr befand, jedoch eines von der Art, die es zu Halloween in jedem halbwegs gut sortierten Warenhaus zu kaufen gab: aus Gummi, von unnatürlich fahler Hautfarbe und mit blutrot akzentuiertem wulstigem Ohrmuschelrand – wirklich sehr albern. Emil kannte die Dinger, kosten zwei neunundneunzig, wusste er, und wollte die blöde Attrappe noch nicht einmal geschenkt haben.

»Wann warst du das letzte Mal beim Optiker?«, schimpfte Wencke.

Doch Isa gab sich weder kleinlaut noch peinlich berührt, im Gegenteil. »Wenn jemand in Hannover eine Ohrattrappe in die Post wirft, kann man von einem Scherz ausgehen. Aber hier bei uns, in einem Ort, an dem die Kunst zu Hause ist, hat das eine völlig andere Bedeutung.«

»Und welche bitte schön?«

»Bin ich hier die Kriminalpsychologin oder du?«

Das Ganze schien sich nicht gerade zum fröhlichen Familientreffen zu entwickeln, und Wencke sehnte sich schon nach Hannover zurück. Doch Emil bestand darauf, bis Sonntag in Worpswede zu bleiben, weil es bei Oma Isa eben doch immer etwas lässiger zuging als zu Hause. Wencke ließ sich breitschlagen. Es war dann auch netter als gedacht, Gunnar – ein langjähriger Mitbewohner und Bildhauer ohne Talent – hatte im Garten ein Lagerfeuer gemacht. Manu, die Aquarellexpertin, holte ihre Gitarre raus, und ihre vier Kinder verstanden sich prima mit Emil, tobten über das angrenzende Land oder um die mannshohen Flammen herum. Dazu gab es Stockbrot und philosophische Gespräche, so wie früher in Wenckes Kindheit, nur fühlte sich das als erwachsene Frau eben anders an, außerdem durfte sie heute Rotwein dazu trinken.

Deswegen war Wencke auch nicht mehr ganz nüchtern, als kurz vor Mitternacht das Handy klingelte und die Kosian dran war: »Was ist denn jetzt mit Ihrem Ohr in Worpswede?« Es klang, als säße sie seit Stunden im Büro, um auf Wenckes Bericht zu warten, was eigentlich überhaupt nicht ihre Art war. »Links oder rechts?«

Wencke verstand nicht so ganz, worauf ihre Chefin hinauswollte, deshalb gab sie einen Laut von sich, der alles und nichts bedeuten konnte.

»Wie ich eben erst erfahren habe, ist heute Vormittag der Kopf des Opfers aufgetaucht, am Strandbad in der Nähe der Saunaanlage. Er ist gut erhalten, Latschinsky und seine Leute arbeiten bereits an der Identifizierung. Auffällig ist nur: Das linke Ohr fehlt. Eventuell ist ja der Fund in Worpswede damit in Zusammenhang zu bringen? Seltsamerweise liegt dort aber noch kein polizeilicher Vermerk vor, dem ich nähere Informationen entnehmen könnte, deswegen rufe ich direkt bei Ihnen an.«

Nun musste Wencke echt grübeln. Der geschmacklose Scherzartikel lag inzwischen nicht mehr im Briefkasten, die

Kinder von Manu hatten damit gespielt, später hatte der zottelige Hund von Gunnar das Teil mit sich herumgeschleppt, wahrscheinlich lag es irgendwo dreckig und zerkaut in der Weide verbuddelt. Aber wenn Wencke trotz Merlot noch rekapitulieren wollte, dann wäre es eher ... hm ... »Ein linkes Ohr, ganz sicher.«

Sie hörte die langen Fingernägel der Kosian über die Tastatur klappern. »Sehr interessant. Das kann Zufall sein, oder ein Hinweis.«

Wencke tippte eindeutig auf Ersteres.

»Frau Tydmers, seien Sie so nett und bleiben Sie vor Ort. Ach ja, und sorgen Sie dafür, dass es weiterhin keine offizielle Meldung zu diesem Fund gibt. Wir wollen den Täter ja nicht unnötig mit Informationen zum Ermittlungsstand versorgen.«

»Klar, mache ich«, sagte Wencke, legte auf und trank auf diese seltene Übereinkunft mit ihrer Vorgesetzten erst einmal ein weiteres Glas.

*

Und plötzlich war Samstag, und im Briefkasten lag ein Finger. Wieder Gummi, also weit entfernt von Fleisch und Blut, trotzdem eklig.

»Vielleicht rufe ich doch mal den Manni an«, überlegte Isa.

»Wen?«

»Unseren Dorfsheriff. Manfred Gäuler.«

»Mach dich nicht lächerlich, Isa. Hier will euch jemand ärgern, schätze ich. Vielleicht habt ihr mal nachts zu lange gefeiert oder anstößige Bilder in Kirchenräumen ausgestellt.« Wencke drehte und wendete das elastische Teil. Zeigefinger rechte Hand, tippte sie. Aber bei einer Attrappe war das ja nicht von Belang. »Wo in Worpswede kann man so etwas kaufen?«

Isa zuckte mit den Schultern, doch eines von Manus älteren Kindern wusste besser Bescheid: »Im *Krimskrams* in der Findorffstraße, gleich neben dem Bonbongeschäft, da gibt's einfach alles.«

»Na, das ist dann wohl ein Grund, endlich mal wieder in Worpswede shoppen zu gehen«, sagte Wencke und hoffte auf begeisterte Begleiter, doch die Kinder hatten Besseres zu tun. Angeblich hatte Gunnars zotteliger Hund ganz in der Nähe des Hofs eine Geheimhöhle im Unterholz gefunden, in der mysteriöse Gegenstände lagen, da musste die Rasselbande natürlich dringend hinterher. Also lief Wencke allein durch die Straßen ihrer Kindheit, wo in jedem zweiten Backsteinhaus eine Galerie, Goldschmiede oder Töpferei untergebracht war, vorbei an der kleinen Windmühle und am Kaufhaus Stolte, dem man nicht wirklich ansah, dass es hier etwas zu kaufen gab. Sie hatte ganz vergessen, wie klein und plüschig ihr Heimatort war. Doch das Gefühl, in diese Welt nicht hineinzupassen, war so gegenwärtig wie eh und je.

Ab und zu holte Wencke ihr Handy aus der Tasche und überlegte, ob der Fund von heute Vormittag wohl ein ausreichender Grund für einen Anruf im Büro war oder doch nur ein blöder Scherz. Schließlich wagte sie es und hatte gleich Tilda Kosian am Apparat.

»Sagen Sie, gab es inzwischen einen weiteren Fund im Maschsee?«, fragte Wencke, ohne zuvor überflüssige Begrüßungsformeln aufzusagen. »Eventuell eine Hand … mit fehlendem Zeigefinger?«

Die Kosian stöhnte auf. »Woher wissen *Sie* denn schon davon? Eigentlich war äußerste Diskretion vereinbart, wir wollen den Täter im Unklaren lassen. Aber ja, die Hand wurde heute Morgen kurz nach Sonnenaufgang gefunden. Von einem Jogger, Westseite Höhe Ruderclub.«

Wencke wurde ein bisschen schlecht. Das lag sicher auch am gestrigen Abend, zu viel Wein war nicht ihr Ding. Aber dass diese Frage ins Blaue hinein sich als Treffer herausgestellt hatte, schlug ihr weit mehr auf den Magen.

»Warum fragen Sie eigentlich?«, hakte die Kosian nach.

»Das erkläre ich Ihnen später«, sagte Wencke und legte auf. Wahrscheinlich empörte die Kosian sich darüber, zu Recht, doch was hätte sie antworten sollen? Ein Scherzkeks legt zufällig immer genau die Attrappen in den Briefkasten meiner Mutter, die den fehlenden Leichenteilen entsprechen. Wie skurril klang das denn?

Die Ladentür des *Krimskrams* gab einen melodischen Klang von sich, als Wencke eintrat. Der Sohn von Manu hatte nicht übertrieben, in diesem knapp fünfzig Quadratmeter großen Raum schien es wirklich alles zu geben. Batteriebetriebene chinesische Winkekatzen, Duftkerzen in Obstform, Putzschwämmchen im Zehnerpack und Musik-CDs mit Shantychören auf dem Cover. Von der Decke baumelten Windspiele mit maritimen Motiven.

»Wencke?«, kam es aus einer Ecke, die nicht so ohne weiteres einzusehen war. »Mensch, du hast dich hier ja ewig nicht blicken lassen!«

Die Frau hinter der Kasse war mindestens anderthalb Köpfe größer als Wencke und auch doppelt so breit. Sie grinste von einem mehrfach gepiercten Ohr zum anderen. Wencke konnte sich überhaupt nicht an ihren Namen erinnern. Ehrlich gesagt kam diese Matrone ihr noch nicht einmal vage bekannt vor, obwohl sie im selben Alter zu sein schien. Doch in Worpswede galt man schnell als arrogante Großstadtzicke, wenn man mit den Einheimischen fremdelte. Darum sagte sie: »Hallo! Mensch, dich gibt's auch noch!«, und ging auf die Riesin zu, ließ sich sogar kurz und kräftig von ihr drücken.

»Ich habe vor drei Jahren den Laden meiner Mutter übernommen. Sie ist gestorben, weißt du, und da musste eben jemand ran, nutzt ja nichts, aber na ja. Ich habe das Sortiment ein bisschen erweitert und …« Sie textete Wencke damit zu, was sie so trieb, warum sie unheimlich gern in Worpswede bleiben wollte, wie es ihrem Vater ging, wer von der alten Clique inzwischen geschieden, pleite oder ausgewandert war. Und da tauchten tatsächlich ein paar Namen auf, mit denen Wencke etwas anzufangen wusste und sie schlussfolgern ließ, dass sie dieser Krimskramsverkäuferin wahrscheinlich zuletzt auf der Abschlussfeier der vierten Klasse begegnet war. Kein Wunder, dass sie sie nicht erkannt hatte.

»Und was kann ich Gutes für dich tun?«

Mist, wenn Wencke doch bloß der Name einfallen würde. »Hast du Scherzartikel?«

»Klar, jede Menge!« Die Frau schnappte sich einen kleinen Tritt, stieg darauf und zog einen mittelgroßen Karton aus dem Regal über der Kasse. Darin befanden sich neben Furzkissen, Zaubertinte und Juckpulver auch jede Menge abgetrennte Gliedmaßen. Der Besuch hatte sich also gelohnt.

Wencke hob ein rundes, etwas schleimiges Auge hoch, das in einer Tüte mit einem knallbunt grinsenden Clownsgesicht verpackt war, genau wie die Finger, Ohren und Gebisse. »Kannst du mir sagen, wer hier in den letzten Tagen so ein Zeug gekauft hat?«

»Niemand! Diese Sachen gehen im Sommer nicht. Eher an Halloween, Silvester oder Fasching.«

»Bist du dir ganz sicher? Ich meine, vielleicht hast du ja eine Aushilfe, und dann hat die vielleicht …«

Wenckes ehemalige Schulkameradin tippte sich an die Stirn. »Sehe ich so aus, als ob ich mir eine Aushilfe leisten könnte?«

Nein, das tat sie nicht. Aus Verlegenheit kaufte Wencke sich dann noch eine praktische, kleine Taschenlampe, die man immer mal gebrauchen konnte, und verabschiedete sich. »Und grüße deinen Vater von mir«, sagte sie aus Höflichkeit.

»Das wird ihn freuen«, war die Antwort. »Er findet es übrigens toll, dass du jetzt auch bei der Polizei bist.«

Die Ladenglocke hatte bereits rückwärts geklingelt und Wencke stand wieder auf der Straße, als es endlich »Klick« machte und sie kapierte, wen sie da eben vor sich gehabt hatte: Tanja Gäuler, klar, die Tochter des Dorfsheriffs, die eine kurze Affäre lang sogar mal so etwas wie ihre Stiefschwester gewesen war. Sie erinnerte sich an ein dünnes, zierliches Wesen aus der vierten Klasse, schon Wahnsinn, wie Menschen sich verändern konnten.

Auf dem Künstlerhof herrschte inzwischen helle Aufregung und Wencke befürchtete schon, dass wieder etwas Widerliches im Briefkasten gelandet war. Doch dieses Mal ging es um die sogenannte Geheimhöhle im Wald, die Emil und seine neuen Spielkameraden untersucht hatten. Sie plapperten alle durcheinander und obendrein bellte der Hund, als sei er stolz, den Ort als Erster aufgestöbert zu haben. »Mama, Wahnsinn, da scheint einer drin zu wohnen. Vielleicht ein Verbrecher, der aus dem Gefängnis ausgebrochen ist oder so!«

Wencke lachte. »Soweit ich aus Kriminalkreisen weiß, gibt es derzeit keine flüchtigen Strafgefangenen, da kann ich euch schon mal beruhigen.«

»Weißt du, was wir alles gefunden haben? Müll und Plastiktüten und …«

»Schon schlimm, wenn die Leute immer alles rumliegen lassen«, sagte Wencke.

»Und ein Fernglas, Mama! Gunnar sagt, das sieht voll teuer aus!« Das schwarze, kompakte Gerät, das Emil wie eine Trophäe in die Höhe hielt, kam Wencke seltsam bekannt vor.

»Lass mal sehen!« Sie betrachtete das Fernglas von allen Seiten, kein Zweifel, dieses Fabrikat hatte sie mehr als nur einmal in der Hand gehalten. »Ein Steiner Nighthunter XP, so etwas benutzen meine Kollegen bei der Polizei, wenn bei

Dämmerung eine Observation aus sicherer Entfernung angeordnet ist.«

Wie auf Kommando hielten alle Kinder die Luft an, *Polizei* klang mächtig spannend.

Auch Wencke war auf einmal hellwach. »Könnt ihr mir eure Höhle mal zeigen?«

»Klar!« Emil und die anderen rannten im selben Augenblick los. Der Hof lag abseits des Dorfkerns, eingerahmt von Weideflächen, die vom letzten Sommerregen noch feucht waren und auf denen ein Dutzend schwarzbunte Rinder graste. Jeder Schritt konnte eine Überraschung bedeuten: ein Kuhfladen, ein Stück Maschendrahtzaun oder eine Mulde, über die es sich prima stolpern ließ. Hundert Meter weiter erhob sich eine Böschung und dahinter wuchs ein schmaler Streifen Bäume, den nur norddeutsche Kinder vollmundig als Wald bezeichnen würden. Die Höhle befand sich zwischen zwei Sträuchern, deren dichtes Geäst auf Augenhöhe zusammenstieß und so etwas wie ein Dach bildete. Wer sich darunter verkroch, hatte einen unverstellten Blick auf den Trakt des Künstlerhofs, in dem Isa Tydmers lebte. Wencke wusste, dass ihre Mutter eine fast militante Gegnerin von Gardinen, Jalousien oder anderem Kram war, der die Privatsphäre vor neugierigen Blicken zu schützen vermochte. Alles Spießerkram und sie habe ohnehin nichts zu verbergen, meinte Isa immer. Ob sie das auch noch so sah, wenn ihr bewusst wurde, dass hier womöglich ein Spanner mit einem Top-Fernglas auf der Lauer lag?

Der Müll, der überall verstreut war, verriet, dass der Beobachter wirklich Ausdauer haben musste: jede Menge Coladosen und Esskartons, in denen noch Reste von Fast Food auf ihre Entsorgung warteten. Wencke setzte gleich ihre neu erworbene Taschenlampe ein und inspizierte den Unrat in den dunkleren Ecken. Die beiden kleinen Tütchen mit den kreischbunten Schriftzügen und dem grinsenden Clownsgesicht kamen ihr bekannt vor, auf dem Preisetikett stand klein, fast unlesbar, *Krimskrams* geschrieben. Was immer ursprünglich darin gewesen war, es hatte zwei neunundneunzig gekostet.

Zu behaupten, dass ihr die ganze Sache nun einleuchtete, wäre übertrieben gewesen. Doch das, was sich gerade in Wenckes Kopf zusammenfügte, war immerhin eine konkrete Ahnung. Und wer Wencke kannte, der wusste, ihre Ahnungen waren immer der erste Schritt in die richtige Richtung.

Sie kroch aus der Höhle und wählte die Nummer des LKA, von der Zentrale ließ sie sich direkt zum Apparat Latschinsky durchstellen. »Ja, bitte?«

»Hier ist Wencke Tydmers, Ihre Kollegin aus der Abteilung für ...«

»Ich weiß natürlich, wer Sie sind«, unterbrach der Leiter der Mordkommission Maschsee, und ein bewundernder Unterton war deutlich herauszuhören. Es überrasche Wencke immer wieder, dass ihre Erfolge der letzten Jahre so vielen Kollegen nachhaltig in Erinnerung geblieben waren. Diese Wertschätzung bekam sie von der Kosian nur selten zu spüren. »Was kann ich für Sie tun?«

»Es geht um die Leichensache im Maschsee, eher indirekt allerdings.«

»Aha?«

»Ich bin informiert, dass der Fall mit absoluter Diskretion behandelt werden soll ...«

»Unbedingt!«

»Ich habe jedoch die Befürchtung, dass es eine undichte Stelle gibt. Nichts Gefährliches, aber ...«

»Worauf wollen Sie hinaus?«

»Wissen Sie, ob jemand in Ihrem Team besondere Kontakte zur Dienststelle in Worpswede pflegt?«

*

Wencke lag im feuchten Unterholz und wartete ab. Die Sonne war bereits über der Kuhweide untergegangen, nun strahlte als einzige Illumination weit und breit das Licht in Isa Tydmers Privatgemach. Optimale Bedingungen für heimliche Beobachter.

Und tatsächlich, nur wenige Minuten später näherten sich schwere Schritte. Ein Zweimetermann konnte nicht wirklich leise schleichen, feine Äste knackten unter den Sohlen, die Erde schmatzte. Warum sollte er sich auch besonders anstrengen, geräuschlos zu sein? Schließlich hatte der Spanner keine Ahnung, dass er auf seinem abgelegenen Posten inzwischen nicht mehr allein war. Wencke machte sich noch ein bisschen kleiner und atmete so flach, dass ihr beinahe schwindelig wurde.

Drüben im Haus lief ihre Mutter durch die Räume und tat so, als fühlte sie sich unbeobachtet. Wahrscheinlich trug sie um diese Uhrzeit normalerweise noch weniger Stoff am Leib – Isa Tydmers hatte noch nie ein Problem damit gehabt, den Abend nur mit knapper Unterwäsche bekleidet zu verbringen. Jetzt bespannte sie einen Rahmen mit Leinen, man konnte auch ohne Fernglas die Muskeln ihrer Arme erkennen, die beim Tackern rhythmisch zuckten. Noch nie hatte Wencke ihre Mutter auf diese Weise betrachtet. Wie geschmeidig und leichtfüßig sie sich bewegte, für eine Frau Mitte sechzig war das beachtlich. Kein Wunder, dass Isa noch immer die Männerherzen zuflogen. Leider zeigte sie wenig Erbarmen, das eine oder andere darunter zu brechen.

Manni Gäuler hatte das Fernglas im Anschlag. Ganz ruhig lag er da auf dem Bauch und schaute seiner Verflossenen bei der Arbeit zu. Er seufzte nicht, er stöhnte nicht, zum Glück. Doch als sein Handy klingelte, zuckte er zusammen, als sei er soeben unsanft in Zeit und Raum zurückgezwungen worden. »Bruno? Gibt's was Neues, oder warum rufst du so spät an?« Während er telefonierte, legte er den Feldstecher nicht zur Seite, sondern starrte weiterhin auf das Haus, in dem Isa gerade den bezogenen Rahmen auf eine Staffelei stellte. »Einen Unterschenkel ohne Fuß? Aha! – Heute Abend gegen acht hast du ihn gesichert! Mannomann, alter Kumpel, du hast aber auch viel zu tun. Da lob ich mir meinen lauen Job in Worpswede, wärste mal hiergeblieben, Bruno. – Rechtes oder linkes Bein?«

Schnell waren Latschinsky von der Mordkommission und Wencke darauf gekommen, wo das Loch im sonst so diskreten Polizeiapparat zu suchen war: Bruno Freese, ein Mitarbeiter der Spurensicherung, war bis vor wenigen Jahren auf der Polizeidienststelle Worpswede im Einsatz gewesen und hatte in dem gestandenen Polizeihauptmeister Manni Gäuler einen väterlichen Freund und Vorgesetzten gefunden. Dass die beiden immer mal miteinander telefonierten und sich über ihre Arbeit austauschten, war allgemein bekannt. Und in den letzten Tagen hatte sich der Kontakt anscheinend intensiviert.

Wencke schickte ihrer Mutter wie versprochen eine SMS, und wenige Sekunden später verdunkelten sich die Fenster im Künstlerhof. »Gute Nacht, Liebste«, hörte sie Manni Gäuler fast zärtlich flüstern, und da tat er Wencke ein bisschen leid. Liebeskummer war eine schreckliche Sache, das wusste sie aus leidvoller Erfahrung.

Er erhob sich langsam, trat aus der Höhle und streckte den Rücken durch. Die Spitzen seiner klobigen Schuhe waren nur wenige Zentimeter vor ihrer Nasenspitze entfernt, einen Schritt weiter, und Wencke wäre platt. Mist, sie durfte sich nicht rühren, jeder Zentimeter, den sie sich von ihm wegbewegen würde, würde sie verraten. Gäuler drehte sich einmal um sich selbst. Er schnaufte schwer. Bitte, pass auf, wo du hintrittst, flehte Wencke stumm. Warum ging der Kerl nicht einfach los? »Na dann«, sagte Gäuler zu sich selbst, und im nächsten Moment fühlte Wencke, wie ihre rechte Hand von einer harten Sohle tief in den Waldboden gequetscht wurde. Sie jaulte auf, das war nicht zu verhindern, mein Gott, das tat scheußlich weh, hoffentlich waren die Finger nicht gebrochen.

Gäuler verharrte, dann schob er langsam die Äste zur Seite und blickte Wencke direkt in die Augen. Was er davon hielt, ertappt worden zu sein, war nicht auszumachen, aber wenigstens tat er einen Schritt zurück und gab ihre Finger frei.

»Guten Abend, Kollege!«

Er erkannte sie sofort. »Wencke, Mädchen, du hast dich ja kaum verändert. Noch immer kurze rote Haare und Himmelfahrtsnase! Aber was machst du da unten?«

»Sind Sie wieder unterwegs zum Laden Ihrer Tochter, um die passende Attrappe aus dem Karton zu holen und anschließend Postbote im Künstlerhof zu spielen?« Mühselig richtete sie sich auf, die rechte Hand konnte sie kaum bewegen, aber das war jetzt egal. »Was soll das Ganze?«

Gäuler wirkte trotz seiner zwei Meter fast zwergenhaft klein, so sehr schien er sich zu schämen. »Du weißt schon, dass deine Mutter und ich ...«

»Ja, davon hat sie mir erzählt. Aber was hat das mit dem Mord in Hannover zu tun?«

»Gar nichts!« Er wand sich regelrecht. »Ich hab darüber in der Zeitung gelesen. Klang richtig spannend. Mein alter Kumpel Bruno arbeitet direkt an dem Fall mit. Und dann stand da auch noch dein fachkundiger Kommentar in der Zeitung, *Profilerin Wencke Tydmers sagt* und so weiter ... echt beeindruckend.«

»Da fandest du dich im Vergleich dazu einfach stinklangweilig?«, tippte Wencke.

»Deine Mutter hat es mir ja unmissverständlich klargemacht. Mit mir ist nicht viel los, hat sie gesagt. Dabei fand ich, dass wir zwei ein tolles Paar abgegeben haben. Hätte nie gedacht, dass ich nach dem Tod meiner Frau noch mal so was ... aber was soll's.« Er ließ den Kopf hängen. »Ich dachte halt, ich mach da so ein bisschen Spuk bei der Isa, und dann wird ihr angst und bange, weil sie ja von ihrer Kripo-Tochter etwas über den Mordfall in Hannover gehört hat. Dann glaubt sie an einen perversen Serienkiller und braucht einen Kerl, der sie beschützt. Also mich!«

»Toller Plan!«, brachte Wencke ironisch hervor. »Sei froh, dass Isa ausnahmsweise mal mich um Hilfe gebeten hat. Wären meine Hannoveraner Kollegen hier aufgetaucht, hätte das ganz böse für dich ausgehen können.«

»Damit habe ich gerechnet, dass sie dich fragt.«

»Warum denn das?«

»Warum?« Er blickte sie erstaunt an. »Na hör mal, Wencke, weil Isa mehrmals am Tag so ganz nebenbei erwähnt, wie erfolgreich und angesehen ihre Tochter beim LKA ist.«

Wencke musste schlucken. Darauf wäre sie nie gekommen.

»Leider warst du mir 'ne Nummer zu schnell«, fügte Gäuler noch hinzu. Dann klingelte wieder sein Handy. »Bruno? Hey, du, ich hab gerade überhaupt keine ... Was? Ihr habt den Maschseemörder geschnappt? – Dank der akribischen Arbeit von Tilda Kosian vom LKA, aha! – Sie hat am Wochenende in den Akten einen Hinweis auf ein ähnliches Verbrechen gefunden, spannend! – Ein arbeitsloser Metzgergeselle aus Ricklingen war es? – Danke für die Info!« Er drückte das Gespräch weg. »Aber mein Kumpel Bruno kriegt doch hoffentlich keinen Ärger, oder? Er hatte ja keine Ahnung!«

»Quatsch! Und wenn du meine Mutter in Zukunft in Ruhe lässt, dann vergessen wir die Geschichte ganz schnell wieder«, entschied Wencke.

Dann wählte sie die Nummer ihrer Vorgesetzten und gratulierte zum erfolgreichen Abschluss des Falls. Ohne Ironie und ganz von Herzen. Wahrscheinlich kippte die Kosian jetzt gerade vor Verwunderung vom Stuhl. Sollte sie doch.

O-Töne zu Wencke Tydmers

Emil, vorpubertierender Schüler und Wenckes Sohn:
»Ich weiß, meine Mutter hat immer ein schlechtes Gewissen, weil sie keinen Draht mehr zu meinem Vater hat und so viel unterwegs ist in ihrem Job und blabla, weswegen ich dann öfter mal bei meiner Oma oder Freunden oder so untergebracht werde. Dabei finde ich das eigentlich ganz cool. Ist mir lieber als Mütter, die ihre Jungs dazu zwingen, Cello zu spielen oder Tennisstunden zu nehmen, und die deswegen den ganzen Tag ihren Nachwuchs in der Gegend herumkutschieren. Das macht meine Mutter alles nicht. Klar verrate ich ihr nicht, dass ich das völlig okay finde. Wäre ja schön doof. Mütter mit schlechtem Gewissen sind ziemlich praktisch.«

Tilda Kosian, Wenckes Vorgesetzte der Abteilung für Operative Fallanalyse beim LKA Hannover:
»Meine Güte, wenn in diesem Amt jeder so eigenwillig wäre wie Frau Tydmers, wäre das eine Katastrophe. Ständig setzt sie sich über die geltenden Vorschriften hinweg. Fristgerechte, sorgfältig ausgefüllte Anträge stellt sie grundsätzlich nie, und dann wundert sie sich, wenn sie keine Genehmigung für ihr unorthodoxes Vorgehen erhält. Diese Frau kostet mich mehr Nerven als so mancher Schwerverbrecher, den wir zu begutachten haben. Bei denen gibt es wenigstens so etwas wie ein Muster, dem man folgen kann. Wencke Tydmers hat kein Schema, als Mensch ist sie für mich schlichtweg ... wie soll ich mich ausdrücken: unfassbar.«

Boris Bellhorn, Soziologe und Wenckes Kollege:
»Vielleicht ist Wencke etwas chaotisch, was ihre Arbeitsmethoden angeht. Aber sie ist hart im Nehmen und sich für nichts zu schade. Wenn mein Leben an einem seidenen Faden hinge und ich wüsste, Wencke wäre unterwegs, um mich zu retten, würde mich das immens beruhigen. Keine Lara Croft, dazu ist sie zu weich. Keine Mutter Theresa, dazu ist sie zu taff. Auch keine Heidi Klum, dazu ist sie zu klein, zu weiblich und auf jeden Fall zu intelligent. Sie ist eben Wencke. Eine tolle Frau, in die ich mich womöglich verknallen würde, wenn ich nicht schwul wäre.«

Isa Tydmers, Künstlerin und Wenckes Mutter:
»Sie muss das von ihrem Vater haben, von mir jedenfalls nicht, dass sie immer alles so ernst nimmt und nicht mal locker sein kann. Schade, Wencke hätte das Zeug zur Künstlerin gehabt. Als Kind liebte sie es, in meinem Atelier die Farbe überall hinzuschmieren. Keine Ahnung, warum sich meine Tochter entschieden hat, stattdessen Beamtin zu werden. Beamtin! Dazu noch bei der Polizei! In meinen Kreisen fast ein Feindbild. Da knallt es öfter zwischen uns, kein Wunder, das Temperament hat sie immerhin von mir geerbt.«

Axel Sanders, Wenckes Exkollege bei der Kripo Aurich und weit mehr als das …:
»Als wir das erste Mal etwas miteinander zu tun hatten, ist mir ihr breites Grinsen aufgefallen, ihre rot gefärbten kurzen Haare, ihre Himmelfahrtsnase. Und ehrlich gesagt konnte ich sie nicht besonders gut leiden. Wir waren Konkurrenten und hatten absolut unterschiedliche Auffassungen darüber, wie ein Kommissariat zu leiten ist. Außerdem entspricht sie eigentlich überhaupt nicht meinem Typ. Zu unvernünftig, zu laut und zu schnell. Bei ihr habe ich ständig Angst, vom Leben überrollt zu werden. Doch sobald sie

weg ist, passiert alles um mich herum irgendwie nur noch in Zeitlupe und ich leide furchtbar. Ich wünschte, es gäbe da so etwas wie einen Mittelweg, auf dem wir uns gemeinsam bewegen könnten, im Normaltempo. Bislang ist der noch unentdeckt. Leider.«

Volker Kutscher Durchmarsch

Die Luft stand schwül und schwer zwischen den Häusern. Der Asphalt und die Steine hatten die Hitze des Tages gespeichert, und obwohl es bereits dämmerte, war es immer noch drückend warm in der Stadt. Rath hatte das Verdeck geöffnet, doch selbst der Fahrtwind auf der Kaiser-Wilhelm-Straße brachte keine Kühlung. Die Strecke durch das Brandenburger Tor und die Charlottenburger Chaussee war länger als die über die Leipziger Straße, dafür aber schöner zu fahren. Er hatte es nicht besonders eilig, nach Hause zu kommen, wie immer, wenn er sich mit Charly gestritten hatte. Nur deswegen war er heute länger im Präsidium geblieben, und er verspürte große Lust, auch noch ein, zwei Cognac im *Kakadu* zu nehmen, bevor es endgültig nach Hause ging.

Unter den Linden stockte der Verkehr. Rath konnte eine große Menschenmenge vor dem Brandenburger Tor ausmachen und eine Polizeiabsperrung kurz vor der Wilhelmstraße. Der Verkehr wurde umgeleitet.

Rath hielt bei einem der winkenden Schupos. »Was ist denn hier los?«, fragte er.

»Am Brandenburjer Tor wird die nationale Erhebung neu jedreht.« Der Blaue zeigte nach hinten. »Der Fackelzuch, Sie erinnern sich? Stellen Se sich eenfach vor, wir haben den dreißichsten Januar und Hitler is jrade Kanzler jeworden.«

»Schwer, sich das vorzustellen. Den Januar, meine ich. Jetzt, mitten im August.«

»Is 'n Film über Horst Wessel.«

Rath war irritiert. »Vor ’nem halben Jahr war der Wessel doch schon lange tot.«

»Aber im Jeiste«, sagte der Schupo und zwinkerte, »da marschierter mit.«

Jetzt hörte auch Rath das Horst-Wessel-Lied, das in scheppernden Blasmusikfetzen zu ihnen herüberwehte.

»Kann man zugucken?«, fragte er.

Der Blaue zuckte die Achseln. »Tun Se sich keenen Zwang an. Können Se später Ihren Enkeln im Kino erzählen: Eener von den kleenen Punkten da, dette bin ick.«

Vor allem kann ich Charly damit ärgern, dachte Rath. Ihr Streit vorhin am Telefon hatte sich mal wieder darum gedreht, dass er immer noch bei der Polizei arbeitete, obwohl doch die Nazis inzwischen ... Die übliche Leier. Er war Polizist, und er war es gerne, war er deswegen ein Nazi? Oder dieser Schupo, der nun auch nicht gerade viel Respekt gegenüber dem Naziheiligen Horst Wessel hatte erkennen lassen? Warum wollte Charly nicht verstehen, dass Polizeiarbeit nichts mit Politik zu tun hatte?

Er parkte den Buick gleich um die Ecke und ging hinüber, immer dem Lärm nach und dem Licht. Die Filmfritzen hatten ganz schön was aufgeboten: Der Pariser Platz strahlte beinahe taghell, illuminiert von Batterien riesiger Scheinwerfer, die auf großen hölzernen Gerüsten installiert waren. Daneben auch ein paar Podeste mit Filmkameras. Irgendjemand brüllte Anweisungen in ein Megaphon, und dann kamen sie, mit vielen Fackeln und viel Tschingderassabum. Durch das Brandenburger Tor schob sich, in geordneter Marschformation, eine SA-Abteilung nach der anderen. Die Passanten drängten nach vorn, die meisten jedenfalls, die Hand zum Hitlergruß erhoben.

Rath gesellte sich zu den weiter hinter Stehenden, zu denen, die ihren rechten Arm nicht ausgestreckt hatten. Er steckte die Hände in die Taschen und spielte den zufällig vorbeispazierenden teilnahmslosen Schaulustigen. Je mehr ihm in der Hitze der Scheinwerfer der Schweiß in den Nacken rann, desto mehr bereute er, ausgestiegen zu sein. Und wenn er die Gesichter der Hitlergrußpassanten sah, von denen immer mehr nach vorne drängten, schämte er sich richtiggehend. Die waren nicht eingekauft, die machten das freiwillig!

Damals, vor einem halben Jahr, als die Braunen den Beginn ihrer nationalen Erhebung mit dem Fackelzug gefeiert hatten, der hier nachgestellt wurde, war das noch anders gewesen. Rath konnte sich nicht erinnern, dass so viele Berliner damals den Hitlergruß entboten hatten, die meisten waren nicht einmal begeistert gewesen, einige sogar regelrecht angewidert. Außerdem war es damals Winter gewesen und nasskalt, jetzt aber herrschte eine Bullenhitze, die durch die Scheinwerfer noch gesteigert wurde. Fluter, so hießen diese Riesendinger, das wusste Rath, seit er vor ein paar Jahren mal im Filmmilieu ermittelt hatte. Ein solcher Scheinwerfer hatte damals das Gesicht einer Filmschauspielerin nahezu bis zur Unkenntlichkeit verbrannt, als er sich während der Dreharbeiten vom Gerüst gelöst hatte und auf sie gestürzt war. Aber selbst aus der Entfernung schienen diese Geräte einem das Gesicht zu versengen. Rath zog sich langsam zurück und beschloss zu gehen, er gehörte nicht hierhin.

Der Zug bog, genau wie vor einem halben Jahr, in die Wilhelmstraße ab. Damals waren die Braunen weitergezogen bis zum Wilhelmplatz und zur Reichskanzlei, wo sie ihrem Führer zugejubelt hatten, jetzt löste sich das Ganze schon hinter der britischen Botschaft auf. Es sah so ähnlich aus wie beim Rosenmontagszug.

Das Dumme war: Ähnlich wie beim Rosenmontagszug staute es sich auch. Rath kam nicht voran, überall drängten sich nun SA-Männer mit Fackeln und warteten, dass sie abziehen konnten. Die Luft stand in dem Gedränge, selbst vorhin im Scheinwerferlicht hatte Rath sich besser gefühlt.

Er fragte sich, wie es erst den SA-Männern ergehen musste: Die meisten trugen dicke Mäntel und was man sonst so trägt, wenn man mitten im Sommer Januar spielen muss.

Und dann passierte es: Ein paar Meter vor ihm klappte jemand zusammen. Wortlos. Die Umstehenden versuchten, der Fackel auszuweichen, die dem kollabierenden SA-Mann aus der Hand gefallen war. Ein kurzes Auflodern, dann qualmte es nur noch und roch verbrannt. Rath schob sich weiter durch die Menge; der zusammengebrochene SA-Mann lag auf dem Boden, in voller Montur, sein Mantel kokelte an einigen Stellen noch.

»Was ist hier passiert?«, fragte Rath.

Ein stämmiger SA-Mann schaute ihn misstrauisch an. »Wer will das wissen?«

Rath zückte seinen Dienstausweis. »Gereon Rath, Kriminalpolizei.«

Der SA-Mann nahm Haltung an. »Scharführer Sax ist einfach zusammengebrochen, ist in seine Fackel gestürzt, sein Mantel hat Feuer gefangen. Haben es gerade noch ersticken können.«

Einige SA-Männer hatten ihre Mäntel auf die Flammen geworfen, offensichtlich froh, sich der schweren Wintermäntel an diesem Hochsommertag entledigen zu können. Rath kniete sich hinunter zu dem gestürzten Scharführer, dessen Gesicht im Gegensatz zu den rot schwitzenden seiner Kameraden kalkweiß war. Hastig knöpfte er dem Mann den Mantel auf, öffnete den Kragen und legte den Finger an die Halsschlagader – Fehlanzeige.

Er richtete sich auf. »Ich fürchte, Ihr Kamerad ist tot. Lassen Sie sofort einen Arzt kommen.«

Obwohl Rath nicht glaubte, dass noch etwas zu retten war, zog er dem Scharführer den Mantel aus und versuchte, den Mann wiederzubeleben. Dabei fiel ein Metallröhrchen aus der Manteltasche und kullerte übers Pflaster. Rath steckte es ein.

Er musste sich zusammenreißen, denn SA-Scharführer Sax stank, der Mann hatte sich offensichtlich in die Hosen gemacht. Rath kannte das, bei vielen Menschen versagte der Schließmuskel im Augenblick des Todes. Die umstehenden SA-Leute kannten das offensichtlich nicht, jedenfalls war es ihnen sichtlich unangenehm, dass ihr Kamerad alles andere als einen Heldentod gestorben war. Einfach umgekippt und sich dann noch in die Hosen gemacht – ein zweiter Horst Wessel würde aus Scharführer Sax nicht mehr werden.

Der herbeigerufene Arzt, der keine Minute später erschien, trug ebenfalls die braune Uniform der SA. Ein Gerichtsmediziner wäre Rath lieber gewesen, doch bis Doktor Karthaus hier eingetroffen wäre, hätte es ewig gedauert.

»Exitus«, bestätigte der SA-Doktor, der selbst am Fackelzug teilgenommen hatte, dem verschwitzten Gesicht nach zu urteilen. Rath zeigte ihm das Röhrchen.

»Benzedrin«, sagte der Arzt. »Ein Antiasthmatikum. Aber an einem Asthmaanfall ist er nicht gestorben, eher an einem Hitzschlag.«

»Sind Sie sicher?«

»Wenn Sie das genau wissen wollen, sollten wir die Leiche in die Gerichtsmedizin bringen lassen.«

*

So gerieten die sterblichen Überreste des SA-Scharführers Heinz Sax doch noch ins Leichenschauhaus und in die Hände von Doktor Karthaus. Rath erhielt den Anruf aus der Hannoverschen Straße schon am nächsten Morgen.

»Sie arbeiten aber schnell, Doktor.«

»Ein toter SA-Mann hat Vorrang, das wissen Sie doch.«

»Aber warum rufen Sie *mich* deswegen an?«

»Weil Ihr Name im Einlieferungsprotokoll steht.«

»Ich war zufällig vor Ort, aber das ist kein Mordfall.«

»Sie sind Todesfallermittler. Wie ein Todesfall strafrechtlich zu bewerten ist, ergibt sich doch erst im Laufe der Ermittlungen, nicht wahr?«

Rath seufzte. »Sie haben wie immer recht, Doktor. Dann schießen Sie mal los.«

»Rizinusöl«, sagte der Gerichtsmediziner. »Der Darm des Toten wirkt derart ausgespült, als habe er kurz vor seinem Tod Rizinusöl eingenommen. Darauf deutet übrigens auch der ungewöhnlich wässrige Stuhlgang hin.«

»Kompliment, Doktor. Sie schaffen es sogar am Telefon, mir den Appetit zu verderben. Dazu muss ich ja gar nicht mal mehr ins Leichenschauhaus fahren.«

»Postmortale Darmentleerung kommt recht häufig vor, das sollten Sie doch wissen. Aber in diesem Fall war es gar nicht postmortal.«

»Wie meinen Sie das?«

»Der Hitzschlag, dem der SA-Mann erlegen ist, wurde durch eine extreme Dehydratation befördert, ausgelöst einmal durch sein Asthmamittel ...«

»... Benzedrin.«

»Richtig. Muss er kurz vor seinem Tod eingenommen haben, wahrscheinlich in hoher Dosierung. Vielleicht hat er gedacht, damit gegen die Atemnot angehen zu können, die dem Hitzschlag vorangegangen ist. Dann hat aber auch die Darmentleerung dem Körper ungewöhnlich viel Wasser und Mineralien entzogen. In Verbindung mit der gestrigen Hitze hat das den Exitus ausgelöst.«

»Also eine Verkettung unglücklicher Zufälle?«

»Ja und nein«, sagte Karthaus. »Oder fragen Sie sich nicht, warum jemand freiwillig Rizinusöl einnehmen sollte, wenn er sich gerade marschfertig macht für Filmaufnahmen?«

Rath legte auf und fuhr auf direktem Wege zum Brandenburger Tor. Er hatte Glück, in den Grünanlagen neben der rußschwarzen Ruine des ausgebrannten Reichstages waren die Filmfritzen noch dabei, die Zelte abzubauen, in denen man am Vorabend die SA versorgt hatte. Preiswerter konnte man ein solch riesiges Statistenheer nicht bekommen: Gulaschsuppe statt Honorare.

Er parkte seinen Buick in der Friedrich-Ebert-Straße. Die neuen Straßenschilder mit dem Namen »Hermann-Göring-Straße« waren schon über den alten montiert. Rath stieg aus dem Wagen und sprach einen Koch an, der gerade die Hecktür eines Aschinger-Lieferwagens zuschlug.

»Sagen Sie bloß, Aschinger hat der SA gestern Abend das Essen hier spendiert!«

»Nee. Die Volksdeutsche Filmjesellschaft. Wir ham nur die Julaschsuppe jeliefert. Wieso fraaren Se?«

Rath zeigte seinen Ausweis. »Gehört Rizinusöl zu Ihrem Gulaschsuppenrezept?«

»Wollen Se mir vergackeiern?« Der Koch wurde bleich. »Det wär ja ... Sabotage wär det.«

»Soll keine Unterstellung sein. Aber mindestens einem der SA-Männer hier ist gestern Abend Rizinusöl verabreicht worden.«

»Also: Ick habe keene Beschwerden jehört.«

»Wo hat denn die SA-Standarte fünf ihre Suppe bekommen?«

Der Koch zeigte auf ein Zelt, von dem nur noch das Gestänge stand. »Dort drüben. War aber nich meine Essensausjabe.«

»Wer hat denn da gestanden?«

Der Koch zuckte mit den Achseln. »Kollege Bley, meen ick.«

Rath schaute sich um.

»Nee, der is heute nich hier«, sagte der Koch und stieg in den Lieferwagen. »Soll ick ihm wat ausrichten?«

»Nicht nötig.« Rath legte den Zeigefinger an die Lippen. »Und zu keinem ein Wort.«

Die SA-Feldpolizei, Arbeitgeber des toten Scharführers, residierte inmitten einer ehemaligen Kaserne an der General-Pape-Straße. Göring hatte die Einheit vor wenigen Monaten erst ins Leben gerufen. Im Gegensatz zur Hilfspolizei, wo jeder dahergelaufene SA-Mann mitmischen konnte, war die Feldpolizei handverlesen. Was die Sache nicht besser machte. Rath hielt nicht viel von den Braunhemden, für ihn war die SA immer noch eine politische Schlägerbande, auch wenn sie sich Hilfspolizei oder gar Feldpolizei nannte. Die Hauptaufgabe dieser sogenannten Polizei: Kommunisten, Sozis oder Juden aus dem Verkehr ziehen, und diese Aufgabe erledigte sie mehr als gründlich. Was oftmals hieß: tödlich.

Vor Tor VI, wo Rath sein Auto abstellte, verkaufte ein Wurstmaxe seine Waren. Er war dicht umlagert, Blaumänner und Weißkittel standen Schlange, aber auch ein paar Braunhemden. Rath reihte sich ein. Er orderte eine Bockwurst mit Senf und stellte sich zu zwei SA-Männern an den Tisch.

»Und dann kotzt die rote Sau mir doch jlatt vor die Füße! Han'ck ihm jleich noch 'n paar überjezogen«, hörte er den größeren gerade erzählen.

Der andere lachte und biss in seine Wurst.

»Mahlzeit«, sagte Rath, und die beiden guckten misstrauisch.

»Kollege«, sagte der Kommissar und zeigte seinen Dienstausweis.

Die SA-Männer nickten, aber ihr Gespräch nahmen sie nicht wieder auf.

»Gestern auch am Brandenburger Tor gewesen?«, fragte Rath nach ein paar Bissen, so beiläufig wie möglich.

»Nee. Hatten zu tun.« Wieder war es der größere, der das Sprechen übernahm.

»Aber Scharführer Sax war da.«

»Sax, der Wichtigtuer.«

Das klang ziemlich verächtlich, wie ausgespuckt. Vom Tod seines Kollegen schien der Mann noch nichts mitbekommen zu haben.

»Sind denn noch andere Feldpolizisten mitmarschiert?«

»Keene Ahnung. Da müssten Se den Diensthabenden fragen. Sturmführer Sperling.« Der SA-Mann nickte zum Gelände hinüber. »Block H. Wieso wollen Se det denn überhaupt wissen?«

»Todesfallermittlung«, sagte Rath und ließ die beiden stehen.

Block H, ein typischer preußischer Backsteinbau, befand sich mitten auf dem Gelände, in unmittelbarer Nachbarschaft verschiedenster Gewerbebetriebe, die ebenfalls in die alte Kaserne gezogen waren. Als Rath das SA-Gebäude fast erreicht hatte, drang aus dem Keller plötzlich ein gellender Schmerzensschrei. Er zuckte zusammen, doch die zwei Arbeiter, die gerade den Hof überquerten, reagierten überhaupt nicht. Woran sich die Menschen so alles gewöhnen können, dachte Rath. Er schüttelte den Kopf und ging hinein.

Der SA-Mann an der Pforte prüfte seinen Dienstausweis genau, bevor er Auskunft gab. »Sturmführer Sperling ist gerade zu Tisch. Tut mir leid.«

»Sonst kein Verantwortlicher da?«

»Standartenführer Fritsch hat eine Besprechung in der Prinz-Albrecht-Straße.«

»Dann warte ich, bis einer der Herren zurückkehrt. Bis dahin würde ich mir gerne schon mal den Spind von Scharführer Sax anschauen. Sie haben doch sicher einen Schlüssel?«

Der Pförtner hatte. Er führte Rath in einen Umkleideraum und schloss einen blechernen Schrank auf.

»Was ist denn mit Scharführer Sax, wenn ich fragen darf? Hat er sich was zuschulden kommen lassen?«

»Schlimmer«, sagte Rath. »Er ist gestorben.«

Der SA-Mann hob die Augenbrauen und trottete zurück zur Pforte. Viel fand Rath nicht in dem Spind. Ein Paar alte Socken, ein altes Exemplar des ›Angriff‹, Handschellen, einen zerschrammten Schlagstock, ein Grabendolch aus dem Weltkrieg, den Sax in seinem neuen Beruf wohl wieder aktiviert hatte, und ganz hinten im Schrank fünf Flaschen Rizinusöl, eine davon angebrochen. Rath schraubte sie auf und roch daran, als eine Stimme ihn herumfahren ließ.

»Was machen Sie da?«

Ein SA-Feldpolizist in gebügelter Uniform stand im Umkleideraum. Den Abzeichen an seinem Kragen nach zu urteilen, ein höheres Tier.

»Sturmführer Sperling?«

Der Mann nickte.

Rath zückte seinen Ausweis. »Dann will ich zu Ihnen.«

Der Diensthabende residierte in einem angenehm kühlen Büro mit bestem Blick auf den Hof. Die Nachricht vom Tod seines Scharführers überraschte den Sturmführer nicht.

»Habe soeben davon erfahren.«

»Tragischer Fall«, sagte Rath. »Waren weitere Feldpolizisten gestern am Brandenburger Tor?«

»Sechs Männer haben wir dafür freigestellt, sind in den SA-Stürmen mitmarschiert, denen sie vor ihrer Berufung zur Feldpolizei angehört haben.«

»Hat einer von denen sich heute krankgemeldet? Mit Magen-Darm-Beschwerden?«

»Nein. Wieso ...«

»Ich würde diese Männer gerne sprechen«, sagte Rath.

»Das wird schwierig, ich brauche jeden Mann! Die Freistellung gestern war eigentlich schon zu viel. Wir haben mehr als genug Arbeit, wie Sie sehen, die kommunistische Gefahr ist noch lange nicht niedergerungen.«

»Das sieht man nicht nur, das hört man sogar«, meinte Rath. »Ganz schön was los bei Ihnen im Keller, was?«

»Ich sag ja, viel zu tun.« Sperling blieb ungerührt. »Was ist denn eigentlich geschehen?«

Rath schilderte die wenig heldenhaften Todesumstände von Scharführer Sax.

»Rizinusöl?«

»Genau. Und das in Verbindung mit seinem Asthmamittel und der Hitze war wohl tödlich.«

Sperling schüttelte den Kopf.

»In seinem Spind«, fuhr Rath fort, »habe ich eine ganze Batterie mit Rizinusflaschen gefunden – hatte Heinz Sax Verdauungsprobleme?«

»Nein.« Sperling druckste ein wenig herum, bevor er weitersprach. »Das war eher sein … Arbeitsmittel.«

»Wie?«

»Nun … Scharführer Sax hatte so seine eigenen Methoden, um … Staatsfeinde zum Sprechen zu bringen. Rizinusöl macht den bockigsten Kommunisten gefügig, glauben Sie mir.«

»Dass Rizinus jemanden zum *Sprechen* bringt, ist mir neu«, sagte Rath, »aber lassen wir das.« Er steckte sich eine Overstolz an. »Wie gut war Sax denn gelitten in der Truppe hier?«

»Wieso?«

»Na, vielleicht wollte ihm ja der ein oder andere seiner Kameraden einen Streich spielen vor dem großen Auftritt gestern Abend.«

»Wie können Sie es wagen?« Sperling war von seinem Stuhl aufgesprungen. »Einem SA-Mann solch ein Verhalten zu unterstellen!«

»Und wie können Sie es wagen, Sturmführer«, sagte Rath und stand ebenfalls auf, »in diesem Ton mit einem Vorgesetzten zu reden?«

»Sie sind nicht mein Vorgesetzter, Kommissar!«

»Die Dienstgrade der SA sind etwas gewöhnungsbedürftig, aber als Sturmführer haben Sie allerhöchstens den Rang eines Kriminalsekretärs, also erzählen Sie mir nicht, wer hier der Ranghöhere ist! Eine derartige Respektlosigkeit in den Reihen der SA und ihrer Feldpolizei hätte ich niemals erwartet! Bei der Schutzpolizei habe ich so etwas jedenfalls noch nicht erlebt, Sturmführer!«

Mit jedem Satz war Rath lauter geworden und Sturmführer Sperling einen Zentimeter kleiner. Vielleicht kannte der Mann diesen Ton von der Staatspolizei, mit der die SA-Feldpolizei eng zusammenarbeitete, jedenfalls wirkte es. Immer wieder hatte Rath festgestellt, dass die Preußen erstaunlich gut spurten, selbst die renitenten Berliner, wenn man sie erst im Kasernenhofton anschnauzte.

»Bitte um Verzeihung, Herr Kommissar«, sagte Sperling kleinlaut. Er sah aus, als würde er sich am liebsten wieder hinsetzen, traue sich dies jedoch nicht ohne ausdrücklichen Befehl.

»Schon gut. Wollen das mal nicht an die große Glocke hängen.« Rath gab sich jovial, guckte aber weiter streng. »Dann führen Sie mal meinen Befehl aus!«

»Wie meinen, Herr Kommissar?«

»Na, die Männer herbeischaffen! Schon vergessen? Die fünf, mit denen Sax gestern Abend am Brandenburger Tor war.«

»Natürlich, Herr Kommissar!«

»Was stehen Sie noch hier rum? Marsch, marsch!«

»Zu Befehl, Herr Kommissar!«

Es hätte nicht viel gefehlt, und der Sturmführer hätte die Hacken zusammengeschlagen. Er salutierte und verließ das Büro, so zackig er nur konnte.

»Na also, geht doch!«, murmelte Rath, als Sperling draußen war. Er drückte seine Zigarette aus, ging um den Schreibtisch herum und blätterte durch die Häftlingseingangslisten, die er die ganze Zeit schon im Auge gehabt hatte. Tatsächlich fand er den Namen, den er suchte, und hielt ihn mitsamt Adresse in seinem Notizbuch fest. Gerade wollte er den Einlieferungstermin mit dem Dienstplan abgleichen, der neben dem Schreibtisch an der Wand hing, als er Schritte auf dem Gang hörte. Er steckte sein Notizbuch schnell wieder ein, stellte sich mit hinter dem Rücken verschränkten Händen ans Fenster und tat so, als genieße er die Aussicht.

Der Sturmführer kam zurück, in seinem Schlepptau vier Braunhemden, die sich in Reih und Glied aufstellten. In einem erkannte Rath den stämmigen SA-Mann wieder, der gestern Abend den Arzt geholt hatte.

»Melde gehorsamst, Herr Kommissar«, sagte Sperling und salutierte, »die Teilnehmer des Fackelzugs.«

Rath schaute sich die Männer an, als nehme er eine Parade ab. »Nur vier?«, sagte er streng. »Und wo ist der fünfte?«

»SA-Mann Wehner ist im Außendienst, Herr Kommissar. Eine Aushebung.«

»Na gut«, brummte Rath und wandte sich den Männern zu. »Sie haben gestern teilgenommen am Fackelzug durchs Brandenburger Tor.«

»Jawohl, Herr Kommissar«, klang es unisono aus vier Kehlen.

»Ist Ihnen etwas aufgefallen am Kameraden Sax vor oder während des Marschs?«

Schweigen.

»Nichts?«

»Was meinen Sie, Herr Kommissar?«, fragte der Stämmige.

»Hat er sich zwischendurch gekrümmt, hatte er irgendwelche Schwierigkeiten? Hat er ... gestunken?«

Die Männer schauten ratlos.

»Der Herr Kommissar will wissen, ob Sax sich in die Hosen gemacht hat«, half Sturmführer Sperling.

»Er musste ... Er hat sich kurz vor dem Marsch ... erleichtert«, sagte der SA-Mann, »da wird er sich zehn Minuten später ja kaum in die Hosen …«

»Vielleicht doch. Wenn jemand nachgeholfen hat.«

»Wie?«

»Zum Beispiel mit Rizinusöl …« Rath stellte sich direkt vor den SA-Männern auf. »Er war nicht gerade beliebt in der Truppe, der Kamerad Sax, nicht wahr?«

Bevor jemand antworten konnte, wurde die Tür aufgerissen und ein Mann in respekteinflößender Uniform betrat den Raum. Rath zählte vier Rauten auf dem Kragen. Mehr hatte keiner hier im Raum.

»Darf ich fragen, was hier vorgeht?«, brüllte der Rautenmann gleich los.

Sturmführer Sperling salutierte noch strammer als vor Rath. »Mit Verlaub, Standartenführer, Kriminalkommissar Rath befragt Teilnehmer des gestrigen Fackelzugs wegen des Todes von Scharführer Sax!«

»Soso.« Der Standartenführer hatte einen schmalen Mund, der noch schmallippiger wurde, als er Rath von oben bis unten musterte. »Und warum sprechen Sie dann nicht mit mir, Kommissar?«

»Gerne, Herr …«

»Fritsch«, soufflierte Sperling eifrig, »Standartenführer Fritsch ist der Chef der SA-Feldpolizei.«

»Wir können uns gerne unterhalten, Herr Standartenführer«, fuhr Rath fort. »Jetzt, wo Sie wieder im Hause sind.«

»Ich glaube nicht, dass es da irgendetwas gibt, über das ich mit *Ihnen* reden müsste, Kommissar. Ich habe gerade mit der Geheimen Staatspolizei über diesen Todesfall gesprochen. Niemand möchte diese Geschichte an die große Glocke hängen.«

»Ich hänge nichts an die große Glocke, ich untersuche nur die Todesumstände …«

»Scharführer Sax ist einen erbärmlichen, unwürdigen Tod gestorben, damit hat es sich. Der Fall ist erledigt.«

»Mit Verlaub, Standartenführer, aber diese Entscheidung sollte die Kriminalpolizei selber treffen beziehungsweise die Staatsanwaltschaft. Jedenfalls nicht die SA oder die Staatspolizei.«

»*Jedenfalls!*« Fritsch schnaubte das Wort mehr, als dass er es sprach. »In meinem Haus *jedenfalls*, Herr Kommissar, sind Ihre Ermittlungen beendet. Ich darf Sie bitten zu gehen. Guten Tag!«

*

Rath brauchte keine zwanzig Minuten zum Alex, doch die moderne Telefontechnik war schneller. Kaum hatte er sein Büro betreten, teilte ihm seine Sekretärin mit, der Polizeipräsident wünsche ihn zu sprechen. Sofort. Rath seufzte und ging nach oben. Magnus von Levetzow, seit einem halben Jahr im Amt, ein ehemaliger Marineoffizier und ein Nazi der ersten Stunde, war über sein Parteibuch auf diesen Posten gelangt, nicht anders als die Sozis, die Rath früher auf diesem Stuhl hatte sitzen sehen. Auch Levetzow war mehr Politiker als Kriminalist, umso mehr musste man vor ihm auf der Hut sein. Aber Rath ahnte ohnehin, was ihm bevorstand, und so kam es dann auch.

»Der Chef der SA-Feldpolizei berichtet mir, Sie führen unautorisierte Befragungen in seiner Einheit durch? Wie kommen Sie dazu?«

»Die Umstände des Todes von SA-Scharführer Sax beim Fackelzug gestern Abend warfen Fragen auf, und denen bin ich …«

»Sie haben SA-Männern unterstellt, einem Kameraden einen üblen, entehrenden Streich gespielt zu haben, der dann einen tödlichen Ausgang genommen hat!«

»Ich habe überhaupt nichts unterstellt, ich habe lediglich Fragen gestellt.«

»Wollen Sie Standartenführer Fritsch etwa der Lüge bezichtigen?« Der Polizeipräsident war aufgestanden und schlug mit der Faust auf den Schreibtisch. »Scharführer Sax ist unter denkbar unwürdigen Umständen ums Leben gekommen, und Sie haben nichts Besseres zu tun, als darin noch ... herumzurühren?«

»Das lag nicht in meiner Absicht, Herr Polizeipräsident.«

»Herr Kommissar!« Levetzow schnaubte vor Wut. »Sollte irgendein Umstand dieses Todesfalls jemals seinen Weg in die Öffentlichkeit finden oder gar in die Presse, mache ich Sie persönlich dafür verantwortlich!«

»Jawohl, Herr Polizeipräsident.«

»Und funken Sie gefälligst nie wieder dazwischen, wenn die Geheime Staatspolizei sich eines Falles angenommen hat!«

Rath gab sich zerknirscht. »Es tut mir leid, Herr Polizeipräsident, ich habe voreilig gehandelt.«

»Das haben Sie in der Tat! Warten Sie künftig die Befehle Ihrer Vorgesetzten ab, bevor Sie etwas unternehmen!«

Rath nickte demütig.

»Haben Sie mich verstanden?«

»Jawohl, Herr Polizeipräsident. Der Fall ist abgeschlossen. Scharführer Sax ist nach der Einnahme seines Asthmamittels in Verbindung mit den hohen Temperaturen an jenem Abend einem Hitzschlag erlegen. Die sonstigen Umstände seines Todes, insbesondere die Darmentleerung, spielen keine Rolle, da ...«

»Herr Kommissar! Ich verbiete Ihnen, diese entehrenden Todesumstände noch ein einziges Mal zu erwähnen! Nicht in meiner Gegenwart und nicht in der irgendeines anderen Menschen! Es reicht!«

»Jawohl, Herr Polizeipräsident.«

»Und nun scheren Sie sich hier raus!«

Rath holte tief Luft, als er wieder vor der Tür stand. Auf

dem Weg nach unten zur Mordinspektion schaute er auf die Uhr. Heute würde er das Büro pünktlich verlassen, das stand fest. Anderslautende Befehle hatte er nicht.

*

Er saß im Auto und rauchte, unschlüssig, ob er aussteigen sollte oder nicht. Eigentlich hatte Rath vom Präsidium direkt nach Hause fahren wollen, doch nun parkte er in Friedrichshain vor einer heruntergekommenen Mietskaserne. Und das nicht nur, weil er die Heimfahrt hinauszögern wollte.

Verdammt, dachte er, was soll's? Er drückte die Zigarette aus, öffnete die Wagentür und machte sich auf den Weg. Die Adresse, die er in der Papestraße notiert hatte, stimmte: Friedrich Bley wohnte im zweiten Hinterhaus. Eine ältere Frau öffnete die Tür und schielte misstrauisch auf seine Dienstmarke.

»Was wollen Se denn noch von Fritze? Reicht Ihnen nicht, dass Sie ihn ins Krankenhaus gebracht haben? Da liegt er immer noch, da können Se ihn besuchen!«

»Das tut mir leid, das wusste ich nicht. Ich dachte ... Ich bin hier, weil ich dachte ... Ihr Mann arbeitet doch bei Aschinger, oder?«

»Nee, da verwechseln Se ihn mit Kutte!«

»Ihr Sohn?«

Sie merkte, dass sie sich verplappert hatte, und nickte widerwillig.

»Ist der zu Hause?«

»Nee. Spätschicht.«

Kurt Bley arbeitete in der Aschinger-Zentrale an der Prenzlauer Allee, die sämtliche Filialen in der Stadt mit günstigem, aber gutem Essen belieferte. Und gestern Abend auch die SA am Brandenburger Tor. Hier herrschte noch mehr

Betrieb als in der Zentralküche von *Haus Vaterland*, das Ganze erinnerte eher an eine Fabrik als an eine Großküche. Rath fand Bley vor einem riesigen Berg Kalbsschnitzel, die er mit einem Holzhammer flach klopfte, bevor ein Kollege sie panierte und ein dritter sie in einen riesigen Bräter warf. Der Koch sah gar nicht aus wie ein Kommunist, dafür war er zu gut genährt. Eine Stelle bei Aschinger war in diesen mageren Zeiten nicht zu unterschätzen, dachte Rath.

Er hatte sich diskret zu dem Mann durchgefragt, erst Kurt Bley bekam seine Polizeimarke zu Gesicht.

»Was wollen Sie?«, fragte der Koch zwischen zwei kräftigen Schlägen.

»Eine kurze Unterhaltung. Sie waren gestern Abend am Brandenburger Tor. Die SA mit Gulaschsuppe versorgen.«

Bley legte den Holzhammer beiseite und rief einen Küchenjungen herbei, der übernahm. Der Koch führte Rath nach draußen auf den Hof, auf eine Laderampe, vor der gut ein Dutzend Lieferwagen parkten.

»Was ist passiert?«, wollte Bley wissen und steckte sich eine Zigarette an.

Rath griff zu seinen Overstolz. »Heinz Sax ist tot«, sagte er und riss ein Streichholz an.

»Sax? Tot?« Bley schien wirklich überrascht zu sein.

»Sie kannten den Mann also?«

Bley schwieg.

»Er starb an Hitzschlag«, fuhr Rath fort. »Infolge extremen Flüssigkeitsmangels. Herbeigeführt durch Einnahme von Rizinusöl.« Er beobachtete den Koch, der immer bleicher wurde. »Sie wollten sich an ihm rächen, nicht wahr? Weil er Ihren Vater misshandelt hat.«

»Ich wollte ihn doch nicht *töten*«, brach es aus Bley heraus, und es klang wie ein ehrlicher Protest.

»Mag sein. Dennoch liegt Heinz Sax jetzt im Leichenschauhaus.«

»Ich wollte nur, dass er sieht, wie es ist, wenn man sich

vor allen Leuten in die Hosen scheißt, ich wollte, dass seine Kameraden sich über ihn lustig machen, dass er so gedemütigt wird, wie die Menschen, die er selbst gedemütigt hat.«

»Sie sind überraschend ehrlich.«

»Was soll ich denn machen? Ich sitze doch sowieso zwischen allen Stühlen. Die Genossen wollten eigentlich die ganze Veranstaltung sabotieren. Die halbe SA sollte über die Gulaschsuppe mit Rizinus abgefüllt werden.«

»Und das sollten Sie erledigen?«

»Ja. Aber ich konnte das nicht. Aschinger ist mein Arbeitgeber. Die haben mich immer gut behandelt, haben mich wieder eingestellt, als ich aus der Papestraße zurück bin, ohne zu fragen.«

»Sie waren auch Gefangener der SA?« Nun war Rath überrascht.

Bley nickte. »Haben mich zusammen mit Vattern aus dem Bett geholt. Mich dann aber nach zwei Tagen wieder laufen lassen, weil ich nie in der KPD war.«

»Aber dennoch wollten Sie diesen Sabotageakt für die Kommunisten durchführen.«

»Ich wollte nicht, ich *sollte*. Eben weil ich offiziell keiner von denen bin.«

»Und dann haben Sie Fracksausen gekriegt.«

»Auf wen, meinen Sie, wär das wohl zurückgefallen, wenn die halbe SA vor laufenden Kameras die Scheißerei gekriegt hätte?«

Rath musste ein Grinsen unterdrücken bei dieser Vorstellung. Durchmarsch statt Parademarsch.

»Auf Aschinger«, sagte er.

»Richtig.« Bley zog an seiner Zigarette. »Ick konnte det nich. Hab nur eine Pulle Rizinus mitgenommen, hab nur drei, vier Löffel in die Suppe von Sax gekippt, damit wenigstens die größte Drecksau von allen sich beim großen Auftritt in die Hosen scheißt.« Er schaute Rath an. »Hat aber zu schnell gewirkt, er is im Tiergarten noch auf die Toilette. Bevor die SA losmarschiert ist.«

»Das scheint das Problem zu sein. Da muss er schon zu viel Wasser verloren haben. Und außerdem war er Asthmatiker. Benzedrin entzieht dem Körper ebenfalls Wasser.«

»Schön. Konnt ick ja allet nich wissen.«

»Nee. Konnten Sie nicht. Dennoch haben Sie ein Menschenleben auf dem Gewissen!«

»Was meinen Sie denn, wie viele Menschen Heinz Sax auf dem Gewissen hat?« Bley funkelte ihn wütend an. »Rizinus! Das ist nicht so lustig, wie es klingt! Ich hab miterlebt, wie die armen Schweine sich gewunden haben unter Darmkrämpfen, wie sie sich vollgeschissen haben unter dem Gegröle der SA. Und einige von denen sind jämmerlich krepiert. In ihrer eigenen Scheiße.« Er schüttelte den Kopf. »Und so was nennt man Polizeigewahrsam.«

»Die SA ist keine Polizei, auch wenn sie sich so nennt. Die preußische Polizei würde so etwas nie tun.«

»Aber *dagegen* tut sie auch nüscht.« Bley trat seine Zigarette aus. »Was wollen *Sie* nun tun, Kommissar? Mich verhaften? Ich kann Ihnen sagen, was dann passiert: Ick komm wieder in die Papestraße. Und diesmal schlagen die mich tot.«

Rath wusste nichts mehr zu antworten. Er musste an den Auftritt von Standartenführer Fritsch denken, an den Schrei aus dem Keller und an die neuen Zeiten, in denen Totschläger Polizei spielen durften. Bley hatte wahrscheinlich recht.

»Besuchen Sie Ihren Vater im Krankenhaus«, sagte er schließlich und schnippte seine Overstolz auf den Hof. »Und lassen Sie sich eine gute Ausrede für die Kommunisten einfallen.«

Er ging zurück zu seinem Buick und fühlte sich seltsam

beschwingt. Mit einem Mal freute er sich sogar darauf, nach Hause zu fahren. Obwohl er wusste, dass er Charly kein Wort von all dem erzählen würde, was er heute getan hatte. Und erst recht nichts von dem, was er nicht getan hatte.

Personalbogen

Zuname:	Rath
Vorname:	Gereon Konstantin
Amtsbezeichnung:	Kriminalkommissar
Dienstbehörde:	Inspektion A, Polizeipräsidium Berlin Alexanderstraße 2–20, Berlin C 25 Fernsprecher: Berolina 0023
Wohnsitz:	Carmerstraße 4, Berlin-Charlottenburg 2 vormals: Luisenufer 63, Berlin S 42
Geburtsdatum/-ort:	5. März 1899 in Köln
Konfession:	kath.
Eltern:	Engelbert Rath, Kriminaldirektor Erika Rath, geb. Quabach, Hausfrau
Geschwister:	Anno Rath (gefallen 1914) Severin Rath Ursula Hamann, geb. Rath
Familienstand:	verheiratet
Datum d. Eheschließung:	12. Mai 1933
Name der Ehefrau:	Charlotte Rath, geb. Ritter, Juristin
Geburtsdatum/-ort der Ehefrau:	23. Oktober 1907 in Berlin-Moabit
Kinder:	keine
Schulausbildung:	Königliches Gymnasium an der Apostelkirche zu Köln, Reifezeugnis 27. Februar 1920
Berufsausbildung:	Studium der Rechtswissenschaften Universität zu Köln

	Sommersemester 1920–Wintersemester 1921/22 (ohne Abschluß)
	1922–1924 Kommissaranwärter, Polizeipräsidium Köln
	Kommissarprüfung bestanden am 24. Oktober 1924
Beruflicher Werdegang:	1924–1925 Kommissar auf Probe, Kriminalpolizei Köln
	1925–1929 Kriminalkommissar, Kriminalpolizei Köln
	seit 1929 Kriminalkommissar, Kriminalpolizei Berlin
	März–Mai 1929 Inspektion E (Sittenpolizei)
	seit Mai 1929 Inspektion A (Mordinspektion)
Führerschein:	Klasse III b
Sonstiges:	Schußwaffengebrauch mit Todesfolge am 26. November 1928, Gerichtsverfahren, Freispruch am 22. Februar 1929;
	Disziplinarverfahren im August 1930 wg. Handgreiflichkeiten gegen einen Kollegen, erfolgte Disziplinarmaßnahme: Beförderung zum Oberkommissar unterbunden

Ralf Kramp Herbie trinkt Kaffee

Das gelbe Licht der Straßenlaternen spendete keine Wärme. Herbie Feldmann schlug das Revers seiner dünnen Jacke hoch und zog den Kopf zwischen die Schultern. Der Abend war kalt und neblig und ließ keinen Zweifel daran, dass der Herbst schon bald in den Winter übergehen würde.

»Schon gut, du hattest recht, Julius, fast null Grad. Falsche Jacke.«

Der große, dicke Mann, der mit gemächlichem Schritt neben ihm herging, bedachte ihn mit einem spöttischen Blick.

»Sag nichts. Hat mir schon gereicht, dass du während des ganzen Films lautstark deine Kommentare abgegeben hast.« Sein Begleiter, den niemand hören und sehen konnte außer ihm, genoss eine gewisse Narrenfreiheit. Und er kostete sie weidlich aus. Er liebte es, Herbie immer wieder in absurde Situationen zu manövrieren – ob im Taxi, auf dem Wochenmarkt oder eben im Kino.

Ich halte Nicholas Cage nun mal für völlig überbewertet.

»Hab ich gemerkt.«

Er hat so einen Schafsblick.

»Hast du mir schon gesagt.«

Und ich finde, er hat eine überaus dämliche Synchronstimme.

»Hab ich kapiert.«

Herbie beendete den Dialog, als ihnen eine Passantin entgegenkam. Die junge Frau nickte stumm, Herbie nickte stumm zurück, und Julius trompetete aufgekratzt: *Gott zum Gruße, Fräuleinchen!*

Von der Eifel-Filmbühne bis zur Wohnung am Graf-Mirbach-Platz war es nur ein Fußweg von ein paar hundert Metern. Herbie freute sich auf einen wärmenden Schlummertrunk, als er die Hossentrapp ansteuerte, die ihn sechsunddreißig Stufen hinauf zum alten Stadtkern führte, dann war er fast zu Hause.

Da war etwas.

Jemand.

Eine unförmige Gestalt lag grotesk gekrümmt auf den unteren Stufen, und Herbie hörte ein leises Stöhnen.

»Julius, ist es das, was ich zu sehen glaube?«, hauchte Herbie.

Du glaubst auch, mich zu sehen. Ich würde das lieber nachprüfen. Julius kratzte sich an seinem grauen Bart.

Herbie beschleunigte seinen Schritt und stürzte auf den Körper zu, der sich kaum merklich bewegte. Als er sich hinabbeugte, wurde ein zerfurchtes, blasses Gesicht zwischen Mantelkragen, Schal und Baskenmütze sichtbar.

»Oh Gott, Julius, das ist der alte Besseler!«

Der Mann stöhnte wieder. Seine bleichen Finger tasteten auf dem Mantel herum. Dann reckte er den Kopf und starrte mit weit aufgerissenen Augen die Treppe hinauf. Die ausgetretenen, etwa anderthalb Meter breiten Stufen führten direkt ins milchig gelbe Licht der oberen Straßenlaterne.

»Meine Güte, wenn er da hinuntergesegelt ist, hat er sich sämtliche Knochen im Leib gebrochen. Was soll ich tun, Julius? Was soll ich denn nur tun?«

Nimm seinen Mantel, er braucht ihn, glaube ich, bald nicht mehr.

»Ich hole Hilfe, Herr Besseler. Das wird nur einen Moment dauern.«

Da schoss die Linke des Alten zu Herbie empor und fasste ihn am Arm, dass er die kalten Finger durch den dünnen Stoff seiner Jacke spüren konnte. Die andere Hand zog unbeholfen etwas aus dem Inneren des Mantels hervor. Es war eine zerschlissene, an den Ecken abgestoßene Kladde, die Besseler zitternd zu Herbie herüberschob.

»Verstecken …«, glaubte Herbie zu hören. »Muss verschwinden … Bartsch … Du … musst … verstecken … sonst …« Die Worte verwandelten sich in krächzende Laute.

Verwirrt betrachtete Herbie, was ihm der alte Mann überlassen hatte. Die Aufschrift auf dem Etikett war in winziger Sütterlinschrift verfasst, die er im Halbdunkel unmöglich entziffern konnte. Der Alte stöhnte wieder und Herbie richtete sich auf. »Ich laufe zum Hotel gegenüber«, rief er und stolperte schon halb über die Straße. »Da kann jemand den Krankenwagen rufen!«

Während er auf den Eingang des Hotels Augustinerkloster zulief, befingerte er fortwährend die Kladde und sagte atemlos: »Da ist was faul, Julius. Der ist nicht von selbst gestolpert, das sag ich dir! Der hatte vor irgendwas Angst.«

Ein Attentat? Wie hieß der Hitchcock-Film? Die 39 Stufen? Der Mann, der zu viel wusste? Will am Ende einer die Kanzlerin eliminieren? Julius kicherte leise. *Dann solltest du gleich die Polizei anrufen und ihnen das Ding da überreichen.*

Herbie schüttelte den Kopf. »Kommt nicht in Frage.«

Und warum nicht?

Mit dramatisch gekräuselten Augenbrauen hauchte Herbie: »Mir glaubt doch sowieso keiner.«

*

Ludwig Besseler, pensionierter Beamter, Ehrenmitglied des Eifelvereins, Heimatkundler und Mitglied des Hillesheimer Pfarrgemeinderats, überlebte die Nacht nicht. Er starb auf dem Weg ins Gerolsteiner Krankenhaus.

Herbie hatte es am Morgen von seiner Vermieterin, Frau Schnichels, erfahren. Er saß an seinem Küchentisch und kaute beiläufig auf seinem Käsebrot herum, während er durch die vergilbten Seiten der Kladde blätterte. Die Sütterlinschrift füllte in feinen, akkuraten Schnörkeln nahezu das ganze Heft. Es fiel ihm schwer, die Texte zu entziffern, und mit jedem Wort wuchs seine Enttäuschung.

Oh ja, das hättest du zweifellos der Polizei zeigen sollen. Julius strich sich selbstgefällig über seine Tweedweste. *Die hätten vermutlich gleich den Verfassungsschutz eingeschaltet.*

»Ein handgeschriebenes Kochbuch«, murmelte Herbie ratlos und schlürfte Kaffee. »Margarethe Sürtgen, Udenbreth 1949. Udenbreth liegt an der belgischen Grenze. Ob die Frau dort noch lebt? Hm, klingt alles so unspektakulär. Was soll man damit anfangen?«

Rezepte für Sprengstoff? Kochanleitungen für eine Wahrheitsdroge?

»Fehlanzeige. Rindfleischsuppe, Döppekooche und Panhas, was immer das auch sein mag.« Jedes einzelne Rezept war mit einer Zutatenliste und einer minutiösen Auflistung der erforderlichen Pfennigsummen versehen. »Das ist doch kein Geheimnis, Julius.«

Er schlug die Kladde zu. »Und trotzdem geht mir dieser Blick nicht aus dem Kopf. Der Alte hatte Angst. Und er hat darauf bestanden, dass ich das Buch *verstecke*. Das habe ich mir doch nicht eingebildet.«

Man müsste die Rezepte nachkochen, um es herauszufinden!

»Ich fürchte, dafür reicht der Inhalt meines Kühlschranks nicht aus.«

Stimmt allerdings. Die Milch ist mittlerweile linksrotierender Joghurt, der Joghurt Käse, und es wird nicht mehr lange dauern, bis die restliche Wurst zum Leben erwacht und auf eigenen Beinen durch die Küche krabbelt.

»Ich weiß, wer mir helfen kann!«, jubilierte Herbie und griff zum Telefon.

*

Annette Hartmann hatte ihr Dasein dem Erforschen der Esskultur vergangener Zeiten verschrieben. In der Eifel und im Kölner Raum zelebrierte sie mit großer Sorgfalt kulinarische Leseabende, bei denen dem Publikum neben der Literatur auch der Gaumenschmaus dargeboten wurde. Herbies Kladde erforschte sie mit spitzen Fingern und freudig geröteten Bäckchen.

»Das ist ja ein richtiger Schatz«, rief sie immer wieder enthusiastisch. Herbie hatte sie im Kloster Steinfeld angetroffen, wo sie gerade eine Abendveranstaltung zu Umberto Ecos *Der Name der Rose* vorbereitete. »Mit Preisen und allem drum und dran. Sieh mal hier. Mehl, 24 Pfennige!«

Für 24 Pfennige musste Ludwig Besseler sein Leben lassen. Das ist wirklich bitter.

Annette Hartmann registrierte Herbies kurzen Seitenblick und fragte: »Nervt Julius wieder?«

Sag ihr, dass ich mir das nicht bieten lassen muss!

»Geht so«, wiegelte Herbie ab, dem es auch nicht wesentlich angenehmer war, wenn die Leute so taten, als sei sein Begleiter real vorhanden. »Sag mir lieber, was du davon hältst. Ist irgendetwas außergewöhnlich daran?«

»Es ist immerhin außergewöhnlich schön. Und es ist beeindruckend, wie sorgfältig diese Frau Sürtgen alles aufgeschrieben hat. Jedes Rezept sogar mit Datum. Lebt sie noch?«

»Kann sein. Mein Freund Köbes, der mir seinen alten Volvo geliehen hat, kennt jemanden in Udenbreth. Er will sich mal umhören.«

»Und wie ist der alte Mann an diese Kladde gekommen?«

»Besseler war ein leidenschaftlicher Sammler, das weiß jeder in Hillesheim. Er hat regelmäßig sämtliche Flohmärkte in der Gegend nach Regionalia abgeklappert und viele Stücke im Internet ersteigert. Wenn irgendwo auch nur Eifel draufstand, hatte Besseler es schon so gut wie gekauft. Frau Kannengießer, die bei ihm putzt, sagt, die Kladde habe er erst gestern von einem Mann gekauft, dessen Wagen ein Kölner Kennzeichen gehabt habe. Mehr wusste sie leider nicht.«

Annette krauste amüsiert ihre spitze Nase. »Du hast schon fleißig nachgeforscht, was?«

Na ja, hat ja sonst nichts zu tun, unser oller Müßiggänger.

Herbie nickte und durchschritt mit gesenktem Kopf den Raum, in dem die Tische bereits für die Abendveranstaltung eingedeckt waren. »Aber ich begreife einfach nicht, was so Besonderes an diesen Rezepten sein soll.«

Annette beugte sich wieder über die Kladde. »Ich sehe es auch nicht. Die Rezepte sind toll. Und wenn ich mir bei Gelegenheit Fotokopien davon machen dürfte, wäre das wirklich klasse. Es gibt Grießflammeri und Graupensuppe, aber daran ist eigentlich nichts außerge... Moment mal ...« Sie stutzte und blätterte zurück. Herbie wandte sich zu ihr um und sah, wie ihre Finger durch die Seiten flogen. Vor und wieder zurück, hin und her. »Das ist seltsam«, murmelte sie. »Wirklich seltsam.«

Ach, das ist nichts, junge Frau. Julius reckte den Kopf über ihre Schulter. *Dass da keine Pizza Quattro Stagioni und kein Wokgemüse drinsteht, muss euch nicht weiter beunruhigen.*

»Sieh mal hier, Herbie. Am Ende einer jeden Zutatenliste stehen Dinge, die nicht dazugehören. 28 Stück Karotten ... 34 Kartoffeln ... 21 Esslöffel kalte Milch ... Das ist komisch. Das passt nicht. Und das ist viel zu viel!«

Er hat über Fünfhundertfünfzigtausend drauf. Da wird er die paar Meter auch noch schaffen. Julius beugte sich vom Rücksitz nach vorne und brüllte gegen den Motor an, der Geräusche machte, als würde ein vierzigteiliges Kaffeeservice samt Besteck in einer Waschmaschine rotieren. Herbies Freund Köbes war gemeinhin dafür bekannt, dass er sich in seiner Werkstatt hoffnungsloser Unfallfahrzeuge annahm und sie in rollende Zombies verwandelte. Der Wagen quälte sich den Berg hinauf in Richtung Udenbreth. Das Dorf lag auf einem sanft geschwungenen Höhenzug. Dahinter erstreckte sich ein ausgedehntes Waldgebiet, durch das die deutsch-belgische Grenze verlief. Der Regen, der auf die Windschutzscheibe niederging, brachte die ersten fetten Schneeflocken mit, die von den abgenutzten Scheibenwischern großflächig über das Glas gebürstet wurden.

Der Bauernhof, den sie suchten, lag etwas außerhalb, in Richtung Hollerath. Der marode, alte Siloturm war schon von Weitem zu erkennen.

Der Wagen rollte auf dem unbefestigten Hof aus und gab ein vielleicht letztes Seufzen von sich, als Herbie den Schlüssel im Zündschloss drehte.

Herbie versuchte, auf dem Weg zum Haus die schlimmsten Pfützen zu umrunden. Der Wind riss an seinem dünnen Jackett, und er knurrte, ohne sich nach seinem fröhlich pfeifenden Begleiter umzusehen: »Ja, ja, ich weiß. Falsche Jacke.«

Und falsches Schuhwerk. Vorsicht, da vorne!

Herbie schrak zusammen, wich einem großflächigen Schlammloch aus und versank augenblicklich knöcheltief in einem anderen.

Im Hof war ihre Ankunft offenbar zur Kenntnis genommen worden. Von irgendwoher bellten Hunde, und die Haustür wurde geöffnet.

Zögernd näherte sich Herbie, wobei er versuchte, seine nassen Hosenbeine auszuschütteln.

Der etwa fünfzigjährige Mann, der im Halbdunkel des Hauseingangs sichtbar wurde, steckte in einem graublauen Kittel und hatte dünnes, streng zurückgekämmtes Haar. Das Kinn mit dem Dreitagebart hatte er trotzig vorgeschoben. »Was wollen Sie?«, fragte er lauernd.

»Wohnt hier eine Frau Sürtgen? Margarethe Sürtgen?«

»Sie heißt nicht mehr Sürtgen. Sie heißt Thönneßen. Was wollen Sie von ihr?« Es klang feindselig.

Herbie kratzte sich am Kopf. »Äh, nun ja, es geht um etwas, das ein paar Jährchen zurückliegt. Eine sehr alte Geschichte, die ...«

Der Mann trat aus der Tür heraus auf ihn zu.

»Etwa schon wieder diese verdammte Schmuggelgeschichte?« Seine Stimme war nur noch ein Knurren.

Sag ihm einfach, du seist der Avonberater und wolltest nur ein paar Pröbchen vorbeibringen.

Herbie horchte auf. Schmuggel? Blitzschnell rasten seine Gedanken hin und her. Die Grenze ... die Daten ... Karotten, Kartoffeln, kalte Milch ...

Denkst du auch, was ich denke? Ka-, Ka-, Ka- ... Kaffee?

»Kaffee?«, entfuhr es Herbie.

Der Mann wandte sich abrupt ab und ging zu einer Metalltür, hinter der das Hundegebell mittlerweile zu einem infernalischen Getöse angeschwollen war.

»Wir haben die Schnauze voll, hören Sie!«, röhrte der Mann und machte sich an der Verriegelung zu schaffen. »Meine Mutter will endlich ihre Ruhe. Radio, Fernsehen, Historiker, Touristiker ... Ihr verdammtes Gesocks werdet aufhören, uns zu quälen!«

»Aber ich habe etwas von Herrn Besseler bekommen, das ...« Weiter kam er nicht. Die Tür flog auf, und drei große Hunde brachen aus der dahinterliegenden Dunkelheit hervor. Sie stürzten direkt auf Herbie zu.

Ich glaube, die wollen nur spielen.

Die Rasse der drei Köter war nicht auszumachen, ihr Fell

war struppig und verdreckt. Herbie machte auf dem Absatz kehrt und rannte zurück zum Wagen. Er fischte den Schlüssel aus der Jacketttasche, und beinahe im selben Augenblick entglitt er ihm auch schon und verschwand in einer riesigen Pfütze. Herbie ließ sich auf die Knie nieder, tastete mit beiden Händen in der braunen Brühe herum. Die Hunde kamen näher und näher. Gerade hatte er beschlossen, erst einmal ohne den Schlüssel ins Auto zu springen, um den Bestien zu entkommen und sein Leben zu retten, als ein schriller Pfiff ertönte und die Hunde innehielten.

Im Rahmen der Haustür erschien eine kleine, magere Frau, die sich auf einen Stock stützte und stumm zu Herbie herüberblickte.

*

Sie saßen im Wohnzimmer zusammen. Die Einrichtung stammte größtenteils aus den Siebzigern, nur der moderne Holzbrennofen wirkte deplatziert. Er strahlte eine gemütliche Wärme aus, die Herbie überaus guttat. Er glaubte, kleine Dampfwölkchen von seinen unmittelbar davor abgestellten Schuhen aufsteigen zu sehen.

Julius wandte seinen Blick von der Wohnzimmerschrankwand ab, in der etliche Meter von dickleibigen Buchclubausgaben und allerlei buntem Nippes aufgereiht standen. *So, jetzt wüsste ich aber mal gerne, ob der Kaffee, den du da schlürfst, echte Nachkriegsschmuggelware aus Belgien ist.*

Als hätte die alte Frau ihn gehört, sagte sie mit leiser, heiserer Stimme: »Sie können sich nicht vorstellen, was das für eine Wohltat war, wenn man echten Bohnenkaffee kriegte. Es gab so viele Entbehrungen, so viele Dinge, die man missen musste.« Sie saß auf der Eckbank, schräg gegenüber von Herbie, und blätterte mit zitternden Fingern in ihrem Kochbuch herum.

»Die Kartoffeln, die Karotten ... Sie haben Buch geführt über die Schmuggelerträge, nicht wahr?«

Sie nickte. »Wahrscheinlich war das dumm. Aber ich hatte schon immer diesen Hang dazu, ordentlich Buch zu führen. Es hat ja auch nie jemand etwas damit anfangen können. Die Rezepte habe ich nur für mich aufgeschrieben.« Sie blickte zu Herbie herüber. Ihr Mund wurde schmal, als sie fragte: »Und Ludwig Besseler ist tot, sagen Sie?«

Er nickte und hielt die wärmende Kaffeetasse in beiden Händen. »Er hat mir diese Kladde gegeben.«

»Und er hat Ihnen von damals erzählt?«

Julius beugte sich zu Herbie hinunter. *Mach jetzt keinen Fehler, alter Knabe. Näher wirst du nicht mehr an die Wahrheit herankommen.*

Herbie nickte wieder. »Ja, das hat er.«

Sie räusperte sich ein wenig verlegen.

In diesem Moment fuhr draußen ein Trecker über den Hof. »Mein Sohn Robert ist ein guter Junge. Er ist von meinem zweiten Mann, Heinz Thönneßen. Der ist vor zwei Jahren gestorben. Lungenkrebs. Mein erster Mann ist in Russland geblieben.« Sie deutete vage auf ein paar gerahmte Fotografien auf dem Fernseher. Von seinem Platz aus konnte Herbie keines der Gesichter erkennen.

»Robert weiß nicht alles. Das muss auch nicht sein. Er regt sich schon viel zu sehr darüber auf, dass dauernd Leute kommen, die etwas über die Zeit nach dem Krieg wissen wollen. Die Schmuggelgeschichten faszinieren die Leute. Dass jemand für Kaffee und Schokolade sein Leben aufs Spiel setzte, kann man heute kaum noch begreifen. Aber wer Kaffee hatte, hatte etwas zum Handeln. In allen Dörfern entlang der Grenze gab es Schmuggler. Ich bin aus unserem Dorf die Letzte von ihnen, die noch lebt.«

Herbie schwieg, weil er spürte, dass er ihren Redefluss nicht unterbrechen durfte, wenn er alles bis zum Ende hören wollte.

»Wir waren zu sechst. Wir gingen jede Woche ein Mal, in unterschiedlicher Besetzung. Wenn wir entdeckt wurden, trennten wir uns. Da konnte immer nur einer geschnappt werden.«

Ihre Worte klangen wie die eines Kleinstadtganoven, und doch war sie nur eine steinalte Frau, die sich in eine Zeit zurückdachte, in der sie ums Überleben hatte kämpfen müssen.

»Bartsch war ein Schwein. Die Zöllner verrichteten ihren Dienst zwar alle gewissenhaft, aber er war besonders scharf. Wissen Sie, ich war Witwe, und ich war noch jung, da interessierten sich die Männer schon für mich.« Es klang fast ein wenig kokett.

»Auch Besseler?«, tippte Herbie.

»Auch Besseler. Er war Zöllner, so wie Bartsch, aber er war ein anständiger Kerl. Ich habe ein paarmal mit ihm getanzt, auf der Kirmes und so. Aber ich hätte niemals etwas mit ihm angefangen, wo er doch Zöllner war.« Sie blickte kurz auf, um von Herbie eine stumme Geste der Zustimmung einzufangen. Er schenkte sie ihr.

»Eines Nachts, es war mitten im Januar, minus siebzehn Grad, da hatte Bartsch uns überrascht. Wir kamen von Rocherath herüber und rannten in alle vier Himmelsrichtungen davon, als er auftauchte. Ich glaube, er musste nicht lange überlegen, wen von uns er verfolgen sollte. Wie gesagt, er hatte es auf mich abgesehen. Und dann hat er mich durch den Schnee in seine Hütte geschleppt. Ich bin vor Angst und Kälte fast gestorben. Schließlich musste ich mich ausziehen, und er …« Ihre Stimme wurde leiser und leiser.

Dann stand sie auf und kam mit der Kaffeekanne zu Herbies Sessel beim Ofen. Während sie nachschenkte, fragte sie: »Und Besseler hat Ihnen wirklich alles erzählt?«

Obwohl Herbie zögernd »Ja, alles« sagte, schien es ihr im Grunde gar nicht so wichtig zu sein, ob er Bescheid wusste oder nicht. Sie hatte beschlossen, nicht hinterm

Berg zu halten, und war offenbar froh, alles erzählen zu können. Vielleicht zum ersten Mal seit über sechzig Jahren. Vielleicht zum letzten Mal in ihrem Leben.

»Nachdem er mich grün und blau geschlagen und vergewaltigt hatte, habe ich mit einem Mal seine Waffe zu fassen gekriegt und habe versucht, ihn zu erschießen«, fuhr sie plötzlich mit lauter Stimme fort und knallte die Kaffeekanne auf den Tisch, dass es klirrte. Und leise fügte sie hinzu: »Das Schwein hat aus dem Oberschenkel geblutet und wütend herumgeschrien. Aber dann kam sein Kamerad Ludwig Besseler hereingestürmt und hat gesehen, was passiert war. Er hat mir meine Kleider zugeworfen, die Tür aufgestoßen und mich einfach laufen lassen. Als ich durch den Wald strauchelte, hat es in der Hütte plötzlich ein zweites Mal geknallt. Offiziell wurde der Tod von Bartsch niemals aufgeklärt.«

»Er hat Sie anscheinend wirklich geliebt«, sagte Herbie stockend.

»Ja, das hat er wohl.«

Julius stieß einen tiefen Seufzer aus.

*

Der Regen war jetzt endgültig in Schnee übergegangen. Auf blanken Sommerreifen rutschte der alte Volvo talwärts in Richtung Hillesheim.

»Ich habe Recht behalten, Julius. Immerhin das stimmt mich froh an dieser ganzen Geschichte.«

Vor seinem geistigen Auge sah er wieder die alte Margarethe Thönneßen, wie sie die Klappe des Ofens öffnete und ein letztes Mal mit den knotigen Fingern über den dunklen Einband der Kladde strich, bevor sie sie in die Flammen warf.

Aber das große Komplott war es mitnichten. Es sollte kein Präsident in die Luft gesprengt werden, und es ging nicht gerade um die Weltherrschaft. Julius wischte sich ein Guckloch in die beschlagene Seitenscheibe. *Und der alte Ludwig Besseler ist schlicht und ergreifend ausgerutscht. Keine Killer, kein Geheimdienst.*

»Einverstanden«, sagte Herbie mit einem Anflug von Fröhlichkeit. »Weißt du was, Julius?«

Hm?

»Es ist manchmal gar nicht so übel, dass man mir nicht glaubt.«

Herbie Feldmann

Geboren in den Siebzigern, in Euskirchen, am Rande der Eifel
Vater unbekannt, Mutter nach Autounfall verstorben (in Herbies Jugend)
Er ist ledig, seine Tante Henriette (Hettie) Hellbrecht ist sein Vormund.

Seit seinem Aufenthalt in der psychiatrischen Klinik ist Julius stets an seiner Seite.
Julius ist groß, dick, bärtig und hat eine ausgeprägte Neigung zu eleganter Kleidung und schlechten Witzen. Sein Pech ist es, dass nur Herbie ihn sehen und hören kann. Oder vielmehr Herbies Pech …

Wie läuft es in Liebesdingen? Herbie verliert bisweilen sein Herz, was allerdings selten von Erfolg gekrönt wird.

Herbie ist zumeist erwerbslos. Eine Leibrente, die seine Tante ihm zugesteht, reicht für das Nötigste. Ab und zu sorgt er mit kleinen Jobs für ein Zubrot, was allerdings nie von langer Dauer ist.

Er hat lange in seiner Heimatstadt Euskirchen am Rande der Eifel gewohnt und lebt seit einigen Jahren in einer kleinen Wohnung im Städtchen Hillesheim in der Vulkaneifel.
Er liebt seine Heimat und schätzt das Übersichtliche am Landleben.

Größe: ca. 1,65
Statur: Schlank
Haarfarbe: Blond
Augenfarbe: Graublau
Besondere äußere Merkmale: Seiner durchschnittlichen Erscheinung steht die Tatsache gegenüber, dass er, immer wenn er sich mit Julius unterhält, scheinbar in intensive Selbstgespräche verwickelt ist, die nur zu gerne auf Streitereien hinauslaufen.

Silvia Roth Bettenkauf

Winnie Heller fluchte. Normalerweise war sie technisch ganz und gar nicht ungeschickt, aber dieses blöde Sofa ließ sich doch ums Verrecken nicht wieder zusammenschieben! Stattdessen ragte es breit und geradezu unverschämt einladend in die rund fünfzehn Quadratmeter kleine Studentenbude der IKEA-Möbelausstellung – ein sichtbar gewordener Vorwurf an ihre handwerklichen Qualitäten, die offenbar doch nicht so berauschend waren, wie sie immer angenommen hatte. Sie ging in die Knie und schob die Hand unter den hübsch gemusterten Stoff.

»Gina-Marie und Luca-Philip Breuer möchten aus dem Småland abgeholt werden«, tönte es aus dem Lautsprecher über ihrem Kopf. »Bitte holen Sie Gina-Marie und Luca-Philip Breuer aus dem Småland ab …«

Warum holt mich *keiner ab*?, dachte Winnie in wachsender Verzweiflung, während ihre Finger vergeblich nach einem Hebel oder einer Arretierung tasteten. Dabei prahlten diese Schweden doch immer mit der angeblich so kinderleichten Handhabung ihrer – zugegebenermaßen überaus schicken – Möbel.

»'tschuldigung?«, wandte sie sich an eine blau-gelb gekleidete Mitarbeiterin, die gerade den Hauptgang entlanggeeilt kam. »Könnten Sie mir erklären, wie ich dieses Ding hier wieder zusammenkriege?«

Die Angesprochene blieb unwillig stehen, und erst jetzt sah Winnie, dass sie ein Handy am Ohr hatte.

»Würden Sie mir kurz helfen, bitte?«, wiederholte sie.

»Ich habe mir das Sofa angesehen, und nun weigert es sich ...«

Weiter kam sie nicht, denn die Angestellte hob bereits abwehrend die Hände. »Da müssen Sie den Kollegen fragen, der für diesen Bereich zuständig ist«, flüsterte sie, während sie das Mobiltelefon ein ganzes Stück von sich weghielt. Offenbar wollte sie ihren Gesprächspartner nicht mit ihrer Arbeit belästigen. »Ich mach hier nur die Deko.« Dann drehte sie sich auf dem Absatz um und setzte eilig ihren Weg fort.

Na, das nenn ich Kundenfreundlichkeit!, dachte Winnie und wandte sich wieder ihrem Sofa zu, finster entschlossen, das Problem auch ohne Hilfe in den Griff zu bekommen.

»Sieh an, die kleine Heller!«, rief im selben Augenblick eine wohlbekannte Stimme hinter ihr. »Na, det is doch mal 'ne nette Überraschung!«

Winnie drehte sich um und blickte geradewegs in die klugen grauen Augen von Isabelle Gutzkow. Die Rechtsmedizinerin war an diesem Vormittag in Begleitung ihrer Lebensgefährtin und trug zu Winnies größter Überraschung ein dunkelblaues Kostüm und Pumps mit mindestens drei Zentimetern Absatz.

»Haben Sie einen Termin bei Gericht?«, fragte Winnie erstaunt.

»Schön wär's«, knurrte die Pathologin.

»Isabelles Schwester heiratet«, erklärte Helga Brunckhorst, mit der Dr. Gutzkow nun schon seit Jahren ein hübsches kleines Haus am Waldrand bewohnte.

»Zum vierten Mal in siebzehn Jahren«, ergänzte die Rechtsmedizinerin, und ihrer Miene war deutlich anzusehen, was sie von derlei Inkonsequenz hielt. »Allmählich glaube ich wirklich, sie tut das nur, um mich in diesem Fummel zu sehen.« Verärgert zupfte sie am Saum ihres Blazers. »Gott, bin ick froh, wenn ick mich heute Abend wieder in meine Zivilkluft schmeißen kann ...«

»Sie sehen toll aus.« Winnie lächelte.

Dr. Gutzkow wischte das Kompliment mit einer knappen Geste weg. »Ach wat«, stöhnte sie. »Wirklich, ick fühle mich komplett verkleidet.«

»Und *Sie* nutzen Ihren freien Tag zum Shoppen?«, beeilte sich ihre bessere Hälfte, die Unterhaltung auf ein neutraleres Thema zu lenken.

Winnie nickte. »Mein Bett hat den Geist aufgegeben«, bekannte sie freimütig. »Was nicht wirklich ein Wunder ist, immerhin hatte es fünfzig Jahre auf 'm Buckel. Aber leider scheint die große Zeit der Schrankbetten ein für alle Mal vorbei zu sein.«

»Schrankbetten?« Dr. Gutzkow schenkte ihr ein mitleidiges Lächeln. »Ach Gott, so 'n Ding hatt' ick ooch mal. Aber praktisch sind sie, da führt kein Weg vorbei. Vor allem, wenn man nicht viel Platz hat.«

Winnie dachte an ihr Apartment, das kaum größer war als die simulierte Studentenbude, in der sie standen, und das obendrein von ihrem riesigen 240-Liter-Aquarium dominiert wurde. »Ich würde, wie gesagt, auch sofort wieder eins kaufen, aber leider gibt es die nicht mehr.«

Im selben Moment meldete sich hoch über ihren Köpfen erneut die Lautsprecherstimme zu Wort: »Gina-Marie und Luca-Philip Breuer möchten aus dem Småland abgeholt werden. Bitte holen Sie Gina-Marie und Luca-Philip aus dem Småland ab ...«

»Na, die Eltern scheinen's ja nicht besonders eilig zu haben«, stellte Dr. Gutzkow augenzwinkernd fest.

Winnies Blick folgte einer jungen Mutter, die ihre wild schreiende kleine Tochter hinter sich herzog. »Kann man ihnen wahrscheinlich nicht mal verdenken ...«

Die Pathologin grinste. »Also, wir waren früher nicht so nervig«, konstatierte sie. »Wenn ick kein Bonbon haben durfte, habe ick mich jedenfalls nicht schreiend auf den Boden geworfen.«

»Wie wäre es denn mit einem von diesen Hochbetten?«, kam ihre Freundin hilfsbereit auf Winnies Problem zurück. »Alternativ zur Schlafcouch, meine ich.«

»Daran habe ich auch schon gedacht«, räumte Winnie ein. »Denn das hier …«, ihre Hand fuchtelte über der leidigen Couch hin und her, »wird mich unter Garantie den letzten Nerv kosten, wenn ich es jeden Tag auf- und zuschieben muss.«

»Das ist eigentlich ganz einfach, wenn man das Prinzip verstanden hat«, erklärte Helga Brunckhorst, indem sie beherzt unter die Schmalseite des Monstersofas griff, welches sich daraufhin mühelos auf Normalgröße zusammenschieben ließ.

Toll, dachte Winnie, *das habe ich jetzt auch noch gebraucht!* Laut sagte sie: »Ich schätze, ich sehe mich trotzdem mal bei den Hochbetten um.«

»Viel Erfolg«, lachte Dr. Gutzkow und winkte zum Abschied.

Auf dem Weg in die Bettenabteilung meldete sich wieder der Lautsprecher, und dieses Mal klang die freundliche Frauenstimme hörbar entnervt: »Familie Breuer, bitte holen Sie Gina-Marie und Luca-Philip aus dem Småland ab …«

Bei allem Verständnis für gestresste Eltern, dachte Winnie, *jetzt übertreiben sie wirklich!* Sie wandte sich gerade dem Modell TROMSÖ zu, als ihr Blick auf ein junges Pärchen in der gegenüberliegenden Ecke des Ausstellungsraums fiel, das offenbar ein Bett ausprobieren wollte. Doch ein Herr, der es sich in selbigem bequem gemacht hatte, schien eingeschlafen zu sein und reagierte weder auf Räuspern noch auf Ansprache. Winnie beobachtete, wie das junge Mädchen zu kichern begann, als ihr Freund den Schlafenden zaghaft an der Schulter berührte.

»Hallo? … Verzeihen Sie, bitte!« Sie ahnte die Worte mehr, als dass sie sie hätte hören können. Trotzdem war ihr sofort klar, dass da etwas nicht stimmte.

Gleich darauf hielt der junge Mann, ein pickliger Dunkelhaariger, erschrocken inne. Dann sah er seine Freundin an und schüttelte den Kopf.

Winnie zögerte keine Sekunde und eilte durch das Labyrinth der Betten. »Alles in Ordnung?«, fragte sie, als sie das Pärchen erreicht hatte.

»Scheiße, nein. Ich glaube nicht«, jaulte der Junge.

»Vielleicht ist er nur betrunken«, stammelte seine Freundin.

»Aber er atmet nicht.«

»Lassen Sie mich mal.« Winnie entschied sich, die Sache selbst in die Hand zu nehmen. Sie beugte sich zu dem Mann hinunter und tastete nach dessen Halsarterie. »Hallo? Können Sie mich hören?« Doch kein Pulsschlag bewegte die zarte Haut.

»Ist er tot?«, keuchte der Junge hinter ihr.

Winnie antwortete nicht. Sie warf ihre Handtasche von sich, kniete sich neben den reglosen Mann auf die Matratze und begann umgehend mit Herzdruckmassage und Beatmung, wohl wissend, dass diese Maßnahmen nur wenig Aussicht auf Erfolg hatten. Sie spürte förmlich, wie sich die Blicke des entsetzten Pärchens in ihren Rücken bohrten, während sie den Brustkorb des Unbekannten mit grimmiger Entschlossenheit bearbeitete. Doch trotz aller Bemühungen gelang es ihr nicht, den Mann ins Leben zurückzuholen. Nach ein paar endlosen Minuten gab sie auf.

»Und jetzt?«, flüsterte der Picklige, der nun aschfahl war. Winnie blickte an ihm vorbei zu einem bebrillten Mitarbeiter, der ein Stück entfernt vor seinem Computer saß und gerade dabei war, eine vierköpfige Familie zu beraten. »Gehen Sie zu dem Angestellten da vorn«, wies sie den jungen Mann an. »Er soll die Polizei und einen Krankenwagen rufen. Aber zuallererst soll er eine Durchsage veranlassen, dass sich Frau Dr. Isabelle Gutzkow hier in der Bettenabteilung melden soll. Glauben Sie, Sie kriegen das hin?«, fragte sie mit einem skeptischen Blick auf die schlotternden Knie des Angesprochenen.

»Ich gehe schon«, erbot sich dessen Freundin, die ihre Nerven deutlich besser unter Kontrolle hatte. »Der Name war Gutzkow, nicht wahr?«

Winnie bejahte. Dann zog sie ein Taschentuch aus ihrer Jeans und wickelte es sich um die Hand, um die Brieftasche des Toten aus dessen Jackett zu ziehen. »Vielleicht finden wir da drin einen Hinweis auf irgendwelche Vorerkrankungen«, erklärte sie dem Jungen, der noch immer den Eindruck machte, als würde er jeden Augenblick in Ohnmacht fallen.

»Aber der Mann sieht total gesund aus«, widersprach er, immer noch flüsternd.

Das finde ich, ehrlich gesagt, auch, dachte Winnie mit einem raschen Seitenblick auf den braun gebrannten und entschieden durchtrainierten Körper des Toten. Laut sagte sie: »Der äußere Anschein kann manchmal trügen.«

Derweil wurde Dr. Gutzkow ausgerufen, und tatsächlich dauerte es keine zwei Minuten, bis ihr die Pathologin samt Freundin auf dem langen Gang entgegenstürzte. »Ach, du Schande«, knurrte sie, als Winnie ihr den Ausweis des Toten unter die Nase hielt. »Deshalb also ...«

Neben ihr zog Helga Brunckhorst fragend die Augenbrauen hoch.

»Sein Name ist Peter Breuer«, erklärte Winnie. »Ich fürchte, Gina-Marie und Luca-Philip warten auf einen Vater, der nie mehr kommen wird ...«

»Die Breuers haben sich vor drei Jahren getrennt«, verkündete Verhoeven, als sie ein paar Stunden später auf dem Weg zur Exfrau des Verstorbenen waren, die ihre Kinder sofort nach Bekanntwerden der Tat im Möbelhaus abgeholt hatte. »Seit letztem Sommer sind sie auch offiziell geschieden. Sohn und Tochter leben bei der Mutter, aber Peter Breuer hat seine Kinder zweimal im Monat für ein Wochenende abgeholt.«

»Hm.« Winnie lehnte sich auf dem Beifahrersitz zurück und betrachtete das Profil ihres Vorgesetzten. Rein äußerlich verkörperte Verhoeven genau die Eigenschaften, für die er im Präsidium bekannt war: Fleiß. Gewissenhaftigkeit. Und vielleicht auch ein kleines bisschen Langeweile. Doch sie hatte längst begriffen, dass dieser Eindruck nur eine Facette von vielen war. Ein Baustein einer hochkomplexen Persönlichkeit.

Sie parkten den Dienstwagen vor einem adretten Einfamilienhaus und liefen durch den strömenden Regen, der einige Minuten zuvor eingesetzt hatte, zur Haustür.

»Jacqueline Breuer?«, fragte Winnie, nachdem eine gut aussehende Blondine geöffnet hatte.

»Nein.« Die Frau schüttelte energisch den Kopf. »Das heißt … früher. Inzwischen habe ich meinen Mädchennamen wieder angenommen, Norden.«

Winnie runzelte die Stirn. »Aber Ihre Kinder …«

»… heißen nach wie vor Breuer«, fiel Jacqueline Norden ihr ins Wort. »Das ging leider nicht anders. Zumindest nicht ohne die Zustimmung meines Ex.«

Die du offenbar nicht bekommen hast, ergänzte Winnie im Stillen. »Wie geht es den beiden?«, erkundigte sie sich mit ehrlichem Interesse.

Jacqueline Nordens Gesichtszüge entspannten sich ein wenig. »Ganz gut eigentlich«, antwortete sie. »Es war natürlich ein furchtbarer Schrecken, aber sie haben ja schon öfter zu spüren bekommen, wie unzuverlässig ihr Vater ist.«

Unzuverlässig ist gut! Immerhin hatte er dieses Mal eine ziemlich plausible Erklärung für sein Nicht-Erscheinen …
»Dürfen wir aus Ihrer Bemerkung schließen, dass Sie nicht das beste Verhältnis zu Ihrem Exmann hatten?«

»Er war ein Arschloch«, entgegnete Jacqueline Norden unverblümt. »Mehr gibt es dazu nicht zu sagen.«

Doch so leicht ließ sich Verhoeven nicht abspeisen. »Wie gestaltete sich Ihr Kontakt nach der Trennung?«

Sie zuckte die Achseln. »Peter fuhr hier alle paar Wochen mit seinem Porsche vor, hupte zweimal, und ich schickte ihm die Kinder raus. Ist Ihre Frage damit beantwortet?«

Winnie überging die Bemerkung. »Und wer hatte einen Grund, Ihren Ex umzubringen?«

»Praktisch jeder, der jemals mit ihm zu tun hatte.«

»Sie eingeschlossen?«

Jacqueline Norden lächelte. »Oh ja, durchaus. Aber ich war's nicht.«

»Dann können Sie uns bestimmt auch verraten, wo Sie heute Vormittag zwischen 10.30 und 11.15 Uhr gewesen sind.«

»In der Stadt. Mit meinem Bruder.« Peter Breuers Exfrau trat an die Garderobe und kritzelte etwas auf einen Notizzettel. »Hier ist die Adresse, falls Sie das überprüfen möchten.«

»Das werden wir«, versicherte Winnie wenig freundlich. »Und sonst?«

»Wie gesagt, hatte ich seit Jahren praktisch keinen Kontakt mehr zu Peter. Falls Sie mehr wissen wollen, fragen Sie Jeanne. Das ist seine Neue. Falls sie's noch ist ...«

Als Winnie und Verhoeven wieder im Wagen saßen, wurden sie von Oskar Bredeney über Funk mit den neuesten Informationen versorgt: Jeanne Perm, Peter Breuers Lebensgefährtin, hatte zur Tatzeit mit einer Freundin telefoniert. Ein langes Gespräch von knapp anderthalb Stunden, bei dem es laut Aussage der Freundin um die Organisation irgendeiner Wohltätigkeitsveranstaltung gegangen war. »Wir sind gerade dabei, das zu überprüfen«, erklärte der Veteran des

KK 11. »Jedenfalls hatte auch Jeanne allen Grund, nicht allzu gut auf ihren Liebsten zu sprechen zu sein.«

»Wieso?«, fragte Winnie.

»Sie hat von ihren Eltern eine lukrative Baustofffirma geerbt und Breuer bereits wenige Wochen nach ihrer ersten Begegnung zum Geschäftsführer ernannt. Gerüchten zufolge war die Arbeit im Büro nicht gerade seine große Leidenschaft, die Affäre mit seiner Sekretärin dafür umso mehr.«

Winnie tauschte einen Blick mit ihrem Vorgesetzten.

»Angeblich hat Jeanne Perm Wind von der Sache bekommen und ihren Schatz gezwungen, seine Geliebte in die Wüste zu schicken«, fuhr Bredeney fort. »Lina Jonas, die Abservierte, erhielt eine großzügige Entschädigung, und alle waren wieder glücklich und zufrieden.«

Wohl kaum, sagte Verhoevens Blick.

»Und was meint die Rechtsmedizin zur Todesursache?«, wandte Winnie sich wieder an ihren Kollegen im Präsidium.

»Irgendjemand hat Breuer eine Spritze in den Hals gestochen, während er auf dem Bett saß. Mit einer Substanz, die innerhalb einer Minute zur tödlichen Atemlähmung führte.«

Verhoeven drehte interessiert den Kopf. »Was für eine Substanz soll denn das gewesen sein?«

»Tja ... Das wird Winnie interessieren.«

Winnie riss die Augen auf. »Mich? Wieso?«

»Na, von wegen Aquarium und so.«

Sie schüttelte den Kopf. »Du sprichst in Rätseln.«

»Der Name der Substanz ist Tetrodotoxin. Sagt dir das was?«

»Sollte es?«

»Man findet das Zeug in der Haut und den inneren Organen von Kugelfischen«, erläuterte ihr Kollege. »Es gehört zu den wirksamsten tierischen Giften überhaupt.«

»Und wie kommt man da dran?«, fragte Verhoeven.

»Das ist ein interessanter Punkt«, antwortete Bredeney. »In Peter Breuers Fall stammt das Gift von einer bestimmten Art Kugelfisch, genauer gesagt von *Canthigaster valentini*. Selbiger gehört in ein Meerwasseraquarium und ist schon allein aus diesem Grund nicht allzu verbreitet, weshalb wir uns einfach mal bei den einschlägigen Zoohändlern umgehört haben.«

»Und?«, fragten Winnie und ihr Vorgesetzter unisono.

»Lina Jonas hat erst vor drei Monaten zwei Exemplare gekauft. Sie mussten sogar extra bestellt werden.«

»Peter Breuers geschasste Sekretärin?« Winnie biss sich auf die Lippen. »Aber wäre das nicht schon fast ein bisschen zu ...« Sie wollte *dämlich* sagen, entschied sich dann jedoch für: »... naiv?«

»Du meinst, ein Mordwerkzeug zu kaufen und dabei seinen richtigen Namen anzugeben?« Bredeney lachte. »Schon. Aber vielleicht ist ihr die Idee für den Mord erst gekommen, nachdem Breuer sie abserviert hatte. Und im Eifer des Gefechts hat sie vergessen, dass auf dem Bestellschein ihr Name stand ...«

»Was auch immer sich die geschätzte Frau Jonas dabei gedacht haben mag«, murmelte Verhoeven, der bereits eine neue Zieladresse in das Navi ihres Dienstwagens tippte. »Fragen wir sie!«

»Wow«, entfuhr es Winnie eine Viertelstunde später beim Anblick des riesigen Meerwasseraquariums, das beinahe die gesamte Wandbreite von Lina Jonas' Wohnzimmer einnahm.

Doch Peter Breuers ehemalige Sekretärin war nicht in der Stimmung für Komplimente. Sie lehnte mit angespannter Miene und fest verschränkten Armen im Türrahmen, als spüre sie instinktiv, dass ihr durch den Besuch der beiden Kommissare Ärger ins Haus stand. »Wie kann ich Ihnen behilflich sein?«, unterbrach sie die andächtige Stille.

»Ihr früherer Arbeitgeber ist heute Vormittag ermordet worden«, antwortete Verhoeven mit einer für ihn eher untypischen Direktheit. »Peter Breuer.«

Lina Jonas starrte ihn an. »Wie bitte?«

Entweder sie ist eine grandiose Schauspielerin oder sie hat nicht die geringste Ahnung, urteilte Winnie, die noch immer vor dem Aquarium stand.

Ihr Vorgesetzter nickte. »Sie haben richtig gehört. Man hat seine Leiche in der Bettenausstellung eines Einrichtungshauses gefunden.«

Lina Jonas schossen die Tränen in die Augen. »Oh, mein Gott«, flüsterte sie. »Das ist ja furchtbar. Aber ... Ich meine, wer ...?«

»Das wissen wir noch nicht«, erklärte Verhoeven. »Interessant ist allerdings auch die Frage nach dem *Wie*.«

Die Sekretärin schüttelte den Kopf. »Ich fürchte, ich verstehe nicht, was Sie meinen.«

»Ich spreche von der Tatsache, dass Peter Breuer vergiftet wurde. Und zwar mit Tetrodotoxin.«

Sofort wanderte Lina Jonas' Blick zum Aquarium.

Sieh an, dachte Winnie. *Damit kann sie also durchaus etwas anfangen!* »Apropos, Frau Jonas: Wo sind die beiden Kugelfische, die Sie vor drei Monaten gekauft haben? Ich kann sie hier nirgendwo entdecken ...«

Der Teint der Sekretärin hatte alle Farbe verloren. Offenbar hatte sie im Stillen bereits zwei und zwei zusammengezählt. »Sie ... Sie wurden gestohlen. Als ich eines Abends von der Arbeit kam, waren sie fort.«

Verhoeven runzelte die Stirn. »Was meinen Sie mit *fort*?«

»Weg, verschwunden, was weiß denn ich!« Sie fuhr sich nervös durch die Haare. »Sie waren einfach nicht mehr da.«

Verhoeven sah sie an. »Das klingt jetzt vielleicht blöd, aber ... sind solche Fische besonders wertvoll?«

Lina Jonas verneinte. »Ich habe damals 32 Euro bezahlt. Für beide, wohlgemerkt.«

»Und trotzdem nahmen Sie an, dass jemand in Ihre Wohnung eingebrochen ist, um die Tiere zu stehlen?« Winnie fixierte sie mit ihrem Blick. »Ach, kommen Sie!«

»Haben Sie eine bessere Erklärung?«, gab die Sekretärin zurück. »Fische lösen sich schließlich nicht einfach in Luft auf.«

Das ist allerdings richtig …

»Haben Sie den Einbruch gemeldet?«

»Nein, habe ich nicht.«

»Wieso nicht?«

»Was hätte ich denn sagen sollen?«, fuhr Lina Jonas auf. »Es gab ja nicht einmal ein geknacktes Schloss oder so.«

Verhoevens Finger fuhren über die Kante eines Sideboards. »Also müsste der große Unbekannte – so es ihn gibt – einen Schlüssel gehabt haben?«

»Ja. Vermutlich.«

»Hatte Peter Breuer einen Schlüssel?«, fragte Winnie, und als sie die Abwehr im Blick der Sekretärin bemerkte, fügte sie hinzu: »Wir wissen, dass Sie eine Affäre hatten.«

Lina Jonas zögerte. Dann nickte sie. »Ja, hatte er. Aber er hat ihn mir wiedergegeben, als wir … Nachdem die Sache beendet war.«

»Sind die Fische vorher verschwunden oder danach?«

Sie überlegte. »Vorher.«

»Sicher?«

Ein entschiedenes Nicken. »Ja. Ganz sicher.«

Das bedeutet, dass Peter Breuers Mörder den Verdacht auf Lina Jonas lenken wollte, schlussfolgerte Winnie. *Oder aber, dass Lina Jonas uns glauben machen möchte, dass jemand den Verdacht auf sie lenken will …*

»Waren Sie sehr wütend, als Breuer mit Ihnen Schluss gemacht hat?«, fragte Verhoeven und trat einen Schritt näher.

»Wütend nicht. Eher … enttäuscht.«

»Das heißt, Sie hatten echte Gefühle für ihn?«

Lina Jonas antwortete nicht. Doch ihre Augen sprachen Bände: *Natürlich hatte ich Gefühle für Peter. Wofür halten Sie mich?*

Winnies Blick blieb an einer Zeitschrift hängen, die auf dem Beistelltisch neben dem Sofa lag. Der aufgeschlagene Artikel war mit einem Foto illustriert, das den Ermordeten im Tennisdress bei einem Wohltätigkeitsturnier zeigte. Er lächelte mit makellos weißen Zähnen in die Kamera und hatte den Arm um eine hübsche Brünette gelegt. »Wer ist das?« Winnie hielt die Zeitung hoch.

»Das wissen Sie doch«, entgegnete Lina Jonas müde. »Aber das liegt da schon seit Wochen. Peter war ...« Sie schluckte mühevoll. »Er war sehr stolz auf den Artikel. Und irgendwie habe ich es nicht fertiggebracht, die Zeitung wegzuwerfen.«

»Ich meine nicht Herrn Breuer«, sagte Winnie. »Ich meine die Frau neben ihm ...«

»Das ist Jeanne. Peters ... Lebensgefährtin. Wieso?«

»Ich kenne die Frau«, flüsterte Winnie, nachdem sie ihren Vorgesetzten beiseitegenommen hatte.

Verhoeven sah sie an. »Tatsächlich?«

»Ja«, nickte sie. »Ich bin ihr erst heute Vormittag begegnet. Allerdings trug sie bei dieser Gelegenheit keinen Tennisdress, sondern die ganz normale Arbeitskluft der IKEA-Mitarbeiter.« Sie berichtete kurz von ihrem Sofa-Ärger und der Angestellten, die sie so ruppig hatte abblitzen lassen.

»Sie meinen, Sie haben sich mit Jeanne Perm unterhalten, nachdem diese gerade einen Mord begangen hatte?«, fragte Verhoeven ungläubig.

»Nicht nur das«, antwortete Winnie und lächelte. »Als ich sie ansprach, hatte sie ein Handy am Ohr und war im Folgenden peinlich darauf bedacht, dass ihr Gesprächspartner nichts von unserer Plänkelei mitbekam. Sie hat das Telefon einen Kilometer weit weggehalten und mit mir geflüstert, als ob wir irgendwas Konspiratives planten.«

Verhoeven überlegte. »Hat Oskar vorhin nicht erwähnt, dass Jeanne Perm zur Tatzeit mit einer Freundin telefoniert haben will?«

»Ganz schön abgebrüht, was?« Winnie strahlte ihn an. »Sie quatscht in aller Seelenruhe mit irgendeiner Wohltätigkeits-Tussi, und ganz nebenbei rammt sie ihrem Freund eine vergiftete Spritze in den Hals und sieht zu, wie er erstickt.«

»Tja, nur leider hat sie nicht mit Ihnen und Ihren mangelnden handwerklichen Fähigkeiten gerechnet.«

»Meine handwerklichen Fähigkeiten stehen hier nicht zur Debatte«, blitzte Winnie ihn an. Und im Stillen fügte sie hinzu: *Ausgerechnet du musst von handwerklichem Geschick reden! Wer hat denn damals deinen Gartenteich gebaut?!*

Dann wandte sie sich wieder Lina Jonas zu, die in sich zusammengesunken auf einem Sessel kauerte.

»Bitte glauben Sie mir«, flüsterte sie, als Winnie neben ihr in die Knie ging. »Ich habe Peter weder umgebracht noch jemanden dazu angestiftet.«

»Keine Sorge«, entgegnete Winnie und tätschelte der Sekretärin beruhigend den Arm. »Das wissen wir.«

»Aber meine Fische ...«

»... waren nur Mittel zum Zweck.« Sie legte die Zeitung mit dem verräterischen Foto wieder zurück auf den Tisch. »Um Sie in die Pfanne zu hauen.«

»Mich?« Lina Jonas zitterte. »Aber die Sache war doch vorbei. Peter hatte sich längst für Jeanne entschieden.«

»Aber er hatte sie mit Ihnen betrogen«, gab Winnie zurück. »Und diese Frau sieht nicht so aus, als ob sie sich eine solche Kränkung ohne Weiteres gefallen ließe.«

»Jeanne konnte sehr unangenehm werden, wenn sie sich über irgendwas geärgert hat«, bestätigte Lina Jones. »Und was das Geschäftliche anging, war sie mit Peter in der letzten Zeit auch nicht mehr zufrieden.«

In ihrem Rücken telefonierte Verhoeven bereits mit Bredeney. »Schick also bitte sofort einen von den Kollegen zu Jeanne Perms Haus«, schloss er. Und mit einem anerkennenden Nicken in Winnies Richtung setzte er hinzu: »Meine Augenzeugin und ich kümmern uns unterdessen um den Haftbefehl.«

Steckbrief Winnie Heller

Geboren am: 9. Oktober 1980
Geboren in: Wiesbaden
Eltern: Franz und Gisela Heller
Geschwister: Eine jüngere Schwester, Elli († 2006 nach sieben Jahren Wachkoma)
Familienstand: Single
Haustiere: Papageno (Antennenharnischwels, handzahm), Despina und DaPonte (Paradiesfischpärchen)
Größe: 164 cm
Haarfarbe: Dunkelblond (gelegentliche Tönungspannen in Orangerot inklusive)
Augenfarbe: Graublau
Look: Am liebsten leger in Jeans, T-Shirt und Parka, gern kombiniert mit großen Schals und Mützen
Wohnung: 33qm Einraum-Apartment mit Freisitz und Kochinsel in der Wiesbadener Innenstadt

Warum sind Sie zur Polizei gegangen?
WH: Weil mich schon immer interessiert hat, was hinter den Dingen steckt.
Sie meinen die Psychologie eines Verbrechens?
WH: Nein, ich meine die Wahrheit. Es reizt mich herauszufinden, wie etwas wirklich gewesen ist.
Wollten Sie schon als Kind Polizistin werden?
WH: Na ja, ganz früher wollte ich mal Prostituierte werden. *(lacht)* Nein, ernsthaft, als Kind hatte ich jemanden das Wort »Hure« sagen hören, und weil ich mir nichts darunter vorstellen konnte, fragte ich meine Mutter. Sie druckste erst ziemlich herum und erklärte mir dann, eine Prostituierte sei eine Frau,

die Liebe verkauft. Das fand ich irgendwie schön. Leider wurde mir kurz danach auf einer Familienfeier die obligate Frage gestellt, was ich denn später mal werden wolle ... Ich durfte eine Woche kein Fernsehen gucken und entschied mich hinsichtlich meines Berufswunsches sicherheitshalber für Polizistin.

Ist der Job denn so, wie Sie ihn sich vorgestellt haben?

WH: Ehrlich? Nicht ganz. Aber ich mache ihn wirklich gern.

Das heißt, Sie haben Ihre Berufswahl nie bereut?

WH: Nicht eine Sekunde.

Wenn Sie uns Ihre drei größten Stärken nennen sollten ...

WH: Stärken? Oh, Mann. *(überlegt)* Zähigkeit, glaube ich. Ich kann ziemlich beharrlich sein, wenn ich mich erst mal festgebissen habe. Und ich bin eine loyale Freundin.

Das sind erst zwei ...

WH: Außerdem kann ich einen Fuß Größe zweiundvierzig aus einer einfachen Papierserviette falten. Das wird oft nicht richtig gewürdigt.

Und wie sieht's mit Schwächen aus?

WH: Geduld fällt mir schwer. Und ich fasse auch nicht gerade schnell Vertrauen.

Frönen Sie irgendwelchen Lastern?

WH: Schokolade und Fast Food. Ich hasse gesundes Essen.

Können Sie kochen?

WH: Rührei und Miracoli. Und letztes Weihnachten habe ich mich zum ersten Mal an einem Braten versucht. Der ist gar nicht mal so schlecht geworden.

Ihre Schwester war eine begabte Nachwuchspianistin. Sind Sie auch musikalisch?

WH: Ich? Nee. Leider nicht. Aber ich kann eine Stereoanlage bedienen.

Und welchen Musikstil bevorzugen Sie?

WH: Alles durch die Bank. Von Mozart bis Adele.

Was halten Sie von Angela Merkel?

WH: Ich bewundere die Art, wie sie sich gegen alles und jeden durchsetzt. Diese souveräne Gelassenheit.

Welches Auto fahren Sie privat?

WH: Einen Polo. Der hat genau die richtige Größe, und mittlerweile ist er sogar bezahlt.

Glauben Sie an Gott?

WH: Ach, du Schande. Sie stellen ja vielleicht Fragen!

Nein, ernsthaft: Sind Sie religiös?

WH: Religiös bestimmt nicht. Aber manches auf dieser Welt scheint mir auch nicht bis in den letzten Winkel erklärbar zu sein. Ob Sie das jetzt Gott nennen oder Schicksal oder einfach Glück …

Gibt es in Ihrem Schrank ein Lieblingskleidungsstück?

WH: Klar, meinen uralten grauen Flauschpulli. Leider ist der inzwischen so abgetragen, dass ich ihn nur noch zu Hause anziehen kann.

Apropos: Beschreiben Sie uns doch mal Ihren Einrichtungsstil!

WH: Pragmatisch-puristisch würde ich sagen.

Sind Sie ordentlich?

WH: Ich finde alles, was ich suche. Irgendwann …

Und wie gestaltet sich die Zusammenarbeit mit Ihrem Partner, Hendrik Verhoeven?

WH: Er hat seinen Stil – und ich habe meinen.

Das heißt, Ihr Verhältnis ist eher distanziert?

WH: Nein. Das heißt, dass wir uns gut ergänzen.

Sie wirken ziemlich tough. Gibt es etwas, vor dem Sie sich fürchten?

WH: *(überlegt sehr lange)* Ich glaube, man hat immer Angst, jemanden zu verlieren, der einem wichtig ist.

Welche drei Dinge würden Sie mit auf eine einsame Insel nehmen?

WH: Meinen Fernseher, meine Fische und jede Menge Schokolade.

Und wer dürfte Sie begleiten?

WH: Das ist privat.

Verraten Sie uns Ihr Lebensmotto?

WH: Wer nicht an Wunder glaubt, der ist kein Realist.

Tatjana Kruse

Reinheitsgebot für Leichen

Nirgends kann man sich so gut verlaufen wie im eigenen Kopf. Menschliche Gedankengänge sind ein Labyrinth, in dem selbst Brotkrumen oder Wollfäden nicht helfen, sobald man auch nur einmal falsch abbiegt. An diesem Montag gegen 20.17 Uhr bog Exkommissar Siegfried Seifferheld falsch ab.

»Ablassen!«, befahl er, obwohl er gar nichts zu befehlen hatte. Schon gar nicht hier, im Sudhaus der Löwenbrauerei zu Schwäbisch Hall, wo in einem der beiden Kessel der Biersud aus Hopfen, Malz, Hefe und Wasser dampfend vor sich hin blubberte und seinen warmen, malzigen Duft verströmte.

Mit seiner Gehhilfe klopfte Seifferheld scheppernd gegen den Kessel. »Ablassen, sofort!«

Es konnte kein Zweifel daran bestehen, dass in diesem Behältnis nicht nur köstliches Haller Löwenbräu-Bier brodelte, sondern auch eine Leiche.

Die von Heiner Kester, 58, geschieden, VfB-Fan, Katzenallergiker, Mechatroniker.

Doch zurück zum Anfang …

Die ganze Welt ist eine Bühne – aber manche von uns spielen auf den Brettern, die die Welt bedeuten, keine Hauptrolle, nicht einmal eine Nebenrolle. Sie fegen nur die Bretter nach der Vorstellung sauber …

Jeden Montag traf sich der Stammtisch Mord zwo im Brauereigasthaus *Löwen* in der Mauerstraße. Schlag 19 Uhr fuhren Wurster, Dombrowski und Van der Weyden im Zivilfahrzeug vor und parkten im Parkhaus, Bauer zwo donnerte auf seinem lila Motorrad herbei, das er neben dem Roten Steg abstellte, und Seifferheld kam mit Hovawart Onis aus Richtung Innenstadt angehumpelt. Die supernette Kellnerin mit dem kecken Kurzhaarschnitt musste schon gar nicht mehr fragen, wenn die Mord-zwo-Männer auftauchten, sie brachte sofort gut gekühlte Mohrenköpfle.

Seifferheld, Wurster, Van der Weyden, Dombrowski und Bauer zwo tranken Bier, vesperten und erzählten sich für gewöhnlich Belanglosigkeiten. Außer es gab wieder einen Mordfall in Schwäbisch Hall – in den Seifferheld seine Nase eigentlich nicht stecken durfte, es aber dennoch tat –, dann tauschten sie Ermittlungsergebnisse aus.

Nicht so an diesem Montag. Weit und breit keine Gewalttat. Alles war gut auf der Welt und in Schwäbisch Hall.

Die Männer saßen am runden Stammtisch, in den die Namen der Brauereigründer geschnitzt waren und von dem aus man einen herrlichen Blick auf die Skyline von Schwäbisch Hall hatte. Onis lag unter dem Tisch und schnaufte und starrte. Nicht auf die Skyline, die hätte er aus der Tiefergelegten ohnehin nicht gesehen, sondern auf den weißen Bichon Frisé, der unter einem Barhocker an der Theke lag. Mit dem Rüden, der Stammgästen gehörte, lieferte Onis sich jedes Mal blinzellose Starr-Wettkämpfe, die keiner von beiden je gewann.

Der Stammtisch der Mordkommission ging immer bis gegen 22 Uhr, dann hatten alle genug getrunken, gegessen und ›genug geschwätzt‹. Nicht so an diesem Montag.

Kurz nach 19 Uhr, der erste Durst war gestillt, die Schnitzelteller wurden eben aufgetischt, klingelte Siggi Seifferhelds Handy. Er zog es aus der Jackentasche.

»Das ist jetzt nicht dein Ernst, oder?«, schimpfte Wurster, der wegen seiner Grizzlystatur und roten Ganzkörperbehaarung auch »der Bärenmarkenbär« genannt wurde. »Der Stammtisch ist heilig! Wann machst du das endlich deinen Mädels klar?«

Stammtische waren frauenfreie Zonen. Die letzten, die es noch gab. Das war ehernes Männergesetz. Ausgenommen davon waren nur Kellnerinnen und – in ihren Träumen – exotische Tänzerinnen an der Tanzstange.

Aber das sauertöpfische Gesicht auf dem Display von Seifferhelds Handy war nur bedingt östrogenhaltig. Es gehörte Guido Schmälzle, einem Kumpel Seifferhelds aus der Männerkochkursgruppe der Volkshochschule. Guido, der hauptberuflich Wanderführer für die Region Hohenlohe schrieb, war kein enger Freund von Seifferheld. Gut, sie waren gemeinsam am Blanchieren, Pochieren, Tranchieren und Nudelwasser-zum-Kochen-Bringen gescheitert und hatten – nein, fragen Sie nicht! – schon zusammen gestrippt. Auch hatte ihm Schmälzle, lange bevor sich Seifferheld als Sticker geoutet hatte, zusammen mit den anderen Kochkursjungs dabei geholfen, eine Lieferung Zierkissen grobschlächtig mit dem Spruch »I love Germany« zu besticken – und nichts verbindet echte Kerle mehr als das Sticken ohne Fingerhut. Aber nein, Freundschaft konnte man das, was zwischen ihnen war, nicht nennen.

»Was ist?«, brummte Seifferheld deshalb auch haarscharf an der groben Unhöflichkeit vorbei in sein Handy.

»Siggi, großer Gott, du musst mir helfen! Sie sind alle verschwunden, sie sind alle weg!« (Eigentlich sagte Guido Schmälzle, der des Hochdeutschen nicht mächtig war, etwas wie »du mussch mir helfa, sie send älle verschwonda, sie send älle wech«, aber zugunsten der allgemeinen Verständlichkeit werden seine Dialogzeilen hier gleich transkribiert.)

Seifferhelds Schnitzel mit Spätzle und Soße drohte kalt

zu werden. Ein Sakrileg. Er nahm rasch einen Bissen. »Wer ist verschwunden? Sprich Klartext, ich hab Stammtisch«, sagte er mit vollem Mund.

»Meine Gruppe. Meine Führung. Eben waren sie noch da, jetzt sind sie weg!«

Guido Schmälzle konnte vom Verkauf seiner Wanderführer nicht leben – natürlich nicht, mochten die sagen, die seine Wanderführer kannten –, weshalb er auf Gelegenheitsjobs angewiesen war: als Fahrkartenkontrolleur im Stadtbus, Kirchenführer auf der Comburg und eben Bier-Guide im Hauptsitz der Löwenbrauerei. Die Kochkursjungs hatten eine solche Führung schon einmal mitgemacht – ganz großartige drei Stunden ihres Lebens waren das, mit Bierverkostung und Brotzeit nach einem Rundgang durch die Anlage. Allerdings hatte sie damals ein echter Führer betreut, der etwas vom Fach verstand und mit Menschen konnte. Dinge, die Schmälzle abgingen.

»Die haben sich vor lauter Desinteresse vom Acker gemacht«, wollte Seifferheld eigentlich nur denken, sprach es aber laut aus. Im selben Moment meldete sich seine gute Erziehung, und er versuchte zu retten, was noch zu retten war. »Hat nichts mit dir zu tun, Schmälzle. Wahrscheinlich sind das überzeugte Weintrinker.« Er klemmte sich das Handy zwischen Ohr und Schulter – bei den alten Motorola-Handys ging das noch –, säbelte ein weiteres Stück Schnitzel ab und warf es Onis unter dem Tisch zu. Der schnappte gierig danach, ohne allerdings den Blick vom Bichon Frisé abzuwenden und ohne zu blinzeln.

»Aber Siggi ...«, jammerte Guido Schmälzle.

»Gute Nacht, Schmälzle.« Seifferheld klappte sein Motorola-Teil zu und steckte es in die Hosentasche. Er hing noch dem guten, alten Aberglauben an, dass Handys in Jackentaschen klingelten, in Hosentaschen jedoch nicht.

»Hast du gerade einen Mitmann in Not abblitzen lassen?«, fragte Dombrowski, der bei der Sitte arbeitete und eigentlich beim Stammtisch Mord zwo gar nichts zu suchen hatte. Aber wenn man nur oft genug uneingeladen irgendwo auftauchte, gehörte man irgendwann eben doch dazu.

Seifferheld zuckte mit den Schultern. »Das war nur der Schmälzle. Der behauptet, seine komplette Gruppe sei ihm bei der Führung durch die Löwenbrauerei abhandengekommen. Ich sage euch, die haben tutti completti die Flucht vor ihm ergriffen. Es gibt keine andere Erklärung.«

Bauer zwo, Erkennungsmerkmale: Minipli-Dauerwelle, lila Motorradlederkluft – konsequent, unabhängig vom Wetter – sowie Minus-IQ im zweistelligen Bereich, schürzte die Lippen. »Nicht so schnell«, sinnierte er, »natürlich gibt es immer noch eine andere Erklärung.«

»Die Löwenbrauerei ist groß. Vielleicht musste der Schmälzle kurz austreten, und seine Gruppe ging ohne ihn weiter und hat sich verlaufen«, bot Van der Weyden als Erklärungsversuch an.

Seifferheld rollte nur mit den Augen.

»Ach so, auch möglich«, räumte Bauer zwo ein. »Dann gibt es aber noch eine dritte Erklärung.« Bauer zwo hieß so, weil er ebenso wie die Polizeichefin Bauer hieß, mit ihr aber weder verwandt noch verschwägert war, was Frau Bauer – das Original – bei jeder sich bietenden Gelegenheit zu betonen pflegte. Mit Bauer zwo, der – die Wetten diesbezüglich waren noch offen – zwei, maximal drei aktive Gehirnzellen besaß, wollte man auch weder verwandt noch verschwägert sein. Gleichwohl ließ sich eigentlich nur durch Verwandtschaft mit jemand Reichem und Mächtigem erklären, warum Bauer zwo überhaupt bei der Polizei hatte landen können. Jetzt schaute er bedeutungsschwanger in die Runde, was hieß, dass alle maximal drei Hirnzellen rund liefen, und verkündete: »Wir dürfen die Möglichkeit nicht ausschließen, dass die Gruppe von Außerirdischen entführt wurde!«

Was ist eigentlich, wenn sich herausstellt, dass in Kornkreisen bloß »Günni war hier« und »Kevin auch« auf Außerirdisch steht?

Das Schöne an Schwäbisch Hall, mal abgesehen vom pittoresken Stadtbild, waren die kurzen Wege und dass jeder jeden kannte und so gut wie alles über ihn wusste. Das war gleichzeitig das weniger Schöne an Schwäbisch Hall. Von der Löwenbrauerei bis zum Gasthaus *Löwen* war es nicht weit und ging zudem bergab, und Gott und die Welt und vor allem alle Haller wussten, dass sich der Stammtisch Mord zwo neuerdings jeden Montag im *Löwen* traf.

Exakt acht Minuten und vierundzwanzig Sekunden, nachdem Seifferheld sein altes Motorola-Handy zugeklappt hatte, kam deshalb Guido Schmälzle schnaufend in die Gaststube gelaufen. Mit beiden Händen stützte er sich auf der runden Stammtischplatte ab und jaulte lautstark: »Siggi, du MUSST mir beistehen! Der Fall der verschwundenen Männer – genau dein Ding! Hilf mir!«

Abrupt verstummten die Gespräche im Schankraum, und aller Augen wanderten zu Exkommissar Seifferheld. Den Touristen bot sich das Bild eines alten Mannes mit Krücke. Und den bat man um Hilfe? Da steckte doch eine Geschichte dahinter. Das versprach interessant zu werden. Die Alteingesessenen wussten natürlich, dass dieser Mann Anfang sechzig war, dass seit dem Einsatz bei einem Banküberfall eine Kugel in seiner Hüfte saß und er deshalb auf eine Gehhilfe angewiesen war.

Seifferheld hasste es, im Mittelpunkt der Aufmerksamkeit zu stehen. Gut, seit er sich öffentlich zu seiner heimlichen Leidenschaft, dem Sticken, bekannt hatte und im SWR4-Frankenradio sogar seine eigene, interaktive Sticken-für-Männer-Radiosendung moderierte, musste er mit einer gewissen Publizität leben. Aber wenn er alle, die ihm an den Lippen hingen, sehen konnte, war ihm das unangenehm.

»Schmälzle, verdammt, setz dich und zieh hier keine Show ab«, zischelte er leise.

»Sieben gestandene Monteure von Schrauben-Würth, auf Tagung in Hall. Die können doch nicht einfach so verschwinden!« Schmälzle blieb natürlich stehen. Sein Jaulen lenkte die beiden Hunde vom Starren ab. Onis räusperte sich. Er war ein begnadeter Heuler vor dem Herrn, und wenn einer jaulte, stimmte er ausdauernd mit ein und schraubte sich dabei gern bis zum hohen C hoch.

»Aus!«, befahl sein Herrchen vorausschauend.

Der vierbeinige Caruso legte seinen riesigen Hovawart-Schädel enttäuscht wieder ab.

»Was, wenn sie tot sind? Was, wenn sie allesamt in die Braukessel gefallen sind und da jetzt langsam vergären?«, jammerte Schmälzle weiter.

Die Gäste stellten allesamt ihre Biergläser ab und schoben sie von sich. Desgleichen die Jungs vom Stammtisch Mord zwo, wobei Van der Weyden, der ursprünglich aus Belgien stammte und im Rahmen eines europäischen Austauschprogramms für Polizeibeamte in Hall tätig war, lästernd stichelte: »Würde das nicht gegen das deutsche Reinheitsgebot verstoßen?«

Wurster stieß ihm seinen Ellbogen zwischen die Rippen.

Seifferheld stand abrupt auf. »Schmälzle! Maul, sonst Beule!«

Er nahm seine Gehhilfe und zog Schmälzle aus dem Schankraum hinaus auf die Mauerstraße. Onis lief hinterher. Der Bichon Frisé wertete das als Sieg nach Punkten.

»Schmälzle, verdammt! Du verängstigst die Gäste!«, schimpfte Seifferheld. In einer Touristenstadt ist nichts schlimmer, als die Touristen zu vergraulen. »Ist ja gut, ich komm mit.«

»Wir auch!«, erklärte Dombrowski, der in diesem Moment mit Van der Weyden, Wurster und Bauer zwo aus der Gaststätte trat. »Das lassen wir uns doch nicht entgehen.«

Seifferheld seufzte. Seine Exkollegen mochten ganz wild auf Abenteuer sein, aber er hätte lieber seinen Teller leer gegessen.

Das schöne Schnitzel einfach zurückzulassen.

Ein granatenmäßiges Sakrileg!

Warum haben so viele Männer einen Bierbauch?
Damit der Zwerg ein Dach über dem Kopf hat!

Schwäbisch Hall war eine wunderschöne Stadt, ein bisschen Mittelalter, ein bisschen Barock, viel fürs Auge und fürs Herz, aber das dachte man wahrlich nicht, wenn man mit dem Zug ankam. Die Stadt besaß zwei Bahnhöfe, einer gruseliger als der andere. Für die Deutsche Bahn hatte Schwäbisch Hall sichtlich keine Priorität.

Das Gelände hinter dem Innenstadtbahnhof war sogenanntes Brachland. Teilweise zugewuchert, teilweise verschottert, mit verfallenen Hütten und leeren Lagerhäusern, zwischen denen sich tagsüber Jugendliche und nachts diverses »Gesocks« grölend die Zeit vertrieb, wie offenbar auch an diesem Sommerabend. Dahinter lag allerdings so etwas wie ein schmuckes, kleines Industriegebiet. Und genau dort befand sich die Löwenbrauerei.

Die Privatbrauerei konnte auf eine lange Geschichte zurückblicken. Seit 1724 befand sie sich in Familienbesitz, und ihr Sortiment umfasste ganzjährig rund ein Dutzend Biersorten, mit denen sie vor allem die Stadt und die Region belieferte. In großen Mengen und überallhin. Wenn man in Hall einen Tod nicht starb, dann den des Verdurstens.

Der Hauptsitz der Brauerei strahlte praktische Funktionalität aus und war sehr viel größer, als man das denken würde, wenn man die wenigen Stufen zum Eingang hinaufstieg.

Schmälzle ging voraus.

»Darf der Hund mit rein?«, fragte Seifferheld.

Schmälzle sah ihn waidwund an. »Das ist momentan echt nicht mein größtes Problem. Kommt, seht es euch selbst an.«

Sie stiegen in den ersten Stock und betraten den Schalander, wie der Schankraum genannt wurde, in dem nach den Führungen immer in fröhlicher Runde Bier ausgeschenkt und Brezeln und LKW, also Leberkäsweckle, gereicht wurden.

Schmälzle streckte beide Arme aus und zeigte in stummer Verzweiflung auf das Bild, das sich ihnen bot.

Ein wenig erinnerte es an das Häuschen im Wald, in dem die sieben Zwerge wohnten und in das Schneewittchen auf ihrer Flucht vor der bösen Königin trat. In der gemütlichen, mit Holz ausgekleideten Stube war für sieben Männer gedeckt: sieben Teller mit Fleischkäseresten und Brezelbröseln, sieben Messer, sieben Biergläser mit mehr oder weniger Resten von Zwickel, Export und Mohrenköpfle.

Über der einen oder anderen Stuhllehne hing eine leichte Sommerjacke, neben einem der Teller lag ein Smartphone, neben einem anderen ein verwaister Schlüsselbund. Eine Serviette flatterte in der Zugluft über den Boden. In dem Raum staute sich trotz geöffneter Fenster die Augusthitze, darum vermittelte er – verlassen, wie er war – die Atmosphäre eines mexikanischen Wüstenfriedhofs.

»Okay, das ist irgendwie unheimlich«, räumte Wurster ein.

»Seht ihr, die Fenster sind offen!«, konstatierte Bauer zwo mit Triumphgrinsen.

»Ja und? Haben die Außerirdischen die Männer mittels eines Saugrohrs durch die Fenster entführt oder was?«, spottete Dombrowski, ging aber zur Sicherheit trotzdem zu der Fensterfront und schaute hinaus, ob sich unten auf dem Beton gekrümmte Männerleichen stapelten. Vielleicht hatten sie ja wie die Lemminge Suizid durch Fenstersturz begangen? Aber nein, das Gelände unterhalb der Fenster war leichenlos.

Van der Weyden ging zurück in den Flur und trat erst in die Herrentoilette, dann in die Damentoilette. »Hier ist keiner«, sagte er.

Seifferheld begab sich hinter die Theke und öffnete die Tür zum Personalraum. Leer.

»Weil Sommerferien sind, bin ich heute allein«, erklärte Schmälzle. »Der Braumeister ist noch da, weil wegen einer Sonderaktion extra gebraut werden muss, und im Lager sind noch zwei Fahrer und beladen ihre Laster. Die haben alle niemanden gesehen. Ich bin durch die ganze Anlage gewetzt. Nichts!« Er ließ sich schwer auf einen der Holzstühle sinken.

»Hm«, sagte Seifferheld. »Es waren sieben gestandene Kerle?«

Schmälzle nickte. »Monteure, die auf Tagung in Hall sind und zur Abendunterhaltung eine Führung spendiert bekommen haben. Hinterher hätten sie im Restaurant vom *Hotel Hohenlohe* noch zu Abend essen sollen.«

Es war albern, denn wer ließ ohne Not Jacken, Handy und Schlüssel zurück, aber Seifferheld nickte Van der Weyden zu, und der rief rasch im *Hohenlohe* an. »Nein, sie sind nicht dort«, sagte er gleich darauf.

»Gab's denn Streit?«, wollte Seifferheld wissen.

»Nein!« Schmälzle schüttelte den Kopf. »Die schienen sich untereinander blendend zu verstehen. Und ich habe ja ohnehin kein Problem mit Menschen.«

Seifferheld ließ das unkommentiert so stehen.

»Wenn die Stimmung feuchtfröhlich war, dann wollten sie sich vielleicht einfach nur einen Scherz mit dir erlauben …«

»Das ist doch kein Scherz mehr!«, protestierte Schmälzle. »Schau dich doch um!«

Das einsame, offenbar auf stumm gestellte Smartphone auf der karierten Tischdecke fing an zu vibrieren und tänzelte dabei langsam in Richtung Tischkante. Seifferheld hielt es mit seiner Krücke auf. Nein, da war wirklich etwas faul im Staate Löwenbrauerei.

Bauer zwo konnte nicht von seiner Entführungstheorie lassen, auch wenn er langsam wieder zurück auf den Boden der irdischen Tatsachen fand. »Vielleicht ist einer der Männer aus reichem Stall, und sie wurden der Einfachheit halber alle entführt, und das ist jetzt der Lösegeldanruf«, spekulierte er. Alle sahen zu dem vibrierenden Handy.

»Hallo!« Kühn hatte Seifferheld das Smartphone ergriffen. Er lauschte mit ernster Miene, dann sagte er: »Nein, danke, ich bin momentan nicht an zusätzlichen Angeboten der Telekom interessiert.«

Bauer zwo seufzte enttäuscht.

Seifferheld unterbrach die Verbindung, schüttelte den Kopf und steckte das Smartphone einer alten Gewohnheit folgend in seine Jackentasche, was weder ihm noch den anderen auffiel.

»Wie lange hast du die Männer denn allein gelassen?«, wollte Dombrowski von Schmälzle wissen.

»Ich war nur ganz kurz austreten!«, erklärte Schmälzle und zeigte auf die Herrentoilette im Flur.

Seifferheld kannte Schmälzle gut. ›Ganz kurz‹ definierte sich in seinem Universum anders als für den Rest der Welt. Bevor er nämlich eine Örtlichkeit benutzte, pflegte er sie von Keimen aller Art zu befreien – mit einem Desinfektionsmittel, das er stets mit sich führte –, und zwar so gründlich, dass man dort anschließend Operationen am offenen Herzen durchführen konnte. Naturgemäß dauerte das seine Zeit. Aber die Toilette lag direkt neben dem Ausgang des Schalander – hätte eine Horde Bewaffnete die Brauerei gestürmt, um die Gruppe zu entführen, hätte Schmälzle das mitbekommen. Nein, es musste eine andere Erklärung geben.

»Ich darf hier doch nie wieder eine Führung machen, wenn den Männern etwas passiert ist!«, schniefte Schmälzle. Die anderen ahnten, dass hier nicht nur der Verlust des Einkommens schmerzte, sondern vor allem der Verlust der Naturalien, die ins Gehalt mit einflossen. Ein Kasten pro Monat, mindestens.

»Jetzt keine Panik«, beruhigte ihn Seifferheld. »Es muss eine absolut einleuchtende Erklärung geben. Die wandern bestimmt nur durch die Hallen. Vielleicht sind sie schon leicht angetrunken und wollen sich an verbotenen Köstlichkeiten bedienen.«

»Ich hab doch alles …«, fing Schmälzle an.

»Einer allein kann doch das Gelände nicht sinnvoll absuchen. Wir teilen uns jetzt auf!«

Gesagt, getan. Schmälzle erläuterte den Männern kurz die Anlage. Bauer zwo und Van der Weyden nahmen sich den Bürotrakt vor, Wurster und Dombrowski das Lager. Seifferheld und Schmälzle wollten das Sudhaus durchkämmen.

»Mir nach!«, rief Seifferheld und hob seine Gehhilfe wie weiland Moses seinen Wanderstab, bevor er das Rote Meer teilte.

Voll enthemmt auf Kukident

»Ins Sudhaus darf der Hund aber nicht mit. Hygienevorschrift«, warnte Schmälzle auf dem Weg nach draußen.

Onis ließ sich widerstandslos am Treppengeländer im Flur festbinden. Er hatte – unbemerkt von seinem Alpharüden – im Schalander den Rest des Fleischkäses von der Serviertheke gemopst und war jetzt pappsatt. Außerdem forderte das blinzellose Wettstarren von vorhin seinen Tribut. Onis wollte nur noch schlafen. Schnaufend legte er sich auf den herrlich kühlen Steinboden ab.

Seifferheld und Schmälzle traten aus dem Hauptgebäude. Schmälzle wuselte schon mal Richtung Sudhaus, aber Seifferheld blieb wie festgewurzelt stehen.

Hinter dem Dach des gegenüberliegenden Gebäudes wirbelten Staubwolken auf. Das musste vom Schottergelände neben dem Bahnhof kommen. Wer wirbelte an einem sommerlich heißen Montagabend um 20 Uhr Staub auf?

Jetzt könnte man ja sagen, das sei völlig sekundär, wenn man auf der Suche nach sieben verschwundenen, vermutlich entführten, möglicherweise toten Männern war, aber Seifferheld glaubte fest an die Verbundenheit aller Dinge. Alles hing mit allem zusammen, und es gab keine Zufälle.

»Was ist da los?«, rief er Schmälzle zu und zeigte in Richtung Staubwolke.

»Keine Ahnung, ist doch auch egal«, erwiderte Schmälzle, der immer nur den Weg sah, der direkt vor ihm lag, wie ein Brauereikaltblüter mit Scheuklappen. Für Nebenschauplätze war da kein Raum.

»Ich schau mir das kurz an.« Seifferheld humpelte in Richtung Brachland.

»Wieso das denn?«, monierte Schmälzle. »Das kann uns doch wurscht sein, was da los ist!« Aber Seifferheld hatte schon die Ritterstraße überquert. Schmälzle kam hinterhergezottelt. Sie bogen um die Ecke, um noch eine Ecke, Seifferheld schlug mit seiner Krücke alias Machete Indiana-Jones-gleich eine Wand aus mannshohem Gestrüpp auseinander, und schon standen sie vor einer improvisierten Rennstrecke, auf der ein silbergraues Gefährt wild im Kreis fuhr.

Sechs Männer standen etwas abseits und feuerten den Fahrer lautstark an.

»Na also«, dachte Seifferheld und humpelte auf die Männer zu. »Grüß Gott, wir haben Sie vermisst«, begrüßte er sie.

Schmälzle neben ihm hatte eine ungute rote Gesichtsfarbe angenommen. Er hielt die Fäuste geballt und sah aus wie Rumpelstilzchen, kurz bevor es sich vor Wut in den Schotterboden bohrt. »Wie können Sie einfach abhauen!«, brüllte er heiser. »Ich hab mir Sorgen gemacht!«

Die Männer blickten ihn entschuldigend an. »Wir haben doch auf die Serviette geschrieben, dass wir hier mit dem Braumeister seinen neuen Strandbuggy ausprobieren«, sagte einer.

Seifferheld fiel die Serviette wieder ein, der in der Zugluft Flügel gewachsen waren und die durch den Raum geflattert war. Na also, dachte er, Rätsel gelöst.

Der Buggy hielt neben ihnen an. »Ah, Schmälzle, was hältst du von meinem neuen Strandbuggy? Kinroad GK mit Straßenzulassung! Geiler Offroader, oder? Den schraub ich mir auf 105 Stundenkilometer hoch, ich sag's euch.« Der Braumeister tätschelte stolz seinen Neuerwerb. Schmälzle war noch im Rumpelstilzchenmodus und somit zu artikulierten Lautäußerungen nicht in der Lage.

»Sie sind der Braumeister?«, erkundigte sich Seifferheld.

Der Buggybesitzer nickte, die sechs anderen Männer nickten auch. »Wo ist dann der siebte Zwerg?«, rutschte es Seifferheld heraus.

»Wer?«, fragte einer der Monteure, von denen keiner unter einem Meter achtzig groß war.

»Der siebte Mann«, korrigierte sich Seifferheld rasch. »Sie sind doch zu siebt.«

»Der Heiner ist zurückgeblieben. Der wollte sich das Hochregallager noch mal anschauen. Ist sein Steckenpferd.«

»Würden Sie ihn bitte anrufen? Wir konnten ihn nicht finden«, bat Seifferheld, denn wenn dieser Heiner im Hochregallager wäre, hätten Wurster und Dombrowski das längst vermeldet.

Der Mann zog sein Handy und wählte und …

… das Smartphone aus dem Schalander, das Seifferheld versehentlich in seine Jackentasche gesteckt hatte, klingelte …

Jede Dummheit findet einen, der sie begeht!

»Ablassen!« Mit seiner Gehhilfe klopfte Seifferheld scheppernd gegen den Kessel. »Ablassen, sofort!«

Es konnte kein Zweifel daran bestehen, dass in diesem Kessel nicht nur köstliches Haller Löwenbräubier brodelte, sondern auch die Leiche von Heiner Kester.

Die sechs Kollegen von Kester, die Mord-zwo-Stammtischmänner, Schmälzle, ein Fahrer aus dem Lager und der Braumeister standen vor dem großen Sudkessel, in dem sie den vermissten Heiner Kester vermuteten. Aus zwei sehr einleuchtenden Gründen: Erstens war er sonst nirgends zu finden, und zweitens hatte die Klappe des Sudkessels offen gestanden, was völlig vorschriftswidrig war.

»Vielleicht hat er sich schon vollkommen aufgelöst und man findet nichts mehr außer einem Goldzahn«, sagte Bauer zwo und schauderte.

»Man löst sich nur in Cola auf, Bier konserviert«, hielt einer der Würth-Monteure dagegen. Bauer zwo schürzte die Lippen und nickte.

»Wenn der wirklich tot da drin dümpelt, trink ich nie wieder ein Bier!«, erklärte Dombrowski, und alle nickten.

»Das ist völlig unmöglich«, erklärte der Braumeister. »Selbst wenn er die Klappe geöffnet hätte und reingefallen wäre, würde er bei den aktuellen Temperaturen nicht instant-gebrutzelt wie ein Hummer, sondern hätte wieder rausklettern können.«

»Nicht, wenn man ihn vorher bewusstlos geschlagen hat«, hielt Seifferheld dagegen.

»Ich bin trotzdem dafür, dass man erst die Polizei ruft«, protestierte der Braumeister.

»Wir sind die Polizei!«, erklärte Dombrowski, der ja sonst nur bei der Sitte arbeitete und in seinem ganzen Leben noch keine Leiche gesehen hatte. Also, von den Dutzenden toten Kaulquappen in seiner Jugend mal abgesehen. Andere hatten keinen grünen Daumen, er konnte nicht mit angehenden Fröschen.

Alle schluckten schwer. Der Augenblick der Wahrheit.

»Also gut.« Der Braumeister gab nach. Er hob die Hand …

»Moment noch«, unterbrach Seifferheld. »Wo ist der andere Fahrer?«

»Was für ein anderer Fahrer?«, fragte der Fahrer verdutzt, dessen verschwitztes XXL-Polohemd der Haller Löwenbräu-Aufdruck zierte.

»Schmälzle, du hast doch gesagt, da waren zwei Fahrer, die im Lager ihre Laster aufgefüllt haben.«

Schmälzle nickte.

»Da war immer nur ich«, erklärte der Fahrer.

Schmälzle schüttelte den Kopf. »Nein, als ich mit der Gruppe vorbeikam, war da an der Tür zur Flaschenabfüllanlage noch ein weiterer Mann in einem Löwenbräu-Polohemd.«

»Die Hemden kann man im Shop kaufen, das ist keine firmeninterne Arbeitskleidung«, erläuterte der Braumeister.

»Aha!«, rief Bauer zwo, der bestimmt gleich mit der These aufwarten würde, dass es sich bei diesem geheimnisvollen Fremden um den außerirdischen Entführer handelte. Wenn Bauer zwo im Büro wieder einmal solchen Unsinn absonderte, sagte die Polizeichefin gern, dass sie sich da, wo er saß, durchaus auch einen Gummibaum vorstellen könne. Da es in der Mordkommission aber tatsächlich

Gummibäume gab, glaubte Bauer zwo, sie wolle nur die Büroräume umdekorieren.

»Mir fällt gerade ein, dass wir auf Heiners Vorschlag hierhergekommen sind«, meldete sich einer der Monteure zu Wort. »Es hätte noch eine Alternative gegeben, nämlich sich das Freilandmuseum Wackershofen vor den Toren der Stadt anzuschauen und dort im *Roten Ochsen* einzukehren, aber der Heiner hat uns gedrängt, hier in der Löwenbrauerei die Führung mitzumachen.«

»Aha!«, rief Bauer zwo erneut und mit mehr Nachdruck.

»Ich lege meine Hand dafür ins Feuer, dass der Fremde nicht durch das Tor im Lager raus ist!«, sagte der Fahrer. »Und bevor Sie mich hierherbeordert haben, habe ich das Tor abgeschlossen. Es kann also niemand das Gebäude durch das Lager verlassen haben.«

Bauer zwo wollte den Mund öffnen, aber Wurster herrschte: »Wenn du noch ein einziges Mal AHA sagst, scheuer ich dir eine!« Bauer zwos Lippen schlossen sich wieder.

In diesem Augenblick hörte man das Bellen eines Hundes. In weiter Ferne, aber doch deutlich vernehmbar.

»Onis!«

Nach dem fatalen Banküberfall, der Seifferheld zum Krüppel gemacht und anfangs völlig aus der Bahn geworfen hatte, weil er glaubte, sein Leben wäre damit zu Ende, hatten ihm die Jungs vom Stammtisch einen Welpen geschenkt. Aeonis vom Entenfall, kurz Onis. Der Welpe entwickelte sich dank Chappi zu einem Prachtkerl. Er wurde nicht nur Seifferhelds treuer Begleiter, sondern auch sein bester Freund. Ein Freund, der jetzt in Not schien. Die Altmännerhände krallten sich um den Knauf der Gehhilfe, und Seifferheld setzte sich in Bewegung. Gnade Gott demjenigen, der Onis zum Bellen gebracht hatte. Aufgrund seiner dreißigjährigen Berufserfahrung wusste Seifferheld, dass jeder Mensch, selbst der friedfertigste, unter bestimmten Umständen zum Mörder werden konnte, und er nahm sich selbst davon nicht aus. Eine Gehhilfe war auch nur so lange eine Gehhilfe, solange sie nicht in Berührung mit einer Schläfe kam. Dann wurde sie ganz flugs zu einer tödlichen Waffe.

Er humpelte, was das Zeug hielt. Um Zeit zu sparen, eilte er nicht durch das Haupthaus, sondern lief nach draußen und nahm den Weg, der zwischen den Brauereihallen verlief. Die anderen Männer folgten ihm – bis auf den Bierbrauer, der beim Sudkessel blieb und diesen tätschelte, als wollte er sagen: »Hab doch gleich gewusst, dass mit dir alles in Ordnung ist!« Gerade die Jüngeren hätten Seifferheld auch locker überholen können, aber der Mensch ist ein Herdentier und folgt stets dem Leithammel. Der Hammel war in diesem Fall Seifferheld.

Die kleine Herde bog um die letzte Ecke und stand vor dem Haupteingang der Löwenbrauerei. Seifferheld blickte durch die offene Tür in den Flur. Onis stand, immer noch angeleint, unversehrt neben dem Treppengeländer und bellte sich die Lunge aus dem Leib.

Alle außer Seifferheld schauten zum Parkplatz vor dem Gebäude, wo gerade ein ziemlich ramponiert aussehender Enddreißiger im dunkelblauen Löwenbräu-Hemd etwas in den Kofferraum eines schwarzen Geländewagens stopfte. Etwas, das wie eine Leiche aussah …

»Halt!«, riefen die Kollegen von Heiner und rannten auf den Geländewagen zu, aber der Unhold war schneller, schlug den Kofferraumdeckel zu, sprang hinters Steuer und brauste mit noch offener Fahrertür und laut quietschenden Reifen los.

»Das Kennzeichen!«, rief Seifferheld. »Wie lautet das Kennzeichen?«

»Oh Gott, der Heiner. Mir wird schlecht«, sagte einer der Männer, stützte sich an der Hauswand ab und übergab sich.

Ein anderer kritzelte mit schwarzem Marker das Kennzeichen auf seinen Handrücken. Wurster zückte sein Handy und gab Kennzeichen, Wagen- und Täterbeschreibung in der Zentrale durch. »Den haben die in null Komma nichts«, versprach er. In der Ferne hörte man schon die Sirenen.

Die anderen Würth-Monteure sahen sich fassungslos an. So was passierte sonst nur im Film, das geschah doch nicht in Wirklichkeit. Schmälzle stand wie ein Häuflein Elend mit eingefallenen Schultern vor der Treppe zum Eingang.

Onis hatte sich wieder beruhigt und schleckte einem Mann mit Mecki-Frisur und kurzen Hosen die Hand. Gleich darauf trat der Mecki-Mann ins Freie. »Großer Gott, was schaut ihr denn alle so bedröppelt? Ist wer gestorben?«

Die Monteure drehten sich um und sahen ihn fassungslos an.

»Heiner!«, stammelte einer.

Seifferheld schürzte die Lippen.

Schmälzle fiel in Ohnmacht.

Epilog

Kai Förster, 22, wurde in seinem Geländewagen schon geschnappt, da war er noch nicht einmal ganz die Neue Reifensteige hochgefahren. Er hatte bei einem Junggesellenabschied eine Wette verloren und deshalb die Schaufensterpuppe aus dem Brauerei-Shop mitgehen lassen. »Ich hätte sie doch zurückgebracht, ganz ehrlich«, schluchzte er bei seiner Festnahme.

Zeitgleich – und nachdem man Schmälzle mit Hilfe von schleckender Hundezunge und Luftzufächeln wieder zu Bewusstsein gebracht hatte – erklärte Heiner Kester vor dem Gebäude der Löwenbrauerei: »Ich wollte unbedingt diese Brauereiführung mitmachen, weil ich sehr viel lieber Bier trinke als Schweine im Freilandmuseum zu streicheln, auch wenn es glückliche, schwäbisch-hällische Landschweine sind.«

»Und wo waren Sie in den vergangenen sechzig Minuten?«, verlangte Seifferheld streng zu wissen.

»Ich musste mal austreten, also ... äh ... groß, aber als ich auf die Herrentoilette beim Schalander kam, roch es ganz bestialisch nach Desinfektionsmittel, da kann ich nicht ... Sie wissen schon ... das macht mir Kopfschmerzen. Also habe ich mir eine andere Toilette in einem Seitentrakt gesucht, und da lag ein Asterix-und-Obelix-Comic, und ich habe mich festgelesen. *Die große Überfahrt.* Lustig! Kann ich doch nicht ahnen, dass hier gleich die Suchtrupps losgeschickt werden. Ich dachte, die anderen essen und trinken gemütlich. Ich habe erst gemerkt, wie viel Zeit verstrichen ist, als der Hund anfing zu bellen.«

»Na bravo«, sagte Seifferheld, aber doch froh, dass die Geschichte ein so glimpfliches Ende genommen hatte. Und stolz auf seinen Onis, der einen Diebstahl durch lautes Bellen angezeigt hatte.

Alle schlugen einander erleichtert auf die Schultern und beschlossen, ganz wie es in den Asterix-und-Obelix-Bänden Usus ist, zum Abschluss ihres Abenteuers zu essen und zu trinken und es sich gut gehen zu lassen. Und wo konnte man das besser als im Schalander der Haller Löwenbrauerei?

Geschlossen stiegen die Herren und der Hund die Treppe hinauf.

Na dann, Prosit! Oder »Gsondheit!«, wie man in Hall zu sagen pflegt.

Haller Tagblatt, Samstagsausgabe, Rubrik
»ZUR PERSON«

Steckbrief Siegfried Seifferheld

Echte Kerle sticken ohne Fingerhut!

Beruf: Ehemals leitender Kriminalkommissar bei der Mordkommission Schwäbisch Hall; jetzt Vorruheständler mit einer Leidenschaft fürs Sticken
Berufswunsch als Kind: Offiziell: Lokführer. Seinen imaginären Freunden gegenüber: Handarbeitslehrer. Auf Drängen des Vaters hat er dann aber doch »was Ordentliches« gelernt und ging in den höheren Polizeidienst. Aufgrund des Banküberfalls, bei dem er mit Ende fünfzig zum Invaliden geschossen wurde, kann er heute seine jahrelange, heimliche Leidenschaft fürs Sticken endlich ausleben, und wenn er in Mordfällen ermittelt, muss er sich nicht länger an die »Regeln« halten. So hat alles auch sein Gutes.
Berufliche Ziele: Der Gerechtigkeit zum Sieg verhelfen beziehungsweise den perfekten Kreuzstich sticken
Geburtstag: 4. Mai (im Diakoniekrankenhaus Schwäbisch Hall, Haupthaus, 7. Stock, anwesend nur seine Mutter und die Hebamme, Schwester Adelheid)
Wie war die Kindheit? Kindheit? Welche Kindheit? Seifferheld kam schon erwachsen auf die Welt.
Bildungsweg: Abitur am (damals noch reinen Jungen-) Gymnasium St. Michael; höherer Polizeidienst; das Sticken hat er sich durch Learning by Doing beigebracht.
Familienstand: Verwitwet-Schrägstrich-liiert
Partnerin: Marianne Cramlowski, Journalistin (Kürzel MaC)
Kinder: Tochter Susanne und Ersatz-Tochter/Nichte Karina

Enkel: Enkelin Ola-Sanne und Nichtensohn Fela junior, beide frisch geschlüpft

Ist er ein Familienmensch? Ja, aber nicht wirklich freiwillig. Die anderen sind halt da und vermehren sich unkontrolliert wie durch Zellteilung.

Haustiere: Aeonis vom Entenfall, kurz Onis, Hovawart-Rüde mit Knickrute

Freunde: Die Jungs der Männerkochkursgruppe der Volkshochschule Schwäbisch Hall sowie die Exkollegen vom Stammtisch Mord zwo

Feinde: Diverse Verbrecher, die Seifferheld ins Kittchen brachte; Menschen, die keine männlichen Sticker mögen

Kollegen: Keine – er ist ein einsamer Wolf mit Gehhilfe. Der sich jedoch regelmäßig der Hilfe seiner Freunde bedient.

Vorgesetzte: Gesine Bauer, die Polizeichefin, die ihn immer noch die Polizeiberichte fürs Haller Tagblatt schreiben lässt, und die SWR-Redakteurin, die seine interaktive Sticksendung im Radio betreut.

Nettoeinkommen: Über Geld spricht man in Schwäbisch Hall nicht!

Reicht das Geld bis zum Ende des Monats? Lässig. Seifferheld kauft bei Tchibo und Aldi. Sein einziger Luxus sind Stickvorlagen und Garne.

Wohnhaft in: Schwäbisch Hall, Untere Herrngasse 6 b

Bisherige Wohnorte: Schwäbisch Hall, Untere Herrngasse

Künftiger Wohnort: Schwäbisch Hall, Nikolaifriedhof

Ist er mit seiner Heimat sehr verbunden? Ziemlich. Einen Seifferheld verpflanzt man nicht. Manche sagen, sollte er je die Stadtgrenze überschreiten, zerfiele er zu Staub …

Größe: Groß

Statur: Für einen Mann seines Alters noch gut durchtrainiert, dank der täglichen Gassi-Runden mit Hund Onis

Haarfarbe: Grau

Augenfarbe: Blau

Besondere äußere Merkmale: Gehhilfe, wegen der Kugel in der Hüfte
Ist er attraktiv? Alleinstehende Männer um die sechzig sind für alleinstehende Frauen ähnlicher Altersstufen IMMER attraktiv.
Sportarten aktiv: Sich von Schwiegersohn Olaf massieren lassen
Sportarten passiv: Hund Onis beim Stöckchenapportieren zusehen
Raucher/Nichtraucher: Ihm raucht allenfalls der Schädel vom vielen ermittlungsbedingten Nachdenken.
Sonstige Süchte: Außer Sticken und Schnüffeln? Keine.
Stärken: Wenn er an etwas dran ist, verbeißt er sich wie ein Pitbull mit Bisssperre
Schwächen: Zu viel Respekt vor den diversen Powerfrauen in seinem Leben – Schwester, Tochter, Nichte, Freundin, Polizeichefin, Brezelverkäuferin
Vorbilder: Roger Moore in der Rolle des Rufus Ffolkes in *Sprengkommando Atlantik*
Wenn er ein Auto hat, welche Marke? Er requiriert regelmäßig den fetten BMW seiner Tochter oder den kleinen, roten Mini Cooper seiner Nichte Karina.
Hat er eine chronische Krankheit? Nein, nur die Kugel in der Hüfte, die ihn – mal mehr, mal weniger – humpeln lässt.
Ist er im weiteren Sinne religiös? Sein Schwager ist evangelischer Pfarrer, man findet ihn sonntags also zusammen mit der ganzen Familie in der St. Michaelskirche.
Herausstechende Charaktereigenschaften? Besonders auffällig ist seine Unauffälligkeit.
Lebensmotto: S'wird scho.
Was wünscht er sich? Weltfrieden und mehr stickende Männer
Wovor hat er Angst? Vor nichts, außer seinem »Harem«
Was würde er auf eine einsame Insel mitnehmen? Seinen Hund Onis

Was würde er aus seinem brennenden Haus retten? Onis, seine Stickvorlagen, seine Angehörigen – in dieser Reihenfolge.
Welche Ziele hat er bislang erreicht und welche nicht? Er ist kein ehrgeiziger Mensch: Das Leben ist ein Fluss für ihn – nicht das irgendwo Ankommen ist wichtig, sondern die erquickliche Bootsfahrt.
Was würde er heute anders machen? Sich schon in jungen Jahren als Sticker outen und konsequent das Männersticken propagieren! Manbroidery forever!

Siegfried Seifferheld, mit seiner Gehhilfe und seinem Hund ein allen Haller Bürgerinnen und Bürgern vertrauter Anblick, moderiert seit kurzem wöchentlich einmal die interaktive Radiosendung »Männersticken leicht gemacht« auf SWR4-Frankenradio, die sich zunehmender Beliebtheit erfreut. Anlässlich des Jakobimarkts wird er am Sonntagnachmittag auf dem Haalplatz ein öffentliches Schausticken veranstalten.

(MaC)

Jürgen Kehrer Du bist tot, Wilsberg

Dass es meine letzte Nacht sein würde, wusste ich natürlich noch nicht. Erst einmal suchten Toni und ich an diesem Abend des 30. April nach einer Kneipe. Einer Kneipe mit Bezahlfernsehanschluss, in der man das Halbfinale zwischen Real Madrid und Borussia Dortmund gucken konnte. Was nicht so einfach war. Verräucherte Höhlen mit Fernseher gab es genug, doch bei den meisten drängelten die Leute schon vor dem Eingang. An Steh- oder gar Sitzplätze im Inneren war nicht zu denken.

Schließlich, kurz vor dem Anpfiff, hatten wir Glück. Im *Tinnitus* ergatterten wir einen ganzen Quadratmeter unbestandene Bodenfläche. Und einen halbwegs freien Blick auf den an der Decke montierten Bildschirm obendrein. Mitten im Kuhviertel, dem münsterschen Altbierbowlen- und Töttchenparadies, in dessen retroschicke Fachwerkhäuser sich normalerweise nur Studenten und Touristen verirrten. Optisch unterschied sich das *Tinnitus* kaum von anderen Schänken ringsherum – ein bumerangförmiger Raum, der sich an eine lange Theke schmiegte, eine von Zigarettenqualm und enttäuschten Hoffnungen dunkelbraun gebeizte Inneneinrichtung, Menschen mit rötlich verquollenen, vorwiegend männlichen Gesichtern. Ziemlich alten Gesichtern sogar. Und das war auch die Erklärung, warum Toni und ich noch Einlass gefunden hatten. Als nach uns ein paar junge Burschen hereindrängten und an der Theke nach Bier verlangten, wurden sie wieder auf die Straße geschickt: kein Ausschank für Menschen unter dreißig. Das *Tinnitus* war eine Ü-30-Kneipe.

Toni hob sein Glas und grinste. Er konnte besoffene junge Männer nicht ausstehen, denn beruflich hatte er ständig mit ihnen zu tun. Ich prostete mit zittriger Hand zurück, im Bernabéu-Stadion musste die Borussia gerade den Anfangssturm der Madrilenen überstehen, mehr als einmal lag das eins zu null in der Luft. Toni lebte gesünder, er war nämlich kein Dortmund-Fan. Er hatte einfach die Gelegenheit genutzt, seine Dauerverlobte und den zweijährigen Sohn eine Weile allein zu lassen. Als ich ihn vor ein paar Stunden von Balkon zu Balkon – Toni war mein Nachbar im Kreuzviertel – gefragt hatte, ob er mitkommen wolle, hatte er sofort zugestimmt.

In Wirklichkeit hieß Toni auch gar nicht Toni, sondern Thorsten. Er verdiente sein Geld als Bassist einer Top-40-Band, und da der Name Thorsten bei Ansagen im Partyzelt viel zu uncool klang, hatte er sich vor fünfundzwanzig Jahren in Toni umbenannt.

Nach zwanzig Minuten bekamen die Borussen das Spiel einigermaßen in den Griff. Ich nutzte die Gelegenheit, um zwei neue Biere zu bestellen und einen Blick auf mein Handy zu werfen. Eine SMS. Von unbekannt. »Du bist tot, Wilsberg. Genieße deine letzte Nacht.« Zweifellos ein Arschloch. Die Frage war nur, ob eines von der gefährlichen oder der ungefährlichen Sorte.

»Was ist los?«, fragte Toni.

»Ein Blödmann, der mir Angst machen will«, sagte ich. »Die Welt ist voll von Idioten.«

»Wem sagst du das?« Routiniert leerte Toni sein Bierglas zur Hälfte. Vermutlich hatte er in seinem Berufsleben mehr gewalttätige Menschen gesehen als ich. Dafür waren die Betrüger, Einbrecher, Stalker, Entführer und Mörder, die ich bei meinen Privatdetektivjobs in Schwierigkeiten brachte, erheblich nüchterner und nachtragender als seine Bierzeltjungs.

In der Halbzeitpause – die Borussen hatten das null zu

null gehalten und ich fühlte mich ein wenig beruhigter – gingen wir nach draußen, um frische Luft zu schnappen. Am nächsten Tag würde ein strengeres Nichtrauchergesetz in Kraft treten, deshalb legten sich die alten Herren im *Tinnitus* ins Zeug und rauchten Kette. Entsprechend bläulich und sauerstoffarm war die Atmosphäre in der Kneipe.

Die letzte Nacht. Schon während der Fahrradfahrt ins Kuhviertel hatte ich die Plakate an den Fenstern und Türen der Gaststätten gesehen: »Letzte Rauchernacht«, »Rauch in den Mai«. War das ein Zeichen? Oder hatten die Plakate den Scherzbold erst auf die Idee gebracht, mir eine Droh-SMS zu schicken?

Ich kontrollierte mein Handy. Tatsächlich hatte ich bei dem Lärm im *Tinnitus* das Eingangssignal einer neuen SMS überhört. »Du willst wissen, wer ich bin? Du wirst es heute noch herausfinden.«

»Dein Freund?«, fragte Toni.

Ich nickte und scannte gedanklich meine spektakulärsten Fälle auf potenzielle Täter. Da war der Fall, den ich *In alter Freundschaft* genannt hatte. Ein münsterscher Discobesitzer hatte mich erst engagiert und sich dann als Fiesling erwiesen. Am Ende war er von der Polizei erschossen worden, kam als Rächer also nicht mehr infrage. In *Gottesgemüse* hatte ich mich mit einer auf Gehirnwäsche abonnierten Sekte angelegt. Generell musste man autoritär strukturierte Sekten zwar als hinterhältig einschätzen, doch der Fall lag schon so weit zurück, dass ich einen Zusammenhang mit den aktuellen SMS ausschloss. Das Gleiche galt für die *Wiedertäufer* – bei diesem Fall hatte ich den Zorn der katholischen Kirche auf mich gezogen. Etwas anders sah es bei den neueren Fällen aus. Über den *Toten Professor* hatten deutschlandweit alle größeren Zeitungen berichtet. Der Assistent des Professors, den dieser nach Strich und Faden ausgenutzt hatte, war wegen Mordes an seinem Vorgesetzten zu lebenslanger Haft verurteilt worden. Selbst bei sehr guter Führung durfte er die Gefängniszelle noch nicht wieder verlassen haben – aber war das auszuschließen? Und dann gab es da noch die ehemaligen Geheimdienstler, denen ich in dem Fall *Die dritte Generation* auf die Füße getreten war. Inzwischen mussten sie Greise sein, doch wer einmal gelernt hatte, sein moralisches Empfinden zu unterdrücken und anderen erheblichen Schaden zuzufügen, verlernte das nicht mehr.

»Bist du eigentlich zufrieden mit deinem Leben?«, fragte Toni.

»Was?« Ich tauchte aus meinen Überlegungen auf. Der Themenwechsel erwischte mich kalt.

»Du bist auch nicht mehr der Jüngste.«

»Danke.«

»Ich mein ja nur«, sagte Toni. »Hast du wirklich noch Bock herumzuschnüffeln? Die Nächte im Auto sitzend vor Schlafzimmerfenstern zu verbringen? Im Leben anderer Leute herumzustochern? Möchtest du dich nicht manchmal vor den Kaminofen hocken und die Füße hochlegen? Umsorgt von einer Frau, die ein bisschen Farbe in deinen Alltag bringt? Und mit Kindern, die dich besuchen?«

»Ich habe eine Tochter.« Sarah studierte inzwischen in den USA, wir skypten alle paar Wochen miteinander.

»Schon klar. Aber alles andere ... Fehlt dir nicht was?«

Die Frage war mir nicht neu, ich stellte sie mir gelegentlich selbst. Viele Jahre hatte ich mich mit Affären und Liebschaften durchs Leben geschlagen, vor und nach meiner nur wenige Jahre dauernden, eher unglücklichen Ehe. Immerhin hatte die Ehe zu Sarah geführt, eine eindeutige Buchung auf der Habenseite. Doch irgendwann waren die Gelegenheiten zum Verlieben seltener geworden, ich hatte den Zeitpunkt verpasst, die eine wahre und dauerhafte Liebe zu finden. Den Sinn des Lebens. Das Glück. Was auch immer.

»Alle tollen Frauen sind mittlerweile zum zweiten Mal verheiratet. Der Markt ist leer.«

»Du könntest eine Single-Reise machen. Ich habe gelesen, dass die Branche boomt.«

»Ich könnte auch Lotto spielen. Als Millionär hätte ich vielleicht Chancen.« Ich schaute auf meine Uhr. »Lass uns wieder reingehen, die zweite Halbzeit fängt gleich an.« Zudem deprimierte mich das Gespräch, aber das sagte ich nicht.

Bis zur 82. Minute ging alles gut. Dann schoss Real Madrid ein Tor. Und Borussia Dortmund wankte. In der 89. Minute stand es zwei zu null für Madrid. Noch ein Tor und Dortmund wäre draußen. Fünf Minuten Nachspielzeit. Mir war so schummrig, dass ich mich an der Theke festhalten musste. Die Raucher um mich herum vergaßen sogar das Rauchen. Totenstille. Und dann war das Spiel zu Ende. Geschafft. Dortmund hatte zwar verloren, doch trotzdem das Endspiel erreicht. Auf meinen überstandenen Schreck tranken Toni und ich erst einmal einen Schnaps.

Die Thekenkraft schaltete den Fernseher aus und schob eine CD in den Player. Seichte Popmusik aus den Achtzigern und Neunzigern schwappte durch den Raum, der sich nach und nach leerte. Die alten Herren gingen, ein paar Nachwuchsraucher kamen herein. Und plötzlich geschah es. Ein Elvis-Song hatte sich auf die CD verirrt. Toni flippte aus. Die aktuellen und schon etwas älteren Charts runterzuspielen, war sein Job, seine wahre Leidenschaft aber galt Elvis Presley. Wann immer er Zeit und Gelegenheit hatte, nahm Toni an einem Elvis-Double-Contest teil. Er kleidete sich wie der King, er knödelte wie der King, er schwang das Becken wie der King. Auch jetzt, in Jeans und Sweatshirt und zu »Devil in Disguise«, verwandelte er sich in den jüngeren, noch nicht total verfetteten Elvis. Toni sang mit verzücktem Gesicht: » … you look like an angel, walk like an angel …«, er wedelte mit den Händen über dem Kopf, er ließ die Hüftknochen kreisen – er *war* ein anderer Mensch.

Nach dem Ende der Nummer spendeten die Freizeittrinker stehend Applaus.

»Alle Achtung«, grinste ich.

Toni strahlte. »Wer nichts wagt, kann sich gleich begraben lassen.«

Ich zog mein Handy aus der Tasche. Eine neue SMS war da. »Komm zum Aasee. Pardo-Pier. In einer halben Stunde.«

»Du willst doch nicht etwa hingehen?«, sagte Toni.

»Warum nicht? Ich möchte wissen, wer dahintersteckt, sonst lässt mir das keine Ruhe. Außerdem hast du gerade selbst gesagt ...«

»Ich weiß, ich weiß. Aber deshalb musst du ja nicht dein Leben riskieren.«

Ich winkte ab. »So schlimm wird's schon nicht werden. Davon abgesehen kann mir der Typ auch an jeder anderen Straßenecke auflauern. Und heute Nacht ist am Aasee bestimmt eine Menge los.«

»Soll ich mitkommen?«, bot Toni an.

»Nein, das ist allein meine Sache. War schon immer mein Prinzip: keine Zivilisten behelligen oder in Gefahr bringen.« Ich klopfte ihm auf die Schulter. »Fahr zurück zu Frau und Kind.«

Münster war eine selbstverliebte Stadt. Der Winter hielt uns sechs Monate im Griff, den Rest der Zeit regnete es oft. Aber wir taten und fühlten uns so, als lebten wir am Mittelmeer. Sobald die Temperaturen über zehn Grad kletterten, stürmten die Älteren die Biergärten, während die Studenten und Schüler mit Sixpacks und Einweg-Grills sämtliche Grünflächen am Aasee und an der Promenade okkupierten. Besonders in einer Nacht wie der heutigen. Selbst nach Mitternacht war Münster lebendiger als Gelsenkirchen an einem gewöhnlichen Wochentag.

Am Nordufer des Aasees, dort, wo nicht nur der von

Jorge Pardo entworfene *Pier* vierzig Meter auf das Wasser hinausragte, sondern noch etliche andere Kunstwerke der alle zehn Jahre stattfindenden *Skulptur Projekte* einen dauerhaften Platz gefunden hatten, lagerten trinkende und schwatzende Grüppchen auf Decken oder in Schlafsäcken, etliche von ihnen vor einer glimmenden Feuerstelle. Ein Bild des Friedens, das unentwegte Trommler und grölende Borussen-Fans mit einem aggressiven Soundtrack unterlegten.

Hauptkommissar Stürzenbecher, mein alter Kumpel beim KK 11, hatte mir immer eine Warnung zukommen lassen, wenn Kriminelle, die aufgrund meiner Ermittlungen zu langjährigen Haftstrafen verurteilt worden waren, wieder auf freiem Fuß lebten. Vor zwei Jahren war Stürzenbecher in Pension gegangen. Seitdem bekam ich keine Informationen mehr, wer sich möglicherweise bei mir für seine Knastzeit bedanken könnte.

Ich betrat die Holzplanken des *Piers*. Sie bestanden aus kalifornischem Redwood und endeten in einer asymmetrischen Plattform, auf der ein sechseckiger Pavillon stand. Kunst eben. Aber so weit kam ich nicht.

»Münster ist schön, oder?«, sagte eine Männerstimme hinter mir. Die Stimme klang alt und ein wenig zittrig, nicht nach jemandem, der sich um diese Zeit zufällig hierher verirrt hatte.

»Wie man's nimmt.« Ich drehte mich nicht um.

»Wieso, Wilsberg? Gefällt's dir in der Stadt nicht mehr?«

»Münster verführt zur Trägheit. Das Leben ist so angenehm, dass man darüber die wesentlichen Dinge vergisst.«

»Weltschmerz, was?« Der alte Mann stieß ein hohes, keckerndes Lachen aus. Wie diese Affenart, deren Name mir gerade nicht einfiel.

»Was wollen Sie von mir?« Ich drehte mich nun doch um. Die Stimme hatte ich natürlich längst erkannt. Sie gehörte Kriminalrat Merschmann, genauer gesagt, dem ehemaligen Kriminalrat Merschmann. Merschmann war mir bei meinem ersten größeren Fall begegnet, in dem ich als Privatdetektivneuling ermittelt hatte: dem Fall Pobradt, von mir auch *Und die Toten lässt man ruhen* genannt, weil es um einen weit zurückliegenden Mord ging, den Merschmann vertuscht und wie einen Selbstmord hatte aussehen lassen. Außerdem hatte der Kriminalrat versucht, mich zu erschießen. In der Summe war er dafür ein paar Jahre in die JVA eingefahren. Ein mildes Urteil, bei dem sein Geständnis und sein ansonsten untadeliges Verhalten Berücksichtigung fanden. Inzwischen musste er weit über siebzig sein.

»Das zu Ende bringen, was ich damals vermasselt habe.«

»Sie wollen mich umbringen?« Ich glaubte ihm nicht. »Sie sind doch glimpflich davongekommen.«

»Mein Leben ist im Arsch, Wilsberg. Der Staat hat mir die Pension gestrichen, meine Frau hat mich verlassen und ich bin krank.« Er zog eine Pistole aus der Tasche seines Regenmantels. »Und wer ist dafür verantwortlich?«

Von den jungen Menschen, die auf den Uferwiesen lagerten und sich einen Rausch antranken oder den schon bestehenden kultivierten, schaute kein Einziger zu uns herüber. Ich hätte daran denken sollen, dass ein Mord in aller Öffentlichkeit am wenigsten auffiel.

»Warum wollen Sie Ihre letzten Jahre im Knast verbringen? Sehen Sie sich um. Dutzende Zeugen werden Sie beschreiben.«

»Ich gehe nirgendwohin, Wilsberg. Ich bin dement. Das habe ich amtlich. Man wird mich nicht verurteilen.«

Ich starrte auf den Pistolenlauf und spürte ein Flattern im Magen, ungefähr an der Stelle, an der die Kugel einschlagen würde. Dem Kerl im Fernsehen, der eine gewisse Ähnlichkeit mit mir hatte, würde jetzt bestimmt etwas Kluges einfallen. Ein überzeugendes Argument oder eine überraschende Bewegung, womit er die Situation wenden könnte. Aber mir fiel absolut nichts ein, sosehr ich mich auch anstrengte. Dann fiel ein Schuss.

Es fühlte sich an wie ein Schlag in den Magen und ich kippte um. Merschmann hatte tatsächlich geschossen. Eine halbe Sekunde später kam der Schmerz, er fraß sich durch meine Eingeweide und füllte mich vollständig aus. Ich schrie – oder dachte jedenfalls, dass ich es tun würde. Vielleicht stöhnte ich auch nur ein wenig. Immerhin konnte ich denken, und das brachte mich auf das Naheliegende. Ich tastete in der Hosentasche nach meinem Handy, hielt es mir vors Gesicht und tippte die 112. Das klappte alles wunderbar, weder waren meine Arme verletzt noch hatte das Handy einen Kratzer abbekommen. Bloß die Verständigung mit dem Mann in der Notrufzentrale war schwierig, erst verstand er mich nicht, dann glaubte er mir nicht, dann sollte ich alles noch mal wiederholen. Es war nicht zu fassen.

»Ganz ruhig.« Das Gesicht einer jungen Frau über mir sah besorgt und gleichzeitig kompetent aus. Möglicherweise eine Medizinstudentin.

»Aber …«

»Der Rettungswagen ist schon unterwegs.« Sie schob mir etwas Weiches unter den Kopf, nahm mir das Handy ab und hielt meine Hand. »Alles wird gut.«

Das war gelogen. Obwohl ich ihr gerne geglaubt hätte. Es gab noch ein paar Dinge, die ich in meinem Leben machen wollte. Warum hatte ich mir dafür so viel Zeit gelassen? Toni hatte recht, ich führte das falsche Leben. Ich hätte alles anders und besser machen sollen.

Ich bekam einen Klaps auf die Wange. »Nicht einschlafen.«

»Schon gut. Ich bin wach.« Es war schön, ihre Hand zu spüren.

Die Sirene des Rettungswagens. Hektisches Gerufe. Der *Pier* vibrierte unter schweren Schuhen. Ich wurde hochgehoben und auf eine Trage gelegt. Schwankend ging es zum Rettungswagen. Mir wurde schlecht. Und es war viel zu hell. Worte schwirrten durch die Luft: »Blutverlust«, »Plasma«, »Aufschneiden«.

Schade, dass die junge Frau nicht mehr meine Hand hielt. Ich sah mich jetzt von oben, auf der Trage im Wagen liegend, blutend, von Menschen umgeben, deren Handgriffe einstudiert wirkten. Ich versuche, in ihren Gesichtern zu erkennen, wie sie die Erfolgsaussichten ihrer Bemühungen einschätzten, aber es gelang mir nicht. Dann sang Elvis: »... walk like an angel, talk like an angel ...«

Georg Wilsberg

Beruf: Privatdetektiv
Alter: Irgendwas zwischen fünfzig und sechzig, auf jeden Fall schon ziemlich alt
Wohnort: Münster in Westfalen
Geisteszustand: Dreigespalten (Anmerkung: Das muss ich vielleicht ein bisschen erklären. Also, zuerst hat jemand aufgeschrieben, was ich bei meinen Aufträgen so erlebe. Dieser Schreiber, Kehrer, hat insgesamt achtzehn Bücher über mich veröffentlicht. Dann kam das Fernsehen und hat mein Leben verfilmt. Im Fernsehen sehe ich übrigens aus wie Leonard Lansink. Überhaupt sind die Fernsehleute fleißiger als Kehrer, die haben schon über vierzig Filme mit mir gedreht. Andererseits hat Kehrer auch da wieder seine Finger im Spiel. Sie sehen, es ist kompliziert. Vor allem, seitdem es mich auch noch als Comicfigur gibt. Jörg Hartmann heißt der Zeichner und bei ihm sehe ich schon wieder anders aus.)
Familie: Kommt drauf an (mit welchem Wilsberg Sie gerade reden. Als Buch-Wilsberg habe ich irgendwann geheiratet, bin geschieden worden und habe eine Tochter namens Sarah. Die ist inzwischen schon erwachsen und studiert. Zu Sarah habe ich ein wesentlich besseres Verhältnis als zu meiner Exfrau. Aber eine neue große Liebe hat's seit meiner Ex leider nicht mehr gegeben. Andererseits bin ich als Film-Wilsberg noch blöder dran. Da darf ich mich höchstens mal verlieben, mehr aber auch nicht. Wilsberg, meinen die Fernsehleute, muss solo bleiben.)
Freunde: Mal so, mal so (Sie ahnen es schon: Auch da unterscheiden wir uns. Der Buch-Wilsberg hat einen Kumpel bei der Kriminalpolizei, Hauptkommissar Stürzenbecher,

und eine Rechtsanwältin, die früher, während ihres Studiums, bei ihm im Detektivbüro gejobbt hat: Franka Holtgreve. Als Film-Wilsberg habe ich zum Glück einen größeren Freundeskreis. Aus dem Hauptkommissar ist eine Kommissarin geworden, Anna Springer. Lange Zeit sah es so aus, als würde zwischen uns noch mal was laufen, aber jetzt glaube ich eigentlich nicht mehr daran. Mein Freund beim münsterschen Bauamt, Manni Höch, ist irgendwann nach Bielefeld gezogen, seine Stelle hat der Finanzbeamte Ekki Talkötter eingenommen. Und eine Rechtsanwältin, die früher mal bei mir gejobbt hat, allerdings im Antiquariat, gibt es auch, sie heißt Alex Holtkamp.)
Lebensziel: Reich und berühmt werden. Quatsch, will ich gar nicht. Davon redet nur der Schreiber, dieser Kehrer.

Lucie Flebbe Durch dick und dünn

Sexgott Adonis liebt Krieg-der-Sterne-Schwabbelmonster »Jabba, the hut«. Mitten in Bochum. Schlimmer noch: direkt vor meiner Nase. Ohne dass ich es mitbekommen habe?!

Mein Name ist Lila, ich bin zwanzig Jahre alt, Privatdetektivin in Ausbildung und glaube, ich habe mich verhört.

»Der Dreckskerl hält meine Schwester wie eine Gefangene«, wiederholt die rundliche Frau, die auf dem schmuddeligen Sofa im Wohnbüro unserer Detektei Platz genommen hat. »Jule hat starkes Übergewicht und kann die Wohnung vielleicht gar nicht mehr verlassen. Ich hab das Haus tagelang beobachtet, aber sie ist nie zu sehen. Und rein lässt mich der Typ nicht, ich komme nicht mehr an sie heran.« Ihre großen, grünen Augen füllen sich mit Tränen.

»Und wieso sind Sie sich so sicher, dass Ihre Schwester Kontakt mit Ihnen aufnehmen möchte?« Mein Freund und Boss Ben Danner mustern unsere neue Klientin, die sich als Sara Kunze vorgestellt hat, skeptisch. Mit schwarzen Klamotten, Glatze und Dreitagebart versprüht er mal wieder Türstehercharme. Hilfesuchend schaut Sara Kunze mich an.

»Jule ist zehn Jahre jünger als ich«, erklärt die mollige Blondine. »Ich hab sie praktisch großgezogen, wir konnten immer über alles sprechen. Bis dieser Schönling aufgetaucht ist und sie total von sich abhängig gemacht hat. Jetzt geht sie nicht einmal mehr ans Telefon.«

Hm. Dass Familie und Freunde nicht mehr die erste Geige spielen, wenn sich eine junge Frau verliebt, kommt öfter vor.

»Von der Kneipe im Erdgeschoss dieses Hauses aus hat

man den Eingang gegenüber genau im Blick.« Sie deutet aus dem Fenster.

Offenbar hat unsere Klientin bereits ein bisschen herumspioniert. Nachdenklich betrachte ich die gelbliche Fassade des Altbaus schräg gegenüber. In einem der Fenster im dritten Stock baumelt ein rotes Dekoherz.

»Das Firmenschild Ihrer Detektei neben dem Kneipeneingang war für mich wie ein Wink des Schicksals.« Sara Kunze zerrt ihr Taschentuch hervor und schnäuzt sich die Nase. »Sie müssen beweisen, dass Jule in Lebensgefahr schwebt! Sie müssen sie da rausholen, sonst …«

Der Unterton lässt mich aufhorchen. Ich drehe mich um.

»Sonst?«

Sie antwortet nicht.

Zwei Stunden später sitze ich in einer Wohnung im dritten Stock des Altbaus gegenüber, auf einem orangefarbenen Sofa.

Adonis persönlich serviert mir einen Milchkaffee. Na ja, so unwiderstehlich, wie unsere Auftraggeberin ihn beschrieben hat, finde ich ihn nicht. Der griechische Gott leidet unter Zwergenwuchs, ist kaum größer als ich. Reichlich mager kommt er mir vor, seine Ärmchen scheinen nur unwesentlich dicker als meine. Und die Duftwolke aus Zigarettenrauch, die ihn umweht, macht ihn auch nicht attraktiver. Immerhin hat er ein hübsches Gesicht mit leicht hohlen Wangen, und er achtet auf sich, das verraten die blonden Strähnchen im sorgfältig gestylten Haar.

Vor mir liegen mein Notizblock und Danners Spiegelreflexkamera auf dem Couchtisch. Zusammen mit einer lila Strähne im ohrlangen Blondschopf und dem unechten Nasenpiercing weisen mich die Utensilien als flippig-jugendliche Nachwuchsreporterin einer knallbunten Teeniezeitung aus. Angeblich schreibe ich eine Reportage zum Thema »Dick und sexy – geht das?«.

Diese Tarnung hat mir wie von Zauberhand die Wohnungstür geöffnet, an der ein kitschiges, am PC kreiertes Schildchen mit der Aufschrift »Hier lieben sich Jule und Paul« klebte.

Offensichtliche Vorliebe zum Schnulz, hätte mir das Herz im Fenster schon verraten können, habe ich noch gedacht, bevor ich ins Wohnzimmer getreten bin, wo es mir die Sprache verschlagen hat.

Es riecht nach Zigaretten, Schweiß und Nudeln. Das Pflegebett, das wohl extra für Jules Ausmaße angefertigt wurde, steht im Zentrum des Raumes. Jule selbst wirkt wie Pudding auf die Matratze gegossen, eine einzige weiche, bleiche Masse. Ein OP-Hemd bedeckt sie nur notdürftig. Ich erkenne viele Wölbungen unter dem dünnen Stoff, kann aber weder Busen noch Bauch identifizieren. Ihr teigiges Gesicht ist überraschend stark geschminkt, die kleinen Lippen rosa bemalt. Ihre grünen Augen verraten die Verwandtschaft mit unserer Auftraggeberin Sara. Die Beine gespreizt, ragen winzige Füße unter der dünnen Decke hervor, und ich bemerke die sorgfältig lackierten Zehennägel.

Unmöglich kann sie ihre Füße selbst erreichen. Ich drehe meinen Füllfederhalter zwischen den Fingern. Hat Sara Kunze wirklich geahnt, um welche Dimensionen es geht, als sie von Jules Übergewicht sprach?

»Selbstverständlich ist dick sexy.« Es ist drei Uhr nachmittags, doch Adonis serviert Spaghetti bolognese. In Salatschüsseln.

»Ich liebe jedes Pfund an meiner Freundin. Sie ist so weich und weiblich. So schön, wie ein Gemälde von Rubens. Klar bringt das Gewicht auch Probleme mit sich. Sie kann zwar mit meiner Hilfe noch ein paar Schritte gehen, ihren Beruf als Briefträgerin musste sie jedoch aufgeben. Das Treppenhaus ist mittlerweile zu eng für sie, sie kann die Wohnung nicht mehr verlassen. Aber das macht ja nichts, ich besorge alles, was wir brauchen.«

Jule sabbert. Ganz offensichtlich ist in ihrem Magen kein Platz mehr für die Nudeln.

Adonis wischt ihr die Soße vom Kinn, das eigentlich kein Kinn ist, sondern eine unter ihrem Gesicht hervorquellende Fleischmasse. Dabei strahlt er. Demonstrativ. Während er ein angefeuchtetes Badelaken aus Frottee zwischen ihre Schichten schiebt. »Gewisse Körperpartien erreicht Jule nicht mehr. Ich helfe ihr bei allem: Essen, Duschen, Toilettengang.«

Lackieren der Zehennägel, nicht zu vergessen.

»Ist doch schön, wenn es zwischen Partnern keine Tabus gibt.«

Jule lächelt verklärt.

»Und für ein verliebtes Paar gibt es doch nichts Erotischeres, als sich gegenseitig zu waschen? Nicht wahr, Süße?«

Puh. Mir hat das Kinnabwischen schon mehr über das Intimleben der beiden verraten, als ich wissen wollte. Ich senke den Blick auf meinen Notizblock, damit Adonis nicht bemerkt, dass ich vor Wut koche.

Der Typ will mich verarschen. Meint der, ich kaufe ihm ab, dass er die XXXL-Frau liebt? Wegen ihrer inneren Werte? Weil er auf Äußerlichkeiten pfeift? Aus dem Grund frisiert er seine Schmalztolle sicher auch täglich eine halbe Stunde. Und aus Liebe verzichtet ein attraktiver, junger Mann wie selbstverständlich auf sein eigenes Leben, nur um sich rund um die Uhr um einen etwa zweihundertachtzig Kilogramm schweren Pflegefall zu kümmern?

»Wie kam es zu Ihrem Übergewicht?«, erkundige ich mich bei Jule.

Adonis presst die Lippen zu einem schmalen Strich zusammen. Er merkt, dass ich ihn abartig finde.

Jule nicht. »Wenn ich esse, bin ich glücklich. Das war schon immer so. Wahrscheinlich, weil unsere Eltern Zuneigung immer mit Essen gleichgesetzt haben.«

Klingt, als hätte sie die Ursachen ihrer Körperausmaße

bereits dem einen oder anderen Psychologen erläutern müssen.

»Brachte ich eine gute Note aus der Schule nach Hause, gab es statt Lob eine Tafel Schokolade zur Belohnung«, fährt Jule fort. »Meine Schwester ist auch korpulent.«

Zwischen korpulent – was auch ich durchaus schön finden kann – und lebensbedrohlich besteht noch immer ein Unterschied, meine ich.

»Mit meinem Aussehen war ich natürlich lange Zeit unglücklich«, gesteht die Frau. »Irgendwie habe ich mich aber hinter meinem Körper verstecken können. Er schafft Abstand zwischen mir und anderen Menschen. So bin ich zur ›lustigen Dicken‹ geworden, habe die Witze selbst gerissen, bevor es andere taten. Wenn ich dick und lustig bin, sind alle zufrieden – wie es mir unter dieser Hülle geht, will gar keiner wissen.« Sie zögert. »Kennen Sie das winzige Alien aus *Independence Day*, das sich in diesem riesigen Raumanzug mit den Tentakeln verbirgt?«, fragt sie mich dann. »So fühle ich mich manchmal – also bis auf die Tentakel.«

Oh. Ich stelle mir vor, wie ein kleines, blondes Mädchen das dünne OP-Hemdchen zur Seite zieht und einfach aus dem riesigen, bewegungsunfähigen Körper im Pflegebett aussteigt.

Einen Moment lang glaube ich, Jules Verzweiflung in ihrem Gesicht sehen zu können. Am liebsten möchte ich ihr bei der Flucht aus ihrem Körper helfen. Ein schrecklicher Gedanke geht mir durch den Kopf: Sie ist ja nicht einmal in der Lage, sich selbst umzubringen, wenn sie es nicht mehr aushält.

»Paul versteht mich«, sagt Jule. »Er redet nicht ständig vom Abnehmen.«

»Ich quäle sie nicht mit dem Zählen von Kalorien«, mischt sich Adonis ein. »Ich verwöhne Jule gern. Ich liebe alles an ihr, ihren tollen Charakter und ihren Körper. Der ganze Schlankheitswahn kann mir gestohlen bleiben, ich hatte noch nie Vorurteile üppigen Menschen gegenüber.«

Ich spüre die Spitze, die er mir in die Seite pikt. Habe *ich* etwa Vorurteile? Bin ich am Ende einfach zu oberflächlich? Achte ich zu sehr auf Äußerlichkeiten und kann deshalb Jules strahlend schöne Seele unter all dem Fett nicht sehen? Im Gegensatz zu Adonis?

»Zusammen gehen wir durch dick und dünn.« Wie um seine Worte zu unterstreichen, legt der schmächtige Mann seine dünnen Finger auf das Armfleisch seiner Frau. »Jule ist genau, was ich mir wünsche. Ich mag kurvige Frauen, und Jule will für mich so üppig wie möglich sein. Das ist der größte Liebesbeweis, den sie erbringen kann.« Er strahlt sie verliebt an. »Es ist keine Lüge, wenn sie sagt, dass sie ohne mich nicht leben kann«, fügt er dann hinzu.

Ich kann nicht verhindern, dass ich zusammenzucke. Er weiß genau, dass er Jule abhängig macht. Sie verdient kein eigenes Geld, kann das Haus nicht verlassen, kann nicht einmal mehr allein aufs Klo gehen.

Er hält inne und mustert mich abschätzend.

Zu spät, Arschloch. Ich hab dich durchschaut.

Jules Schwester hat recht. Ihre Abhängigkeit törnt ihn an. Manche Menschen haben Spaß dran, sich gegenseitig ans Bett zu fesseln. Seine Art der Kontrolle ist effektiver. Selbst wenn Jule sich von ihm trennen wollte, wäre sie rein körperlich gar nicht in der Lage dazu.

»Wie halten Sie denn Kontakt zu Freundinnen und Familie, wenn Sie die Wohnung nicht verlassen können?«, erkundige ich mich so harmlos wie möglich. »Bekommen Sie oft Besuch? Telefonieren Sie?«

Ich suche den Krankenhausnachttisch neben dem Bett nach einem Handy oder einem PC ab. Das einzige Telefon steckt in der Ladestation auf der Fensterbank. Außerhalb von Jules Reichweite.

Paul winkt verärgert ab: »Ihre Familie meldet sich schon

lange nicht mehr. Wie gesagt, die meisten Leute achten nur auf Äußerlichkeiten.«

Die Anrufe ihrer Schwester zu ignorieren, fällt nicht schwer, wenn Jule nicht selbst ans Telefon gehen kann.

Jules Augen schimmern plötzlich verräterisch.

Paul streichelt wieder ihre Hand. »Aber ich bin ja für sie da.«

Sie schweigt.

Er dreht ein paar Nudeln auf eine Gabel und sie öffnet brav den Mund. Er zwingt sie nicht zu essen. Sie macht sich freiwillig abhängig von ihm. Damit er bleibt.

Meine Faust ballt sich um den Federhalter in meiner Jackentasche wie um einen Dolch.

»Es ist kein Verbrechen, jemanden *nicht* zum Abnehmen zu überreden. Auch wenn dir das nicht gefällt.« Danner dreht sich samt Bürostuhl zu mir um.

»Der Mistkerl findet es toll, dass seine Frau immer fetter wird. Bloß weil er es will!« Wütend kicke ich meine Turnschuhe unter die Garderobe. »Und sie macht mit, weil er ihr den Kopf tätschelt. Scheißegal, ob sie durch das Mästen krepiert.«

Danner zuckt mit den Schultern. »Auch das ist nicht illegal. Andere Mädchen hungern sich zu Tode.«

Ich fühle die Wut in mir hochkochen: »Und wir gucken vom Fenster aus zu, oder was?«

»Wenn sie sich unbedingt umbringen will, können wir sie schlecht daran hindern.«

Prompt wendet sich mein Zorn von Adonis ab und richtet sich gegen Danner: »Aber er drängt sie dazu! Er nimmt in Kauf, dass sie in absehbarer Zeit platzt. Oder zumindest an einem Herzinfarkt, einer Lungenentzündung oder einer anderen Komplikation verreckt. Wer nur noch im Bett liegt, kann sich doch alles Mögliche einfangen.«

Danner zuckt mit den Schultern: »Ich zerstöre nur ungern dein feministisches Weltbild, aber so läuft es seit Jahrhunderten. Früher haben sich Frauen von den Korsetts die Luft abschnüren lassen, heute werden die Busenwunder von ihren eigenen Silikontitten zerquetscht. Frauen neigen dazu, sich zum Vergnügen der Männer zu verkrüppeln.«

Einen Augenblick möchte ich lieber Danner den Hals umdrehen als dem perversen griechischen Gott im Haus gegenüber.

»Ich sage ja nicht, dass ich das toll finde«, knurrt Danner. Man scheint mir meine Wut anzusehen. »Hast du eine Ahnung, wie viele Schläger ich als Polizist laufen lassen musste, weil die Ehefrau trotz ihres zertrümmerten Kiefers keine Anzeige erstatten wollte?«

Bevor ich es verhindern kann, berühren meine Finger die feine Narbe an meinem Unterkiefer. Darunter spüre ich die kleine Metallplatte, mit der die Knochen zusammengeschraubt wurden.

»Du solltest eigentlich wissen, wovon ich rede«, setzt Danner noch einen drauf.

»Wichser.« Ich trete ans Fenster und starre zum roten Herz im dritten Stock hinüber.

»Ich werde nicht einfach zusehen, wie er Jule mästet, als wäre sie ein Spanferkel kurz vor der Grillsaison«, zische ich.

»Ich wüsste nicht, was du dagegen tun könntest.«

»Man kann nichts unternehmen, obwohl der Dreckskerl meine kleine Schwester zu Tode quält?« Sara Kunze starrt Danner ungläubig an. »Das kann nicht Ihr Ernst sein!?«

»Versuchen Sie, Ihre Schwester wegen ihrer Essstörung in eine psychiatrische Klinik einweisen zu lassen«, rät Danner unserer Klientin. Seine professionelle Sachlichkeit lässt mich innerlich toben. »Das geht allerdings nur mit Jules Zustimmung. Sie stellt ja keine Gefahr für die Allgemeinheit dar und ist nicht einmal akut suizidgefährdet.«

»Wie stellen Sie sich das vor?« Saras Stimme wird schrill. »Soll ich klingeln und sagen: Jule, verlass Paul und geh in die Psychiatrie? Glauben Sie, meine Schwester fällt mir vor Freude um den Hals?«

Das Bild eines Aliens, das aus einem unförmigen Raumanzug krabbelt, drängelt sich in meine Gedanken.

»Eher unwahrscheinlich«, meint Danner.

»Einen Versuch ist es wert«, widerspreche ich.

Zehn Minuten später kommt Sara heulend aus dem Haus gegenüber. Ich beobachte sie von unserem Fenster aus, während Danner die dünne Akte mit der Aufschrift »S. Kunze« ins Regal stellt.

Haben wir wirklich getan, was wir konnten? Eine Stunde gearbeitet, zweihundert Euro kassiert, Fall beendet? Akte zu und die Frau im Pflegebett im Haus gegenüber einfach vergessen?

»Was würdest du tun, wenn es deine Schwester wäre?«, will ich von Danner wissen, ohne die mollige Blondine auf der Straße aus den Augen zu lassen.

»Ich habe keine Schwester.«

»Ben!« Ich drehe mich doch um.

Danners graue Augen glitzern amüsiert. Er fängt an, in der Schreibtischschublade zu kramen. »Na schön, ich würde Kontakt mit ihr aufnehmen. Ans Telefon kann sie nicht gehen, also müsste ich mit ihr sprechen, wenn ihr Freund nicht da ist. Bei den Mengen, mit denen er sie füttert, muss er ab und zu einkaufen gehen. Irgendein Nachbar würde bestimmt den Summer drücken, wenn ich klingele. Im Haus könnte ich mir mit dieser praktischen, kleinen Einbruchshilfe hier vermutlich Zugang zur Wohnung verschaffen.«

Ich horche erstaunt auf.

Danner wirft mir ein stabförmiges Gerät zu: »Elektrischer Dietrich. Den sehe ich aber wieder.«

Saras roter Fiat steht immer noch an der Straße. Mittlerweile ist es drei Stunden her, dass ich ihr Danners Dietrich in die Hand gedrückt habe. Kurz darauf hat Adonis das Haus tatsächlich verlassen und ist in einem dunklen BMW davongebraust.

Ich wippe ungeduldig auf den Zehenspitzen. Der Verkehr rauscht, irgendwo dröhnt ein Martinshorn. Zu gern wüsste ich, ob es Sara gelungen ist, zu Jule in die Wohnung zu gelangen. Allerdings steht Adonis' dunkler Wagen bereits wieder auf dem Stellplatz vor dem Wohnhaus.

Im gleichen Augenblick setzt mein Herz aus. Blaulicht zuckt. Rettungswagen und Notarzt bremsen auf der Straße. Die Polizei kommt aus der anderen Richtung angerauscht. Orangerot leuchtende Sanitäter rennen in das Wohnhaus gegenüber.

Scheiße!

»... zu fett ...«

»... wohl nichts mehr zu machen ...«

»... kriegen die gar nicht aus der Wohnung ...«

Atemlos erreiche ich den dritten Stock des Nachbarhauses und drängele mich an den Menschen vorbei, die im Hausflur tuscheln. Die Tür zu Jules Wohnung steht offen, Sanitäter wuseln durcheinander.

Ein Polizist bemerkt mich und steuert auf mich zu.

»Lila?« Sara entdeckt mich, bevor mir der Polizist den Eintritt verweigern kann, und winkt mich herein. Jules Schwester ist also vor mir da gewesen. Sie scheint erleichtert, ein bekanntes Gesicht zu sehen. An der Wohnzimmertür erstarre ich. Der Anblick überfordert mich für einen Moment. Jules riesiger Körper ist vollkommen nackt. Und nass. Die Haare kleben am Kopf. Die Schminke ist verschmiert und entstellt ihr Gesicht. Ihre weichen Massen beben. Weil sie zittert. Sie sitzt schwer atmend auf der Bettkante. Ein Sanitäter versucht erfolglos, eine Blutdruckmanschette um ihren Oberarm zu schlingen.

Jule lebt? Mein Blick wandert zu ihrer Schwester.

In dem Moment kommt ein hochgewachsener Notarzt mit einem großen Metallkoffer aus dem Nebenraum.

Ich spüre Saras angespannten Griff um meinen Arm.

Der Notarzt schüttelt mit ernstem Gesicht den Kopf: »Ich kann nichts mehr für ihn tun.«

Ein Schluchzen schüttelt Jules Körper.

Ich starre Sara erstaunt an. Der Rettungswagen ist nicht wegen Jule hier?!

»Ich wollte das nicht!«, heult Jule los. »Als er vom Einkaufen kam, wollte er mich duschen, wie immer. Ich bin irgendwie ausgerutscht, habe zwischen Fliesen und Duschwand geklemmt! Es ist so eng dort, ich hab es nicht geschafft, mich von ihm runterzurollen.«

Eine stämmige Sanitäterin jagt ihr eine Spritze in den Oberarm. Jule scheint es gar nicht zu bemerken. »Ich wollte Hilfe rufen. Aber ich kam einfach nicht ans Telefon ...«

Ein grausiger Verdacht drängt sich in meinen Kopf. Mein Blick flitzt zwischen den beiden Frauen hin und her. Sara drückt meinen Arm. Tränen schimmern in ihren grünen Augen. Und Erleichterung.

Sie schiebt mir einen kleinen, stabförmigen Gegenstand in die Hand: »Danke für deine Hilfe.«

Ich schlucke trocken. In Gedanken sehe ich ein winziges, blondes Alien unter einem OP-Hemdchen hervorkrabbeln. Habe ich den Schwestern geholfen, Jule aus ihrem Gefängnis zu befreien?

Ich lasse den elektrischen Dietrich in meiner Jackentasche verschwinden.

Eigentlich will ich die Antwort gar nicht wissen.

Steckbrief: Lila Ziegler

Zur Person:
Name: Liliana-Cassandra Simanowski-Ziegler
Alter: 20 Jahre
Adresse: Annastraße 28, Bochum – Stadtteil Stahlhausen
Geburtsort: Hannover
Größe: 1,63 m
Haarfarbe: Blond
Augenfarbe: Blau
Besondere äußere Merkmale: Narbe am Kinn (nach Unterkiefer-Reparatur)
Interessen: Jede Art von Kampfsport

Freunde und Familie:
Familienstand: Ledig, aber liiert mit Ben Danner (Privatdetektiv, 38 Jahre)
Eltern: Constantin Frederik Simanowski (Oberstaatsanwalt), Dorothea Simanowski-Ziegler (Oberstaatsanwaltsgattin)
Geschwister: Claudius Simanowski-Ziegler, 25 Jahre, Oberstaatsanwalt in spe)
Kinder: Zz. keine
Haustiere: Mücke (ex-obdachloser Flusenfänger)
Freunde: Molle (Kneipenwirt und Asylgewährer), Lennart Staschek (Kriminalkommissar), Lena, Karo und Franzi (Schülerinnen)
Feinde: Constantin Frederik Simanowski (Oberstaatsanwalt, s. o.), Klara Peters (neuerdings Polizeipräsidentin)

Beruflicher Werdegang:
Schulabschluss: Abitur
Ausbildung: Zz. Privatdetektiv-Azubi

Michael Theurillat

Der Fall Kunz oder Wie ein Apotheker die Welt veränderte

»The Eagle has landed!« Dieser Funkspruch erreichte am 20. Juli 1969 die Welt, der Mensch war auf dem Mond angekommen. Ein kleiner Schritt für Neil Armstrong – ein großer für die Menschheit, hieß es damals. Aber war es das wirklich? Nicht eine Siedlung wurde bisher auf dem Erdtrabanten erbaut – nicht einmal für Asylsuchende. Kein Körnchen Mondstaub hat auch nur ansatzweise zu einer bedeutenden technologischen Entwicklung beigetragen. Nichts hat sich verändert!

Kennen Sie den Fall Kunz? Natürlich nicht, werden Sie denken. Woher auch? Die Medien haben nie darüber berichtet, keine Nachricht hat je den Weg durch den Äther gefunden – kein Adler ist gelandet. Auch der Schritt, den Kommissar Eschenbach an jenem regnerischen Morgen im Februar 1996 unternahm, ist kein großer gewesen. Jedenfalls nicht für ihn selbst, denn es waren nur ein paar Meter von seiner Wohnung am Römerplatz bis zur Apotheke.

»Eine Erkältung …« Der Zürcher Kommissar hielt sich die Hand vor den Mund und hustete. »Das Übliche, bitte.«

Dr. Baltenswiler nickte. Es war bereits das dritte Mal in diesem Winter, dass der große, etwas behäbige Mann von der Kripo bei ihm auftauchte. Wortlos ging der Apotheker zu den Schubladen mit den Medikamenten, packte ein paar Sachen in eine Tüte und gab sie dem Kommissar. »Sie wissen ja Bescheid.«

Eschenbach schnäuzte sich und beglich die Rechnung.

»Wenn Sie schon da sind, Herr Kommissar ... ich möchte Ihnen gerne einen jungen Kollegen vorstellen.«

Eschenbach winkte ab, doch es war zu spät. Der junge Mann, der etwas abseits gestanden hatte, sprang herbei. Es schien, als hätte er nur auf diesen Moment gewartet. »Bruhin«, sagte er. Sein dunkles, lockiges Haar fiel ihm in die Stirn. Er zog die rechte Hand zurück, die er zum Gruß angeboten hatte, und reichte Eschenbach mit der linken eine Kartonmappe. »Bruhin, Thomas«, wiederholte er.

Nun mischte sich Dr. Baltenswiler ein: »Herr Bruhin studiert noch«, sagte er. »Nebenbei hilft er bei uns aus ... während der Grippezeit, wenn es hoch hergeht.«

Bruhin nickte.

Mit einem Blick auf die Mappe sagte Baltenswiler: »Das ist seine Doktorarbeit. Herr Bruhin hat mich gebeten, Sie zu fragen, ob Sie nicht einen Blick darauf werfen könnten ...«

Eschenbach seufzte. »Ich bin kein Pharmazeut.«

»Pharmazeuten haben wir genug ...«, lachte Baltenswiler. »Wir brauchen einen ausgewiesenen Kriminalisten.«

»Ich habe Jura studiert ...«

»Und sind jetzt Leiter der Kripo des Kanton Zürich.« Baltenswiler legte ermutigend die Hand auf Bruhins Schulter. »Das wissen wir alles.«

»Es ist ein Verfahren zum Nachweis von Nitriten«, schoss es aus dem jungen Mann heraus. »Sie kennen bestimmt die REM-Tabs, die heute verwendet werden. Meine Arbeit ...« Bruhin streckte dem Kommissar die Mappe unter die Nase. »Das hier ist eine neue Methode mit entscheidenden Vorteilen. Sie können ...«

»Also gut«, brummte Eschenbach. Unter den erwartungsvollen Blicken der beiden Männer nahm er die Mappe an sich. »Ich werde sehen, was sich machen lässt.«

Eine halbe Stunde später erwartete ihn Rosa Mazzoleni im Büro. Seine Sekretärin stand ebenso erwartungsvoll vor ihm wie zuvor die beiden Apotheker. »Kennen Sie Kunz, Chef?«

»Ich kenne Hinz und Kunz!«

»Nein, im Ernst.« Rosa zog ihre weiß gepuderte Nase kraus.

»Ernst Kunz?«

»Heinz Kunz! – Und es ist nicht zum Lachen.«

Eschenbach runzelte die Stirn. Seit Rosa vor knapp sieben Jahren, gleich nach der Matura, die Stelle im Sekretariat übernommen hatte, gab es immer etwas zum Lachen. Warum heute nicht? Humorlos wie eine Madonna von Michelangelo sah sie ihn an: »Heinz Kunz ist der Präsident der Zürcher Rückversicherung.«

»Und der hat Ihnen einen Heiratsantrag gemacht?«

»Chef!« Rosa strich ihr hellblaues Kaschmirkleid glatt und warf dem Kommissar, der es sich auf seinem Bürostuhl bequem gemacht hatte, einen feurigen Blick zu. »Ich kenn den überhaupt nicht ... persönlich, meine ich.«

»Gut.«

»Nicht gut. Weil der glaubt nämlich, dass man ihn umbringen will.«

Eschenbach steckte sich eine Zigarette an und bekam einen Hustenanfall.

»Hören Sie doch endlich mit dem Rauchen auf!«

»Geht nicht.« Er stand auf, ging zur Garderobe, musste niesen, kramte in der Manteltasche nach der Medikamententüte.

»Oder rauchen Sie meinetwegen Zigarillos ... meine Tante arbeitet in der Fabbrica Tabacchi in Brissago, die machen dort welche ... Die sind ganz wunderbar, sagt sie.«

Eschenbach schlurfte zurück, setzte sich wieder und meinte, nachdem er sich einigermaßen erholt hatte: »Frau

Mazzoleni – wissen Sie, wie viele Mitarbeiter die Zürcher Rück hat?«

»Ungefähr hunderttausend!«

»Eben. Und mindestens ein Drittel davon will dem doch an den Kragen.«

Rosa schüttelte den Kopf: »Nicht jeder will seinen Chef umbringen. Kunz ist sehr beliebt, er lebt zurückgezogen in Zumikon und ist zudem Mäzen des Zürcher Balletts.«

Wieder musste Eschenbach husten: »Ein guter Mensch also, dieser Kunz ... sympathisch, offen, zugänglich. Und wer bitte soll es denn auf ihn abgesehen haben? Solche Menschen werden nicht umgebracht, Frau Mazzoleni.«

»Sondern?«

»Die bringen sich selbst um.«

»Seine Frau!«

»Was?«

»Herr Kunz ist fest davon überzeugt, dass seine Frau ihn loswerden will.« Rosa sagte den Satz mit kühler Stimme, wie eine Sprecherin der Tagesschau.

»Ein Komplott also ...« Eschenbach grinste. »Vermutlich zusammen mit dem Tennislehrer.« Der Kommissar stand abermals auf, holte sich aus einem der Schränke eine Flasche Rémy Martin und ein Glas, ging zurück zum Schreibtisch und setzte sich wieder.

»Sylvia Kunz spielt Golf.«

Eschenbach füllte das Glas und trank es in einem Zug: »Golflehrer, also.«

Das Ganze war ein kapitaler Schwachsinn. Auch der zweite und dritte Cognac, die der Kommissar sich in Folge genehmigte, änderten an dieser Tatsache nicht das Geringste. Schwachsinn! Mit ernster Miene wandte er sich Rosa zu, die sich inzwischen gesetzt hatte:

»Sie haben einen messerscharfen Verstand, Frau Mazzoleni. Den verliert man nicht über Nacht. Also erzählen Sie mir, um was es wirklich geht.«

Rosa berichtete in wenigen Sätzen, was sich ereignet hatte: Der Schwachsinn kam, wie es des Öftern der Fall war, von ganz oben. Regierungsrätin Sacher, die Vorsteherin des kantonalen Polizeidepartements, kenne Heinz Kunz vom Golfclub, von den Rotariern, vom Förderverein der Oper – von Orten also, an denen man sich in diesen Kreisen trifft und austauscht. Kunz habe seine Befürchtungen Sacher gegenüber zur Sprache gebracht, woraufhin Sacher die »Causa Kunz«, wie sie es nannte, der Polizeichefin Elisabeth Kobler unterbreitete. Und ebendiese, also Elisabeth Kobler, habe angerufen, kurz bevor Eschenbach diesen Morgen ins Büro gekommen sei. Punkt.

Auf Eschenbachs Frage, was denn der Polizeiapparat nach Ansicht seiner Chefin in dieser mehr als dubiosen Angelegenheit zu tun habe, meinte Rosa:

»Handeln Sie adäquat.«

»Wie bitte?«

»Das hat Kobler gesagt … der Sache angemessen.«

»Ich weiß, was adäquat bedeutet.«

»Dann ist ja alles gut«, sagte Rosa. »Dann wissen Sie ja auch, was Sie machen müssen.« Eschenbachs Sekretärin erhob sich. Auf dem Weg zur Tür führte sie das Gespräch alleine weiter:

»Herr Kunz ist ein wichtiges Mitglied der Gesellschaft, sagen Sie das ihrem Chef. – Natürlich, das werde ich tun, Frau Kobler. Meinen Sie, wir sollten seine Frau beschatten? – Ich meine gar nichts. – Vielleicht Personenschutz für den Herrn Direktor? – Das habe ich mit keinem Wort gesagt. Richten Sie exakt aus, was ich Ihnen gesagt habe. Herr Eschenbach hat die entsprechenden Kompetenzen, adäquate Maßnahmen einzuleiten. – Sehr wohl, Frau Kobler. Adäquate Maßnahmen. Ich werde es meinem Chef exakt so ausrichten.«

Die Türe fiel ins Schloss.

Der Kommissar seufzte. Einen Moment lang überlegte

er, ob er Kobler eine E-Mail schreiben sollte. Er tat es nicht. Stattdessen schaute er kurz in seinen Taschenkalender. Und da stand es, schwarz auf weiß: Am nächsten Tag war Vollmond!

Der Anruf von Elisabeth Kobler erreichte Eschenbach in der folgenden Nacht, kurz nach zwei Uhr: »Jetzt ist's passiert!«, brüllte sie. Seine Chefin war stinkesauer und Kunz tot. Erschossen. Offenbar von seiner Frau, die kurz nach der Tat die Polizei angerufen habe.

»Hat sie die Tat gestanden?«

»Ach was! Das Flittchen behauptet, er hätte sich selbst erschossen. Wir haben sie festgenommen. Ich denke, der Fall ist klar.«

Etwas schlaftrunken und mit triefender Nase hörte sich Eschenbach die Schimpftiraden Koblers an. Er vernahm, dass sein Kollege Matthias Brandenberger mit dem Fall betraut worden war und dass er, Eschenbach, in seiner zynischen Ignoranz die Lage völlig falsch eingeschätzt hätte. »Und deshalb halten Sie sich jetzt aus der Sache raus«, kam es zum Schluss noch. Dann hatte sie fertig.

Der Kommissar konnte in dieser Nacht nicht mehr schlafen. Nach einem heißen Tee und zwei Aspirin kamen langsam die Gewissensbisse. War es Aufgabe der Polizei, all den Ängsten und Neurosen nachzugehen, die die Menschen in Erwartung möglicher Delikte hatten? Oder galt das nur im Fall der sogenannten tragenden Säulen der Gesellschaft? Jener Gesellschaft, die paradoxerweise genau diese Ängste und Neurosen in zunehmendem Maße hervorbrachte? Eschenbach sah sich nicht in der Lage, diese Gedanken weiterzuspinnen und sich den Überwachungsstaat vorzustellen, der solches möglicherweise leisten könnte. Eine Weile las er in Goethes *Italienische Reise*, dann nahm er die Dissertation zur Hand, die ihm der junge Apotheker am Tag zuvor gegeben hatte.

»Schieß los, was habt ihr gefunden?«

Am nächsten Morgen, ohne richtig gefrühstückt zu haben, war Eschenbach ins Institut für Rechtsmedizin gefahren. Man kannte und grüßte ihn dort. Das einzig neue Gesicht war jenes der Sekretärin des leitenden Pathologen. Bei Kurt Salvisberg hielt es keine länger als zwei Monate aus.

»Hab das alles schon dem Brandenberger erzählt«, grummelte der korpulente Rechtsmediziner. Er sah Eschenbach aus seinen kleinen, listigen Äuglein an und grinste: »Bist jetzt Persona non grata, hab ich gehört.«

»Hm.«

»Schlecht fürs Ego – aber gut für den Ehrgeiz.«

Die beiden Männer, die über die letzten vier Jahre Freunde geworden waren, setzten sich. Der Fall war klar, wie es schien. Salvisberg brauchte keine fünf Minuten, um den Sachverhalt darzulegen: »Wenn das Opfer nach einem Kopfschuss die Waffe noch in der Hand hält, dann ist was faul im Staate Dänemark. Der Rückstoß und das zeitgleiche Nachlassen der Muskelkraft …«

»Ich weiß, Kurt«, sagte Eschenbach ungeduldig. »Bei einem Selbstmord fliegt dir die Waffe aus der Hand.«

Salvisberg nickte zufrieden. »Kommt hinzu, dass bei ihr Schmauchspuren nachgewiesen wurden … Frauen kennen sich da viel zu wenig aus. Die sollen besser Gift nehmen.«

»Und an seiner Hand nichts?«

»Nein.«

»Fingerabdrücke?«

»Seine ja. Ihre nicht. Es ist anzunehmen, dass er schon schlief, als sie ihm die Waffe an die Schläfe gehalten und abgedrückt hat. Nach dem Schuss muss sie das Ding gereinigt und ihm dann in die Hand gelegt haben. Ein Klassiker – und ein bisschen dumm halt.«

»Habt ihr die Schmauchspuren mit der Rhodozinat-

Methode festgestellt?« Eschenbach grinste, als er Salvisbergs buschige Augenbrauen in die Höhe schnellen sah.

»Donnerwetter! Seit wann interessierst du dich für unsere Methoden? Natürlich Rhodozinat. Wie kommst du darauf?«

»Und die Patrone – habt ihr die auch untersucht?«

»Nein.«

»Dann macht das bitte mal. Und etwas Fachlektüre habe ich dir auch mitgebracht.« Eschenbach zog die Dissertation des jungen Apothekers aus seiner Mappe und legte sie auf Salvisbergs überfüllten Arbeitstisch.

Der Pathologe stöhnte. »Und was soll ich damit?«

»Lesen. Ich hab nicht alles kapiert. Aber du bist ja vom Fach und wirst wohl einen adäquaten Schluss daraus ziehen.«

»Was für einen Schluss?«, brummte Salvisberg, der die ersten Seiten bereits überflogen hatte.

»Adäquat, Kurt. Das bedeutet, der Sache angemessen.«

»Das weiß ich auch, du Arschloch!«

Eschenbach nahm sich ein Taxi und fuhr vom Institut zum Untersuchungsgefängnis an der Rotwandstraße. Gewissermaßen hatte Salvisberg schon recht. Nicht, was das Arschloch anging, da konnte man geteilter Meinung sein. Es war die Sache mit dem Ego und dem Ehrgeiz. Aber vielleicht war es auch nur das schlechte Gewissen, das ihn antrieb, die Frau kennenzulernen. Die Frau, die ihren Mann im Schlaf erschossen, danach die Polizei alarmiert und die Tat abgestritten hatte.

Während er wartete, dass man Sylvia Kunz in die Besucherzone brachte, bat Eschenbach um ein Telefonat. Er beauftragte Rosa Mazzoleni damit, alle geschäftlichen Verbindungen des Ermordeten aufzulisten. »Verwaltungsratsmandate, Verbände et cetera. Sie wissen schon. Die Schweizer Wirtschaft ist ein Teig, da klebt eins am andern.« Er diktierte Rosa die Faxnummer des Gefängnissekretariats und folgte danach dem Aufseher zum Verhörzimmer. Sylvia Kunz saß bereits am Tisch, als er eintrat.

Eschenbach hatte an diesem Ort schon zahlreiche Gespräche geführt. Die karge Möblierung, der aufpolierte Boden aus grauem Linoleum – das Ärmliche, das diesem Raum anhaftete, hatte ihm jedes Mal zugesetzt. Und nicht nur ihm: Dem Kommissar war aufgefallen, dass sich diese Trostlosigkeit auch auf die Stimmung der Häftlinge niederschlug. Man sah es ihrer gedrückten Haltung an und ihrem Blick – an der ganzen Art und Weise, wie sie ihm gegenübertraten.

Ganz anders bei Sylvia Kunz. Eschenbach schien, als erhelle ihre Anwesenheit den Raum. Und trotz der Anstaltskleidung, die sie trug, erkannte er sofort, wie schön diese Frau war. Sie hatte ihr blondes Haar zu einem Pferdeschwanz zusammengebunden, saß aufrecht auf ihrem Stuhl, erwiderte seinen Blick mit einem Lächeln, stand auf, gab Eschenbach die Hand und setzte sich wieder.

»Geben Sie sich keine Mühe«, begann sie. »Ich muss jetzt wohl durch die Hölle, auch wenn ich Heinz nicht umgebracht habe ... jedenfalls nicht so, wie man es mir zur Last legt.« Und ohne dass Eschenbach sie ein einziges Mal fragen musste, erzählte Sylvia Kunz, wie sie ihren Mann in all den Jahren ihrer Ehe gedemütigt hatte. »Es war die Macht, die Heinz hatte. Sie hat mich von Anfang an gereizt ... ich wollte sie spüren. Aber er gab sie mir nicht preis. Im Gegenteil, er war immer sanft und verständnisvoll. Also begann ich, ihn zu provozieren. Ich machte mich an seine Freunde heran, schlief mit ihnen – gab sein Geld aus. Aber er nahm alles hin ... hat zugesehen, wie ein kastrierter Tanzbär. Nicht einmal die Kreditkarte hat er mir gesperrt.«

Sylvia Kunz redete über eine Stunde lang. Die Liste der

Kränkungen, die sie ihrem Mann zugefügt hatte, war endlos, die Details beschämend. Eschenbach, der sich mit dem Opfer zu identifizieren begann, kam an einen Punkt, an dem er diese Frau – wäre es seine gewesen – vor die Türe gesetzt hätte. Und als es immer weiterging, überkam ihn die Lust, Sylvia Kunz gehörig zu ohrfeigen. Ihr Mann hatte nichts dergleichen getan. Kunz, einer der mächtigsten Wirtschaftsführer des Landes, hatte seine Frau gewähren lassen und war daran vermutlich langsam und still zugrunde gegangen.

»An jenem Abend …«, fuhr sie fort, »es war kurz vor halb zwei, da hat er auf mich gewartet. Im Pyjama stand er da und zeigte nicht die geringste Regung. Er kam auf mich zu, fasste mich bei der Hand und drückte mir einen trockenen Kuss auf den Mund. ›Adieu‹, hat er gesagt, sonst nichts.« Ihre Stimme stockte. »Dann ist er ins Bad gegangen …«

»Haben Sie gesehen, wie er sich erschossen hat?«

»Nein!«, rief sie.

»Reden Sie weiter.«

»Der schreckliche Knall aus dem Schlafzimmer. Ich bin sofort hingerannt … Sein Kopf auf dem Kissen, er war wie weggesprengt. Dann habe ich ….« Sylvia Kunz brach den Satz ab, und ihr Blick wich Eschenbach aus.

»Sie haben die Waffe gesehen, nicht wahr?« Eschenbach sprach leise, wartete, bis sie ihn wieder ansah: »Und die lag nicht dort, wo sie hingehörte – nicht in seiner Hand.«

»Ja, genau!« Ihre Augen weiteten sich. »Warum wissen Sie das? Ich hab sie ihm zurückgegeben – er hat's ja getan.«

Mit trockenem Hals und triefender Nase trat Eschenbach ins Freie. In der Hand hatte er die Liste, die Rosa Mazzoleni ihm ins Gefängnissekretariat gefaxt hatte. Warum wehrte er sich so stur gegen diese neuen Mobiltelefone? Nicht eine Telefonzelle war in Sicht. Also trottete er ins nächste

Café, ließ sich einen Espresso bringen und ging Rosas Notizen durch.

Heinz Kunz' Verbindungen zogen sich wie die Fäden eines Spinnennetzes durch die gesamte Schweizer Wirtschaftswelt. Er saß in den Aufsichtsgremien von Banken, Versicherungen und Industrieunternehmen. Er war Vorstandsmitglied der Offiziersgesellschaft und engagierte sich in den Fördervereinen der Oper, des Balletts und des Zürcher Zoos. Eines seiner Mandate aber stach hervor wie die Mohnblüte aus dem Kornfeld: Gruppe Rüstung, EMD, Bern. Was hatte ein Mann der Privatwirtschaft beim Eidgenössischen Militärdepartement verloren?

»Klären Sie das bitte ab, Frau Mazzoleni.« Der Kommissar stand mit dem Telefonhörer in der Hand hinter der Theke. »Und lassen Sie sich von den Beamten nicht abwimmeln. Fragen Sie, was Kunz dort gemacht hat ... und ob es mit bleifreier Munition zu tun hat.«

»Bleifreier was?«

»Munition! Ich erkläre Ihnen das später. Und rufen Sie Salvisberg in der Rechtsmedizin an.«

»Der sucht Sie übrigens schon den ganzen Morgen ...«, warf Rosa ein. »Aber es weiß ja wieder einmal kein Mensch, wo Sie sind!«

»Wunderbar«, hustete der Kommissar. »Weil jetzt kommt der schwierigste Teil. Rufen Sie Elisabeth Kobler an. Sie soll die Informationssperre im Fall Kunz unter keinen Umständen aufheben.«

»Sie hat aber schon eine Medienkonferenz einberufen.«

»Absagen, Frau Mazzoleni. Kobler wird sich blamieren, und zwar bis auf die Knochen.«

Das war der Moment, in dem das italienische Temperament von Eschenbachs Sekretärin durchbrach. Rosa schimpfte den Polizeiapparat einen »Sauladen« und schmetterte in ihrer Muttersprache ein »porca miseria« durch die Leitung.

»Ich bin dann mal weg«, sagte Eschenbach. Und als es in der Muschel wieder leiser geworden war, fügte er hinzu: »Bei Salvisberg übrigens – für den Fall, dass Sie mich suchen.«

Die Stimmung, die der Kommissar eine Stunde später im Labor des Instituts für Rechtsmedizin vorfand, entsprach einer Mischung aus zynischer Heiterkeit und selbstverliebter Fachsimpelei. Eine Kombination, die eigentlich nur Naturwissenschaftlern gelang.

Und nicht ganz überraschend für den Kommissar, war neben Kurt Salvisberg, einer Assistentin und zwei Laboranten auch der junge Apotheker, Thomas Bruhin, mit von der Partie.

»Kunz hat sich selbst umgebracht, nicht wahr?«, fragte Eschenbach in die Runde. Aber so einfach war es nicht. Der Kommissar musste einiges über sich ergehen lassen, bis er auf seine Frage eine klare Antwort bekam.

»Der Punkt ist der …«, begann Professor Salvisberg seine Vorlesung. »Der junge Kollege hier«, er deutete auf Bruhin, »hat eine Vorrichtung erfunden, mit der sich chemische Substanzen und Spuren, insbesondere nitrithaltige Schmauchspuren, an Körperteilen und an Gegenständen nachweisen lassen. Außerdem hat er ein entsprechendes Nachweisverfahren …«

»Kurt, mach's kurz!« Eschenbach rief den Satz beinahe flehend. Aber die Forschertruppe ließ sich die Show nicht stehlen. Nach einer guten Viertelstunde erschien Rosa Mazzoleni, in ihrem Schlepptau: Elisabeth Kobler. Die Polizeichefin trug einen dunklen Nerzmantel und sah darin alles andere als glücklich aus.

Weil die Zuhörerschaft sich nun verdreifacht hatte, sahen sich die Forensiker aufgefordert, das ganze Programm noch einmal von vorne abzuspulen. Da platzte dem Kommissar der Kragen. Er unterbrach die Vorstellung und fasste die wesentlichen Fakten zusammen:

»Heinz Kunz hat sich selbst das Leben genommen, mit seiner Offizierspistole, einer SIG Sauer P220. Als Munition hat er ein bleifreies Mantelgeschoss verwendet, einen Prototypen, vermutlich aus der Rüstungsabteilung des Bundes.« An dieser Stelle nickte Rosa. Und weil Eschenbachs Blick sie dazu aufforderte, präzisierte sie:

»Der Bund will seine Rüstungsabteilung in ein privates Unternehmen umwandeln. In dieser Sache beriet Kunz die Behörde in Bern. Er hatte Einblick in die Forschung und Entwicklung und interessierte sich sehr für die neuen Mantelgeschosse, an denen man dort herumtüftelt. Die sind absolut bleifrei ...«

»... und hinterlassen nicht die üblichen Schmauchspuren an der Schusshand«, warf Salvisberg ein.

»Aber wir haben doch solche Spuren gefunden«, rief Kobler.

Nun war Eschenbach wieder an der Reihe: »Die Partikel an Sylvia Kunz' Hand sind ein Abschiedsgeschenk ihres Mannes – quasi per Handschlag. Sie stammen eindeutig nicht vom abgefeuerten Schuss! Wir müssen annehmen, dass Kunz seine Frau bewusst als Mörderin inszeniert hat.«

»Und warum kommen wir erst jetzt drauf?«, schnauzte Kobler. »Mit den ganzen millionenteuren Labors hier?«

»Weil die Voruntersuchung auf Schmauchspuren bereits am Tatort erfolgt«, erklärte Eschenbach. »Durch unsere Leute übrigens. Nur sind diese Tests auf Spuren bleihaltiger Munition ausgerichtet ...«

»Die wir ja auch gefunden haben«, knurrte Kobler. »Ich hab's schon verstanden. Wir sind wieder einmal die großen Deppen.« Sie machte auf dem Absatz kehrt und verließ das Labor. Und so verpasste die Polizeichefin die einzig gute Nachricht des Tages: dass nämlich der junge Apotheker Bruhin einen Test entwickelt hatte, mit dem selbst Laien direkt am Tatort Schmauchspuren jeglicher Munition (auch bleifreier) feststellen konnten.

Die Mitteilung über den Suizid von Heinz Kunz erschien am nächsten Tag in der Presse. Der Bericht war sachlich und kurz; das darauf folgende Medienecho riesig: In allen Zeitungen, in Talkshows und öffentlichen Foren diskutierte man über die außerordentlichen Belastungen, denen Manager in ihrem Beruf ausgesetzt sind, und darüber, wie Burnout und Depression als mögliche Folgeschäden zu vermeiden wären.

Bewirkt haben diese Diskussionen nicht viel, und geholfen niemandem.

Dasjenige, was sich seit dem Fall Kunz wirklich verändert hat, geschah still, ohne dass die Öffentlichkeit groß davon Notiz genommen hätte. Und es ist bedeutend genug, um es an dieser Stelle kurz zu erwähnen:

Der junge Apotheker Bruhin reichte seine Dissertation ein, wurde Doktor der Pharmazie und ließ das von ihm entwickelte Verfahren in neunzehn Ländern patentieren. Der Schmauchspuren-Test ist, bei Verdacht auf Schusswaffengebrauch, bis heute Bestandteil polizeilicher Voruntersuchungen am Tatort. Bruhin, der es in Salvisbergs Institut nicht lange aushielt, übernahm im Jahr 2002 die Apotheke seines Vaters in Lachen, einem kleinen Ort am Oberen Zürichsee.

Die Witwe des Toten ging in ein Zisterzienserkloster, betete dort, bis sie zwei Jahre später unter neuem Namen nach Italien auswanderte. Ein paarmal tauchte sie in der Mailänder Sado-Maso-Szene auf. Vermutlich lernte sie dort ihren heutigen Mann, einen sardischen Stardirigenten, kennen. Die beiden leben seither glücklich in der Nähe von Como.

Die Beamten in Bern folgten dem Rat ihres verstorbenen Beraters und gliederten die Unterhalts- und Rüstungsbetriebe der Schweizer Armee in eine private Aktiengesellschaft aus. Das Unternehmen wurde am 27. Mai 1998 unter dem Namen RUAG Schweiz AG im Handelsregister

Bern-Mittelland eingetragen und ist heute mit dem SINTOX®-FORENSIS-Zündelement einer der führenden Hersteller von bleifreien Vollmantelgeschossen.

Einzig auf Kommissar Eschenbach hatte der Fall Kunz kaum einen nennenswerten Einfluss, abgesehen von ein paar grauen Haaren vielleicht. Er leitet noch immer die Kripo des Kanton Zürich. Den Rat seiner Sekretärin hat er sich zu Herzen genommen: Er ist tatsächlich von seinen Gauloises weggekommen und auf die feinen Zigarillos aus Brissago umgestiegen.

Was Rosa angeht, ist auch sie der Polizei treu geblieben. Und sie ist heute noch genauso genervt wie damals, wenn sie wieder einmal keine Ahnung hat, wo ihr Chef gerade steckt.

Ein Gespräch mit Kommissar Eschenbach

(Das Interview fand am 21. September im Restaurant Kronenhalle in Zürich statt. Eschenbach nahm das Wiener Schnitzel mit Rösti und bestellte dazu einen halben Liter Tessiner Merlot. Die Rechnung übernahm ein Zürcher Medienkonzern. Dieser stellte auch den Journalisten. Beide wollten aus nachvollziehbaren Gründen nicht namentlich genannt werden.)

Wie heißen Sie wirklich?
Eschenbach. Und bitte ersparen Sie mir jetzt die Frage nach meinem Vornamen. Ich habe keinen.
Warum?
Hatte Maigret einen?
Ich stelle hier die Fragen. Sie vergleichen sich also mit dem großen französischen Kommissar?
Nein, ich vergleiche nicht. Ich suche nur Leidensgenossen. Maigret ist unerreicht.
Und Sie rauchen Brissagos, wie Glausers Wachtmeister Studer.
Die Dinger hat mir meine Sekretärin, Rosa Mazzoleni, aufgeschwatzt. Ihre Tante arbeitet in der Tabakfabrik dort. Hatte Studer auch eine Tante?
Ich stelle die Fragen. Sie streiten oft mit Rosa, mögen Sie einander nicht?
Rosa hat italienische Wurzeln. Da gehört Streiten zum Leben, wie übrigens Essen und Liebemachen auch.
Sie passen sich also an?
Was diese drei Tätigkeiten betrifft, unbedingt.

Sie haben Jura studiert. Ist das in ihrem Beruf eher hilfreich oder hinderlich?
Im Umgang mit Journalisten immer hilfreich.
Wann sind Sie eigentlich geboren?
Zehn Jahre zu früh.
Was ist das nun wieder für eine Antwort?
Ich hätte gerne im geschlechtsreifen Alter an der Hippiebewegung teilgenommen.
Bereuen Sie, dass Sie Polizist geworden sind?
Und Sie? Würden Sie nicht lieber Bücher schreiben, anstatt Interviews zu führen?
Nun sind Sie schon wieder der, der die Fragen stellt.
Sehen Sie, da haben wir es: eine *déformation professionelle*. In solchen Momenten bereue ich tatsächlich, dass ich Polizist bin.
Was wären Sie denn lieber?
Koch, Komponist oder Weinbauer zum Beispiel.
Wirklich?
Jedenfalls jemand, der etwas herstellt, das man brauchen kann.
Braucht es Sie denn nicht?
Haben Sie manchmal Mordgedanken?
Ich? Um Gottes willen, wie kommen Sie denn darauf?
Ich meine nur, wenn Sie jemanden interviewen, den Sie für ein Arschloch halten?
Aber ich halte Sie nicht für ein Arschloch!
Haben Sie Kinder?
Nein.
Sind sie verheiratet?
Nein.
Sind sie homosexuell?
Jetzt machen Sie aber einen Punkt, Eschenbach! So war das nicht abgemacht. Sie antworten – ICH frage!
Also gut.

Nun haben Sie mich aus dem Konzept gebracht.
Eine schlechte Angewohnheit, tut mir leid.
Schon okay.
Wenn Sie keine Fragen mehr haben, dann hätte ich noch eine.
Bitte!
Gesetzt den Fall, Sie haben nie einen Menschen umgebracht, wie erklären Sie es sich, dass es dazu nie gekommen ist?

Anmerkung der Redaktion:
Eschenbach ist 55 Jahre alt, groß, hat dunkelbraune Haare und braungrüne Augen. Er ist in zweiter Ehe mit Corina verheiratet. Leibliche Kinder hat er keine. Aber für Corinas Tochter Kathrin ist er der »richtige« Vater. Kathrin steckt im Moment im Prüfungsstress: Nach der Matura will sie in Zürich Psychologie studieren.

Susanne Mischke Amadeus' Unschuld

Als Bodo Völxen an diesem Morgen aufsteht, wie immer von Kreuzschmerzen früh aus dem Bett getrieben, hat er das Gefühl, dass etwas anders ist als sonst. Er kann die Veränderung, die er zu spüren glaubt, noch nicht genau benennen, aber etwas stimmt nicht. Immerhin ist er nicht zum Käfer mutiert, das stellt er nach einem Blick in den Badezimmerspiegel erleichtert fest. Beschattet von buschigen Brauen blicken ihm seine grauen Augen müde entgegen. Eine Rasur wäre mal wieder fällig. Völxen nimmt sich die Zeit und führt sie mit dem ererbten Rasiermesser seines Großvaters aus, eine Prozedur, die selten unblutig endet. Auch heute muss er zwei kleine Schnitte am Hals mit Klopapier verarzten. Auf keinen Fall, ermahnt er sich, darf er wieder vergessen, sie zu entfernen, ehe er zum Dienst fährt.

Er wirft einen Blick aus dem Fenster. Die milde Morgensonne des Spätsommertages vergoldet die bewaldeten Hänge des Deisters, über den Feldern liegt silbrig der Morgennebel, Millionen von Spinnweben glitzern in den Furchen eines frisch gepflügten Ackers. Eine Krähe flattert krächzend über die Schafweide. Dieses vage Gefühl, dass etwas nicht stimmt, ist immer noch da.

Leise steigt er die Treppe hinab, denn Sabine schläft noch. Oscar erwartet ihn schwanzwedelnd in der Küche und Völxen stellt den Terrier mit einem Stück Käse ruhig. Dann nimmt er aus dem Brotkasten ein paar Scheiben Zwieback und steckt sie in die Tasche seines alten, gestreiften Bademantels. In Gummistiefeln schlurft er durch das taunasse Gras zur Schafweide hinüber. Unterwegs erleichtert er sich hinter dem Holzschuppen, wobei er eine Stelle auswählt, an der Sabine ihn vom Schlafzimmerfenster aus nicht sehen kann. Seine Frau missbilligt dieses obskure kleine Vergnügen nämlich zutiefst. Der Terrier hingegen zeigt sich beeindruckt und hebt seinerseits das Bein. Plötzlich weiß Völxen, was heute anders ist als sonst: Die Schafe blöken. Doris, Mathilde, Salomé und Angelina sowie der Schafbock Amadeus stehen um diese Zeit für gewöhnlich zu einem kleinen Knäuel zusammengedrängt unter dem Apfelbaum, und es dauert immer ein paar Minuten, ehe sie zu erkennen geben, dass sie ihn bemerkt haben. Dann erst geben sie Laut und kommen an den Zaun, um den Zwieback in Empfang zu nehmen. »Schafe sind eben doof«, pflegt Völxens Tochter Wanda dazu zu sagen. »Schafe sind eben cool«, meint dagegen Völxen.

Hin und wieder geht es auch etwas schneller, und zwar dann, wenn Oscar den Hirtenhund gibt und ihnen kläffend auf die Sprünge hilft. Aber der Hund hat sich bis jetzt einwandfrei benommen. Warum also blöken die Schafe? Warum stehen sie nicht unter dem Apfelbaum, sondern in der Ecke, die an Köpckes Gemüsegarten grenzt? Und wo ist überhaupt der Bock?

Kaum hat Völxen den Gedanken zu Ende gedacht, rumpelt etwas hinter dem Schafstall. Der Terrier schlüpft unter dem Bretterzaun durch und wetzt mit glockenhellem Spurlaut los, dem Geräusch hinterher. Völxen überlegt für einen Sekundenbruchteil, ob er über den Zaun flanken soll. Aber etwas Derartiges hat er das letzte Mal vor zwanzig Jahren gemacht, als er auch noch zwanzig Kilo weniger wog. Und im Bademantel gäbe er dabei wohl keine besonders gute Figur ab. Also rennt er bis zur Pforte, die irgendein Idiot, vermutlich er selbst, gar nicht richtig geschlossen, sondern nur angelehnt hat, und dann, so schnell die Gummistiefel tragen, über die Weide bis hinter den Schafstall, wo der Terrier wie verrückt bellt.

Zwar neigt der Hund zum Lärmen aus nichtigem Anlass, aber dieses Mal ist die Aufregung berechtigt. Vor der Stallwand, neben der umgestürzten Regentonne, liegt ein Mann mit grauen Haaren in einem langen, hellen ... Ist das ein Nachthemd? Das Kleidungsstück ist nass und voller Schmutz. Auch Blutflecken sind dabei. Amadeus, der Schafbock, empfindet diesen Fremdkörper auf seiner Weide offenbar als extrem störend. Gerade nimmt er Anlauf, um den Leichnam – denn um einen solchen handelt es sich, daran hat Völxen gar keinen Zweifel – auf die Hörner zu nehmen. Der Terrier hingegen schwankt zwischen dem Bedürfnis, den Schafbock in die Hacken zu zwicken und im Kreis herumzujagen, wie sonst auch, oder den Leichnam fachgerecht zu verbellen. Am Ende scheint er sich aber doch daran zu erinnern, dass er eigentlich ein Jagdhund ist. Während Oscar sich im Totverbellen übt, spurtet Völxen erneut los und holt aus dem Holzschuppen den Stock mit der Seilschlinge. Damit versucht er, den Schafbock einzufangen, ohne dabei selbst zu Schaden zu kommen. Es wäre nicht das erste Mal. Aber Völxen hat aus seinen schmerzhaften Erfahrungen gelernt und kennt mittlerweile das tückische Gemüt und die Tricks seines Haustiers. Den Bock zu jagen wäre sinnlos, der ist viel zu schnell, also läuft Völxen auf der Weide hin und her und fuchtelt mit seinem Lasso am Stiel herum, um Amadeus zu provozieren und heranzulocken. Dass er dabei die Spurenlage am Leichenfundort nicht gerade verbessert, ist dem Hauptkommissar vollkommen klar, aber was soll er machen?

Angelockt vom Krawall erscheinen nun auf der anderen Seite der Weide Nachbar Köpcke, der Hühnerzüchter, in seiner berüchtigten blauen Latzhose, und dessen Gattin Hanne.

»Olé, Kommissar!«, feuert der Nachbar Völxen an, der gerade eine veritable Pirouette hingelegt hat, um dem heranrasenden Bock auszuweichen. Fernando Rodriguez, der

Kollege in der Polizeidirektion Hannover, hätte seine helle Freude daran gehabt, und erst recht dessen Mutter Pedra, die furchtbar stolz darauf ist, die Tochter eines Stierkämpfers zu sein.

Inzwischen ist auch Sabine Völxen wach geworden und nähert sich dem Geschehen. »Bodo, verrenk dir nicht wieder das Kreuz«, ruft sie, ehe sie die Leiche entdeckt und erschrocken die Hände vors Gesicht schlägt.

Derweil geifert Hanne Köpcke, sie habe es ja schon immer gewusst, dass der Schafbock ein mörderisches Biest sei. In Wahrheit kann dieses nachtragende Frauenzimmer dem Tier nur nicht verzeihen, dass es ihr einst den Gemüsegarten zerlegt hat – aus rein kulinarischem Interesse, nicht aus Bosheit.

Endlich haben Völxens Bemühungen Erfolg. Das Seil verfängt sich im prächtigen, schneckenförmigen Gehörn von Amadeus, was bei diesem prompt einen Fluchtreiz auslöst. Völxen stemmt sich mit der ganzen Kraft seiner neunzig Kilo (und ein paar Zerquetschten) dagegen. Doch die Wiese, nass vom Morgentau, bietet den Gummistiefeln wenig Halt, und so kann er nicht verhindern, dass er einige Meter rutschend auf seinen Boxershorts zurücklegt, die er zum Glück unter seinem Lieblingskleidungsstück trägt. Mit der Hilfe des Hühnerbarons schafft er es schließlich, sein Haustier zu bändigen und am Apfelbaum festzubinden. Sabine Völxen hat indessen den rasenden Terrier zu fassen bekommen und zerrt ihn ins Haus. »Bring mir mein Handy mit«, brüllt Völxen den beiden hinterher. Danach kehrt für einige Momente Stille ein. Sogar die Schafe haben aufgehört zu blöken.

Völxen bindet sich den Bademantel wieder ordentlich zu und ist im Begriff, sich den Toten genauer anzusehen. Da hört er Hanne Köpcke sagen: »Heiliger Bimbam, das ist ja der Arne Jacobsen. Unser alter Postbote! Und dieses elende Vieh hat ihn umgebracht!«

»Ich kenne ihn, wie man sich halt hier so kennt«, erklärt Völxen, der inzwischen sein Outfit gewechselt hat und mit Oda am Zaun der Schafweide steht. »Er wohnt am anderen Ende des Dorfes, ist seit langem pensioniert und singt im Männerchor.«

»Du etwa auch?« Oda Kristensens Huskyaugen leuchten spöttisch auf.

»Gott bewahre!«

Völxen fragt sich, ob Arne Jacobsens Gesangskünste ein Mordmotiv darstellen könnten. Er kommt dabei zu einem positiven Ergebnis, das er aber lieber verschweigt. Es scheint ihm nicht der passende Augenblick für Scherze zu sein, auch wenn Oda Kristensen für ihren Humor bekannt ist, der so schwarz ist wie ihre Kleidung. Beide sehen gerade Dr. Bächle zu, wie er den Leichnam untersucht. Seine weiße Haarpracht, die ihm im Rechtsmedizinischen Institut der MHH Hannover den Spitznamen »Einstein« eingebracht hat, leuchtet vor dem satten Grün der Weide. Auch die Spurensicherung ist bereits vor Ort.

Amadeus, der mutmaßliche Täter, ist noch immer am Apfelbaum angebunden, den Kopf tief gesenkt scharrt er wütend mit den Hufen.

»Wir brauchen eine Probe von dem Blut an seinen Hörnern«, sagt Fiedler von der Spurensicherung.

»Nur zu«, sagt Völxen.

»Das mach lieber du, Völxen, du bist der Besitzer!«

»Und du bist die Spusi. Das ist dein Job«, entgegnet Völxen. »Am Ende gelte ich als befangen und der Beweis ist nicht gerichtsfest.«

»Dann muss ein Tierarzt her, der ihn betäubt«, meint Fiedler.

»Am besten schläfert der ihn gleich ein«, murmelt Sabine, woraufhin Völxen seine Gattin ungewohnt scharf ansieht.

»Wenigstens könnte er ihn kastrieren«, setzt sie trotzig nach.

»Ich dachte, mit dem Thema wärt ihr schon durch«, grinst Oda, während sie sich eine Zigarette dreht.

»Amadeus ist unschuldig!«, beharrt Völxen. »Das sagt mir mein Instinkt.«

Oda zündet die Zigarette an und bläst einen ovalen Rauchkringel in die Morgenluft, während Völxen grübelt: »Die Frage ist doch, was Jacobsen überhaupt auf meiner Weide zu suchen hatte. Respektive in meiner Regentonne.«

»Vielleicht hatte er Durst.« Die Bemerkung kommt von Fernando Rodriguez, der gerade zusammen mit Jule Wedekin am Tatort eingetroffen ist.

»Somit wäre die Soko Schafbock komplett«, begrüßt Oda die beiden.

Völxen hebt drohend die Brauen: »Ich warne euch: ein einziger Schafswitz ...«

»... und es gibt was auf die Hörner, schon klar«, grinst Fernando.

Die Ader an Völxens Schläfe gewinnt an Umfang. »Das ist nicht witzig!«, brüllt er.

»Bodo, beruhige dich«, mahnt Sabine.

»Ja, scher dich einfach nicht drum«, rät Oda.

»Wir sollten uns lieber auf den Fall konzentrieren, anstatt uns gegenseitig in die Wolle zu kriegen«, sagt Jule.

Ehe Völxen explodieren kann, fragt Oda: »Hat dieser Jacobsen Angehörige?«

»Ja. Eine Frau«, weiß Völxen. »Und ich glaube, der Enkel lebt auch bei ihnen.«

»Dann fahr doch mal hin und überbringe denen die Nachricht persönlich, ehe sie es durch den Dorfklatsch erfahren«, schlägt Oda vor, und Fernando meint: »Du musst ja nicht gleich zugeben, dass es dein Schafbock war ...«

»Des isch gar net so sicher«, meldet sich in diesem Moment Dr. Bächle zu Wort, der über die Weide auf die Ermittler zustolpert. »Grüß Gott, die Herrschaften, einen wunderschönen guten Morgen, Frau Krischtensen ...«

»Warum wird Oda extra begrüßt?«, flüstert Fernando Jule zu.

»Ja, warum wohl?«, wispert Jule zurück, während Dr. Bächle erklärt: »Der Leichnam weist zwar schwere Prellungen auf, die zweifelsfrei von diesem …«, der kleine Schwabe, nur wenig größer als der Schafbock, deutet in Richtung Apfelbaum, »… Mordsviech schtammen. Aber die sind dem erschten Anschein nach alle poschthum entstanden.«

»Ha!«, macht Völxen.

»Aber was ist denn dann die Todesursache?«, fragt Oda.

»Das, verährte Frau Krischtensen, werde ich bei mir im Inschtitut herausfinden. Ich obduzier nämlich net so gern im Freien – die Insekten, Sie wissen schon. Darf ich Sie zur Autopsie einladen?«

»Danke!«

»Ich hoffe, das war ein Ja«, sülzt Bächle.

»Die Todeszeit?«, knurrt Völxen.

»Um dreie oder viere, heut in der Früh. Ich empfähle mich!«

»Sprach's und eilte von dannen«, seufzt Jule.

»Von wo?«, fragt Fernando.

»Vergiss es!«

»Gut, ich geh dann mal«, murmelt Völxen schweren Herzens.

»Soll ich mitkommen?«, fragt Oda.

Völxen verneint.

»Gut. Aber zupf dir unterwegs das Klopapier vom Hals.«

»Oh, Gott. Der Vadder. Ich hab mir gleich gedacht, da ist was Schlimmes passiert, als der heut Morgen nicht mehr im Bett war. Überall hab ich nach ihm geschaut, ich wollte gerade die Polizei anrufen. Und jetzt kommst du, Völxen, und bringst mir den Tod ins Haus.«

Völxen zuckt bei dieser Formulierung zusammen. Aber ja, so ist es wohl. Er bringt den Menschen den Tod ins Haus.

Renate Jacobsen sitzt zusammengesunken am Küchentisch, Tränen fließen. »Mein Gott, der Vadder …«

»Was glaubst du, Renate, wie kommt der Arne nachts um drei auf meine Schafweide?«

Sie sieht ihn aus großen, verheulten Augen an und schüttelt ratlos den Kopf.

»War er denn … geistig verwirrt?«, fragt Völxen vorsichtig.

»Manchmal war er was tüddelig«, antwortet die Ehefrau. »So wie man halt langsam wird, im Alter.«

»Neigte er zum Schlafwandeln?«

»Was? Nein!«

»Ist er schon einmal nachts draußen herumgelaufen?«

»Draußen? Nein, was soll er denn da? Der läuft nachts höchstens bis aufs Klo oder zum Kühlschrank.« Sie deutet schluchzend auf das brummende Monstrum in der Ecke. Die Tür zur Terrasse steht offen. Völxen steht auf und macht einen Schritt ins Freie. Rund um das Pflaster stehen Blumenkübel, ordentlich aufgereiht wie Soldaten. Dahinter liegt ein Stück Rasen, umsäumt von Rosenbeeten, und ein ziemlich großer Gemüsegarten mit einem Gewächshaus. Auf dem Tisch, der mitten auf der Terrasse steht, sind etliche leere Gläser, Tassen und Flaschen zu sehen, dazu ein Aschenbecher mit etwas darin, das wie der Rest eines Joints aussieht.

»Habt ihr gestern gefeiert?«

»Der Florian, unser Enkel. Der wohnt ja seit vier Jahren bei uns. Der hatte zwei Kumpels da.«

»Wo ist er denn jetzt?«

»Ich hab ihn geweckt und losgeschickt, damit er den Vadder suchen geht, mit dem Rad. Der Bengel war schier nicht wach zu kriegen, aber dann ist er doch los. Oh, Gott, der Flori. Der hing doch so sehr am Vadder, besonders seit seine Eltern diesen schlimmen Unfall hatten …«

»Wie lange hat die Party gestern gedauert?«

»Das weiß ich nicht. Ich bin um elf ins Bett, der Vadder auch. Ich nehm dann Oropax und schlaf wie ein Stein. Man läuft ja hier den ganzen Tag genug herum, der Haushalt, der Garten, die Obstbäume, da ist man abends müde, in unserem Alter. Oh, mein Gott, der Vadder!«

Für gewöhnlich schickt Hauptkommissar Völxen Jule Wedekin zu Obduktionen. Die junge Kommissarin findet so etwas interessant, vermutlich ein Überbleibsel ihres abgebrochenen Medizinstudiums. Aber heute hat sich Völxen selbst in den Sektionssaal zu Dr. Bächle begeben. Immerhin geht es um Schuld oder Unschuld seines Schafbocks. Diese Brisanz hat Völxen dem Doktor auch gerade noch einmal deutlich gemacht.

Jetzt meidet Völxen jedoch den Blick auf den aufgeklappten Körper von Arne Jacobsen. Wenn man die Leute kennt, ist die Sache doch noch mal ganz anders.

Nach einer Weile wendet sich Dr. Bächle um, tuschelt mit seiner Kollegin und kommt dann auf Völxen zu: »Scheint's isch der arme Hund dersoffe.«

»Wie bitte?«

»Es gibt Anzeichen dafür, dass der Mann ertrunken ischt«, übersetzt der Mediziner sich selbst.

»In meiner Regentonne?«

»Ganz genau«, bestätigt die Rothaarige hinter dem Mikroskop. »Die Proben vom Wasser aus der Lunge des Toten und dem Rest, der noch in der Tonne war, stimmen überein.«

»Aber wie kann das sein? Und die Tonne war doch umgefallen …«

»Das mit der Tonne war dann wohl doch der Schafbock«, vermutet Dr. Bächle.

»Der Mann stand unter Drogen«, erklärt jetzt Bächles Kollegin.

»Was? Drogen? Der Arne Jacobsen? Niemals!«, protestiert Völxen. »Der hat höchstens mal ’nen Korn zu viel getrunken oder auch zwei.«

Die Frau schüttelt den Kopf. »Ich spreche nicht von Alkohol, sondern von Scopolamin. Das konnte ich in hoher Dosis in seinem Blut nachweisen.«

»Scopo- was?«, wiederholt Völxen.

»Scopolamin. Das Gift der Engelstrompete, einer weit verbreiteten Kübelpflanze, frei verkäuflich. Es kam in den letzten Jahren immer wieder zu Unfällen damit, auch zu tödlichen. Der Genuss der Pflanze als Rauchware oder als Tee verursacht schwere Halluzinationen. Unter anderem wird davon die Haut sehr heiß und trocken, besonders die Kopfhaut und der Hals, sodass sich hieraus das Bedürfnis erklärt, den Kopf ins nächstbeste Nass zu stecken. Der Tote hat Tee aus den Blättern oder Blüten der Engelstrompete zu sich genommen, das sagt uns sein Mageninhalt. Danach wusste er wohl nicht mehr, was er tat. Meistens sind es ja Jugendliche, die damit herumexperimentieren, aber wie heißt es so schön: Alter schützt vor Torheit nicht.«

Völxen hat bei diesem Vortrag sofort den Tisch auf der Terrasse der Jacobsens vor Augen. Die Teetassen! Irgendwie sind ihm die gleich aufgefallen, die passten nicht so recht ins Bild. Dann die vielen Blumenkübel … Wenn er sich recht erinnert, war da auch so ein Gewächs mit weißen, trompetenförmigen Blüten dabei. Bestimmt haben die drei Jungs im Übermut daraus einen Tee zubereitet und ihn dann stehen gelassen. Vielleicht hat er ihnen nicht geschmeckt, vielleicht kriegten sie es mit der Angst. Und dann wacht der Arne nachts auf, hat Durst, sieht den Tee …

»So ein verdammter Mist«, murmelt Völxen.

»Aber warum? Des isch doch ein Freischpruch erschter Klasse für Ihren Bock«, konstatiert Dr. Bächle erstaunt.

Aber Völxen kann sich nicht so recht darüber freuen. Er muss an die Worte von Renate Jacobsen denken, wie sehr der Junge an seinem Großvater hing. »Ich wünschte, es wäre der Bock gewesen.«

Dr. Bächle schüttelt den Kopf und murmelt: »Der weiß au net, was er will!«

Steckbrief Bodo Völxen

Geboren am: Vor über fünfzig Jahren
Geboren in: Hannover-Ricklingen
Eltern: Vater: Friseur (was mir lange peinlich war), Mutter: Hausfrau und verlassene Ehefrau
Familienstand: Verheiratet mit Sabine Völxen, Dozentin für Klarinette
Kinder: Wanda Völxen, Studentin
Enkel: Das kann noch warten!
Haustiere: Die Schafe Doris, Salomé, Mathilde und Angelina sowie Schafbock Amadeus und Terriermischling Oscar
Freunde: Der Nachbar und Hühnerzüchter Köpcke
Feinde: Wahrscheinlich schon ein paar
Ist er/sie ein Familienmensch? Aber ja.
Wie war die Kindheit? Anstrengend
Wie läuft es in Liebesdingen? Ich bin verheiratet.
Beruf: Kriminalhauptkommissar beim Dezernat für Tötungsdelikte in der Polizeidirektion Hannover
Kollegen: Mein Team in der PD Hannover: Oda Kristensen, Kettenraucherin und Zynikerin, Macho-Muttersöhnchen Fernando Rodriguez und Jule Wedekin, das ehrgeizige Arzttöchterchen mit Potenzial
Vorgesetzter: Der Vizepräsident – aber den hab ich im Griff.
Berufswunsch als Kind: Boxer
Berufliches Ziel: Die Aufklärungsquote hochhalten, unbeschadet bis zur Rente durchhalten, dann Schafe züchten oder Rüben
Reicht das Geld bis zum Ende des Monats? Mal gerade so …

Ist er/sie zufrieden in seinem/ihrem Beruf? Och, na ja … nicht immer

Was war die Initialzündung, diesen Job zu übernehmen? Das mit dem Boxen hat nicht geklappt und den Bauernhof meines Großvaters hat mein Onkel versoffen.

Wohnhaft in: Holtensen bei Hannover

Bisherige Wohnorte: Hannover

Wie sieht die Wohnung/das Haus aus? Es ist ein romantischer ehemaliger Bauernhof im permanenten Renovierungszustand.

Miete oder Eigentum? Gekauft in einem Anfall von Romantik

Ist er/sie ordentlich oder chaotisch? Ich bin die Ordnung selbst! Meistens.

Ist er/sie mit seiner/ihrer Heimat sehr verbunden? Morgennebel über der Schafweide, Sonnenuntergang am Deister … keine zehn Pferde kriegen mich von hier weg.

Größe: 1,86 Meter

Statur: »Kräftig« (trotz Walking und anderer alberner Versuche, abzunehmen)

Haarfarbe: So irgendwie braungrau

Augenfarbe: Auch so ähnlich

Besondere äußere Merkmale: Meistens Schnitte im Gesicht vom Rasiermesser des Großvaters

Ist er/sie attraktiv? Na ja, immerhin ist mir meine Frau noch nicht weggelaufen.

Hat er/sie ein Lieblingskleidungsstück? Friesennerz und Gummistiefel und der alte gestreifte Bademantel

Sportarten aktiv: Nordic Walking – gezwungenermaßen

Sportarten passiv: Am Zaun der Schafweide stehen und philosophieren

Raucher/Nichtraucher: Nichtraucher. Es reicht, wenn Oda die Bude vollqualmt.

Sonstige Süchte: Gutes Essen

Stärken: Ich behalte den Überblick, auch wenn's rundgeht.

Schwächen: Ich lasse mich viel zu leicht von Frau und Tochter manipulieren und komme gegen Odas unverschämtes Mundwerk einfach nicht an.
Vorbilder: Charles Bronson, Gandhi
Vorlieben und/oder Abneigungen im Bereich Essen/Trinken/Musik/Film/Reisen: Obwohl meine Frau Klarinettistin ist, klingt Klezmer für mich nach wie vor wie Katzenquälen. Im Auto höre ich am liebsten schönen, ehrlichen, klassischen Rock. Na ja, es darf auch mal eine Schnulze dabei sein.
Trinken: Einen kühlen Klaren oder ein lauwarmes Herrenhäuser mit dem Hühnerbaron am Zaun der Schafweide.
Reisen: Wenn's unbedingt sein muss ...
Automarke: Gleich nach Frau und Tochter kommt die Liebe zu meiner göttlichen alten Citroen DS. (Scheiß auf die Umweltzone!)
Herausstechende Charaktereigenschaften: Brummig, wortkarg, trocken – ein echter Niedersachse
Lebensmotto: Augen zu und durch!
Was würde er/sie am ehesten aus seinem/ihrem brennenden Haus retten? Familie, Hund, Schafe und Großvaters Rasiermesser
Welche Ziele hat er/sie bislang erreicht – und welche nicht? Ich habe eine wunderbare Frau und einen interessanten Beruf. Ein höherer Posten hieße noch viel mehr Verwaltungskram – also lieber nicht. Und eine andere Frau kommt überhaupt nicht in Frage. Aber vielleicht ist irgendwann dieses Haus fertig renoviert ...
Was würde er/sie heute anders machen? Mir nicht diesen aufmüpfigen Schafbock anschaffen ... na ja, obwohl ...

Peter Probst Pasinger Python

Die Mokkatasse fuhr auf der Tischplatte spazieren. War das ein Erdbeben? Nein, Pasing lag felsenfest mitten auf der eurasischen Platte. Trotzdem zitterte das ganze Haus. Das Bett auch und mit ihm Anton Schwarz. Plötzlich war Ruhe, er atmete vorsichtig auf, aber da begann das Zittern von Neuem. Es war im dunkelsten Winter seit Beginn der Wetteraufzeichnungen, die Sonne hatte sich monatelang nicht mehr gezeigt. Zum ersten Mal sprachen die Menschen, wenn sie nicht wussten, worüber sie miteinander sprechen sollten, nicht über das Wetter. Das Risiko war zu groß, dass man sich schluchzend in die Arme fiel. Die allgemeine Depression hatte auch Schwarz erfasst, der ja schon im Frühling und Hochsommer zu den eher melancholischen Zeitgenossen zählte. Er fühlte sich, als hätte ihm jemand eine zu enge Badekappe über den Kopf gezogen, die sein Gehirn quetschte und ihm die Augäpfel herausdrückte. Obwohl er sich hängen ließ und alles andere als inspirierend war, nannte Eva sich immer noch seine Freundin. Das wunderte ihn. Er wäre längst nicht mehr mit sich befreundet gewesen.

»Sag mir doch endlich, was mit dir los ist«, hatte sie ihn vor ein paar Tagen aufgefordert. Er hatte verstockt den Kopf geschüttelt. Aber Eva kannte Mittel, ihn zum Sprechen zu bringen. Ein sanftes Kraulen im Nacken und ihr samtener Blick hatten genügt. Da sagte er ihr, dass es für ihn schon länger keinen Unterschied mehr zwischen Tag und Nacht gab. Und dass ihn die Zwangsvorstellung quälte, blindlings über die Landsberger Straße laufen zu müssen, um herauszufinden, ob das Schicksal ihn überhaupt noch auf dieser Welt oder doch eher unter den Rädern eines SUV haben wollte. Die SUVs immerhin reizten seine matten Lebensgeister so sehr, dass er sich kurz über den saudummen Namen – Sport Utility Vehicle – und die zusätzliche Verstopfung der ohnehin vom Autoverkehr wie eine Schweinsblase aufgeblähten Stadt aufgeregt hatte. Eva hatte sich Sorgen um ihn gemacht und ihm ein paar von den Tabletten dagelassen, die aus der schlimmen Zeit unmittelbar nach ihrem schweren Unfall übrig geblieben waren. *Gemütsaufheller* war ein Wort, das auf Schwarz in seiner momentanen Seelenverfassung eine gewisse Anziehung ausübte. Seine Freundin hatte ihn streng ermahnt, auf keinen Fall mehr als eine Tablette pro Tag zu schlucken. Doch er hatte, als das Zittern von Haus und Bett nicht aufhörte, heimlich die Dosis verdoppelt.

Das Zittern übrigens war kein Symptom seiner Winterdepression, sondern die Folge von Tiefbauarbeiten, mit denen kaum einen Steinwurf von ihm entfernt tausend unterirdische Parkplätze geschaffen wurden. Anton Schwarz war ein Mensch, der festen Boden unter den Füßen brauchte. In Garmisch oder Bad Reichenhall hätte er nie leben können, schließlich stieß unter den Alpen die Eurasische auf die Afrikanische Platte. Zu seinen Horrorvorstellungen gehörte der Tagebruch, wie er im Ruhrgebiet vorkam. Da stürzten mir nichts, dir nichts alte, nicht verfüllte Bergwerksstollen ein, Menschen und Tiere verschwanden in den Kratern, auch Fahrzeuge und manchmal ganze Gebäude. Schwarz hatte Angst, dass das Haus mit dem alten Tanzsaal, in dem er nach seinem Auszug aus Ehe und Einfamilienhaus eine neue Heimat gefunden hatte, längst unterhöhlt war. Das Gefühl, auf einer Tiefgarage zu leben, beunruhigte ihn sehr. Er lag starr auf seinem Bett und stellte sich vor, wie tagtäglich zehntausend Fahrzeuge oder mehr auf der Suche nach einem freien Platz durch die Parkstraßen kurvten, ein- und wieder ausparkten – und alles direkt unter seinem Hintern.

Es wird so oder so nicht mehr lange dauern, dachte er: wenn kein Einsturz, dann der Abriss. Das Häuschen mit dem thailändischen Imbiss und seiner Wohnung, die er in glücklichen Zeiten als Loft bezeichnet hatte, war ein Fremdkörper in der schönen neuen Pasinger Welt, ein Überbleibsel aus einer Epoche, in der man bescheiden und praktisch baute, die Geldgier noch einigermaßen im Griff hatte oder genügend Ehrgefühl besaß, sie sich nicht anmerken zu lassen. Schon waren die Bronzeskulpturen auf dem Grundstück gegenüber, die ihm immer Rätsel aufgegeben hatten, der Hirsch, das Nashorn und King Kong, verschwunden. Statt auf sie blickte Anton Schwarz nun auf eine Baugrube und eine Gebirgslandschaft aus Kies. Angeblich sollte hier ein Multiplexkino mit sechzehn Sälen entstehen. Schwarz würde selbstverständlich weiter zum *Neuen Rex* nach Laim radeln, das war wenigstens noch ein echtes Kino. Aber die Aussicht, bald von der schreienden Reklame für amerikanische Blockbuster und von Alkopops saufenden Horden belästigt zu werden, trübte seine Stimmung weiter ein. Nur deswegen nahm er jetzt die dritte und vierte von Evas Tabletten.

Immer, wenn er Pillen nahm war die größte Serie seiner Kindheit gewesen. Trotzdem war Anton Schwarz überrascht, als er wie Stanley Beamish aus dem Bett schnellte und erstaunlich beweglich in seinen verbeulten Jeans landete. Er putzte die Zähne nicht nur für den Fall, dass ihn auf der Straße doch jemand auf das Wetter ansprechen sollte, nein, plötzlich hielt er sein Gebiss wieder für erhaltenswert. Er rasierte sich sogar, weil er fand, dass ein Zehntagebart ihn viel älter und trauriger aussehen ließ, als er in Wirklichkeit war. Ich könnte Eva überraschen, dachte er, und sie vielleicht sogar verführen. Ja, das werde ich tun. Deo oder nicht Deo? Eau de Toilette natürlich und zwar das, mit dem Eva ihn beschenkt hatte und das ihm bisher zu kostbar für seinen dahinwelkenden Körper erschienen war.

Im Treppenhaus lief er Jo, dem Kellner aus dem *Koh Samui*, in die Arme.

»Herr Schwarz«, flötete der, »wir müssen uns Adieu sagen.«

»Adieu?«

»Unser Imbiss zieht aus, das wissen Sie doch.«

Schwarz hatte es vergessen, dafür traten jetzt Bilder aus einem Film über den Tsunami vor seine Augen. Da planschten die Urlauber noch munter im Pool und rekelten sich auf Sonnenliegen, während die Tiere schon panisch landeinwärts flohen. Wenn die Thailänder ausziehen, dachte er, kommt ganz bald die Abrissbirne. Aber das bedrückte ihn nicht.

»Komm her, Jo«, sagte er, »lass dich umarmen, altes Haus.«

Jo zuckte zusammen. Bis zu diesem Tag hatte Schwarz auf die kleinste Anzüglichkeit und sogar auf harmlose Komplimente mit homophober Verklemmung reagiert. Nun presste der Ermittler den thailändischen Koch an seinen fülligen Leib und brummte zufrieden.

»Wird schon, Jo«, sagte er, »man darf nur nicht aufhören zu kämpfen.«

Jo wollte fragen, worauf er anspielte – immerhin zog das *Koh Samui* in das Szeneviertel am Glockenbach mit seinem asienaffinen, besser verdienenden Publikum. Aber der Privatermittler federte bereits zur Tür hinaus.

In den letzten Monaten hatte Anton Schwarz oft weite Umwege in Kauf genommen, um das neue Einkaufsparadies der *Pasing Arcaden* nicht sehen zu müssen. Er hatte zwar eine tief sitzende Neigung zur Schwermut, aber nicht die geringste zum Masochismus. Wieso sollte er sich freiwillig einer Wirklichkeit aussetzen, in der Menschen das Scheußliche nicht nur planten, sondern auch noch genehmigten und in die Tat umsetzten? Er erinnerte sich noch gut an eine Bürgerversammlung vor etlichen Jahren. Er war nie gern zu solchen Veranstaltungen gegangen. Dazu hasste er Wichtigtuer, selbst ernannte Experten, notorische Bedenkenträger und Kirchturmpolitiker viel zu sehr. Vor allem zweifelte er daran, dass der normale Bürger irgendeinen, hinter verschlossenen Türen längst verabschiedeten Wahnsinn abwenden konnte. Aber dann hatten seine Frau, die jetzt schon lange nicht mehr seine Frau war, und seine Tochter ihm versprochen, dass viele vernünftige und engagierte Leute kommen würden, weil es doch um die Zukunft des Stadtviertels ginge. In einer überfüllten Turnhalle, über der noch der pubertäre Schweiß der letzten Sportstunde schwebte, hatte Schwarz den Reden von Stadträten, Anwohnern und Architekten zugehört. Das Klima war aggressiv, den wenigen, sich um Kopf und Kragen redenden Befürwortern der *Pasing Arcaden* stand eine breite Front entschlossener Gegner gegenüber. Doch dann sorgte ein einziger Mann für den Umschwung. Schwarz wusste nicht mehr, in welcher Funktion er aufgetreten war, vermutlich im Auftrag der Investoren. Jedenfalls hatte die gerade noch feindselige Masse nach seiner Rede enthusiastisch applaudiert. – Das Siegerlächeln im Gesicht des Totengräbers von Pasing würde er nie vergessen.

Anton Schwarz fühlte sich stark und unverletzlich. Obwohl ihm neulich bei einer versehentlichen S-Bahn-Fahrt entlang der *Pasing Arcaden* Tränen in die Augen gestiegen waren, wollte er es heute wissen. Er ging auf der Offenbachstraße unter der neuen Brücke hindurch zur NUP. So nannten Leute, die sich anders als er schon sehr auf das Multiplexkino an der Landsberger Straße und die jeden subtilen Dialog übertönenden Popcorn-Orgien freuten, die neue Pasinger Nordumgehung. NUP, was für ein infantiler Laut. Aber sie sagten ja auch SUV, ohne sich zu schämen.

Sein Blick fiel auf eine Lärmschutzwand. Sie trennte die frisch geteerte Umgehungsstraße vom Gleiskörper der Bahn. Schwarz fragte sich, wer da vor welchem Lärm geschützt werden sollte: die Klientel des Einkaufszentrums vor dem der im Minutentakt vorbeifahrenden Züge – oder die Anwohner der Bahnlinie, die seit jeher mit dem Zugverkehr lebten, vor dem des umgeleiteten Autoverkehrs. Vermutlich waren die Lärmschutzwände eher zur optischen Beruhigung der Menschen gedacht, durch deren Wohnviertel jetzt nicht nur Konsumenten von Fürstenfeldbruck bis Starnberg donnerten, sondern auch Lieferwagen von ALDI, H&M und McDonald's, die schon frühmorgens hupend ihren Protest gegen die Tempo-30-Zone kundtaten.

Schwarz drehte sich ganz langsam nach links. Das waren sie also, die *Arcaden*, ein lang gezogenes, mit einer hellgrauen Haut überzogenes Gebilde. Ein Rautenmuster sollte über die Strukturlosigkeit hinwegtäuschen und machte in seiner Biederkeit alles noch schlimmer. Wie eine gigantische Python, dachte er, die eine lange Reihe von Biertischen in sich hineingefressen hat, einen nach dem anderen. Ohne Evas Pillen hätte er seine Wut und Verzweiflung laut hinausgeschrien, so seufzte er nur leise. Vor ihm staute sich der Verkehr zur Tiefgarage. Sie war nahezu fertiggestellt, auch ein Großteil der Läden in den *Arcaden* war bereits bezogen. Schwarz ging weiter, um den neuen Terminal des Pasinger Bahnhofs zu besichtigen, der direkt an das Einkaufszentrum anschloss. Er nahm an, dass der Architekt sich etwas dabei gedacht hatte, als er sich für Backstein entschied. Schließlich war auch der hundertsechzig Jahre alte Pasinger Bahnhof ein Backsteingebäude. Was allerdings die Schießscharten in der Außenmauer des Terminals zu bedeuten hatten, konnte er sich nicht erklären.

An diesem Punkt seines Rundgangs durch das neue Pasing spürte Schwarz den dringenden Wunsch, Eva in seine Arme zu schließen. Wieso drehte er, anstatt sich weiteren Qualen auszusetzen, nicht einfach nach rechts ab und lief die paar hundert Meter bis zur Villa ihrer Eltern? Er würde Eva aus ihrem Rollstuhl heben und nicht mehr loslassen. Auf dem Bett würde sie sich über die Rückkehr seiner Leidenschaft zuerst wundern und dann freuen. Sie würden nicht aufhören, sich zu lieben, bis all die hässlichen Bilder aus seinem Kopf verschwunden waren. Doch Schwarz wollte gegenüber den Schöpfern der *Arcaden* wenigstens so fair sein, ihr Einkaufsparadies nicht nur von der rückwärtigen Seite zu betrachten. *Ärschlings nähert man sich keinem Menschen und keinem Haus*, hatte seine jüdische Mutter, die immer für ein Sprichwort gut war, einmal gesagt.

Schwarz suchte also das Gesicht des Ensembles, fand es aber nicht. Ein Gesicht besaß Proportionen, und die konnte er beim besten Willen nicht erkennen. Der schöne historische Bahnhof – den immerhin der Erbauer des Maximilianeums entworfen hatte – wurde auf der einen Seite von den *Arcaden* und auf der anderen von einem blockigen Riegel, der sich hochstaplerisch *Pasinger Hofgärten* nannte, erdrückt. Dadurch schrumpfte er zum Modellbahn-Zubehör, wurde zur vergessenen Kulisse eines Zwergenstaats. Es reicht, dachte Schwarz, ich habe mir alles tapfer angesehen, nun muss ich mit dem Schrecken fertig werden.

Er ging ein paar Schritte rückwärts und fiel beinahe über ein Absperrgitter, hinter dem sich ein Bagger in den Boden fraß. Die Straße wurde aufgerissen, bald würde hier eine Trambahnlinie entlangführen. Auch eine Flaniermeile war geplant, als hätte der Pasinger Einzelhandel im Bannkreis des Einkaufszentrums noch irgendeine Chance. Bummeln vor Ein-Euro-Läden und Spielotheken, dachte Schwarz, ein Spaß für die ganze Familie. – Da sah er den Mann. Er wusste sofort, um wen es sich handelte, obwohl er sich auch jetzt nicht an seinen Namen erinnerte. Er war um die vierzig, sportlich und das, was man heute gut aussehend nennt. Schwarz fand, dass ihm sein Lächeln eine Spur zu deutlich ins Gesicht gemeißelt war, trotzdem würde man ihm sofort eine Versicherung oder einen Gebrauchtwagen abkaufen – oder eben ein angebliches Paradies wie die *Pasing Arcaden*.

Während der Mann langsam auf ihn zukam, wurde Schwarz von der Erinnerung an jene verhängnisvolle Bürgerversammlung gepackt. Ja, auch er war beeindruckt gewesen, nicht vom Projekt der *Arcaden*, sondern vom Gespür des Mannes für eine tief verwurzelte Pasinger Befindlichkeit, die zwar immer vorhanden, aber den wenigsten bewusst war. Seit der Zwangseingemeindung durch die Nazis 1938 krankte die ehemals eigenständige Stadt an einem latenten Minderwertigkeitsgefühl, das sich unter anderem in einer schleichenden Verwahrlosung öffentlicher Orte ausdrückte. Der Mann gab seinem Publikum das, wonach es sich insgeheim sehnte. Er entwarf die Vision einer Wiederauferstehung, ließ Pasing leuchten und machte es zum Mittelpunkt einer ganzen Region. Wer wollte in diesem Moment kein Pasinger sein, wer keine *Arcaden* sein eigen nennen?

Kein Meter trennte Anton Schwarz mehr von dem Mann. Gleich würden sie aneinander vorbeischlendern und sich danach vielleicht nie wieder begegnen. Ein Presslufthammer begann ohrenbetäubend zu rattern. Da hatte Schwarz den Eindruck, dass sich ein Hauch von Spott in das Lächeln des Mannes mischte. *Warst du damals auch einer von denen, die mir den Blödsinn geglaubt haben? Gefällt dir dein schönes neues Pasing? Mir gefällt meine neue Yacht.* Der Hass kam als glühende Welle und erfasste ihn mit einer solchen Wucht, dass alles andere unwichtig wurde: dass er immer zu den Guten gehört hatte, dass er ein Vorbild für seine Tochter bleiben und Evas Liebe nicht verlieren wollte. Schwarz sah den langsam rückwärtsfahrenden Lastwagen im Augenwinkel. Es waren nur zwei Bewegungen, ein Hochreißen seiner Arme, ein kleiner Schubser. Der Lastwagen stoppte augenblicklich, aber ein Doppelreifen hatte den Mann bereits überrollt. Der lächelte immer noch, was Schwarz merkwürdig vorkam.

Jetzt bin ich also ein Mörder, dachte er, gleich werden meine ehemaligen Kollegen von der Kripo auftauchen, der Buchrieser, der Jankl und vielleicht sogar der Kolbinger, wenn er nicht gerade Gespräche wegen seiner weiteren Karriere führen muss. Sie werden hören wollen, dass ich aus Versehen mit dem Opfer zusammengeprallt bin und es nur ein tragischer Unfall war. Aber ich werde sagen: Tut mir herzlich leid, Kollegen, ich habe es mit voller Absicht getan.

»Was redest du da eigentlich die ganze Zeit?«, sagte der Mann. Schwarz fand es erstaunlich, dass er immer noch lebte – mit einem Lastwagen auf dem Brustkorb. Er lächelte auch immer noch. Und dann sagte er etwas Seltsames: »Weißt du, dass das Wetter heute wunderschön ist?« Schwarz musste sich eingestehen, dass er die Stimme angenehm fand. Er spürte, wie der Mann ihn im Nacken zu kraulen begann, und konnte sich ihm nicht entziehen …

Eva holte Anton sanft aus seinem Albtraum in die Wirklichkeit zurück, wischte ihm den Schweiß von der Stirn und gab ihm einen Kuss auf seine trockenen Lippen.

»Es ist so warm, dass wir draußen frühstücken könnten. In dem netten, neuen Café am Bahnhof, hast du Lust?«

Schwarz hätte gern gelächelt, aber er schaffte es nicht. Er fühlte sich schuldig, obwohl er alles nur geträumt hatte. Also, fast alles. Die *Pasing Arcaden* gab es ja wirklich. Aber offenbar konnte man sie, oder wenigstens ihre Umgebung, auch nett finden, wie Eva. Eine halbe Stunde später saß er in der Frühlingssonne, genoss zu seinem Cappuccino ein italienisches Cornetto und blickte nur ab und zu verstohlen zu der Stelle, an der er als entfesselter Wutbürger einen Mann ermordet hatte.

»Sie wollen jetzt auch den Marienplatz beleben und überall Bäume pflanzen«, sagte Eva. »Ist das nicht herrlich?« Als sie Schwarz vorschlug, sich nach einer gemeinsamen Wohnung umzusehen, bevor die Mieten im schönen Pasing nicht mehr zu bezahlen seien, gelang ihm das erste ehrliche Lächeln. Das war wirklich kein schlechter Plan.

Anton Schwarz

Er ist alt, schon über fünfzig, und so fühlt er sich auch.

Er stammt aus Waldram, das kennt kein Mensch.

Der Ort bei Wolfratshausen hieß mal Lager Föhrenwald. Da war seine Mutter nach dem Krieg gestrandet, in einem Lager für Displaced Persons.

Von seinem Vater weiß Anton nur, dass er langweilig war. Und schnell wieder weg.

Geschwister hat er keine, seine Frau hat ihn verlassen.

Trotzdem ist er nicht einsam, er hat eine erwachsene Tochter, um die er sich Sorgen machen kann, und eine viel zu junge Geliebte.

Darüber mokiert sich aber keiner, weil Eva nach einem Attentat eines Rechtsradikalen im Rollstuhl sitzt.

Außerdem hat sie einen messerscharfen Verstand und bringt, so gut sie kann, Ordnung in Antons Leben.

Anton träumt viel von Sex und hat davon nicht ganz so viel.

Er ist ein Utopist der Liebe, was er nie zugeben würde.

Am Ende entscheiden sowieso immer die Frauen, was Wirklichkeit wird und was Traum bleibt.

Im Beruf ist das anders. Da kann Anton sehr entschieden sein. Er war bei der Kripo, hat den Kopf für einen korrupten jüngeren Kollegen hingehalten, weil der kleine Kinder hatte und Schulden.

Dann war er nicht mehr bei der Kripo.

Seither ist er Privatermittler und kümmert sich um Fälle, die andere für geklärt halten. Um Leute, die zu Unrecht im Knast sitzen oder dringend dorthin gehörten.

Er kann sehr hartnäckig sein, was für einen Melancholiker wie ihn eher ungewöhnlich ist.

Anton wohnt in einer der hässlichsten Münchner Straßen, im ehemaligen Ballsaal einer ehemals bayerischen Wirtschaft.

Leider ist seine Mutter nach einem Schlaganfall und der Enthüllung ihrer jüdischen Herkunft zu ihm gezogen.

Sie hat sein Loft zu einem Möbellager umfunktioniert.

Über den Horror, den sie in ihrer Jugend erlebt hat, redet sie nur widerwillig. Ihr Sohn würde gern mehr wissen, will sie aber nicht quälen.

Anton glaubt nicht an Politik.

Anton glaubt nicht an Religion.

Anton verrät niemandem, wie er es mit dem lieben Gott hält.

Ferienreisen führten Anton ins österreichische Pinzgau und nach Südtirol.

Einmal, in seiner Kindheit, war er mit seiner Mutter an der Adria. Ein Misserfolg, der ihn für immer vom Fernreisefieber kuriert hat.

Halt, Eva zuliebe würde er sogar zu einer Weltreise aufbrechen.

Ein roter älterer Alfa war Antons Markenzeichen. Bis er stehen geblieben ist, der Verräter.

Anton wäre gern schlanker, würde sich dafür aber nie kasteien. Kein Fitnessstudio, kein Verzicht auf sein geliebtes dunkles Bier.

Obwohl er davon nicht wenig trinkt, leidet er an Anfällen von Schlaflosigkeit.

Da flattert dann seine Seele wild und kämpft mit Gespenstern, mit dem Unrecht und dem Unerklärlichen.

Aber lernen Sie Anton Schwarz doch selbst kennen.

Doris Gercke Ein Ende

Ein quadratischer Umschlag, beige, festes Papier, kein Absender; ein Umschlag, den man nicht einfach aufreißt, sondern sorgfältig mit dem Brieföffner aufmacht. Der lag auf dem Schreibtisch, also ging sie zurück ins Wohnzimmer, nahm den Brieföffner und hielt ihn für einen Moment unschlüssig in der Hand. Sie blickte auf und sah, wie der Postbote zum Gartentor hinausging. Er wandte sich um, schloss das Tor, und ihr wurde klar, dass sie den Mann nicht kannte. Sie hatte ihn noch nie gesehen. Und erst jetzt fiel ihr auf, dass außer dem Brief, den sie in der Hand hielt, weiter nichts durch den Briefschlitz in der Haustür gekommen war, keine Zeitung, keine Werbung.

War der da draußen überhaupt ein Postbote?

Sie schaute ihm nach, bis er hinter der Hecke des Nachbargrundstücks verschwunden war. Dann öffnete sie den Brief.

Sie las die Karte, beige wie der Umschlag, bedruckt mit schwarzen Buchstaben. Das Dorf hieß Oldendorf und sie kannte es nicht. Der Mann, der dort begraben werden sollte, zu dessen Begräbnis sie eingeladen war, hieß Kranz. Ihn kannte sie. Er war ein Freund.

Bella setzte sich und betrachtete die Karte in ihrer Hand. Es mochte zwei Monate her sein, dass sie und Kranz sich getroffen hatten. Sie trafen sich in unregelmäßigen Abständen. So hatten sie es gehalten, seit sie sich kannten, also seit mehr als zwanzig Jahren. Solange Kranz noch die rechte Hand des Hamburger Innensenators gewesen war, hatte er ihr den einen oder anderen Gefallen getan. Auch später, als die CDU sich einen rechtsradikalen Innensenator leistete, um an die Macht zu kommen, und Kranz freiwillig aus dem Staatsdienst ausgeschieden war, hatte er stets seine guten Beziehungen genutzt, wenn er Bella damit helfen konnte.

Beim letzten Treffen hatten sie darüber gesprochen, welche Chancen Brunner und Samantha haben würden, mit der von Brunner entwickelten und von Samanthas Lottogewinn finanzierten Hacker-Software »Sand ins Getriebe zu streuen«. Kranz hatte den Wunsch geäußert, die beiden kennenzulernen. Sie hatten ihm gefallen und in ihm einen Bündnispartner gewonnen. Nach dem Treffen waren Kranz und sie im *Hotel Hafen Hamburg* gewesen und hatten dort die Nacht verbracht.

Es war Kranz gut gegangen, keine Anzeichen von Krankheit, ein bisschen müde hatte er ausgesehen, aber müde war sie selbst auch gewesen. Sie hatten sich lange unterhalten und waren dann getrennt schlafen gegangen. Kein gemeinsames Frühstück am Morgen. Kranz war bereits verschwunden. Aber Rittersporn und Pfingstrosen hatten auf dem Frühstückstisch gestanden.

Bella sah auf die Karte in ihrer Hand.

Ich begrabe meinen Vater
Gerhardt Kranz
am 18. August 2013 um 18:00 Uhr
auf dem Waldfriedhof in Oldendorf
und bitte Sie, mich zu begleiten.
Katharina Kranz

Kranz hatte nie von einer Tochter gesprochen.

Der 18. August war ein unerträglich heißer Tag. Ihr alter Porsche hatte keine Klimaanlage. Sie ließ beide Fenster offen und fuhr, auch als sie die Stadt hinter sich hatte und schneller werden konnte, wie durch dicke, heiße Brühe. Wenn es nicht die Beerdigung von Kranz gewesen wäre, der ihr viel bedeutet hatte, und wenn sie nicht auch ein wenig neugierig gewesen wäre auf die unbekannte Tochter, wäre sie umgekehrt.

Sie erreichte das Dorf und fuhr langsam. Wenige Häuser – offenbar existierten hier noch Bauern –, zwei Pferde, die sich auf einer Weide mitten im Dorf vergnügten, der übliche verwahrloste Hof, der der Idylle erst den richtigen Charakter gab. Oder den falschen Charakter nahm.

Auch am Ende des Dorfes kein Friedhof. Dafür noch ein Haus, wie es inzwischen zu fast allen Dörfern gehörte; das Haus von Zugezogenen nämlich, leicht zu erkennen an bunt bemalten Fensterrahmen und Türen, an dem mehr oder weniger gelungenen Versuch, ein Bauernhaus in ein Puppenhaus zu verwandeln. Solche Bemühungen wurden inzwischen von einer ganzen Illustrierten-Industrie unterstützt. Sie verdiente Millionen damit, Stadtflüchtlinge, die ein selbstbestimmtes Leben hatten führen wollen, wieder an die Regeln des Konsums heranzuführen, indem sie festlegte, was man auf dem Land haben musste.

Dann wieder Felder zu beiden Seiten der Straße, in der Ferne von Wald begrenzt. Ein paar hundert Meter weiter ein größerer Hof. Langsam fuhr sie daran vorbei, rechts ein Feldweg und ein Hinweisschild: »Waldfriedhof«.

Ein Blick auf die Uhr: Es war Zeit genug. Sie stellte das Auto am Feldrand ab und machte sich zu Fuß auf den Weg, vorbei an Holunderbüschen – *»es möcht der Holunder sterben an eurer Vergesslichkeit«* –, Brennnesseln, Brombeergesträuch, dahinter, auf der linken Seite, ein Rübenfeld und ein einsamer Mann, der mit einer Hacke durch die Rüben ging. Auf der rechten Seite ein Kornfeld, schwerer Weizen, dicht wie eine Betondecke, von breiten Treckerspuren durchzogen. Darauf schob ein Mann sein Fahrrad langsam vor sich her. Es war still.

Bevor der Wald begann, nach etwa zehn Minuten, wieder ein Hinweisschild zum Waldfriedhof.

Ich hab wirklich nicht viel von ihm gewusst. Weder von der Tochter noch von einer Vorliebe für Feld- und Wiesenidylle.

Der Weg führte durch ein hügeliges Waldgebiet, alte Bäume, Ameisenhaufen, Mücken, die sich begeistert auf die wenigen Opfer stürzten, die diesen Weg entlangkamen. Um sich schlagend ging sie schneller.

Der Friedhof lag im Tal. Hohe Mauern umgaben ihn und begrenzten den Blick. Drinnen war man gefangen; manche für die Ewigkeit. Ein merkwürdiger Ort: Bäume, ein paar Gräber, die sehr alt schienen, im Hintergrund ein Holzhaus, wohl eine Aufbahrungsstätte. Eine Frau, die sich aus einem Gebüsch hervorschälte und freundlich die Hand hob.

Am Eingang zum Friedhof hat ein Auto gestanden, das muss ihres gewesen sein.

Bella blieb stehen und die Frau kam auf sie zu. Sie war sehr groß und sehr schlank.

Die Figur ihres Vaters?

Als sie ganz nahe stand, war jede Idee einer Ähnlichkeit mit Kranz verschwunden. Die Frau gab Bella die Hand.

Schön, dass Sie gekommen sind. Die Mücken sind grässlich. Wir werden uns hier nicht lange aufhalten. Sein Haus liegt ganz in der Nähe. Ich möchte Sie dahin einladen.

Erst jetzt sah Bella, dass sie und die Frau nicht allein waren. Eine Alte war da, sie stand vor einem Erdhaufen. Bella erkannte darin den Aushub zweier nebeneinander liegender Gräber. Geführt von der Tochter ging sie auf die Alte zu, die ihr als Kranz' Nachbarin vorgestellt wurde. Sie sah bösartig aus und blickte Bella abweisend an.

Was hat Kranz mit so einer zu tun gehabt?

Die Tochter blickte zum Holzhaus. Ein Mann trat daraus hervor, schwarz gekleidet, eine Urne auf dem unebenen Boden vorsichtig vor sich hertragend und dabei ein feierliches

Gesicht aufsetzend. Der Mann war sichtlich erleichtert, als er die Frauen und die Gräber erreicht hatte.

Ich habe keine Rede vorbereitet, sagte die Tochter, während der Mann in die Knie ging und die Urne in eines der beiden Gräber hinabließ. Er wollte einfach, dass Sie dabei sind.

Die Alte maß Bella mit einem unverhohlen giftigen Blick. Ihr linkes Auge war halb geschlossen, eine Flüssigkeit sickerte daraus hervor, von der Bella sich weigerte, sie als Tränen wahrzunehmen.

Ich möchte Sie bitten, im Haus meines Vaters mein Gast zu sein. Sie werden es leicht finden. Die Straße, auf der Sie mit dem Auto gekommen sind, führt in das nächste Dorf. Immer geradeaus, nur ein paar hundert Meter, Sie erkennen es am Kirchturm. Es ist das letzte Haus auf der rechten Seite. Es ist offen. Wir schließen hier nicht ab. Warten Sie dort auf mich, bitte. Wir werden uns hier um das kümmern, was noch zu erledigen ist.

Die Mücken sind unerträglich. Je schneller ich hier wegkomme, desto besser. Was für eine lächerliche Inszenierung. Und jetzt noch ein Ferienhaus. Wer oder was soll mir hier vorgeführt werden. Die Mücken, verdammt.

Ich tu wie geheißen, sagte Bella. Wir sehen uns.

Sie wandte sich ab und ging um sich schlagend davon. Sie war sicher, dass die Alte sie mit triefendem Blick verfolgte. Aufatmend erreichte sie den Feldweg und verlangsamte ihren Gang. Links schob noch immer ein Mann sein Fahrrad auf Treckerspuren durch das Korn. Rechts war noch immer ein anderer Mann damit beschäftigt, Rüben zu hacken. Eine vorsichtige, zarte Dämmerung breitete sich aus. Es war noch immer still.

Das Haus zu finden war einfach, auch wenn sie beim Betreten des Grundstücks zunächst zögerte. Dort standen zwei Häuser hintereinander, verbunden durch einen Innenhof.

Sie beschloss, in das rückwärtig gelegene Haus zu gehen, blieb aber noch einen Augenblick im Hof stehen, um die Anlage auf sich wirken zu lassen.

Kranz. Seine streng eingerichtete Wohnung, klar und kühl, elegant, was ich immer ein wenig übertrieben gefunden habe. Und nun das hier: bäuerlich, bunt, locker. Wie ist er auf die Idee gekommen, sich hierher zurückzuziehen? Hat er sich hier wohlgefühlt? Unmöglich! Ein Haus für die Tochter? Von der er nie gesprochen hat.

Nachdenklich überquerte sie das Kopfsteinpflaster des Hofs und stieg die zwei Stufen zum Eingang des hinteren Hauses hinauf.

Die Tür war tatsächlich nicht verschlossen. Drinnen empfing sie Kühle und Dämmerlicht, ein großer Raum, kleinteilige Sprossenfenster, wenig Licht von außen, viel Grün vor den Fenstern. Sie sah sich um, entdeckte auf dem Tresen, der die Küche vom Wohnraum trennte, ein Tablett mit Gläsern und Wodka, fand im Kühlschrank eine Kanne mit Orangensaft, trug alles zu einem kleinen Tisch am Ende des Raums, neben dem ein breiter Sessel stand, und ließ sich dort nieder. Dann entdeckte sie das Foto und stand noch einmal auf, um es näher zu betrachten.

Kranz. Neben ihm ein junges Mädchen. Groß, schlank, die Tochter.

Sie stellte das Foto zurück, nahm es noch einmal auf und besah den Rahmen.

Das Foto muss mehr als zwanzig Jahre alt sein. Der Rahmen ist neu. Jemand hat es extra hierhergestellt, um dieser Inszenierung Glaubwürdigkeit zu verschaffen.

Na, dann sehen wir, was kommt.

Es kam nichts. Niemand kam. Alles blieb still. Sie hatte zu viel Alkohol getrunken, um einfach wieder wegfahren zu können, blieb sitzen, trank zwischendurch ein Glas Orangensaft und beschloss irgendwann, das Haus nach einer

Schlafmöglichkeit zu durchsuchen. Eine absurde Situation, mit der sie am nächsten Tag besser fertig zu werden hoffte.

Der große Raum, in dem sie sich befand, hatte keine Nebenräume, außer einem schmalen Bad, das nicht besonders sauber war, in dem aber ein paar frische Handtücher herumlagen.

Ich werde im Vorderhaus nach einem Bett suchen.

Die Haustür, durch die sie zuvor eingetreten war, ließ sich nicht mehr öffnen. Sie setzte sich zurück in den Sessel, stand noch einmal auf und versuchte, durch eines der Fenster zum Nachbarhaus hinüberzusehen. Endlich, aus dem dritten Fenster, hatte sie einen einigermaßen freien Blick nach drüben. Dort brannte Licht.

Sie sah eine alte Frau in einer Küche an einem Tisch sitzen, aufstehen, herübersehen, sich wieder setzen; die Alte, die sie auf dem Friedhof so hasserfüllt angestarrt hatte.

Ich muss durch das Fenster nach draußen. Es ist niedrig genug. Es reicht jetzt.

Das Fenster ließ sich nicht öffnen, auch alle übrigen nicht. Es war sinnlos, die Scheiben einzuschlagen. Der Abstand zwischen den Sprossen war zu gering, um hinaussteigen zu können. Plötzlich begann sie zu lachen.

Eine Falle. Der Wodka gehört dazu.

Sie verschloss die Flasche, schlug damit ein Fenster ein und warf die Flasche nach draußen. Mit einem Plopp fiel sie ins Gras. Mit einem Glas Orangensaft setzte sie sich zurück in den Sessel und wartete. Es geschah nichts.

Es waren zwei Gräber auf dem Friedhof … die Männer auf den Feldern … Kranz hätte nie … sie ist nicht seine Tochter … die alte Frau …

Sie stand noch einmal auf und sah durch das eingeschlagene Fenster zum Vorderhaus. Dort war es nun dunkel, kaum noch waren die Umrisse des Hauses zu erkennen.

Worum geht es hier? Weshalb bringt mich jemand in so eine verrückte Situation? Was für ein Aufwand damit verbunden ist. Eine Beerdigung spielen, eine Alte zum Mitmachen überreden. Was hat sie ihr erzählt über mich? Hass war in ihren Augen. Dies ist nicht Kranz' Haus, so wenig, wie die Frau seine Tochter ist ... wer ist sie ... was will sie ... was treibt sie, so ein Theaterstück zu inszenieren? Rache? Wofür? Also los, Bella Block, denk nach ...

Weinschröter, du musst hängen, bist bei Nacht zum Weib gegangen. Ein heißer Sommer auf dem Land, selten im Norden und deshalb umso schöner. Eine viehische Quälerei und eine Frau, die sich rächt. Und sie, Bella, die die dreifache Mörderin laufen lässt und dann ihren Dienst quittiert – kein Anhaltspunkt, nichts, außer Ekel, wenn sie sich an die Geschichte erinnert.

Der Stolz, mit dem sie ihr Firmenschild »Bella Block, nationale und internationale Ermittlungen« an der Tür des alten Hauses an der Elbe befestigt hatte. Wie schnell die erste Kundin gekommen war. Blankeneser Schickeria und süditalienische Camorra: *Nachsaison*. Sie hatte in Paestum zwei Mafiosi erschossen, vor fünfundzwanzig Jahren. Hatte die Camorra nach fünfundzwanzig Jahren ... Nein, abwegig. Dazu passte diese Inszenierung nicht.

Moskau, meine Liebe:
Dahin was man liebt, was einem begegnet,
Der Weg nicht gewiß, und alles vorbei ...

Ihr Großvater, Alexander Block, und der russische Kriminalist Alexander, in den sie verliebt gewesen und der in dunkle Geschäfte verstrickt war – nein. Alexander war ein Schuft, aber nie würde er außerhalb der Grenzen seines Landes einen Rachefeldzug planen.

Der Krieg, der Tod, die Pest – so hatte sie bei sich die Geschichte genannt, in der sich ihr Liebhaber Beyer aus Versehen selbst erschoss und sie einen anderen Geliebten fand, Eddie nämlich, der wegen eines kaputten Beins nicht mehr Lkw fuhr, lieber Zuhälterei betrieb und nachts manchmal für seine Gäste im Hinterzimmer Jazz sang. Da war nichts und niemand übrig geblieben, um Rache zu nehmen …

Die Insel – dort hatte sie Kranz 1990 kennengelernt. Verstrickt in eine widerliche Drogengeschichte, Tote hatte es gegeben, erniedrigte Frauen, die Erkenntnis: Es gibt kein Ober- oder Untergrundkapital. Es gibt nur ein Kapital, das sich zu seiner Vermehrung zu verschiedenen Zeiten unterschiedlicher Methoden bedient … Natürlich hatte der Drogenhandel seit damals zugenommen, trotz ihres eher lächerlichen Versuches, etwas daran zu ändern. Kein Grund also für verspätete Racheaktionen, von wem auch immer.

In der *Kinderkorn*-Geschichte waren sie und Kranz sich nähergekommen. Um korrupte Polizisten war es gegangen, um Mädchen in »Großraumsiedlungen«, um Leben an der Armutsgrenze, um Beschädigungen, für die niemand verantwortlich sein wollte.

Indessen wir, Staub ohne Sinn und Dauer,
Der vor der Stunde blindem Schlag zerfällt,
Hinuntersteigen in das Tal der Trauer.

Traurigkeit war das, was übrig geblieben war, als sie die Geschichte zu Ende gebracht hatte, Traurigkeit, nichts weiter.

Und dann? Es war immer weitergegangen und immer anders und immer gleich gewesen. Und sie war dabei alt geworden. Ein Zustand, der gut zu ertragen gewesen war, auch wenn sie nicht viele Freunde gehabt hatte, wo doch tausend Freunde heute üblich waren.

Kranz … das Beerdigungstheater. Womöglich war er gar nicht tot. Wenn schon diese Frau nicht seine Tochter war, weshalb sollte Kranz dann tot sein.

Es war klar, dass man sie mit Kranz gelockt hatte. Man … jemand, der oder die gut über sie Bescheid wusste, hatte ihr einen makabren Scherz gespielt. Mit welchem Ziel? Sie musste etwas übersehen haben, etwas, das zwischen *Ein Fall mit Liebe* und *Zwischen Nacht und Tag* geschehen war, etwas, das sie nicht ernst genommen hatte, das aber für jemand anders wichtig gewesen war.

So wichtig, um mir nach dem Leben zu trachten?

Irgendwann war sie in dem Sessel eingeschlafen. Sie wurde wach von Geräuschen an der Tür und öffnete die Augen. Der große Raum war vom Licht der Morgendämmerung erfüllt.

Wie schön dieses Licht ist; so unbestimmt und so ewig.

Jemand stieß von außen mit dem Fuß gegen die Tür. In der Öffnung stand Kranz' »Tochter« mit einem Tablett in der Hand. Sie trat ein und der Geruch von Kaffee breitete sich aus.

Bella brauchte einen Augenblick, um sich darüber klar zu werden, welche Frechheit das fröhliche »Guten Morgen« bedeutete, das ihr entgegengerufen wurde. Sie stand wortlos auf und ging an der Frau vorüber ins Bad. Im Spiegel sah ihr Gesicht übernächtigt aus. Es gefiel ihr nicht, so wie die Situation ihr nicht gefiel, in der sie sich befand. Die jedenfalls ließ sich ändern.

Will ich denn mit dieser Frau reden?

Nein, das wollte sie nicht. Sie wollte weg von hier, zurück und sich mit Kranz in Verbindung setzen, sich verabreden und gemeinsam mit ihm überlegen, was der Sinn dieser Komödie sein könnte. Sie wusch sich flüchtig, tastete nach dem Autoschlüssel in der Jackentasche – er war nicht da. Natürlich, sie hatte ihn nicht abgezogen.

Während sie im Bad war, hatte die Frau auf dem Küchentresen ein Frühstück aufgebaut. Bella ging an ihr vorbei, ohne sie zu beachten. Sie ging zur Tür hinaus, überquerte den kopfsteingepflasterten Hof, erreichte ihr Auto. Das Auto war feucht von Nebel. Sie öffnete die Tür. Der Schlüssel steckte im Zündschloss.

Während sie rückwärtsfahrend den Hof verließ, sah sie die Frau in der Tür, die dastand und ihr nachsah.

Sie fuhr bis ins nächste Dorf und hielt vor einem Bäckerladen. Sie ging hinein und bat um eine Tasse Kaffee und ein Brötchen. Das Café war zu dieser frühen Morgenstunde leer. Durch ein großes, geöffnetes Kippfenster sah sie nach draußen. Der Nebel hatte sich weiter zurückgezogen. Orangefarbene Dahlienbüsche, ein gepflasterter Hof, eingezäunt, und jenseits des Zauns ein schmaler Weg. Es war warm, eine milde Wärme, die an Wespen und Altweibersommer denken ließ. Draußen auf dem schmalen Weg fuhr ein Trecker vorbei, den Anhänger hoch beladen mit Korn.

Die Ladenglocke bimmelte und ein Mann kam herein. Er trug lodengrüne Hosen, die Ärmel des Oberhemds waren hochgekrempelt, seine blonden Haare kurz geschnitten. In der breiten gemütlichen Sprache der einheimischen Bauern verlangte er Brötchen.

Die junge Frau hinter dem Tresen beklagte die Fliegenplage, die in diesem Sommer besonders unangenehm sei. Sie brachte den Kaffee und das Brötchen, das wie Wellpappe mit Mohnkrümeln schmeckte.

Bella zahlte, und die junge Frau sah ihr durch das Schaufenster nach, wie sie ins Auto stieg und davonfuhr.

Der Nebel war jetzt endgültig verschwunden. Ein leichter Dunst lag über den Feldern, auf denen die zusammengerollten Strohballen lagen, wie Noppen auf einer Trachtenjacke. Eine schwarz-weiße Katze lief über ein Feld.

Die Katze – wo hatte sie eine solche Katze gesehen? Sie starrte dem Tier nach und achtete nicht auf den Trecker, ein Ungetüm von Trecker, auf dem zwei Männer saßen, die aus dem Feldweg kamen und auf die Straße einbogen, ohne auf den Verkehr zu achten.

Die Polizei fand später keine Bremsspuren. Weder der Porsche noch der Trecker hatten gebremst. Die Frau war noch im Auto gestorben.

Steckbrief: Bella Block (1940–2013)

Geboren: In Neapel, ca. 1940, lebt dort mit ihrer Mutter bis ca. 1947 (im Bordell)
Mutter: Olga, Russin, Kommunistin (Spanischer Bürgerkrieg)
Vater: Unbekannt (Durruti?)
Großvater (illegitim): Alexander Block, russischer Dichter (1880–1921)
1947–1957: Provinznest in der DDR
ab 1957: Übersiedlung in die BRD – Lehre in der Hamburger Verwaltung – Ausbildung zur Kriminalbeamtin – Karriere als Kripo-Kommissarin bei der Hamburger Polizei
1988: Verlässt die Polizei und etabliert sich in Hamburg erfolgreich als Privatdetektivin
1996: Tod der Mutter (während Bella sich in Odessa aufhält)
Liebesleben: Unkompliziert, lebt allein
Lieblingsdichter: Literatur: Alles, was nicht Mist ist/Lyrik:

Alexander Block
Und über Plätze, unbekannte
Gings durch die Stadt aufs freie Feld
Zum Friedhof, der sich Freiheit nannte.

Heiner Müller
Wie einen Schatten hat Gott den
Menschen geschaffen, wer soll
Ihn richten, wenn die Sonne
Untergegangen ist.

Lieblingsmusik: Miles Davis, Hans Werner Henze, Billie Holiday
Lieblingsgetränk: Wodka mit Orangensaft
Feministischer Leitspruch:

Heiner Müller
Nieder mit dem Glück der Unterwerfung.
Es lebe der Haß, die Verachtung,
Der Aufstand, der Tod.

Besondere Fähigkeiten: Spricht Russisch, Italienisch, Spanisch
Freundinnen: Keine
Freunde: Eddy, ehemals Lkw-Fahrer, dann Bordellbesitzer (starb 2000); Kranz, ehemals Regierungsdirektor in der Innenbehörde Hamburg, Pensionär

Die Autoren

Friedrich Ani, geboren 1959, lebt in München. Er schreibt Romane, Gedichte, Jugendbücher, Hörspiele und Drehbücher. Seine Romane wurden in mehrere Sprachen übersetzt und prämiert, u. a. sechsmal mit dem Deutschen Krimipreis. Für sein Drehbuch ›Süden und der Luftgitarrist‹ erhielt er den Adolf-Grimme-Preis. Friedrich Ani ist Mitglied des Internationalen PEN-Clubs.

Joe Bausch, Jahrgang 1953, arbeitet als Leitender Regierungsmedizinaldirektor in der Justizvollzugsanstalt Werl und ist bekannt als Rechtsmediziner Dr. Joseph Roth im Kölner Tatort. Über seine Erfahrungen als Gefängnisarzt schrieb er 2012 ein Buch (›Knast‹).

Oliver Bottini, geboren 1965 in Nürnberg, verdiente sich sein Geld erst als Rezeptionist in einer Pension, bevor er studierte und dann Autor und Lektor wurde. Seine Kriminalromane um die Freiburger Hauptkommissarin Louise Bonì wurden mehrfach ausgezeichnet. Bisher sind fünf Bände erschienen. Bottini lebt in Berlin.

Rita Falk, Jahrgang 1964, geboren in Oberammergau, lebt in München, ist Mutter von drei erwachsenen Kindern und hat in weiser Voraussicht seinerzeit einen Polizeibeamten geheiratet. Ihre Provinzkrimis haben sämtliche Bestsellerlisten erobert und werden verfilmt. Bereits in fünf Bänden hat Franz Eberhofer aus dem fiktiven niederbayerischen Kaff Niederkaltenkirchen ermittelt. Der sechste

Band, ›Zwetschgendatschikomplott‹ (dtv 26044), erscheint im April 2015.

Lucie Flebbe ist 1977 geboren und lebt mit ihrer Familie in Bad Pyrmont im Weserbergland. Gleich ihr erster Kriminalroman ›Der 13. Brief‹ wurde 2009 mit dem Glauser-Preis ausgezeichnet. Seit 2008 ermittelt die Privatdetektiv-Azubine Lila Ziegler und geht mittlerweile schon in ihrem sechsten Fall auf Verbrecherjagd.

Doris Gercke heiratete früh und war lange Jahre Hausfrau und Mutter, bevor sie sich entschloss, Rechtswissenschaften zu studieren. Den Beruf einer Juristin übte sie jedoch nie aus, denn als sie 1988 ihren ersten Bella-Block-Roman veröffentlichte, ›Weinschröter, du musst hängen‹, wurde der gleich ein großer Erfolg. Zahlreiche weitere Block-Romane folgten. Außerdem schreibt sie Drehbücher, Hörspiele und Gedichte. Ihre Bücher wurden in verschiedene Sprachen übersetzt. Sie ist PEN-Mitglied.

Georg Haderer, geboren 1973 in Kitzbühel/Tirol, lebt in Wien. Nach einem abgebrochenen Studium und einer abgeschlossenen Schuhmacherlehre arbeitete er als Journalist, Barmann, Landschaftsgärtner, Skilehrer und ist heute als Werbetexter tätig. Sein eigenwilliger und melancholischer Wiener Polizeimajor Johannes Schäfer, der seit 2009 bereits in sechs Fällen ermittelte, ist zu einer festen Größe in der deutschsprachigen Krimiliteratur geworden.

Jürgen Kehrer, 1956 in Essen geboren, lebt in Münster. Er ist der geistige Vater des Buch- und Fernsehdetektivs Georg Wilsberg. 1990 erschien der erste Wilsberg-Roman ›Und die Toten lässt man ruhen‹. Mittlerweile gibt es 18 Bände über den münsterschen Privatdetektiv. Außerdem hat Jürgen Kehrer einige historische Kriminalromane sowie Sachbücher veröffentlicht. Mehr über den Autor unter www.Juergen-Kehrer.de

Gisa Klönne, geboren 1964, studierte u.a. Anglistik, arbeitete als Journalistin und lebt heute als Schriftstellerin in Köln. Ihre Erfolgsserie um Kommissarin Judith Krieger wurde mehrfach übersetzt und ausgezeichnet, u.a. mit dem Glauser-Preis 2009. Die Kriminalpolizei Bonn ernannte sie zur Ehrenkommissarin. Ihr Roman ›Das Lied der Stare nach dem Frost‹ (2013) stand wochenlang auf der Spiegel-Bestsellerliste. Mehr zur Autorin unter www.gisa-kloenne.de

Ralf Kramp, 1963 geboren, lebt in der Eifel. Seit 1996 schreibt er Kriminalromane, schwarzhumorige Kurzkrimis und Kinderkrimis. Seinen sympathischen und etwas glücklosen Helden Herbie Feldmann gibt es schon fast genauso lang, und ein Ende der literarischen Zusammenarbeit ist noch nicht abzusehen. Wenn Kramp nicht schreibt, dann leitet er den KBV-Verlag und führt in Hillesheim das »Kriminalhaus«. Mehr zum Autor unter www.ralfkramp.de

Tatjana Kruse, Jahrgangsgewächs aus süddeutscher Hanglage, ist überzeugte Krimiautorin. Als Schwäbin mordet sie nach dem Motto: »Hauptsache, eine saubere Leiche!« Sie ist die Erfinderin des stickenden Kommissar Seifferheld, von dem es bereits fünf Bände gibt. Zuletzt erschien ›Sticken, stricken, strangulieren‹ (2014).

Volker Kutscher, 1962 im Bergischen Land geboren, arbeitete nach dem Studium zunächst als Tageszeitungsredakteur und begann 1996 mit dem Schreiben von Kriminalromanen. 2007 erschien der erste Band seiner Serie um den Kriminalkommissar Gereon Rath im Berlin der 30er-Jahre. Die Rath-Serie wurde bereits mehrfach ausgezeichnet. Volker Kutscher lebt mit seiner Familie in Köln.

Inge Löhnig studierte an der renommierten Münchner Akademie U5 Grafikdesign. Nach einer Karriere als Art-Director in verschiedenen Werbeagenturen machte sie sich mit einem Designstudio selbstständig. Ihre Kommissar-Dühnfort-Reihe umfasst mittlerweile sechs Bände. Inge Löhnig lebt mit ihrer Familie und einem betagten Kater in der Nähe von München. Mehr über die Autorin unter www.inge-loehnig.de

Sandra Lüpkes, geboren 1971, lebt als Schriftstellerin und Sängerin in Münster. Sie schreibt Romane und Sachbücher und ist Herausgeberin von Krimianthologien. Ihre tatkräftige Heldin, die Profilerin Wencke Tydmers, ermittelt inzwischen in neun spannenden Fällen, aktuell in ›Götterfall‹ (dtv 24964, 2013). Mehr über die Autorin unter www.sandraluepkes.de

Susanne Mischke hat mehr als ein Dutzend Kriminalromane veröffentlicht sowie sechs Jugendkrimis und eine große Anzahl von Kurzgeschichten. Mit dem Roman ›Der Tote vom Maschsee‹ begann ihre erfolgreiche Hannover-Krimiserie um den kauzigen Kommissar Bodo Völxen und seine Schafe. Die Autorin lebt in Hannover. Mehr über die Autorin unter www.susannemischke.de

Gisa Pauly, 1947 in Gronau geboren, war lange Jahre Lehrerin an einer kaufmännischen Berufsschule, bis sie 1993 aus dem Lehrerberuf ausstieg. Seitdem ist sie freie Schriftstellerin, Drehbuchautorin und Journalistin und lebt in Münster und auf Sylt. In ihren turbulenten Krimis prallt das Temperament Mamma Carlottas immer wieder auf die Mentalität der Sylter Inselbewohner. Bisher sind acht Mamma-Carlotta-Romane erschienen. Gisa Pauly wurde für ihr Werk mehrfach ausgezeichnet. Mehr über die Autorin unter www.gisapauly.de

Jutta Profijt wurde1967 in Ratingen geboren. Nach dem Abitur ging sie ins Ausland, verkaufte Walzwerke, unterrichtete Unternehmensvorstände und Studenten und veröffentlichte 2003 ihren ersten Kriminalroman. Schon mit dem ersten Band aus ihrer Kühlfach-Reihe über den vorlauten Geist Pascha eroberte sie sich eine riesige Fangemeinde. Bisher erschienen: ›Kühlfach 4‹ (dtv 21129), ›Im Kühlfach nebenan‹ (dtv 21185), ›Kühlfach zu vermieten‹ (dtv 21256), ›Kühlfach betreten verboten‹ (dtv 21340) und ›Knast oder Kühlfach‹ (dtv 21506).
Mehr über die Autorin unter www.juttaprofijt.de

Peter Probst, 1957 in München geboren, studierte Katholische Theologie, Germanistik und Italienische Literatur in seiner Heimatstadt und in Rom. Er war Regieassistent, Regisseur und Dozent an Filmakademien und schrieb Drehbücher, u.a. auch für ›Tatort‹. Mit seinem ersten Kriminalroman ›Blinde Flecken‹ (dtv 21195) mit Anton Schwarz hat er auf Anhieb einen großen Erfolg gelandet. Weitere Bände: ›Personenschaden‹ (dtv 21264) und ›Im Namen des Kreuzes‹ (dtv 21350). Peter Probst lebt mit seiner Familie in München.

Thomas Raab, 1970 in Wien geboren, ist Komponist, Musiker und Autor. Nach einer Tätigkeit als Songwriter, Pianist, Korrepetitor im Musiktheater und Gymnasiallehrer, wurde er 2007 mit seinem Debüt ›Der Metzger muss nachsitzen‹ bekannt und für seinen witzig philosophischen Sprachstil sowie seine unterhaltsamen Lesungen geschätzt. Mittlerweile sind sechs Willibald-Metzger-Bände erschienen. Raab lebt in Wien.

Silvia Roth studierte Literaturwissenschaft, Anglistik und Philosophie und arbeitete einige Jahre in unterschiedlichen Berufen, bevor sie mit dem Schreiben begann. Bisher erschienen bei dtv fünf Romane mit ihrem Ermittlerteam Heller und Verhoeven: ›Der Beutegänger‹ (dtv 21138), ›Querschläger‹ (dtv 21225), ›Schattenriss‹ (dtv 21324), ›Hitzschlag‹ (dtv 21470) und ›Schneetreiben‹ (dtv 21555). Silvia Roth lebt mit ihrer Familie in Deutschland und Italien.

Michael Theurillat, geboren 1961 in Basel, studierte Wirtschaftswissenschaften, Kunstgeschichte und Geschichte und arbeitete jahrelang erfolgreich im Bankgeschäft. Seine Romane mit Kommissar Eschenbach sind die erfolgreichste Krimiserie der Schweiz. 2012 wurde ›Rütlischwur‹ mit dem Friedrich-Glauser-Preis ausgezeichnet. Michael Theurillat lebt mit seiner Familie in der Nähe von Zürich.

Klaus-Peter Wolf, geboren 1954, lebt als Drehbuchautor und freier Schriftsteller von Erwachsenen- und Jugendliteratur in Ostfriesland. Er schrieb zahlreiche Drehbücher, u.a. für ›Tatort‹ und ›Polizeiruf 110‹. In seinen erfolgreichen Romanen über die Ermittlerin Ann Kathrin Klaasen zeigt er die dunklen Seiten Ostfrieslands auf und landet damit regelmäßig auf den Bestsellerlisten. Mehr über den Autor unter www.klauspeterwolf.de

Die Gedichte von Heiner Müller auf den Seiten 342 und 343 wurden entnommen aus: Heiner Müller, Werke, Band 1, Die Gedichte bzw. Band 4, Die Hamletmaschine, herausgegeben von Frank Hörnigk, Frankfurt am Main 1998 bzw. 2001. Abdruck mit freundlicher Genehmigung des Suhrkamp Verlags Berlin.
Das Gedicht von Alexander Block auf Seite 342 wurde entnommen aus: Alexander Block, Ausgewählte Werke, Band 1, Verlag Volk und Welt, 1977.